DONDE NACEN LAS BESTIAS

LA TRAMA

Donde nacen las bestias

Pedro Feijoo

Papel certificado por el Forest Stewardship Council®

Primera edición: mayo de 2025

© 2025, Pedro Feijoo
© 2025, Penguin Random House Grupo Editorial, S.A.U.
Travessera de Gràcia, 47-49. 08021 Barcelona
© 2025, Ricardo Sánchez, por el mapa

Penguin Random House Grupo Editorial apoya la protección de la propiedad intelectual. La propiedad intelectual estimula la creatividad, defiende la diversidad en el ámbito de las ideas y el conocimiento, promueve la libre expresión y favorece una cultura viva. Gracias por comprar una edición autorizada de este libro y por respetar las leyes de propiedad intelectual al no reproducir ni distribuir ninguna parte de esta obra por ningún medio sin permiso. Al hacerlo está respaldando a los autores y permitiendo que PRHGE continúe publicando libros para todos los lectores. De conformidad con lo dispuesto en el artículo 67.3 del Real Decreto Ley 24/2021, de 2 de noviembre, PRHGE se reserva expresamente los derechos de reproducción y de uso de esta obra y de todos sus elementos mediante medios de lectura mecánica y otros medios adecuados a tal fin. Diríjase a CEDRO (Centro Español de Derechos Reprográficos, http://www.cedro.org) si necesita reproducir algún fragmento de esta obra.
En caso de necesidad, contacte con: seguridadproductos@penguinrandomhouse.com

Printed in Spain – Impreso en España

ISBN: 978-84-666-8215-2
Depósito legal: B-4.622-2025

Compuesto en Llibresimes

Impreso en Liberdúplex
Sant Llorenç d'Hortons (Barcelona)

BS 8 2 1 5 2

A Vicente, a Aurori.
A Miguel y, sobre todo, a Marta,
que se metió en el pozo
conmigo y, paciente, esperó para
volver a salir de la mano.
Sin vuestro brazo en mis hombros, vuestra fe
y vuestro entusiasmo, este libro,
sencillamente, no podría existir.
21

*Anoche escuché el aullido de los lobos,
sus voces venían de lejos
sobre el hielo pulido por el viento.
Cuánta fiera soledad había en aquel sonido...*

JOHN HAINES, «Lobos»,
en *The Owl in the Mask of the Dreamer*

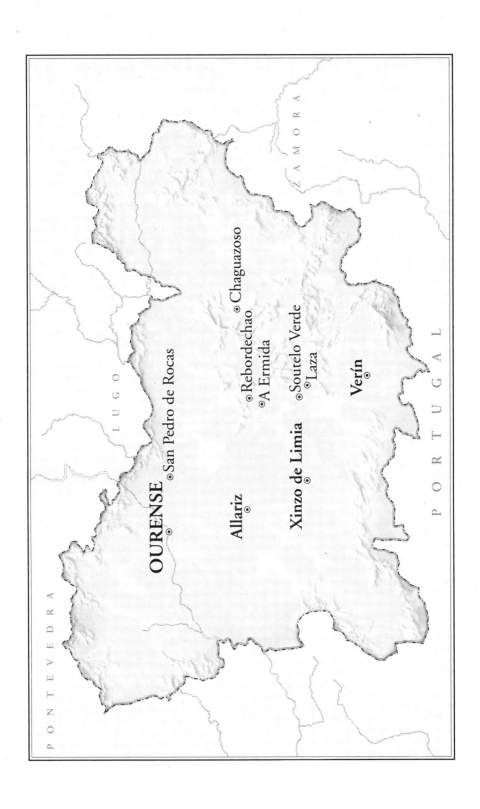

PRIMERA PARTE

Antes de que todo comience

Una celda en un pueblo de Castilla

1852

Los días están hechos de fuego. Hace calor aquí, el aire está seco y la garganta se ha vuelto lija desde ayer. Me la he destrozado intentando explicarme. Rogando que por favor alguien me escuche. Pero no ha servido de nada. Y ahora, como cualquier otro en mi lugar, mataría por un trago. Un vaso de agua, por caridad. Pero no, aquí no hay. No hay agua ni tampoco descanso ni respiro. Apenas un poco de sombra a estas horas. Paja en el suelo de barro, paredes de cal y un ventanuco en lo alto, un pequeño tragaluz por donde las voces de los paisanos se quiebran a través de los barrotes de hierro. Desde aquí los oigo hablar. Del trabajo, del campo. Y de mí, claro. Puedo sentir cómo bajan la voz al llegar a esta parte de la calle, al pasar al otro lado de estos mismos muros. Los oigo murmurar. Como si de verdad tuvieran algo que decirse, cuando lo cierto es que no. ¿Qué sabrán ellos? Por favor, qué sabréis vosotros.

Les he explicado que mi nombre es Antonio Gómez y

que todo mi crimen es haber nacido pobre. Pero los que me han encerrado aquí no saben qué es eso. No, ahora nadie parece saberlo. O se comportan como si no lo supieran. Pero el verdadero criminal es la pobreza. ¡El hambre! La miseria es una bestia feroz y despiadada que nos arrastra sin misericordia y nos obliga a ir hasta donde jamás hubiéramos pensado llegar.

Me llevarán de vuelta a mi tierra, eso les he oído decir. Y yo he intentado explicárselo, les he dicho que se trata de un error, un malentendido. Que ni he hecho nada ni soy esa persona que ellos creen. Se lo he dicho, mi nombre es Antonio Gómez, ¡Antonio Gómez! ¡¿Me oyen?! ¿Queda alguien ahí? Mi nombre es Antonio Gómez. Y lo seguiré siendo mientras me sea posible.

Porque lo contrario implicaría contarles la verdad. Mi verdadera historia. Y entonces solo quedaría espacio para el horror. Y, por supuesto, ya todo se habría acabado. Y qué fácil sería entonces escandalizarse. O, qué sé yo, aterrorizarse incluso.

Porque no, es cierto, mi nombre no es Antonio Gómez, sino uno muy distinto. Mi nombre es Manuel Blanco Romasanta, aunque estoy seguro de que en el pueblo que creía haber dejado atrás todavía murmuran, en voz baja y con temor, aquel otro por el que habían empezado a referirse a mí.

Porque para toda esa gente, como para la historia, yo siempre cargaré con otro nombre: el Sacamantecas.

El valle y el fuego

El prólogo del fuego

De acuerdo, vamos allá. Que aquí de lo que se trata es de ir rápido. No sobra ni un minuto, y cualquier segundo de más puede ser el que luego echemos de menos a la hora de salir zumbando. De hecho, estos dos ya ni siquiera deberían estar aquí. Y sin embargo, y a pesar de la urgencia, uno de ellos siempre hace lo mismo: detenerse por un instante y echar la vista atrás. No importa la prisa, él tiene que verlo. Identificar en medio de la oscuridad los diferentes focos del incendio que ellos acaban de provocar, el mismo que en breve se convertirá en un fuego imparable que lo devorará todo a su paso. Tan solo es un segundo, el tiempo justo para mirar atrás y comprobar el trabajo bien hecho.

Esta última ha sido la tercera parada del atardecer. Han dejado el todoterreno en una de las curvas de la pista, y desde la cresta de la sierra han corrido loma abajo tan rápido como han podido, hasta las profundidades de la garganta más septentrional, en el barranco de A Lagarteira. Apenas unos minutos antes han hecho lo mismo en el de Os Marotos y, antes, en la garganta de A Ameixeira. Tres paradas, tres focos. Así se aseguran de que no haya error posible.

Claro que trabajar de esta manera conlleva unos cuantos riesgos.

Primero, hay que ir a toda velocidad. Y ya solo eso es un problema. Conducir por estas pistas escarpadas y retorcidas, a semejante altura y obviamente sin luces, es muy peligroso. Es cierto que el sol acaba de ponerse. Pero aun así hay que conocer los caminos. Saber dónde está cada curva, a qué lado queda cada precipicio. En dónde se halla la roca que te puede hacer botar como una pelota y provocar que acabes precipitándote al vacío.

Después está la carrera monte abajo, y la siguiente, de nuevo monte arriba. No hay tiempo para coger aire, tan solo cabe correr sin apenas mirar dónde pisas, con qué rama te puedes partir la cara, qué planta te desgarrará la piel o cuál será la astilla que se te hundirá a mayor profundidad. Atravesar el monte de esa manera tan solo es garantía de que cualquiera puede ser un paso en falso.

Y luego está él, claro. El fuego. Es cierto que los de la Forestal también te pueden descubrir antes de que las llamas se conviertan en un monstruo tan voraz como imparable. Pero, por sí mismo, el fuego es mucho peor que cualquier posibilidad de detención. Con él no hay piedad posible. Sí, es cierto que cuando se deciden por encender uno u otro foco siempre es habiendo considerado antes todas las opciones. Los lugares en donde traer el fuego a la vida, los combustibles para que no le falte el alimento, la seguridad de que crecerá con fuerza. Pero tampoco es menos cierto que todo puede suceder. Que todo puede cambiar en cualquier momento. Como, por ejemplo, que el viento decida soplar en otra dirección. ¿Y si lo hiciera cuando ellos todavía están en el fondo de la siguiente garganta? Si se vieran atrapados ahí abajo, incluso él mismo, que conoce estos montes como los conoce, lo tendría complicado. El fuego es un animal salvaje que a su paso no distingue a nadie. No sabe de padres, ni tampoco de hijos.

—Hacerlo así es arriesgado —se lamentaba el socio hace apenas unos minutos, mientras encendía el chisquero en el fondo de A Lagarteira.

—Pero también es mucho más seguro para que agarre.

El otro tuerce el gesto.

—Cualquier día nos cogerán.

—Cualquier día, sí. Pero no hoy. Así que cierra la boca y estate a lo que tienes que estar. Asegúrate de que amarras bien las cerillas alrededor de la cuerda, me cago en tu puta vida. Que si luego no prende ya sabemos de quién es la culpa.

Ahora, por fin de vuelta arriba, de nuevo junto al todoterreno, tan solo es un instante. Y sí, deberían arrancar de una vez, salir echando leches. Pero el otro sabe que todavía no lo harán. Su compadre siempre hace lo mismo. Detenerse. Es apenas un segundo, el tiempo justo para echar la vista atrás y ver que, en efecto, el trabajo se ha hecho bien.

Y sí, ahí están, tres grandes columnas de fuego brillando en las profundidades de una oscuridad que ya empieza a ser noche. Está hecho, ahora ya no hay quien lo detenga.

—Venga —resuelve al fin—, tira.

El motor ruge y dos tipos huyen en un todoterreno. Tras ellos, las llamas devoran el monte.

Tiempo atrás. Septiembre de 2003

Los peores monstruos son los que no se nombran

Este lugar es peligroso. En realidad, siempre lo es, pero hoy la amenaza resulta mayor. Porque el fuego ha vuelto a aparecer en el monte. Y el olor a quemado ya llega hasta aquí.

El bosque es como el mar, un océano en calma que, de pronto y sin previo aviso, puede mutar en algo diferente. Un animal gigantesco, de apariencia inofensiva que, de un zarpazo tan súbito como inesperado, siega cuanta vida se le pone por delante. La montaña es así, un mar de granito y verde. Puede permanecer en silencio, inmóvil como una fiera al acecho. Tranquila. Hasta que, de repente...

Hoy, como tantas otras tardes a lo largo del verano, los niños de la aldea han bajado hasta los prados de A Ermida para jugar junto al río Arnoia. El problema está en que no es un día cualquiera.

Porque hoy, una vez más, las llamas han vuelto a encender el bosque. Justo a la vez que empezaba a oscurecer.

Los viejos se lo han advertido. Mucho cuidado con adentrarse en el bosque. No vaya a ser que luego tengamos que lamentar algo. Pero, aun así...

Los chavales de la aldea juegan con Manel, un crío bastante más pequeño que ellos. Apenas tendrá cinco años, seis como mucho, y de todos ellos es el único que vive abajo, en A Ermida. Luego hablaremos de él, sí. Por ahora, lo importante es que ya ha comenzado a caer la noche, y entre los árboles a lo lejos se asoma tímido el fulgor del incendio. A lo lejos, sí. Pero también un poco más cerca a cada instante que pasa. Deberían salir de ahí. Ya.

Pero es evidente que hay algo irresistible en todo esto. Hay algo tan seductor en la idea de desafiar la autoridad de los mayores como hipnótico en ver cómo el fuego avanza.

De modo que ahí están ahora, todos los críos de Rebordechao y también el pequeño Manel, jugando a entrar y salir del bosque. Apostando a ver quién es capaz de acercarse más a lo profundo. Retándose a ver quién se acerca más a la oscuridad.

Cuando de pronto alguno de ellos se detiene.

—¡Ahí! —grita—. ¿Lo habéis visto?

—¿El qué?

—¡Ahí, ahí! —Vuelve a señalar—. ¡Mirad!

Y sí, en efecto. Los demás niños siguen la dirección del dedo y, de pronto, todos lo ven.

Recortado contra el fulgor, encorvado y veloz, alguien ha pasado del fuego a la oscuridad. Como si tuviera prisa por no ser visto. Por correr a ocultarse en lo más profundo del bosque. Alguien o, tal vez, algo.

—¿Lo habéis visto? ¿Quién era ese?

Dos de los críos, los más mayores, cruzan una mirada.

—Quién o qué —responde el mayor de los dos.

Es el pequeño Manel quien capta el matiz.

—¿Qué? —repite extrañado—. ¿Cómo que qué?

—Claro. Es que a lo mejor no era una persona, Manel. O por lo menos no una cualquiera.

—Ah, ¿no? ¿Y entonces quién podría ser?

Los dos mayores vuelven a intercambiar la misma mirada de antes.

—No deberíamos decir su nombre en voz alta.

—¿Cómo? ¿Y eso por qué?

—Porque dicen que, si lo llamas por su verdadero nombre, después él vendrá a por ti.

Manel extraña el gesto.

—¿De verdad? Pero ¿quién es?

El mayor de los niños afila su mirada a la vez que da un paso adelante.

—¿Acaso no has oído hablar del Sacamantecas?

Desconcertado, el pequeño casi asusta su expresión.

—¿Quién?

—El Sacamantecas, Manel. No nos digas que no lo conoces.

Al detectar la amenaza en el tono de los mayores, Manel preocupa un poco más su rostro.

—No.

—Pues deberías. Porque el Sacamantecas es un monstruo terrible.

—Pues no, no sé de qué me habláis.

Los mayores se miran con aire grave.

—El Sacamantecas es un hombre que vive en el bosque.

—Pero no es una persona cualquiera.

—No, ni mucho menos. Es un ladrón.

—¿Un ladrón? —pregunta Manel—. ¿Un ladrón de qué?

El mayor se acerca aún más a Manel y, con gesto serio, casi amenazador, apunta con su dedo índice hacia la barriga del pequeño.

—Es verdad —asiente otro—. Cuando menos te lo esperas, te ataca por la espalda y entonces ¡zas! ¡Te abre las tripas!

—¿Me abre las tripas? Pero ¿para qué?

—¡Para arrancarte la grasa!

Esta vez sí, la voz asusta a Manel.

—¿Para arrancarme la grasa? —El pequeño duda, como si se resistiera a creer lo que está escuchando—. Pero ¿para qué?

—Pues eso no lo sé. En mi casa, mi abuela siempre me decía que la usaban para hacer jabón. O algo así. El caso es que el Sacamantecas te deja seco, Manel. Se lleva hasta tu sangre.

—Es verdad. A mí incluso me han contado que a veces también puede convertirse en un lobo.

Manel no se da cuenta, pero los ojos acaban de abrírsele muchísimo.

—¿En un lobo?

—Sí —afirma rotundo el mayor de todos—, en un lobo. Así que ya sabes, Manel. Si ves al Sacamantecas, ¡corre!

Y, a la voz del mayor, todos los niños echan a correr monte abajo. Hacia la zona segura, lejos de fuego.

De pronto solo, Manel también siente el impulso de ir tras sus compañeros. Claro, es lo normal. Seguir al grupo, ponerse a salvo. De lo que sea.

Pero cuando ya está a punto de lanzarse monte abajo, no lo hace. En lugar de eso, Manel se vuelve sobre sí mismo.

Y, de nuevo, clava la mirada en el monte. En su oscuridad. En el lugar donde apenas unos segundos antes a todos les pareció ver a alguien escondiéndose en la profundidad de la montaña. E, inmóvil, Manel permanece en silencio. Observando el bosque. De algún modo extraño atraído, casi fascinado. ¿Y si de verdad...?

Y, mientras Manel contempla la oscuridad, lo que ni él ni nadie sabe es que, a su vez, la oscuridad también lo observa a él. Agazapado, protegido de cualquier mirada por la espesura, alguien examina fijamente a Manel desde la parte más negra de la montaña.

Su propio padre.

1

El amor cobarde

En el presente. Agosto

Vincenzo es un hombre con un gran sentido práctico. Y si hay algo innegable en este momento es que su cita de esta noche es muy hermosa. Tal vez no de una manera canónica. No como muchas de esas mujeres a las que tantas veces ha visto desfilar sobre la pasarela. Ni tampoco, desde luego, como muchos de esos hombres para los que tanto ha confeccionado a medida. Pero lo que nadie estaría dispuesto a negar es que se trata de un rostro atractivo más allá de cualquier duda. Una de esas personas dotadas por la naturaleza de una belleza extraña. Imperfecta, salvaje. Casi animal. Y, además, es joven. Envidiablemente joven. Juventud, belleza y ese aire de inocencia apenas disimulada, cualidades todas que Vincenzo Lazza perdió mucho tiempo atrás. Si es que alguna vez las tuvo, claro. Contempla sus facciones una vez más, su gesto, su expresión, y no puede reprimir una sonrisa condescendiente. Fíjate, si es como un corderito que, sin saberlo aún, ha venido a meterse en la boca del lobo. Criaturita.

Complacido, Vincenzo afila un poco más su sonrisa del mismo modo que el depredador, satisfecho, contempla a su presa. Y decide que ha llegado el momento. A fin de cuentas, la juventud de su acompañante le recuerda su propia urgencia, la certeza de que Lazza tampoco está para andar perdiendo el tiempo. Ni, ya puestos, para continuar desperdiciando un vino tan exquisito con un paladar tan evidentemente inculto.

De modo que, desde esa mezcla de elegancia y seguridad que solo el veterano puede poner en práctica, Vincenzo toma la copa de sus manos para dejarla sobre la mesa, junto a la suya, y, con la confianza de quien se sabe dueño de la situación, se acomoda a tan poca distancia de su acompañante que entre ambos no queda espacio ya ni para la más breve duda.

—Ven aquí.

Es verdad, para qué perder más tiempo con estupideces cuando lo que podemos hacer es besarnos. Confiados, desinhibidos por el vino y el ansia, los amantes se buscan, los labios se encuentran y las manos de Lazza comienzan a hacer todo lo demás.

—Ven —insiste, ya sin ocultar ni el deseo ni las ganas. Ni tampoco, ya puestos, quién manda aquí—, dejémonos de tonterías.

Desatado al ver que al otro lado no hay resistencia de ningún tipo sino entrega, Vincenzo Lazza se mueve con la determinación del que ya ha hecho esto muchas veces antes. Su mano derecha se desliza cuello abajo y juega con los botones de la camisa. Desabrocha uno, otro y, cuando se cansa de jugar con uno de los pezones, continúa descendiendo. Sin ningún miramiento ni delicadeza, hunde su mano entre las piernas de su compañía. Y aprieta con fuerza y lascivia.

Deseo.

Justamente lo que empieza a desaparecer en el catálogo de emociones que maneja su acompañante.

Con todo, Lazza continúa sin dejar que sus labios se separen y comienza a desabotonarle el pantalón. Baja la cremallera, introduce la mano. Y...

Es en ese instante cuando le parece notar algo extraño. Y sí, puede que a punto esté de comentarlo. De preguntar, de sentirse desconcertado. Pero no llega a hacerlo. Porque es justo entonces cuando todo se tuerce.

Es verdad que hasta ese momento su acompañante ha controlado los asaltos de ansiedad. Al fin y al cabo, ha accedido a subir con Lazza a su apartamento, de modo que ahora no vale apelar a lo inesperado de la situación. Pero, aun así... Aunque en un principio fuese lo deseado, el contacto con Lazza no ha hecho sino despertar algo en su interior. El eco de un recuerdo, la sombra de algo que creía olvidado, enterrado en la memoria. Esa sensación tan angustiosa. Tan dolorosa.

No, no, no.

—¡No! —exclama a la vez que aparta bruscamente la mano de Lazza y se pone de pie.

—¿Qué pasa?

—Que no puedo —responde aún con la angustia y la incomodidad reflejadas en la expresión—. No puedo.

Pero Vincenzo Lazza no comparte la respuesta.

—¡Cómo que no puedes! ¿Ahora me vas a venir con esas?

—Es que...

Duda, titubea. Se lleva la mano entre las piernas y hace por ocultar una desnudez que solo está en su cabeza.

—Lo siento, no puedo. No puedo.

Lazza arquea las cejas, como si no alcanzara a comprender lo que está sucediendo. O como si le pareciese de lo más impertinente.

—¿En serio? —El desconcierto en el rostro de Vincenzo se convierte en otra cosa. En el enojo que le despierta el sentirse rechazado—. ¿De verdad me vas a venir ahora con estrecheces?

—Es que yo...

—No, mira —resuelve Vincenzo—, ni yo ni historias. A estas alturas ya somos mayorcitos para andarnos con remilgos. Sabías a lo que venías. Si ahora no quieres, pues muy bien, que te den por el culo. Pero ya te estás largando de mi casa. ¡Fuera!

—Pero yo...

—¡Que ni yo ni hostias, calientapollas! ¡Que te vayas de mi puta casa! ¡Ya!

Lo súbito de la violencia desatada por Lazza desconcierta aún más a su acompañante, que ahora, entre el aturdimiento y la vergüenza, recoge la chaqueta que había dejado apoyada en el respaldo de una de las sillas del salón y sale tan rápido como puede del apartamento.

—¡Y ni se te ocurra ponerme una demanda por acoso, ni nada por el estilo! —vuelve a gritar Lazza, ahora ya a una puerta que se cierra—. ¡Porque te hundo, pedazo de mierda!

Por fin a solas, aún notablemente alterado, Vincenzo Lazza sigue sin poder comprender. ¿Qué es lo que acaba de ocurrir? Vale, sí, lo han rechazado. Pero es que, justo antes de que eso sucediera, él juraría...

Vincenzo también se levanta del sofá y va al baño. Se lava las manos, se pasa un poco de agua por la cara. Algo que lo ayude a despejarse un poco. A calmarse. A pensar con un poco más de claridad. ¿Qué coño acaba de pasar?

Aún confundido, regresa al salón y, con la mirada perdida en el sofá, de golpe vacío, no deja de darle vueltas. ¿De verdad es posible que...?

Es en ese instante cuando se le ocurre una idea.

Lazza se acerca a la mesa de cristal que hay frente al sofá, donde aún descansan las dos copas de vino, una de ellas a medio beber, y coge su teléfono móvil. Teclea algo y busca entre sus contactos. Sí, aquí está. Marca. Y espera. Espera. Bueno, al fin y al cabo, es tarde ya. Nada, que no contesta, el muy...

—¿Sí?

—¡Diego! Oye, perdona que te moleste a estas horas. Sí, mira, sé que es tarde. Y sí, estoy bien. Bueno, o no, no lo sé. Es que acaba de pasarme algo que... Escucha, ¿te puedo hacer una pregunta? Por extraña que te pueda parecer.

2

Nada bueno llama a la puerta por la noche

Esta es una de esas noches de calor veraniego, húmedo y pegajoso. Vincenzo abriría la ventana, aunque nada más fuese por imaginar que corre algo de aire. Pero no lo hace. El salón se llenaría de mosquitos. Bueno, y de ese olor a fuego, al incendio constante que estos días parece envolver el valle por los cuatro costados. Todavía sorprendido por la conversación que acaba de mantener por teléfono, Vincenzo Lazza continúa despierto en la madrugada. Recordando el encuentro, los besos. El deseo. Su mano perdiéndose vientre abajo. Y de pronto... la verdad, no tenía idea de que tal cosa pudiera suceder.

Aún no se ha acostado. Después de que el doctor Navarro le ofreciese una posible explicación, Lazza ha seguido investigando por su cuenta, si bien ya con las pautas favorecidas por el médico. Y sí, por extraño que le haya parecido en ese momento, la cuestión ha resultado ser mucho más común de lo que jamás hubiera imaginado.

Vincenzo todavía sigue navegando, saltando de una página a otra, de una imagen a otra, a cada cual más impactante, cuando algo viene a sacarlo de su propia perplejidad: alguien ha llamado a la puerta de su apartamento.

Sobresaltado por el sonido que rompe el silencio de la madrugada, clava sus ojos en la oscuridad del recibidor mientras considera inmóvil las posibilidades.

No sé, tal vez sea Navarro, que, desvelado por su culpa, ha decidido acercarse a ver a qué diablos ha venido la puñetera llamada. O bueno, también puede ser un vecino, claro. Pero no. En el fondo, Vincenzo sabe que no. Una segunda llamada, ya no del timbre, sino con un golpe sobre la puerta, lo hace reaccionar. Deja su ordenador portátil a un lado, se levanta del sofá y avanza hasta la entrada.

—¿Quién es?

Por toda respuesta, no obtiene más que una segunda ráfaga de impactos sobre la madera, esta vez furiosamente fuertes. Y Vincenzo comprende. Su amante ha regresado.

Abre tan rápido como puede, porque sabe que una tercera tanda hará que todos los vecinos se despierten. Si es que las anteriores no lo han hecho ya. Y él es un hombre respetable, un ejemplo de elegancia. Una escena de amor despechado en el descansillo de su planta es un espectáculo que no está dispuesto a ofrecer. Bajo ningún concepto.

Quita la cadena, retira el pasador y, antes de abrir del todo la puerta, ya lleva la disculpa en la boca.

—A ver, no hagamos un drama de esto. Yo...

Pero no llega a acabar la frase. Antes de que pueda hacerlo, alguien se le echa encima desde la oscuridad del rellano. Alguien que lo empuja con tanta fuerza como para que caiga hacia atrás. Como para que se golpee la cabeza. Como para que pierda el sentido. Y ya no recuerde nada más. Ni siquiera la excusa que estaba a punto de pronunciar.

Ha pasado tiempo cuando Vincenzo recupera la conciencia. O quizá no, en realidad no lo sabe. Aturdido, intenta identificar algo que lo ayude a orientarse, a reconocer el espacio a su alrededor desde el suelo en el que se encuentra tendido bocarriba. Con dificultad, con mucha más de la que esperaba, mueve la cabeza a uno y otro lado. La puerta, el sofá, el salón. De acuerdo, sigue en su apartamento. Bien. Ahora que ya tiene el dónde, intenta averiguar el cuándo. Busca los ventanales de la estancia. Sabe, o cree saber, que al llegar a casa esa noche había corrido las cortinas para que nadie pudiera asomarse a lo que él se había prometido a sí mismo. Una noche de placer. Pero después... No, espera, no te vayas, no te dispersas. Recuerda lo que estabas buscando. La luz al otro lado de los cristales. Tal vez así...

A Vicente («¿O era Vincenzo? Por el amor de Dios, ¿cómo coño me llamo? No logro pensar con claridad») le cuesta concentrarse. O quizá sea otra cosa. «¿Qué es lo que...?». Los ventanales, las cortinas cerradas. La luz parece distinta. Borrosa.

Por favor, ¿qué le está pasando? Es una sensación extraña. Como si la realidad fuese otra. Densa, pesada. Todo se mueve a su alrededor. El mundo va y viene. Y entonces Vincenzo, o Vicente, o como demonios se llame, cree comprender: de algún modo, debe de encontrarse bajo los efectos de alguna droga. Siente la cabeza tan pesada. Como si se la hubieran llenado de agua turbia y espesa. ¿Algún sedante? Sí, eso diría. Uno muy potente. Pero ¿por qué? ¿Qué es lo que ocurre?

Agobiado, le cuesta respirar, asfixiado por el peso de una realidad que parece caer sobre él. Vicente (que sí, maldita sea, así es como se llama, Vicente, Vicente Fernández) tiene miedo. Y el movimiento que acaba de percibir a un lado de su cuerpo no ayuda a que se tranquilice precisamente. Porque resulta que alguien se ha detenido junto a él. O, mejor dicho, sobre él.

—Escucha. Lo siento, no sabía que... Lo siento. Por favor, perdóname.

A Vicente le cuesta hablar. Muchísimo. Es como si su voz no fuera suya y, además, su boca se hubiera vuelto de algún tipo de sustancia informe, algo que no puede controlar de ninguna manera. Por el amor de Dios, ¿qué es lo que le han dado?

—Escúchame, por favor. Lo siento, no debí comportarme así, yo...

Vicente cree haber dicho esto, haberlo pronunciado en voz alta. Pero en verdad tampoco está seguro de poder afirmarlo. Esta sensación tan extraña. La realidad no hace más que deformarse a su alrededor. El espacio se ha vuelto de goma y todo se dilata y se contrae solo con intentar pensar en ello. Los objetos, la luz, el propio sonido, todo, todo lo marea. Sea lo que sea lo que le han dado, se trata de algo muy potente. Aferrado a un finísimo hilo de consciencia, Vicente intenta mantener viva la comunicación.

—Oye, hablemos. Creo entender tu situación. Y, por Dios, no quiero ni imaginarme lo que has debido de pasar. Pero, escúchame, sé que no eres la única persona en una situación semejante, lo sé.

Pero no hay más respuesta que el mismo silencio de antes. Y, desde el suelo, Vicente intenta seguir reconociendo.

La persona que lo observa es su cita, de eso no hay duda. Las mismas facciones, el mismo atractivo. Pero algo ha cambiado. Lo que antes le parecía bellamente animal ahora ya tan solo le resulta... ¿animal? Sí, eso es. Cuando trata de enfocar la imagen, a Vicente le parece identificar algo distinto. Algo salvaje en esos ojos que, amenazadores, lo observan. En la expresión, en la determinación. Y Vicente traga saliva intentando removerse.

—He hablado con un amigo y me lo ha explicado todo. En serio, un amigo médico.

Esta vez sí, algo parece haber llamado la atención de su acompañante.

—Escucha, te estoy diciendo la verdad. El doctor Navarro, mi amigo, me ha dado una explicación, algo para poder comprenderte un poco mejor. Te entiendo, yo, por favor, escúchame, lo siento, yo...

Pero esta vez es Vicente quien no puede terminar lo que sea que fuese a venir después del «yo».

Antes de que pueda concluir la frase, su amante le ha tapado la boca. Pero no con la mano, sino también con su propia boca. Para mayor sorpresa de Vincenzo, Vicente, o como coño se llame, su cita asaltante ha comenzado a besarlo.

Primero con suavidad, casi con dulzura. Algo que, para su propia sorpresa, le agrada y le hace cerrar los ojos. Como si, de pronto, se sintiera llevado en algún tipo de balsa, mecido por la corriente. Pero, poco a poco, lo tierno se ha convertido en algo diferente. Algo más intenso. En pasión, en entusiasmo. En fuerza. De hecho, quizá en demasiada. Y no es que a Vicente no le guste. Es más, puede que todo esto lo esté excitando un poco. Aunque, tal vez... A ver, a ver, tranquilicémonos.

Lazza intenta hablar, decir algo. Pero no puede. Su boca está por completo ocupada. Asaltada. Su amante no deja de besarla abriendo y cerrando la suya, cada vez con más intensidad, con más ansia. Los labios, la lengua, el cielo de la boca. Por un instante, a Vicente le parece sentir incluso la lengua de su amante en su propia garganta. En todas partes. Lo besa y, ahora también, ha comenzado a morderle.

Primero es leve. Como si estuviera jugando con sus labios, con su lengua, con el cielo de su boca. Muerde, tira, suelta, lame. Y vuelve a tirar. Vicente no comprende, pero se deja hacer. De pronto duele un poco. Muerde, tira, pero esta vez tarda un poco más en soltar. No, espera, esto último ya no le ha gustado tanto. Vicente intenta revolverse, deshacerse de un beso que en realidad nunca ha sido cómodo. Pero no puede. Porque su cita de esta noche no se da por advertida y no deja de empujar con vigor, y ahora Lazza siente cómo su cabeza se hunde contra el suelo. Un nuevo mordisco, otro, otro más. Un nuevo tirón. Pero esta vez no suelta el labio. No lo suelta. Y sigue tirando un poco más. Hasta que se produce el desgarro.

Ahora sí, Vicente siente el dolor, y también algo más. Un sabor incómodo, metálico. El de su propia sangre. Joder, esto duele. Pero a su asaltante no parece importarle. Más bien todo lo contrario. Lazza vuelve a intentarlo, pero no hay nada que hacer. Continúa teniendo la boca ocupada, llena, y lo que nota ahora es su lengua atrapada entre unos dientes que aprietan cada vez con más fuerza. Maldita sea, duele, joder, esto duele muchísimo. Y entonces llega el siguiente golpe. La mandíbula se cierra de golpe sobre él, y Vicente Lazza percibe con toda claridad el desgarro dentro de su boca.

El corte.

El dolor.

Intenta gritar una última vez, pero ahora ya sí que es imposible. Porque ya no hay lengua, y la sangre, que fluye a borbotones, le encharca la garganta. Se está ahogando, por el amor de Dios, se está ahogando. Trata de hacer algo, mover la cabeza, ladearse, lo que sea con tal de dejar que la sangre salga. Lo que sea con tal de respirar. Lo que sea con tal de…

Pero resulta inútil.

Porque, por más que lo intente, el esfuerzo de Lazza excita aún más algo en la otra parte, y ahora ya cualquier rastro de nada parecido a un beso se ha convertido en furia desatada. En algo salvaje, feroz. No es pasión, sino pura determinación animal. No son besos, sino comer.

El dolor que ahora mismo arrasa con Vicente hace que su terror se convierta en pánico. Pero ya no hay salvación posible. Ya no hay escapatoria, ya no hay posibilidades, ya no hay esperanza.

Por increíble que le pueda parecer, a él, a Vincenzo Lazza, le están devorando la boca, la lengua, las encías. El hueso, duro y vivo.

3

Mateo Romano

La gente no se hace una idea de lo tristes que son estos lugares en realidad. Las películas, las series de televisión, las novelas, todo ha contribuido a que parezcan otra cosa. Espacios fríos, asépticos, con los de la científica enfundados en sus monos de gasa blancos, guantes y patucos, y el investigador de turno haciendo el comentario ingenioso en el momento exacto. Pero la realidad es muy diferente. Llevo muchísimos años en el cuerpo. Y mi equipo y yo hemos visto de todo. Ancianos amarrados con alambre de espino ahogados en una bañera, un fulano crucificado en el sótano de su propia casa, cadáveres devorados por enjambres de ratas. De todo. Y aun así nunca me acostumbraré a entrar en la escena de un crimen. Mucho menos aquí, tan cerca de los malos recuerdos.

—Buenas noches. Soy el inspector Mateo Romano, y ella es la subinspectora Ana Santos. Creo que el sargento Lueiro nos está esperando.

El agente encargado de custodiar el acceso al interior de la vivienda nos pide que esperemos un instante mientras entra en el apartamento. Lo sigo con la mirada y, aun desde la puerta, veo cómo al fondo del recibidor, en una estancia que parece un salón, se dirige a un hombre que permanece de espaldas observando algo a sus pies. Se trata de un tipo alto, corpulento, de pelo ya mucho más canoso de lo que le gustaría admitir. Es él.

Carlos y yo nos conocemos desde hace muchos años y, a pesar de pertenecer a cuerpos y departamentos diferentes, ya hemos colaborado en varias ocasiones. La gente no lo sabe, pero muchas veces, cuando algún caso desborda las capacidades del equipo correspondiente, la cooperación entre distintos departamentos, incluso cuerpos y fuerzas de seguridad distintos, es más que frecuente. Y por eso estamos aquí. Aunque, sinceramente, maldita la gracia que me hace tener que venir al interior.

El sargento Lueiro es una *rara avis* en este mundo. Agente judicial de la Guardia Civil, Carlos es uno de esos tipos con los que te gusta estar, sobre todo para compartir mesa y memoria. Porque no importa la dureza del recuerdo, Lueiro es de los que siempre encuentran la manera de contarlo haciendo que los demás se partan de risa hasta que les duela el estómago. Al fin y al cabo, alguien dijo alguna vez que la comedia no era más que la suma del tiempo y la tragedia. Pero hoy… No, cuando el agente acaba de informar y Carlos se vuelve hacia nosotros, el apuro en su mirada me hace comprender que aquí hay demasiada tragedia y muy poco tiempo que perder. Lueiro regresa con el agente hasta la puerta, y es él mismo quien levanta la cinta plástica para franquearnos el paso.

—Mateo, gracias por venir tan rápido.

—No hay de qué —respondo al tiempo que avanzamos junto a él hacia el interior del apartamento—. Esta es la subinspectora Santos, Ana Santos.

—Un placer —la saluda al tiempo que estrecha su mano.
—Lo mismo digo.
—Tal como me lo has descrito por teléfono, parece que la cosa es seria.

Lueiro deja escapar un bufido incómodo.

—Seria y desagradable, amigo.
—Un asesinato siempre lo es.
—Siempre, sí. Pero este... No sé, Mateo. Tan pronto como llegué y vi lo que había, me acordé de ti, de vosotros. Ya sabes, por toda aquella historia de hace unos años, la de los ancianos muertos.

Carlos no se da cuenta, pero, mientras nos dirigimos hacia el interior del apartamento, yo le devuelvo una mirada rápida. E incómoda. «Toda aquella historia».

—Vamos, que ya te lo imaginarás —sigue cuando entramos en el salón—, al ver esto pensé que quizá...
—¿Al ver el qué?
—Esto. —Señala a la vez que se detiene.

Y entonces comprendo. Justo al ver el cuerpo tendido ante el que acabamos de pararnos.

—Su puta madre —murmura Santos.
—Eso mismo pensé yo, subinspectora.

Los tres permanecemos en silencio por un instante. Observando *esto*.

—Mira, Mateo, aquí, como en todo el mundo, la gente se mata por cualquier cosa. Pero... —Lueiro encoge los hombros—. Pero no de esta manera. No con esta violencia.
—Ya —respondo sin dejar de asentir—. Y pensaste que nosotros estaríamos más familiarizados con este tipo de escenas, ¿verdad?
—Bueno —contesta el sargento al tiempo que encoge los hombros—, no es que a este lo hayan abandonado a su suerte

para que un cerdo se lo coma vivo, pero como puedes comprobar...

Y entonces termino de comprender.

—La cosa se le parece, sí.

Maldita sea, nunca me acostumbraré a la escena de un crimen.

4

El sastre muerto

En efecto, el escenario es como poco sobrecogedor. En el suelo yace el cuerpo sin vida de un hombre ya entrado en años. Es cierto que su aspecto, más allá de lo evidente, podría inducir a error. El corte de pelo, la piel morena, lo elegante de su vestuario, todo haría pensar en alguien más joven. Pero, si uno se fija con más atención, enseguida descubre que en realidad se trata de alguien mucho más mayor de lo que aparenta. Bastante más. De hecho, apostaría por unos setenta años largos, si no incluso ochenta. Una edad que sería mucho más reconocible de no ser por las múltiples operaciones visibles en su rostro.

O, mejor dicho, en lo que queda de él.

Porque, por supuesto, ahí está lo evidente: a este hombre, que hasta ayer mismo tanto se preocupaba de su buen aspecto, le han arrancado toda la parte inferior de la cara, desde el paladar hasta la nuez. Y no solo la sangre derramada alrededor de su cabeza, sino sobre todo el espanto grabado en su mirada congelada evidencian que el pobre desgraciado estaba vivo cuando todo ocurrió.

—No me extraña que pensara en nosotros —murmura Santos—. Esto es una salvajada, jefe.

Como si no hubiera escuchado el comentario, Lueiro permanece en silencio. Tan solo se limita a asentir levemente con la cabeza, aún sin apartar la vista del cadáver. Yo también miro, pero esta vez a los lados del cuerpo.

—¿Dónde está? Ya sabes, lo que falta, la…

Me llevo la mano al mentón.

—¿Te refieres a la mandíbula? —Carlos niega antes de que yo pueda contestarle—. No está aquí. Por lo que nos ha comentado el forense en un primer reconocimiento, por los desgarros visibles en el rostro y la garganta, todo apunta a que se la fueron arrancando poco a poco.

No comprendo. ¿Poco a poco?

—¿Quieres decir que lo hicieron con delicadeza?

—No. —El guardia civil sonríe con desgana—. Con delicadeza precisamente no. Más bien con los dientes.

Santos arquea una ceja.

—¿Cómo dice?

—Lo que oye, subinspectora. ¿Ve esas marcas alrededor de la herida? —Señala—. Pues al parecer son mordeduras. A este pobre hombre le comieron la boca a mordiscos y luego le arrancaron la mandíbula. Y se la llevaron. No me preguntéis para qué, pero desde luego aquí no está.

—Comprendo —respondo, aún sin apartar la vista del rostro, tan salvajemente deformado, y sin comprender nada en realidad—. Por teléfono me decías que sabéis quién es, ¿no?

—Sí. Se trata de Vicente Fernández.

—No me suena de nada.

—Por aquí todo el mundo lo conocía con otro nombre: Vincenzo Lazza.

—¿Vincenzo Lazza? —pregunta Santos, como si reconociera el nombre.

—Sí, Lazza —repite Carlos, haciendo especial hincapié en la pronunciación italiana del apellido, algo así como «latsa»—, uno de los sastres más famosos de la zona.

Vuelvo a mirar a Lueiro.

—¿De la zona, dices? Ese apellido no parece muy autóctono, la verdad.

—O sí, según se mire.

—Ah, ¿sí?

—Lazza —repite apoyándose en un ademán de supuesta evidencia que, la verdad, ni Santos ni yo acabamos de comprender—. Ya sabéis, como el pueblo de Laza, aquí al lado, pero en plan moderno.

Cada vez más desconcertada, Santos arruga el entrecejo.

—¿Qué?

Pero Lueiro opta por encogerse de hombros.

—Bueno, mira, yo qué sé —masculla sin ganas—. Cosas de los años ochenta, que fueron muy malos.

Sinceramente, yo tampoco entiendo a qué se refiere.

—Un poco más de claridad, Carlos, por favor.

Lueiro vuelve a sonreír.

—En los ochenta, cuando toda aquella historia de la *moda galega*, Vicente vio la oportunidad de subirse a un carro que estaba dando mucha pasta. Así que se cambió el nombre por algo que sonara más sofisticado. Ya sabes, como Roberto Verino, pero sin tanto talento.

—Qué original —comenta Santos, sin ningún entusiasmo en realidad.

—Sí, bueno. El caso es que, durante un tiempo, nuestro amigo Vincenzo aquí presente incluso llegó a ganarse cierta fama como diseñador. Pero la cosa no fue mucho más allá, y cuando vio que el negocio se desinflaba no tardó en comprender que su mejor opción era centrarse en lo que de verdad sabía hacer. Así que siguió trabajando como sastre. Pero, claro, solo al alcance de unos pocos. Ya sabes, *conselleiros*, empresarios, cantantes de orquesta... Esa fauna.

—Ya, entiendo. ¿Y sabéis si tenía algún problema con alguien? Algún enemigo, tal vez.

—Alguien a quien le dejara la sisa muy tirante —murmura la subinspectora, aún con la mirada en el cadáver.

Lueiro niega con la cabeza antes de responder.

—No. Por aquí era algo así como la personificación de la elegancia y, aunque tenía sus rarezas, todo el mundo lo conocía y lo apreciaba, incluidas sus extravagancias. Al fin y al cabo —Lueiro vuelve a encogerse de hombros—, este pueblo tampoco es tan grande.

—Ya. Parece que lleve poco tiempo muerto, ¿me equivoco?

—Por lo visto, ni veinticuatro horas. O eso es lo que nos ha dicho Serrulla.

—¿Quién?

—Fernando Serrulla, el forense.

Busco a mi alrededor.

—¿Aún está aquí?

—No, ya se ha ido. Ha decretado el levantamiento del cadáver, y ahora está en el depósito, esperando a que le llevemos el cuerpo. Le he dicho que lo haríamos tan pronto como tú lo vieras.

—¿Y cómo lo habéis descubierto tan rápido?

—Por los vecinos. Al parecer, anoche algunos de ellos se despertaron con el ruido.

—¿Qué ruido?

—Se ve que alguien estaba llamando con fuerza a la puerta de Lazza. Y, bueno, ya sabes, este es un edificio tranquilo. El

— 47 —

vecino de arriba dice que estaba a punto de salir al descansillo para ver qué pasaba.

—Vamos, que estaba en el descansillo —comprende Santos.

—Pues probablemente, sí. Pero entonces oyó que Vicente abría la puerta y dio por sentado que sería algún conocido que venía de fiesta.

—¿De fiesta?

—Eso es lo que nos ha dicho. Al parecer, por más que Lazza se las diera de tipo discreto y elegante, en realidad aquí todos coinciden en afirmar que al viejo le iba la marcha, y que tampoco era tan raro que recibiera visitas de madrugada.

—Caramba —comenta Santos—, vaya con el sastrecillo valiente.

—Ya le digo. A menudo los más remilgados acaban siendo los más interesantes. El caso es que al día siguiente alguno de los vecinos se acercó a hablar con él para ver qué era lo que había ocurrido. Por la mañana no contestó nadie, y pensaron que estaría trabajando en el taller.

—¿Trabajando a su edad? ¿Acaso no estaba jubilado?

—No. Este es, bueno, era de los que no se jubilan. Ya tenía varios aprendices y gente que trabajaba para él. Y sí, parece que él hacía poco más que mantener el nombre. Ya sabes, el prestigio y todas esas historias. Pero sí, el taller sigue estando abierto.

—Comprendo.

—El caso es que, al no contestar tampoco por la noche, pensaron que tal vez algo iba mal.

—¿Por qué?

—Porque llamaron por teléfono y, al escuchar que el móvil sonaba dentro, se asustaron. Se imaginaron que quizá le había ocurrido algo. Y por eso nos llamaron.

—Pues está claro que acertaron —admite Santos, que parece no poder apartar la vista del cadáver.

—De acuerdo —resuelvo—, no hagamos esperar más al forense. Que le lleven el cuerpo cuanto antes, a ver si él nos puede contar algo más.

Lueiro me observa de medio lado.

—¿Ese plural significa que puedo contar contigo entonces?

Pero yo no respondo al momento. Vuelvo a llevar la mirada al cuerpo y la detengo sobre él. Sobre su rostro, la expresión deformada por la ausencia, concentrada en una suerte de sonrisa macabra y terrible. Cruzo una mirada con Santos y, por fin, asiento en silencio.

Y saco mi teléfono móvil.

—¿Raúl? Oye, la cosa pinta fea, sí. Escucha, avisa a Laguardia, y veníos para aquí. Y, oye, no te olvides de meter el cepillo de dientes —le advierto antes de que Raúl Arroyo cuelgue al otro lado—. Algo me dice que vamos a pasarnos una buena temporada en Verín.

Tiempo atrás. Octubre de 2003

Nada es más grande que la montaña que nos ampara

Densa como un manto de frío y humedad implacable, la niebla se derrama desde las crestas de la sierra, envolviendo en ella el valle, hundiéndolo en una bruma espesa que, visto desde la distancia, hace que el pueblo parezca un barco a la deriva, un buque fantasma perdido en el corazón de un mar de sombras grises y azules. Los montes se levantan en una pendiente casi vertical, y el bosque, siempre frondoso y tupido, e incluso por veces impenetrable, parece precipitarse sobre la pequeña aldea. A tanta altura, la montaña, colosal, hace que todo se vea pequeño junto a ella. Incluso el cielo. O, por lo menos, así lo parece a ojos de un niño.

A sus cinco años, el pequeño Manel nunca ha salido de aquí. Llegó a A Ermida una madrugada de frío y lluvia, cuando apenas llevaba un día mal contado en este mundo, y desde entonces no ha conocido más tierra que esta, la sierra de San Mamede. Los bosques de As Gorbias y O Alfaiate, las cumbres del Penedo Negro, las Canadas, los arroyos que van a dar al río Arnoia. Y las tres aldeas, claro. A Ermida, en donde vive con sus padres y su tía. La de Prado al sur y, al norte, la más grande de las tres: Rebordechao.

Esta última es el centro, la capital de su pequeño universo. Una en la que, los días de más actividad, la población de almas de la aldea pasa de los doce habitantes a los dieciocho, veinte como mucho. Y nada más. Una pequeña galaxia de apenas ocho mil hectáreas, varios cientos de vacas pastando por los montes y unos cuantos niños, los amigos de Manel, que poco más hacen en invierno que corretear por los prados y, en verano, chapotear en las aguas poco profundas del río, que viene de nacer junto al Cabo de Arnoia, un alto a tan solo un par de kilómetros al norte. Eso, y perseguir con la mirada curiosa el rumbo de los hidroaviones, que todos los veranos atruenan el cielo de la sierra volando a muy poca altitud, cargados de agua para sofocar algún incendio cercano.

Manel está acostumbrado a subir con su madre los casi tres kilómetros que hay desde A Ermida, porque Rebordechao también es el único lugar en toda la sierra en el que poder hacer las compras más básicas, pues una vez a la semana un par de furgonetas se acercan al pueblo desde Laza y Vilar de Barrio. Una de ellas hace las veces de pequeño colmado ambulante, con algo de carne, fruta y otros productos de primera necesidad. La otra es la del pescado, que trae poco de fresco y mucho de congelado. Y luego está el pan, claro. Manel no sabe de dónde viene, pero tampoco es que le importe demasiado. Lo único que el pequeño sabe del pan de Rebordechao es que es malo de solemnidad. Duro, de corteza ruin y muy poca miga. A su madre tampoco le gusta demasiado.

—Pero es lo que hay —le responde siempre desde una sonrisa extraña, casi triste—. Aquí, es lo que hay.

Lupe, la madre de Manel, siempre habla así. Con silencios. «Aquí, es lo que hay». Y Lupe deja la frase ahí, colgada de un silencio. Como si en otros lugares de la galaxia hubiera mucho más. Aunque eso Manel no lo sabe, claro. Nada más puede intuirlo. Pero esa es la verdad: desde que tiene memoria, el pequeño Manel ha tenido la sensación de que su madre sabe mucho más de lo que cuenta. Como si ella sí conociera otros mundos. Aunque nunca hable de ellos. Porque, en realidad, Lupe nunca habla de nada. Tan solo se limita a observar a su hijo y sonreírle sin palabras. Apenas habla, pero siempre está ahí. Y a Manel, que nunca la ha visto hacer otra cosa, ya le parece bien así. Porque no, él nunca la ha visto hacer otra cosa. Pero sí conoce otras opciones. Como, por ejemplo, su padre.

Ramón es todo lo contrario que su madre. Siempre está trabajando. Fuera, lejos de casa. Manel cree que en el campo. Cuando él se levanta por las mañanas, su padre ya no está. Al parecer sale temprano y se va a Rebordechao. Allí, coge las vacas del pueblo y se las lleva a la montaña, donde las deja para recogerlas de nuevo al caer la tarde y traerlas de vuelta a los establos de sus dueños. O algo así, que eso nunca le ha quedado muy claro a Manel. Sea para lo que sea, lo único que sabe es que su padre pasa mucho tiempo en el monte. Con lo peligroso que eso es. Como si Ramón no tuviera miedo de encontrarse con aquel hombre que le pareció ver el año pasado. La figura que surgió del fuego para perderse en la oscuridad. No, por algún motivo que Manel desconoce, su padre no parece temer al Sacamantecas.

Cuando regresa a la casa de A Ermida, su padre no huele a hierbabuena, como su madre, sino a otra cosa. A algo agrio. Sudor, animales, cansancio. A veces huele a estiércol, otras a humo, y nunca tiene buena cara. O, por lo menos, eso es lo que le parece a Manel.

Como también le parece que su padre no lo quiere del mismo modo que su madre. No, porque Ramón apenas mira a su hijo, y, cuando lo hace, también es en silencio. Pero no como Lupe. Los silencios desde los que Ramón observa a Manel son muy diferentes. Tensos, penetrantes. Como si intentase ver algo más allá. Algo que pudiera aparecer por detrás del pequeño. Por alguna razón, cuando Manel se encuentra con la mirada de su padre, casi siempre siente la misma inquietud, el mismo desasosiego. Ramón contempla a su hijo en silencio y, solo a veces, muy pocas, interactúa con él. En estas ocasiones tan escasas, lo que hace es ordenarle que se acerque, que vaya junto a él. Entonces el pequeño Manel obedece. Y el ritual es siempre el mismo. Ramón lo coge en brazos, lo sienta en su regazo y, de un modo extraño, lo aprieta contra él. «Bestia —murmura—. Mala bestia...».

En esas ocasiones, a tan poca distancia de su boca, Manel siempre nota ese otro poso en el aliento de su padre, el olor dulce y fuerte del licor transparente de la botella de la que ha estado bebiendo. Y nunca es agradable. A Manel le gustan los abrazos. Pero estos de su padre no tanto. Porque son extraños.

Lo abrazos de papá aprietan, aprietan demasiado. Alguna vez incluso Manel ha tenido que revolverse, hacer por separarse. Porque, aunque su padre no se diera cuenta, a Manel ya le estaba costando respirar.

Pero, con todo, por lo menos es algo. Porque luego está ella.

La tía Rómula.

Es la hermana de su padre, una mujer alta y delgada, de melena larga y negra y ojos también negros. Oscuros, como las piedras que brillan en el fondo del río. Y duros. Como las piedras ahogadas en el fondo del río.

La tía Rómula no habla. Nada. O por lo menos no con Manel. No importa que sea su sobrino, ella nunca le dirige la palabra. Y tampoco es que sea mucho más lo que habla con su madre. Tan solo es con Ramón, con su hermano, con quien se comunica. Con él sí que habla. Pero siempre de la misma forma. En voz baja. Seca, cortante. Clara y directa. De hecho, lo hace de tal manera que a Manel le parece que la tía Rómula no habla, tan solo da órdenes. Órdenes que su padre se limita a escuchar.

A veces, Ramón asiente en silencio.

Otras, sin embargo, ni siquiera responde. El padre de Manel tan solo escucha a su hermana con la mirada en algún punto perdido al frente, y vuelve a rellenarse el vaso. Para seguir bebiendo. En silencio.

Siempre en silencio.

Hace poco, Manel subió un domingo por la mañana con su madre y su tía a Rebordechao. Fueron a misa, que es algo a lo que la tía Rómula siempre le da mucha importancia. Y, desde el púlpito, el padre Damián se pasó un buen rato hablando de la importancia de creer en lo increíble. De la fe y de los milagros. La verdad es que Manel no había entendido nada de todo lo que había dicho el sacerdote, de modo que, cuando ya estaban bajando de regreso a A Ermida, los dos amparados de la lluvia bajo el mismo paraguas varios pasos por delante del de la tía Rómula, que se había quedado a hablar con el padre Damián, Manel se lo preguntó a su madre:

—Mami, eso de los milagros, ¿qué es?

Lupe observó a su hijo y volvió a dedicarle una de aquellas sonrisas que a Manel tanto le gustaban.

—Un imposible, cariño. Algo que no sucede nunca.

Y entonces creyó comprender. Y asintió en silencio, de nuevo con la mirada puesta al frente.

A veces, a Manel le da la sensación de que, en su casa, las palabras son un milagro.

5

A lo lejos arde un monte

Inmóvil en el último peldaño de las escaleras, el anciano observa con detenimiento el horizonte. «Otra vez», murmura para sí. En efecto, desde lo alto de la colina puede ver con toda claridad la cortina a lo lejos; un inmenso muro de color ocre, denso y pesado, ha venido a cubrir de humo el cielo del nordeste.

—¿Qué miras con tanta atención, doctor? —le pregunta uno de los amigos comunes.

—El incendio —responde Navarro a la vez que comienza a volverse—. Parece que ya estamos otra vez con el fuego.

El otro sonríe con desencanto.

—¿Acaso alguna vez dejamos de estarlo?

Navarro se resigna.

—Pues también es verdad.

Cuando el doctor Diego Navarro se gira para acabar de entrar en el atrio de la iglesia, un vistazo rápido le basta para comprobar que el cementerio de Laza parece haberse vuelto aún más pequeño para acoger a tanta gente como ha querido venir a despedirse.

—No sabía que Vicente tuviera tantos amigos.

Su acompañante perfila una media sonrisa.
—Él no los tenía. Pero Vincenzo sí.
Y el doctor asiente.
—Por supuesto. A veces aún me sorprendo a mí mismo, cómo puedo ser tan viejo y a la vez tan inocente.

Despacio, sin prisa, los dos ancianos avanzan entre la multitud en busca de un hueco más holgado, apartados del panteón abierto que espera por el ataúd del sastre, junto a otro grupo de antiguos amigos del pueblo.

—Hola, Diego.
—Qué tal, cómo estáis.
—Bueno, pues ya te imaginarás. Vale que vamos teniendo una edad, oye. Pero ¿esto? —El viejo niega con la cabeza—. No, hombre, no. Morir así no es de recibo.
—¿Vosotros sabéis algo? —pregunta otro—. ¿De verdad ha sido tan terrible como dicen?
—Peor —asiente Navarro—, mucho peor. A ver, tampoco es que os pueda decir gran cosa, que yo ya estoy jubilado. Pero Serrulla, el forense que fue a levantar el cadáver, es amigo mío. Y al parecer…
—Qué.

Navarro tuerce el gesto en una mueca de desagrado.
—Terrible —responde sin dejar de negar con las manos—, terrible.
—Santo Dios.
—No —ataja con desgana el médico—, yo os digo que Dios no ha tenido nada que ver en esto. Como poco, no debía de estar de guardia cuando a Vicente le hicieron semejante barbaridad. Eso, o el cielo entero estaba borracho perdido.

Todo el grupo comprende.
—Hemos oído que fuiste el último en hablar con él, ¿no? La misma noche que…

Navarro encoge los hombros.

—Bueno, o yo, o el tipo que le arrancó media cara. Perdona, perdona. Es que no logro quitármelo de la cabeza. Sí —confirma—, me llamó por teléfono, sí.

—¿Y qué fue lo que te dijo? Si no te importa que te lo preguntemos, claro.

El médico aprieta los labios a la vez que vuelve a negar con la cabeza, como si no encontrara sentido en ninguno de sus pensamientos.

—No sé, fue una conversación muy extraña. Vicente estaba desconcertado por algo que al parecer le había ocurrido. Por lo visto la noche no fue como él esperaba.

Navarro vuelve a encogerse de hombros, aún sin dejar de negar con la cabeza, mientras el resto del grupo en corro mantiene sobre el anciano una mirada inquisidora. Y, por supuesto, hacen mal.

Porque si, en vez de intentar saciar su curiosidad morbosa, prestasen un poco más de atención a su alrededor, tal vez alguno de ellos caería en la cuenta de otro detalle importante. El hecho de que, a la distancia justa como para no llamar la atención de nadie, otra persona atiende a la conversación. Otra que, aunque ellos no lo sepan, no les ha quitado ojo en ningún momento.

Alguien que, junto a una de las esquinas del templo, casi como un fantasma que ni siquiera estuviera ahí, ha asentido en silencio al confirmar cuál de entre todos los hombres que forman el grupo es el que ha venido a buscar.

La misma persona que ahora, oculta tras el cristal de sus gafas de sol, lleva ya un buen rato clavando su mirada en un solo hombre, el mismo que todavía niega en silencio.

Y todo sin que el doctor Diego Navarro se dé cuenta de nada.

6

Como un bosque sin luna

Colgada en la margen derecha del río Támega, a medio camino entre Laza y Verín, A Pousa es un lugar tranquilo. El encuentro en el tiempo de la antigua aldea con un puñado de casas nuevas, donde nunca pasa nada que espante la calma en la vida de sus paisanos. Nada más allá del fuego, claro. Todos esos incendios que, sin remedio aparente, vienen a encender los montes de los alrededores y que, en alguna ocasión, llegan incluso a arder demasiado cerca de las casas. Ahora, no siendo eso lo que rompa la tranquilidad, A Pousa es como todo el valle de Monterrei. Uno de esos espacios en donde los vecinos casi nunca cierran con llave. A veces, ni siquiera por las noches.

Y por eso es tan extraña esta madrugada.

El escándalo, esa manera tan desesperada de ladrar. Señor, ¿qué es lo que les pasa a los perros hoy?

Navarro no podría decir con exactitud en qué momento han empezado a hacerlo. Tan solo sabe que, cuando ha caído en la cuenta, los perros de la casa llevaban un buen rato ladrando. Al principio pensó qué tal vez fuese por algo que hubieran sentido en el camino. Algún coche, quizá una moto en la pista a medio asfaltar que pasa por detrás de su casa, entre las fincas y el río. En noches de calor como esta, algunos muchachos de la aldea se pierden con sus ciclomotores por ahí. Música, cervezas, un chapuzón incluso. O lo que quiera que vengan a hacer. Que por muchos años que hayan pasado, Diego aún se acuerda de cuando él también era joven.

Cuando eso sucede, lo normal es que los perros no hagan tanto escándalo. Unos cuantos ladridos si alguien pasa cerca del muro y poco más. Pero sin embargo hoy… No, esta noche es diferente. Los labradores del doctor Navarro no dejan de ladrar, ya casi con desesperación. De hecho, es tanta la fijación de los animales contra lo que sea que los ha excitado de tal manera que ni siquiera se detienen cuando el médico jubilado abre la puerta de la casa, una vivienda de dos plantas, nueva pero de aire clásico, y se asoma al exterior.

Intentando adivinar qué es lo que ocurre, todavía inmóvil en el porche delantero, Diego Navarro les da un par de voces a los perros, pero estos siguen sin hacer caso de su llamada.

—¡Muchachos! —insiste—. ¡Ya está bien!

Pero no, los «muchachos» no parecen escuchar. En lugar de retirarse, o quizá incluso de acercarse al reconocer la voz de su amo, el médico observa cómo se afanan no solo en ladrar, sino incluso también en saltar contra el muro que separa el terreno de la vega del río.

Aún sin saber cuál puede ser la causa de semejante alboroto, Navarro entiende que algo tiene que haber y, aunque de mala gana, baja las escaleras que lo separan del jardín, a ver qué demonios es lo que tanto altera a los animales.

En pijama y zapatillas, convencido de que estas no son formas para un hombre de su reputación, el viejo doctor avanza por el césped hasta el lugar en que los tres perros insisten en ladrar, ajenos a la llegada de su dueño.

Al ponerse junto a ellos, los encuentra todavía con la mirada clavada en lo alto del muro, y Navarro aguza la vista para buscar en la misma dirección. Y, por fin, comprende. O por lo menos identifica la causa del escándalo.

Lo cual solo sirve para desconcertarlo un poco más.

Porque, por extraño que parezca, lo que sucede es que un pájaro ha venido a engancharse en las piezas de metal que, simulando ser puntas de lanza envueltas en virutas con motivos florales, coronan el muro. Por alguna razón, el animal ha debido de desorientarse hasta el punto de quedar atrapado entre las espinas de hierro, donde ahora, herido y frenético, no para de revolverse, provocando con su aleteo desesperado la histeria de los perros que, nerviosos, se revuelven un par de metros más abajo.

Diego Navarro entiende que sus labradores no dejarán de ladrar mientras el pájaro continúe ahí. Y no parece que el pobre animal vaya a poder liberarse por sí mismo, de modo que el médico se arma de paciencia y, sin dejar de resoplar, se pierde en dirección a la parte posterior de la finca, hacia el cobertizo en el que el jardinero guarda las herramientas. Cuando regresa, lo hace con una pequeña escalera metálica, una de esas de apenas tres o cuatro peldaños, pero lo bastante alta como para alcanzar el borde superior del muro. Ordena a sus animales que se aparten y, como buenamente puede, sube hasta lo alto para intentar liberar al pájaro que, aterrorizado, aún se revuelve entre un par de ramas de metal. Aunque ya no tanto. Extenuado, en realidad ya apenas le quedan fuerzas.

Con todo, el médico no desiste en su empeño y hace cuanto puede por sacarlo. Y es raro, porque le cuesta. De hecho, le cuesta bastante. Por más que se afana en hacerlo con la mayor delicadeza, al doctor, tanto más capaz, también le cuesta liberarlo. Es raro porque… Es como si no fuera el pájaro el que se hubiera enganchado en el entramado, sino, más bien, como si alguien lo hubiera atrapado ahí. Si no fuera porque no tiene sentido en absoluto, Diego Navarro diría que a ese pájaro lo han enganchado de alguna manera entre las lanzas y las flores de hierro.

Cuando por fin logra liberarlo, le basta un vistazo rápido para comprender que el pobre animal, algo más o menos parecido a una especie de mirlo, no tiene nada que hacer. Herido, con las alas destrozadas y sin ninguna esperanza ya, el anciano opta por arrojarlo al otro lado del muro. A ver, que a fin de cuentas son las dos de la mañana, él está en pijama y el bicho es un pájaro. Coño, que a estas horas tampoco se va a poner a hacerle el boca a boca, ni mucho menos a darle cristiana sepultura, pero por lo menos que no sean sus perros los que lo devoren.

Navarro lanza el pájaro hacia el río lo mejor que puede y, de nuevo abajo, desanda el camino hasta la casa, mientras los labradores insisten en dedicarle al muro unos cuantos ladridos más, si bien ahora ya con menor entusiasmo a cada voz.

Por fin de regreso en lo alto de las escaleras, se vuelve sobre sí mismo y, desde el porche, vuelve a observar el cierre de la finca. Aprieta los labios en un ademán extrañado. El pájaro atrapado. Es raro, porque, de verdad, parecía como si alguien lo hubiera puest…

Diego Navarro no llega a concluir su propio pensamiento porque, antes de que pueda hacerlo, algo se le ha abalanzado por detrás.

Alguien ha aparecido desde el interior de la vivienda y lo

ha agarrado por el cuello. Y ahora lo aprieta con fuerza contra sí.

Navarro se revuelve, intenta forcejear. Pero es inútil. Sea quien sea su atacante, es claramente más fuerte que él. Mucho más fuerte que él, diría. Lo cual, a decir verdad, tampoco es tan difícil. Porque, por más que aún recuerde cuando era joven, a estas alturas de la madrugada el doctor ya no es más que un anciano en pijama en el porche de su casa, un hombre débil, cansado, con un día muy duro encima, incluido el entierro de un amigo, y con las plumas ensangrentadas de un pájaro moribundo en las manos. Diego Navarro se siente muy cansado. Y el paño que le tapa la nariz y la boca apenas le deja respirar.

Aun así, intenta un último golpe. Sin saber ni cómo, alcanza a echar un brazo por encima de su cabeza, buscando golpear, rasgar, dañar la cara de su asaltante. Lo que sea, lo que sea. Una última defensa. Y es en ese momento cuando cae en la cuenta de algo que se le hace todavía más raro: allá donde debería estar la cara de su agresor, lo que hay es ¿nada? Navarro no se encuentra nada. No hay cara, no hay piel, no hay nada. Tan solo el tacto, áspero y duro, del hueso. «Pero ¿qué...?».

Pero ahora sí que ya no hay qué posible. Sea quien sea la persona que lo ha atacado, o sea lo que sea, es mucho más fuerte que él, y ahora tira de un anciano por completo exhausto hacia el interior de la vivienda, cerrando la puerta antes de que los perros lleguen siquiera a reaccionar. Y, sea lo que sea lo que impregna el pañuelo que el agresor mantiene oprimido contra las vías respiratorias de Navarro, ya ha empezado a hacer efecto. Poco a poco, el doctor siente cómo su consciencia se desvanece. Y, en un último pensamiento, Diego Navarro se ve a sí mismo como un animal indefenso. Un pequeño pájaro atrapado en una maraña oscura de flores de metal y alambre de espino. Y luego la oscuridad. Un fundido al negro más absoluto. Como un bosque sin luna.

Fuera, los perros no dejan de ladrar.

Tiempo atrás. Verano de 2006

Los amigos de Manel

La escuela es una casa enorme al final del pueblo, en una parte de Rebordechao a la que llaman Cima da Vila. Quizá en realidad no sea tan grande, pero su posición, elevada sobre el camino en lo alto de la colina, la convierte en una presencia impresionante. Y en cierto modo intimidatoria... O por lo menos así se lo pareció a Manel la primera vez que tuvo que entrar en ella tres años atrás, en septiembre de 2003. Una mole de planta cuadrada y dos alturas, con la piedra a medio revestir por unas cuantas manos de cemento mal dadas aquí y allá, y puertas y ventanas de aluminio que tal vez estuvieran muy bien cuando reemplazaron las antiguas de madera, pero que entonces para poco más servían que para vibrar con el viento que subía desde el sur del valle y hacer que los cristales temblasen con la lluvia los días de temporal. En mañanas como aquella, lo único que protegía del frío era la gran estufa de hierro que aún hoy continúa estando en el centro del aula compartida por todos los niños del pueblo. Y menos mal, porque si algo es verdad en esta parte del mundo es que aquí los inviernos son duros como puñetazos de hielo.

Al principio, el pequeño Manel no las tenía todas consigo. Al nacer en noviembre, tuvo que empezar su primer curso con los seis años todavía sin cumplir, lo cual lo convertía en el más pequeño de los más pequeños. Solo, por primera vez fuera de su casa, el primer día de escuela venía envuelto en inquietud, sí. Pero también en algo parecido al temor. Avanzando por la calle empinada, con su cara casi pegada a la falda de su madre, Manel aún recuerda el desasosiego al doblar la última curva y encontrarse con aquella casa en lo alto de la loma. Entonces no se atrevió a decir nada, que de sobra tenía aprendido que en su familia las palabras nada más se gastaban cuando de verdad había una razón insalvable por la que romper el silencio. De modo que tragó saliva y se guardó para sí la ansiedad. Pero lo que no pudo evitar fue apretar con algo más de fuerza la mano de su madre. Al darse cuenta de la inquietud de su hijo, Lupe se limitó a sonreírle y guiñarle un ojo.

—Tranquilo —le respondió desde la más serena de las expresiones—. Todo irá bien, ya lo verás.

Ahora, tres años después, las cosas seguían yendo bien.

Y eso que en este curso también pasaron unas cuantas cosas. Como, por ejemplo, el asunto de don José, el profesor que les tocó este año.

El viejo don José subía todos los días desde Ourense con su pequeña furgoneta. Aquí, en Rebordechao, él era el maestro, el señor profesor. Pero en la ciudad... No. En Ourense, a José todo el mundo lo conocía por otro nombre: allí era Pepe el Olivero. Porque, a pesar de su puesto como funcionario de la enseñanza pública, la familia del señor José llevaba toda la vida regentando un pequeño quiosco de chucherías en la ciudad vieja, cerca de la plaza del Hierro. Y aunque a estas alturas don José ya estaba a punto de jubilarse, todavía compaginaba sus labores como docente con las del negocio familiar, la distribución y el reparto de dulces, caramelos y gominolas por todos los pueblos de la comarca, desde Ourense hasta Verín. Y era por eso por lo que cada día, el maestro don José subía hasta Rebordechao para dar clase en su pequeña Renault Express, en realidad una furgoneta cargada de tentaciones. Por supuesto, las malas ideas fueron constantes durante todo el curso, una fantasía recurrente de toma y asalto al furgón del profesor, que tal vez nunca habría pasado de eso, una ensoñación. De no ser por la primavera, claro.

Porque sucede que este año el calor se adelantó al mes de mayo. Y así, para evitar que su carga se calentara en exceso, don José comenzó a dejar la furgoneta aparcada con las ventanillas delanteras ligeramente bajadas, para que el habitáculo pudiese respirar. El problema fue la brisa de la sierra, que todo lo sacude. Por supuesto, con el aire cargado de dulce colándose por las ventanas de la escuela, la tentación no tardó en convertirse en obsesión. Y ahí fue donde los mayores cayeron en la idoneidad del pequeño Manel, tal como enseguida pudieron comprobar.

Porque la rendija que siempre dejaba don José nunca era gran cosa, tan solo un suspiro por el que apenas cabían los dedos de los mayores. Pero no así en el caso de Manel, quien, además de menudo, siempre ha sido tan delgado como de manos finas, casi delicadas. Tan pronto como probaron, comprobaron que, con un poco de esfuerzo y torsión, la mano del pequeño podía colarse por la abertura para luego, con la ayuda de un alambre retorcido al punto y un poco de maña que Manel parecía tener de forma natural, abrir las puertas del cielo.

Y así fue como, durante las últimas semanas del curso, los pequeños delincuentes de Rebordechao se surtieron de chucherías, más allá incluso de los límites de su propia gula. De hecho, para finales de junio, el botín era ya tan abundante que la chavalada no sabía dónde ocultar sus partes del reparto. Preocupados por que los descubrieran, fue a Samuel y a Marcos, dos de los más mayores, a quienes se les ocurrió la solución. «Haremos un bote común —explicaron—, y lo esconderemos en el bosque, bien enterrado». En realidad, la avaricia había sido tanta que, para meter todo cuando habían ido saqueando durante los dos últimos meses, más que un bote lo que necesitarían sería un arcón. Y, la verdad, habría sido una buena idea. De no ser por lo desacertado de todas las decisiones que tomaron a continuación, claro. Como, por ejemplo, la elección del lugar para el enterramiento.

Hace tiempo ya que Manel y su familia no viven en A Ermida. Aprovechando que su padre había tenido una buena racha en su trabajo (fuese este cual fuese), la familia se había mudado a una casa más amplia en A Cruz, lo que más o menos vendría siendo el centro de Rebordechao. Pero una cosa no quita la otra, y todos los años vividos en la vieja casa familiar han hecho que Manel conozca bien la parte baja del valle. Y por eso se lo dijo, intentó explicarles a sus pequeños amigos asaltadores que el mejor lugar para esconder el botín era una de las cuadras vacías, en la parte más alta de la aldea abandonada. Pero no le hicieron mucho caso, por no decir ninguno. A aquella panda de vagos, A Ermida les parecía que no quedaba lo bastante cerca como para ir todos los días a ponerse ciegos de dulce. De modo que los chavales se decantaron por otra opción. Enterrarían el botín junto al molino, en el Corgo do Folgueiro. No solo queda mucho más cerca del pueblo, sino que encima el molino lleva años abandonado, con lo que por ahí apenas pasa nadie. Y, además, puestos a excavar, la tierra es mucho más blanda allí. Por el agua, claro. Vamos, un plan perfecto.

Convencidos de la infalibilidad de la idea, la cuadrilla de

granujas tomó prestado un viejo baúl de madera que alguno de los mocosos se encontró abandonado en el fallado de su casa y, tal como alguien declararía en los días posteriores, todos los críos del pueblo fueron vistos marchando en extraña procesión hacia las curvas del Folgueiro.

Y sí, es cierto, enterraron el botín. Tampoco a demasiada profundidad, que la idea era poder abrirlo y cerrarlo con regularidad, de manera que, tan pronto como consideraron que todo quedaba en orden, regresaron al pueblo, tranquilos y convencidos. A fin de cuentas, ¿qué podía salir mal?

Por supuesto, todo.

Porque apenas habían pasado dos días cuando la señora Catalina vio como a una de las vacas que había llevado a pastar en el prado junto al molino se la tragaba la tierra. Bueno, quizá tanto como tragársela la tierra, no, pero desde luego de morros contra el suelo sí que se fue, eso seguro. Cuando Catalina, todavía perpleja, llegó junto al animal, que seguía con la cabeza hundida en el barro, se lo encontró con la boca metida en una caja de madera podrida, moviendo la lengua a uno y otro lado y, para mayor sorpresa, dándose al dulce como si no hubiera ni Dios ni mañana.

Al día siguiente, Manel está en el salón de su casa, viendo un episodio de *Jóvenes jinetes*, una serie de televisión que le gusta mucho, cuando su madre entra en la habitación. Lupe no suele ver mucho la tele. Pero en esta ocasión sí lo hace. Se sienta junto al pequeño y, casi al instante, comienza a hablarle. Como quien no quiere la cosa, aún sin apartar la mirada del televisor.

—Dicen que ayer a la pobre Catalina le costó muchísimo meter a una de sus vacas en el establo.

Silencio. A Manel le interesa la serie mucho más que las vacas de Catalina.

—Se ve que estaba muy nerviosa —continúa su madre—, al parecer por un atracón de azúcar.

Manel le devuelve la mirada con gesto extrañado.

—¿La señora Catalina estaba muy nerviosa?

A Lupe casi se le escapa una carcajada.

—No, Manel, la señora Catalina no. Su vaca, hijo, su vaca.

—Ah.

Tranquilo, el niño vuelve a concentrarse en la pantalla.

—¿A ti no te parece extraño, Manel?

Pero esta vez su hijo no dice nada.

—A ver, amiguito, dime una cosa. ¿Has tenido tú algo que ver con esto?

Silencio.

Lupe sonríe condescendiente.

—Venga, Manel, va. ¿Tienes algo que decir al respecto?

Despacio, muy poco a poco, el pequeño vuelve a observar a su madre.

—Sí —responde con determinación—, que yo ya les dije que A Ermida era mucho mejor sitio para esconder la caja.

Sorprendida por lo pragmático de la respuesta, Lupe arquea una ceja.

—¿Cómo dices?

—Claro, mamá. Allí hay muchos establos abandonados en los que nunca entra nadie. ¿Tú no crees que allí estaría mucho mejor?

Lupe no puede reprimir una sonrisa ante la lógica de su hijo.

—Por supuesto —le confirma—, por supuesto. Señor, además de delincuente, listo. Tienes razón. Pero no lo vuelvas a hacer, ¿vale?

La mujer revuelve con cariño el pelo de Manel y se levanta, de nuevo sonriendo. Ya se está yendo del salón cuando, al llegar a la puerta, se detiene. Algo se le ha pasado por la cabeza. Y se vuelve hacia Manel, a quien le parece ver algún tipo de sombra en la expresión de su madre.

—Sobre todo —le advierte— que no se entere nadie. Ni tu tía, ni mucho menos tu padre. ¿Estamos?

Es pleno verano ya, y los niños siguen corriendo juntos por el pueblo, por fin libres de escuelas y trabajos. Por las tardes se reúnen en la piscina que los vecinos han construido sobre el cauce del Arnoia, y después, cuando empieza a refrescar, se van al monte, a seguir jugando entre los carballos y los castaños. Y todo parece estar bien. A pesar de ese pequeño detalle. Porque, con todo, este año algo parece diferente, por lo menos con respecto a los veranos anteriores. El incendio constante.

Porque este año los hidroaviones de la lucha contra el fuego parecen no haber tenido ni un solo día de tregua. Manel y sus amigos saben que siempre ha habido incendios, y raro es el verano en el que no ven incluso uno o dos en la sierra. Pero este año… Este año es distinto. Por el tráfico de aviones, helicópteros, camiones y motobombas, es como si el mundo entero estuviera en llamas. De hecho, parece que ese olor intenso, el del monte quemado, haya empezado a impregnarlo todo, y por las noches es como si el cielo hubiera cambiado la oscuridad por un fulgor naranja, especialmente definido contra el horizonte. Pero eso, las noches, son otra cuestión.

Porque lo bueno del verano, además del calor, es que los días son mucho más largos y todos tienen más tiempo para jugar hasta que se pone el sol. Pero solo hasta entonces. Hasta que se ponga el sol. Nunca más allá.

Cuando la luz se retira por completo y el bosque comienza a convertirse en un lugar oscuro, todos los niños saben que deben regresar a sus casas. «Ni se os ocurra quedaros en el monte. Venid siempre corriendo, rápido, si no queréis encontraros con...». Y no, no lo llaman por su nombre. Pero mejor así, que los niños ya saben a quién se refieren.

Porque todos los pueblos tienen su monstruo. La bestia, el fantasma con el que atemorizar a los más pequeños. Si no te portas bien, vendrá el hombre del saco. El Sacamantecas, el lobo. *O home do unto*. En casa, a todos los niños los asustan con él. A todos...

Menos al pequeño Manel.

Por alguna razón, en su casa nunca se habla de estas cosas.

7

Esto no es real. Y sin embargo…

—Hola, doctor.
Silencio.
—Doctor —insiste la voz—, despierte.
—No, no puedo.
—Sí puede. Es la hora, doctor, debe despertar. ¿Puede verme?
—Sí —titubea—, sí, lo veo.
—Bien, doctor. Pues ahora abra los ojos.
En efecto, y al contrario de lo que pensaba, Diego Navarro tenía los ojos cerrados. Con todavía más esfuerzo aún, los abre e intenta comprender.
Mira a su alrededor. Y reconoce el sitio. Está en su casa, en la biblioteca de la planta baja. Las paredes forradas de madera, las estanterías repletas de libros, su escritorio ante la ventana. Sí, no hay duda, está en su biblioteca, de alguna manera sentado en su sillón orejero, con las manos acariciando las plumas que cubren los reposabrazos. Claro. Tan solo hay un problema.
Hasta donde él recuerda, su sillón no tiene plumas.

Ni en los reposabrazos, ni en el respaldo, ni en ninguna parte.

Y sin embargo, sus manos las están tocando, sus ojos las están viendo, sus dedos, tan largos, se hunden en el plumaje de estas alas que no paran de sacudirse. Sus... Un momento, no, espera, sus dedos tampoco son tan largos en realidad. Y los reposabrazos deberían ser eso, reposabrazos, no alas sacudiéndose. ¿Qué es lo que ocurre?

Aturdido, el doctor Navarro vuelve a hacer un esfuerzo descomunal por abrir los ojos. ¿En qué momento los ha vuelto a cerrar? ¿O acaso nunca los ha tenido abiertos? Los abre e intenta un nuevo reconocimiento a su alrededor. Sí, a pesar de esta semiinconsciencia en la que se identifica a sí mismo, es cierto que está en su biblioteca. Las paredes forradas de madera que se encogen y se estiran, las estanterías llenas de libros que se proyectan hacia el cielo de la noche. Y algo que se mueve en la oscuridad, al otro extremo de la estancia.

Dos pequeñas brasas de rojo encendido.

—¿Me ves ahora, doctor?

Dos alfileres incandescentes, como dos minúsculos fuegos, en un mar de pelo color azabache.

—¿Me ves? —repite la voz—. ¿O prefieres que me acerque un poco más?

Algo se revuelve en la habitación al fondo de la oscuridad. «¿O es al revés? Algo se revuelve en la oscuridad al fondo de... No, no lo sé». Y Navarro intenta comprender. A ver, concéntrate. Que eres médico, por el amor de Dios. ¿Qué es lo que está ocurriendo aquí? La luz, los colores, el sonido de las cosas. Las plumas de un sillón que no existe, la madera elástica. Y esta voz que parece venir de otro mundo. No, nada de esto es real, y el doctor Navarro comprende lo que ocurre. Lo han drogado. Sí, eso es. Pero ¿cómo? Se esfuerza todavía más. Hasta que de pronto nota cómo su propia cabeza se abre ante él. O eso le parece sentir, cómo sus recuerdos explotan y se despliegan ante sus ojos. Los perros ladraban, era de madrugada. El pájaro, sus alas. La escalera.

Y el asalto.

Sí, eso es. Alguien lo abordó por detrás y le hizo respirar algo. Tal vez ingerirlo, eso ya no lo sabe. Pero, entonces, de ser así, estos síntomas… A ver, concéntrate, concéntrate, Diego. Eres médico, de modo que puedes analizarlo. Veamos, ¿qué es lo que te ocurre? Percepción alterada, visiones, alucinaciones incluso, colores que estallan.

Y Diego Navarro llega a la única conclusión posible: ácido.

Eso es, no puede ser otra cosa, lo han drogado con ácido. ¿LSD, tal vez? Sí, eso tiene que ser. Por algún motivo que ahora mismo no alcanza a comprender, el doctor Navarro está sintiendo en sus propias carnes los efectos de un viaje lisérgico. De un mal viaje, de acuerdo, pero de un viaje, al fin y al cabo. De modo que una cosa está clara: sea lo que sea lo que cree estar viendo, no es real.

No es real, Diego, no lo es. Tranquilízate, intenta relajarte y, sobre todo, no tengas miedo. Intenta mantener la calma, porque nada de lo que crees estar viendo es real.

Pero es que esos ojos…

No, no son reales. Por más que las dos perlas encendidas de fuego hayan salido de la oscuridad y ahora, clavadas fijamente en él, se le estén acercando, no son reales. No pueden serlo.

Y sin embargo…

Son los ojos de una bestia que no deja de observarlo a medida que avanza hacia él. Dos ojos encendidos que brillan al fondo del hueso desnudo de su propio cráneo, y el negro azabache es el color de pelo que lo rodea.

El negro azabache es el olor de su pelo.

El olor de la humedad, del monte, del frío.

Del dolor.

Mantén la calma, Diego. Estás drogado, estás fuertemente drogado. Intenta relajar la respiración, Diego, tienes que bajar el pulso. No es real, Diego, no lo es. Estás drogado, estás teniendo una alucinación, un muy mal viaje, eso tiene que ser. Una alucinación, solo esa puede ser la razón que explique el hecho inexplicable de que lo que ahora mismo se está acercando tan lentamente hacia ti sea lo que parece ser.

Un lobo.

—¿Me ves, doctor?

Un lobo que habla.

—¿Me ves?

¡Sí, maldita sea, lo ve! Es un lobo, una bestia horrible y deforme, un animal terrible que, a cuatro patas, se le aproxima poco a poco.

Avanza lentamente, casi con el vientre pegado al suelo. Como el perro que, agazapado, repta para acechar a su presa. No ha dejado de acercarse y ahora se ha detenido junto a sus pies, de modo que, sentado como está, Diego Navarro ya no puede verle la cabeza. Pero sabe que está ahí. Lo nota, siente la respiración del animal, olfateando a medida que sube entre sus piernas. Despacio, muy poco a poco. Hasta que, por fin, la cabeza del lobo, descarnada y monstruosa, aterradora, emerge junto a su regazo.

Navarro no logra comprender. Sabe que está drogado, lo sabe, no tiene ninguna duda al respecto. Y también que lo que ahora está viendo, lo que cree estar viendo, no es real. No puede serlo.

Y sin embargo...

El animal levanta la cabeza, y ahora las dos brasas que son

sus ojos vuelven a clavarse en las inmensas pupilas del anciano.

—Dime, doctor, ¿qué es lo que sabes?

Silencio. Navarro querría responder. Decir algo, hablar. Pero no encuentra la manera. ¿Y cómo hacerlo? Sabe que esto no es real. Sabe que esto no puede ser real.

—Dímelo, doctor, ¿quién más está al tanto?

Y lo sabrá, su parte racional sabrá que todo esto no puede ser real. Pero al doctor Diego Navarro, médico jubilado, el sonido, la voz, las fauces del monstruo que le habla le han parecido muy reales. Tanto, por lo menos, como el pánico que ahora mismo inunda y arrasa todo su cuerpo.

—¿Estar al tanto? Pero ¿de qué? ¿Qué crees que sé?

—Te observé en el cementerio, viejo, vi cómo hablabas con tus amigos. ¿Qué fue lo que les dijiste?

—¿Con mis amigos?

—Sí, doctor, con ellos. Dime, ¿acaso les contaste algo sobre tu amigo el sastre?

—¿Sobre Vicente? Nada, por favor, ¡no les dije nada! ¡A nadie!

—Ah, ¿no? ¿Estás seguro de eso? No sé, tal vez se te escapó algún nombre.

—No, por Dios, ¡no! Aunque de pronto dejase de creer en la ética médica, tampoco podría hacerlo, porque Vicente no me dijo ningún nombre.

—¿Podrías jurarlo?

—¡Sí! Vicente tan solo me preguntó por algo que ni siquiera él supo explicar.

La bestia no deja de observarlo. Ahora desde un lado, luego desde el otro. A tan poca distancia del rostro (o lo que sea eso) de la bestia, al doctor le parece que el lobo está intentando ver más allá de las palabras. Por un segundo, a Diego Navarro se le pasa por la cabeza la posibilidad de que la fiera esté escrutándole el alma.

—Bien, muy bien. Entonces acabemos con esto. Es hora de comer, doctor.

Es entonces cuando, de pronto, el lobo abre la boca. Y Navarro lo ve. El brillo en las fauces, los dientes afilados como cuchillos.

Y es tal vez por eso por lo que, ahora sí, Navarro rompe a gritar.

Justo al mismo tiempo que el animal se abalanza sobre él.

Justo al mismo tiempo que la bestia clava sus dientes en la garganta del médico.

Justo al mismo tiempo que explota el dolor.

Fuera, alarmados y de nuevo excitados, los perros han vuelto a ladrar con desesperación. Como si, de pronto, se hubieran encontrado con otro pájaro atrapado en el metal.

8

El hastío de Lueiro

He intentado no pensar en ello. Hacer como que nada de esto me afecta más allá de lo estrictamente profesional. Nada que no tenga que ver con el caso que me ha traído a este lugar. Pero no puedo hacerlo. No llevo ni un día aquí, y a mis asuntos pendientes tan poco tiempo les ha bastado para desenterrar la caja de los malos recuerdos. Y volver a encender el dolor. Es este lugar, maldita sea. Este lugar, los espacios a su alrededor. El río, los montes, la montaña a lo lejos. El pueblo. Todo aquí me recuerda a ella. A la aldea, a la casa abandonada, a mi padre. Y a mi madre. Ahora mismo la estoy viendo otra vez. La bodega vacía, la penumbra azul del alba y el aliento que sale de mi boca, al instante convertido en vaho al contacto con el frío de las primeras luces. Y, al fondo de la estancia, ella. Casi por completo inmóvil. Apenas ese movimiento sutil, el más suave de los balanceos mientras mantiene sus ojos clavados en los míos. Sus ojos, grises, húmedos. Es la estridencia de mi teléfono la que viene a romper el silencio en que ambos nos contemplamos. Sobresaltado, me incorporo e intento disimular el jadeo, la respiración entrecortada, y busco el móvil en la mesita de noche. Y, por supuesto, maldigo entre dientes nada más ver el nombre en la pantalla: Lueiro. Mierda. Si Carlos me llama a estas horas no puede ser para nada bueno. Por suerte, ahora ya todo el equipo está reunido.

El primero en llegar a la casa cuartel de Verín, donde Lueiro se había encargado de habilitar un espacio para que pudiéramos instalarnos y utilizar como base de operaciones, fue Raúl Arroyo, nuestro técnico informático. Cuando entró en la brigada lo llamábamos Batman, un mote que en su día le puso la subinspectora Santos por todo el tiempo que Raúl se pasaba encerrado en el sótano, en el Departamento de Delitos Informáticos, siempre rodeado de ordenadores y sin ver un rayo de sol. Pero ahora ya nadie lo llama así. O por lo menos no delante de él. Raúl llegó a primera hora del día, después de que lo avisara desde el apartamento de Vincenzo Lazza. Tardó lo que le llevó cargar el equipo necesario, coger el coche y recorrer las dos horas escasas que separan Vigo del valle de Monterrei.

La subinspectora Santos llevaba conmigo desde el primer día, de modo que el equipo acabó de completarse por la tarde, con la llegada del subinspector Antonio Laguardia. Siempre ordenado, cauto y metódico, Antonio no vino hasta haber dejado resueltos los asuntos que nuestro desplazamiento fortuito había dejado pendientes en la comisaría de Vigo.

Y sí, mi equipo es bueno, eficiente y capaz como pocos. Pero en estos dos días mal contados apenas hemos tenido tiempo de ubicarnos. No hemos podido hacer mucho más que tomar contacto con un terreno que a casi todos nos resulta nuevo, hacernos una composición de lugar y empezar a investigar el entorno de Lazza.

Mientras yo me pasaba todo el día de ayer acompañando a Lueiro en las entrevistas que el sargento había llevado a cabo con los vecinos del sastre, Santos y Laguardia han hecho todo lo posible por componer el entorno de Vincenzo Lazza, comenzando por visitar el taller de costura que el sastre mantenía abierto en Monterrei, a las afueras de Verín. Y, a su vez, Raúl se ha estado encargando de la exploración de sus ordenadores y, muy especialmente, de su teléfono móvil. Por desgracia, hasta este momento ninguna de las tres vías ha arrojado demasiada luz. Ningún vecino ha visto nada, ningún empleado sabe nada, ninguna carpeta parece contener nada sospechoso. Nada especialmente llamativo en el mundo de Vicente Fernández.

Pero entonces, esta madrugada, el teléfono ha vuelto a sonar. Y la explicación de Lueiro me ha hecho jurar entre dientes.

Porque sí, claro, un caso puede quedarse en eso, algo aislado. Pero si hay dos... No. Cuando una misma situación se repite, y además en tan poco tiempo, sabes que esto no ha hecho más que empezar. En nuestro trabajo, el segundo escenario acostumbra a no ser sino el primero de muchos más.

Es Santos quien me ha acompañado hasta la localización enviada por Carlos, un pequeño aparcamiento de tierra batida a las afueras de la villa, en la OU-113, la carretera que va de Verín a Vilar de Barrio. Tan pronto como detenemos el coche, el cordón de la Guardia Civil, el trasiego de uniformes verdes y paso torpe de los trajes blancos nos hace comprender que el lugar hacia el que debemos dirigirnos queda un poco más abajo.

A primera vista, el espacio podría pasar por una especie de parque desordenado, un montón de árboles plataneros de follaje desaliñado. Pero no, una mirada un poco más atenta nos revela que en realidad esto es otra cosa. Todavía no sabemos de qué se trata. Pero lo que está claro es que esto queda muy lejos de ser ningún lugar de paseo.

Apoyada en la puerta que mantiene abierta, y con un pie aún dentro del coche, Santos observa la extraña composición que, todavía envuelta en una mezcla de niebla y bruma, se extiende ante nosotros. Las estructuras esqueléticas y desnudas de edificios de algún tipo, uno más grande a la izquierda y otro más pequeño a la derecha, ambos muchos años antes abandonados.

Dejamos el coche y bajamos por la rampa, dejando atrás los primeros coches de la Guardia Civil y un par de ambulancias. En una de ellas, alguien se nos queda mirando. Un tipo de mediana edad, con ropa deportiva y cara de cera. Pasamos de largo en dirección al conjunto que se adivina entre los plataneros. Con cuidado de no hundir los pies en los múltiples charcos de agua y barro que se extienden ante nosotros.

—Aquí hay muchísima humedad —murmura Ana, con la vista puesta en el suelo.

—Sí —le confirmo—. Creo que es por el río. En el GPS me ha parecido verlo justo al fondo, al otro lado de… Bueno, de lo que sea esto —respondo, ahora sin dejar de observar lo que ya se comprende como un grupo de construcciones en ruinas.

Se trata de dos edificios levantados en piedra. En el más grande, el primer elemento que destaca en la fachada son los restos de un antiguo pórtico desde el que se entra a lo que en su momento debieron de ser dos pabellones laterales unidos a otro posterior, mucho más amplio que los primeros, y a su vez coronado por una torre de tres plantas de altura que se levanta ante nosotros envuelta en esta suerte de niebla densa.

—Bienvenidos al antiguo balneario de Caldeliñas. Bueno, o a lo que queda de él, claro.

Es Lueiro, que ha salido a recibirnos.

—¿Esto es un balneario?

—Lo fue. Este era el edificio principal. Y este otro —apunta con el dedo, a la vez que nos indica que lo sigamos en dirección al más pequeño—, el de las piscinas. Ahora cuesta incluso imaginarlo. Pero antes todo esto era muy distinto. De hecho, no sé si lo sabréis, pero aquí siempre hemos tenido una gran tradición termal, así como una importantísima industria relacionada con el agua mineral.

—¿Has dicho que ese pabellón es el de las piscinas? —pregunto extrañado al ver que nos acercamos a la más pequeña de las construcciones.

—Sí, están aquí dentro —me indica apuntando hacia el interior de una de las estancias laterales—. Es como llamaban a los antiguos baños colectivos de balneario. En realidad son cuatro bañeras enormes que han quedado aquí abandonadas. Aunque, si te digo la verdad…

—¿Qué pasa?

Lueiro señala con el mentón en una dirección concreta. La esquina al fondo del pabellón derecho.

—Que ojalá no estuvieran aquí.

Y comprendemos, claro. La desgana, la incomodidad. El hastío de Lueiro.

Tan pronto como traspasamos el umbral del acceso principal, damos a una estancia amplia. La que en tiempos debió de ser la primera de las salas de baño público. El conjunto, en efecto, está compuesto por dos grandes bañeras de piedra. La de la izquierda es una enorme pileta de granito, con paredes de más de un metro de altura. Tal vez por eso tardamos en reaccionar, porque los muros de esta no nos dejan ver la segunda en toda su extensión. Pero sí, apenas un par de pasos a la derecha, en la dirección que nos indica Lueiro, bastan para comprender.

La otra piscina también es una bañera enorme, de algo más de un metro de ancho por unos tres de largo, quizá cuatro. El agua, verde y estancada desde sabe Dios cuándo, se ha llenado de hojas, flores, algas y a saber qué más. Y no pasaría de eso, una suerte de poza, un estanque abandonado, de no ser por ese otro detalle.

Solo, recostado contra el muro de granito al fondo de la piscina, y sin que ya ninguno de los agentes que pasan a su lado parezca reparar en él, un cuerpo, blanco y desnudo, reposa a medio hundirse en un baño de agua putrefacta. Como Ofelia en el cuadro de Millais, pero sin un atisbo de belleza.

9

El médico muerto

Cualquiera que lo hubiera visto en otras circunstancias, en otro momento incluso, cuando el balneario todavía estaba vivo, podría haber confundido la escena con algo muy diferente. La estampa de un anciano que, tranquila y confortablemente, se había quedado dormido en la comodidad de un baño relajante. La cabeza ladeada, orientada hacia el cielo contra el muro de granito, los brazos extendidos sobre los bordes de la piscina... La calma. De hecho, hasta la bruma que todo lo envuelve ayudaría a ambientar la escena, disfrazando el momento con los vapores de un agua caliente que en realidad dejó de correr por estas piletas muchas décadas atrás. Sí, cualquiera podría haberlo confundido. De haber sido todo muy distinto.

Porque, por supuesto, en este cuadro que ahora se muestra ante nosotros hay cualquier cosa menos calma, menos tranquilidad. Un vistazo rápido basta para comprender que aquí no hay nada que no sea todo lo contrario. Angustia, crispación, dolor. Y muerte.

Me acerco hasta el fondo de la piscina y me agacho hasta

sentarme en el bordillo, aunque solo sea para poder verlo con más claridad. A pesar de la turbidez del agua, se alcanza a ver que esta vez se trata del cuerpo desnudo de un anciano muerto, brutalmente atacado de manera más visible en el cuello, abandonado en el interior del tanque. Y no, aquí no hay nada, absolutamente nada que sirva de alivio. Por si alguien tuviera alguna duda de lo violento de la situación, el espanto que ha quedado grabado en su expresión borra cualquier tregua posible.

—¿Cómo lo habéis encontrado?

Lueiro se vuelve y señala hacia el exterior.

—Ese tipo de ahí fuera —explica—, el de la ambulancia. Se encontró con todo esto mientras hacía esa mierda del *footing*, *running* o como coño se le llame ahora a lo de correr embutido como un gilipollas antes de ir a trabajar. De pronto su chucho salió disparado hacia aquí y, al ver que no salía, pues...

—Ya. ¿Y sabemos de quién se trata? —pregunto, mientras vuelvo a observar el cuerpo.

—Sí, él... —Se detiene—. Sí, es Diego Navarro —explica al fin Lueiro—. Un médico jubilado de aquí, del pueblo.

Algo en su respuesta, quizá la pausa, me llama la atención.

—¿Lo conocías personalmente?

—Sí. En realidad, aquí lo conocía todo el mundo. De mi generación en adelante, casi todos en Verín hemos pasado alguna vez por su consulta. Era un buen tipo, Mateo. Una persona muy querida.

—Pues se ve que no por todos —apostilla Santos sin dejar de observar la herida.

Porque, en efecto, ahí está el problema. En su garganta. O, mejor dicho, en lo que falta de ella; la cabeza ladeada hacia su costado derecho hace que se pueda ver con toda claridad la enorme herida abierta en la garganta del doctor. Es como si algo se hubiera ensañado con su cuello y le hubiera devorado el costado izquierdo por encima del hombro, desde la nuez hasta casi la oreja. Incómodo por lo evidente, doy un paso atrás.

Y es justo entonces cuando algo me viene al pensamiento. Una idea. O, mejor dicho, una diferencia.

Porque es cierto que se trata de una imagen claramente violenta, extrema y feroz como también lo era la anterior. Pero, con todo, resulta evidente que algo difiere con respecto al escenario del sastre muerto.

—¿Qué pasa, jefe?

Abstraído, en lugar de responder continúo observando el cuadro. La cara, el cuerpo, el espacio a su alrededor. Y comprendo: al final, todo está en los detalles.

Porque, mientras que el cadáver de Lazza aparecía por completo desmadejado, abandonado de cualquier manera sobre un charco de sangre y restos humanos derramados por el suelo de su apartamento, ferozmente expuesto, en este hay una diferencia clara. La violencia presentada sobre el cadáver del sastre parecía de algún modo natural, instantánea y terrible, como la que un camión deja sobre el cuerpo del perro que abandona sin detenerse tras pasarle por encima con sus cinco ejes. Pero en este hay otra intención, evidente en todo. La colocación, la postura en la piscina, el lugar incluso.

Y por descontado esa otra cuestión de más. O, mejor dicho, de menos.

—No lo han matado aquí.

—Poca salpicadura para tanta herida, ¿verdad?

—Por decirlo de una manera suave, sí.

Carlos sonríe con aún más desgana.

—Está todo en su casa.

—¿Habéis ido allí?

—Sí. De hecho, ahora mismo tengo a un equipo de la científica en el lugar.

—¿Y?

Lueiro niega con la cabeza.

—Parece un matadero. En la biblioteca de la casa hay sangre por todas partes.

Por supuesto. A este hombre lo han matado en otro lugar y después lo han trasladado. Por eso no hay sangre, porque ya estaba muerto cuando lo trajeron. Y, como todo el mundo sabe, si el corazón no late, el cuerpo no sangra. No, a este hombre lo han colocado aquí.

De hecho, eso es, justo eso. Porque esto es una presentación, un escenario. No, esto ya no es el resultado de un atropello fortuito. Sino una representación.

—Mierda.

—¿Qué ocurre, jefe?

Y entonces soy yo quien, como el cadáver, ladeo la cabeza.

—La teatralidad, Santos, eso es lo que ocurre. La maldita teatralidad.

Y sí, maldigo. Porque esto no es bueno, sea quien sea quien está haciendo esto, es evidente que esta vez ha cogido confianza. Ya no le vale con matar. Ahora también quiere mostrarlo.

—¿Cree que estamos ante otro zumbado, señor? Ya sabe, alguien que quiere lanzarnos algún mensajito o cualquier otra mierda por el estilo.

Dudo.

—No sé hasta qué punto quiere hacerlo, Ana. Pero, desde luego, lo que está claro es que quiere que veamos lo que ha hecho, de eso no hay duda.

—Joder.

Lueiro intenta aparentar algo semejante a la serenidad, a la calma. Es cierto que, como responsable de las primeras inspecciones oculares, un policía judicial tiene que estar preparado para enfrentarse a todo tipo de escenarios y situaciones, algunas de ellas incluso específicas del rural. Desde muertes por aplastamiento con tractores hasta accidentes de avionetas fumigadoras y, de vez en cuando, también algún que otro homicidio. Lo cual nunca es fácil. Si lo sabré yo. Pero en este tipo de situaciones la dureza no suele estar solamente en la imagen, sino en las circunstancias. En la cadena de acontecimientos que acaban convirtiéndose en algo semejante a una razón. ¿Qué demonios es lo que nos lleva a cometer semejantes atrocidades?

Vuelvo a acercarme al cuello de Navarro.

—¿Habéis comprobado si las heridas son por mordeduras?

—Pues eso parece, sí.

Alguien me responde. Pero no es Lueiro quien lo hace, sino una voz nueva que suena a mis espaldas.

Me vuelvo para ver cómo desde el exterior un hombre entra en el pabellón y avanza en nuestra dirección. Todavía lleva puesto el mono de gasa blanco, una prenda muy moderna en comparación con el viejo maletín de piel negra que porta en la mano izquierda. Un maletín de instrumental médico, según veo.

—Ah. —Sonríe Lueiro—. Fernando, déjame que os presente. Mateo, este es Fernando Serrulla. El médico forense.

—Inspector Mateo Romano —me presento a la vez que doy un paso hacia él.

Serrulla es un tipo alto, fuerte. Pasa de los sesenta y mantiene una expresión serena, seria pero afable.

—Todavía no puedo confirmarlo al cien por cien, pero, por lo que he podido ver, sí, me atrevería a asegurar que se trata de mordeduras.

—Pues si lo son, entonces tal vez haya restos de saliva.

El forense me comprende al instante.

—Sí, claro. Por eso hemos tomado muestras, para ver si las pruebas de ADN arrojan alguna coincidencia con las que recogimos en el escenario de Lazza.

—Bien.

—Y, bueno, luego está lo otro, claro.

—Aún no se lo he enseñado —le advierte Carlos.

—¿El qué?

Lueiro se acerca al cadáver y, con una pequeña linterna de luz negra, señala algo en la mejilla y también en lo que queda del cuello de Navarro.

—Aquí, ¿lo ves? Y aquí.

En efecto, iluminado por el haz de luz algo brilla sobre la piel del médico muerto.

—Un polvo blanco.

—¿Qué es? —pregunta Santos—. ¿Droga?

—Eso aún no lo sabemos —responde Carlos—. Pero ya me he encargado de recoger muestras para que lo analicen.

La subinspectora y yo cruzamos una mirada en silencio. Una preocupada. Un sastre muerto, un médico muerto y alguien que mata devorando a sus víctimas a mordiscos. Maldita sea, ¿a qué nos estamos enfrentando esta vez?

10

Mil noches sin dormir

Carlos se ha encargado de organizar nuestra estancia en el valle, de modo que todo el equipo ha podido instalarse en dos de los apartamentos de la casa cuartel. Aunque, sinceramente, yo preferiría no tener que estar aquí. Si por mí fuera, no me importaría ir y venir cada día, recorrer los más de ciento cincuenta kilómetros que separan la comisaría de Vigo del puesto de la Guardia Civil en Verín, tal es la incomodidad que me genera este ambiente. Desde que he llegado, a las pesadillas habituales han venido a sumárseles otras nuevas. Y por supuesto sé cuál es la razón. La proximidad de la montaña. Esta luz, este olor que lo envuelve todo. El de la aldea, el de la casa vacía. La imagen de mis padres. O, mejor dicho, de mi madre. No he dejado de verla ni una sola noche. Ella en silencio, sus ojos clavados en los míos. Me despierto inquieto, sobresaltado. Y sé que ya no puedo dormir más. Intranquilo, hoy he vuelto a levantarme temprano. Un café rápido y, cuando bajo a las oficinas del cuartel, me encuentro con que hay quien duerme aún menos que yo.

—Arroyo.

—Buenos días, señor.

Miro por la ventana. Ni siquiera ha empezado a romper el día.

—Te veo concentrado.

Raúl levanta ligeramente los ojos del monitor y me dedica una sonrisa satisfecha.

—He encontrado algo, señor. Mire.

Coge el teléfono móvil que estaba sobre el escritorio, conectado al portátil por un cable USB.

—¿Es el de Navarro?

—Sí. El sargento Lueiro me lo dio ayer, cuando regresaron de la casa del médico. Y aquí, en esta otra carpeta —dice señalando al ordenador—, tengo ya descargada toda la información que pudimos sacar del teléfono del sastre.

—¿Y?

—Hay varias coincidencias, señor.

—¿De qué tipo?

—Llamadas. Entre ambos.

—Luego se conocían.

Arroyo asiente.

—Eso parece.

Es justo entonces cuando Antonio Laguardia entra también en la sala de trabajo que Lueiro ha dispuesto para nosotros.

—¿Qué es lo que parece? —pregunta lacónico—. ¿Hay alguna novedad?

—Sí —le responde Raúl—. Acabamos de confirmar que Fernández y Navarro compartían un historial de llamadas cruzadas entre ellos. De hecho, y por lo que he podido comprobar, lo más interesante es esto, aquí. —Apunta con un dedo sobre la pantalla de su ordenador—. La última conversación se produjo la madrugada en que Fernández murió. El sastre llamó a Navarro esa misma noche, a las doce y media.

—¿A las doce y media?

Arroyo se ajusta la montura de sus gafas y entorna los ojos, en un ademán de concentración, a la vez que revisa el dato en su ordenador.

—Bueno, a las doce y treinta y ocho, para ser exactos.

—Interesante —admito—. ¿Y sabemos cuánto duró esa conversación?

—Bastante. Algo más de media hora.

—¿Has podido ver en el historial si se trataba de algo habitual? Quiero decir, ¿solían hablar tanto a esas horas?

Raúl niega.

—No. De hecho, lo cierto es que esa llamada atendida por parte de Navarro es la única de la que hay constancia en el historial hasta mucho tiempo atrás.

—Lo que la hace más interesante aún —opino—, ya que confirma que el sastre tenía algo importante que comentar con el médico.

—O que consultarle —propone Laguardia.

—O que consultarle —admito—. ¿Has encontrado algo más?

—No, por parte de Fernández no. Pero sí por la de Navarro.

—¿Otras llamadas?

—Sí. La gente mayor es más de llamadas que de mensajes. De hecho, Navarro ni siquiera tenía WhatsApp.

—¿Y Fernández?

—Sí, él sí. Pero lo tenía protegido por un patrón. He probado con unas cuantas figuras habituales. El triángulo, una uve, la ele... Pero no, no ha habido suerte.

—Comprendo. Y entonces ¿qué pasa con las llamadas por parte del médico?

—Bueno, en realidad no mucho —se lamenta Arroyo—.

Es cierto que Navarro llamó a Fernández un par de veces. Pero lo hizo al día siguiente, por la mañana. Cuando este ya no podía contestar.

Yo también asiento, y por un instante todos permanecemos en silencio, asimilando las implicaciones del avance aportado por Arroyo.

—De acuerdo —resuelvo al fin—, esto es lo que vamos a hacer. Raúl, tú sigue con los teléfonos de ambos, a ver si encontramos algo más en común.

—Por supuesto. Aunque no parece que haya mucho más, señor. Llevo barriéndolos desde ayer y, salvo las llamadas realizadas y el hecho de que ambos se tenían en sus respectivas agendas de contactos tan solo con el nombre de pila, lo cual confirma que se conocían y se tenían confianza, no parece que haya ningún otro vínculo.

—Ya, de acuerdo. Pero no importa —insisto—, tú sigue buscando. No sería la primera vez que encontramos algo más.

—De acuerdo.

—Antonio, vosotros salid a preguntar por ahí, a ver qué averiguáis en el entorno de cada uno.

Laguardia asiente en silencio.

—Id a Laza. Si Navarro y Fernández se conocían hasta el punto de tenerse confianza, lo más probable es que el doctor también asistiese al entierro del sastre. Preguntad entre la gente que estuvo en el cementerio. Tal vez alguien vio algo.

—Sí, señor.

—Mientras tanto, yo hablaré con Lueiro, a ver si el forense ha podido sacar ya algo en claro.

11

Algo muy extraño

El de mi equipo no ha sido el día más productivo. Después de toda una jornada de exploración por los discos duros de los teléfonos de Vicente Fernández y Diego Navarro, Raúl llegó a la conclusión de que, hasta donde se podía navegar, definitivamente allí no había mucho más que rascar. Correos de trabajo, fotografías de trajes de caballero y un poco de pornografía en el móvil de Fernández; y unas cuantas páginas de periódicos deportivos como marcadores habituales, alguna que otra web de medicina y muchas, muchísimas fotos de dos niños que al final han resultado ser sus nietos en el teléfono de Navarro. En definitiva, nada reseñable.

Por mi parte, el día tampoco ha sido especialmente fructífero. Luego de confirmar que, al igual que había sucedido en el escenario de Fernández, en el de Navarro tampoco habían aparecido huellas de ningún tipo, Lueiro me dijo que Serrulla todavía estaba con la autopsia del médico jubilado. Las pruebas de ADN suelen ser definitivas, pero por desgracia, y al contrario de lo que las series y las películas han hecho creer a la gente, sus resultados siempre tardan en llegar bastante más de lo que nos gustaría. De manera que lo intenté por otro lado. Tal vez en el laboratorio hubiese un poco más de suerte. Por desgracia no fue así; tal como me explicó Carlos, desde toxicología aún no habían enviado ningún informe acerca del polvo blanco que había aparecido sobre el rostro y parte del cuello del médico, de modo que por ahí poco se podía hacer.

—Dejad por lo menos que os invite a cenar esta noche.

A punto estábamos de salir con esa intención cuando Santos llamó por teléfono.

—Dime, Ana, ¿habéis encontrado algo?

—Bueno, sí —respondió la subinspectora desde el otro lado—. Algo muy extraño.

—¿Cómo que muy extraño?

—Es que es todo muy confuso, jefe. Por lo que nos han dicho, en el entierro de Fernández, Navarro contó que, en efecto, habló con el sastre la noche en que lo mataron.

—Bueno, eso ya lo sabíamos.

—Sí, ya. Pero lo que no sabíamos era sobre qué estuvieron hablando.

—¿Os lo han dicho?

Pero en lugar de explicarse, la subinspectora me contestó con otra pregunta.

—¿Están en Verín?

—Sí. Raúl y yo estábamos a punto de ir a cenar con Lueiro.

—Pues nos apuntamos. Laguardia y yo estamos saliendo de Laza ahora, en un cuarto de hora o así estamos ahí.

—Bien. Nosotros hemos quedado en un sitio en el centro del pueblo.

—Mejor —resolvió Santos—. Porque para lo que les vamos a contar, más vale que estén cómodos.

Cuando, apenas media hora más tarde, Santos y Laguardia entran en el restaurante, nosotros acabamos de sentarnos en el reservado, al fondo del local.

—Probad el pulpo —les ofrece Lueiro a la vez que les acerca el plato de madera—, aquí está riquísimo.

—¿Qué es eso de lo que me hablabais antes? ¿Qué habéis encontrado?

—Por lo visto, Fernández y Navarro se conocían del pueblo. Los dos eran de Laza, señor.

—Sí —corrobora Santos—. De hecho, ellos dos y varios amigos comunes más.

—Así es. Y por lo que hemos podido confirmar —continúa Laguardia—, la última vez que esos amigos se reunieron fue anteayer en el cementerio, en el entierro de Fernández.

—Y ahí es donde la cosa se pone interesante, jefe. En efecto, Navarro les contó a sus amigos que, la misma noche en que lo mataron, Fernández lo llamó, al parecer bastante desconcertado.

—Vaya. ¿Y sabemos por qué motivo?

—Por lo visto, Vicente Fernández llamó al médico, según el propio Navarro les explicó a sus compañeros, para preguntarle sobre algún tipo de malformación genital.

Siento cómo se me arruga la frente.

—¿Qué?

Santos encoge los hombros.

—No podemos decirle mucho más, jefe. Todo lo que contó Navarro fue que Lazza le hizo una pregunta muy extraña. Algo sobre algún tipo de malformación genital. Pero nada más. Por lo visto, era un tipo muy discreto. Todas las personas con las que hemos hablado coinciden en señalar que ese día lo vieron muy tocado, desconcertado.

—Como si no entendiera lo que había sucedido —matiza Laguardia.

—Exacto —continúa Santos—, y creen que por eso habló. Como si necesitara decirlo en voz alta, para ver si así lograba entenderlo de alguna manera. Pero más allá de eso no dijo nada más.

—Comprendo.

—Coño, pero qué consulta más rara, ¿no? —Es Lueiro quien hace el comentario—. Quiero decir, ¿por qué llamas a esas horas de la noche a un amigo médico para preguntarle por algo así?

Y entonces lo veo claro.

—Porque acaba de encontrarse en esa situación.

—No estaba solo —completa Raúl.

—¿Creéis que Fernández pudo verse en algún tipo de experiencia incómoda con un amante? —pregunta Santos.

—O con una amante —sugiere Laguardia, poniendo énfasis en el «una».

—Venga, Antonio.

—Estás dejándote llevar por los estereotipos —contesta él.

—Sí, claro. Y porque todos sus amigos sabían que el tipo tenía más pluma que una granja de gallinas. Que nos lo ha dicho todo el pueblo, hombre —apunta Santos.

—Lo que nos han dicho es que lo pensaban —matiza Laguardia, para mayor desesperación de la subinspectora.

—Pues no nos vale con pensarlo —intervengo—. Un hombre, una mujer, ambos... ¿Quién estaba con Vicente Fernández la noche en que lo mataron?

12

Blanco

Hay algo hipnótico en todo lo que tiene que ver con el mundo de la costura. Algo fascinante, cautivador. Casi seductor.

Es la manera en que el sastre acomoda la tela convertida en traje sobre el cuerpo del modelo, la forma en que elimina hasta la más pequeña arruga, como si se tratase de una mota absurda sobre la obra maestra recién creada, incluso el modo en que el artista marca con la tiza los puntos de ajuste sobre la tela. En silencio, el alfayate contempla la tela, observa la costura, decide el ajuste. En silencio, siempre en silencio, mientras los demás observan. Y callan.

Pero el embrujo no queda ahí, en las manos del maestro. Sigue habiendo algo magnético en todos y cada uno de los distintos oficios por los que transcurre el proceso. Desde la mezcla de delicadeza y determinación en las manos del cortador que secciona las telas con la precisión del cirujano, hasta el temple, la serenidad y la contundencia del planchador, que asegura la creación en su último momento, cuando el proceso de elaboración de una prenda está ya a punto de concluir.

Tal vez hoy ya no sean más que unos pocos en el valle los

que todavía vivan el arte de elaborar una pieza de moda de esta manera. Tal vez ya no sean más que un puñado de hombres y mujeres los que sienten su trabajo como el oficio de lo artesano. Pero eso es justo lo que son, todos y cada uno de los pocos que aún quedan. Orfebres, alquimistas de lo que una vez, en realidad no hace tanto tiempo, fue el principal motor económico del valle de Monterrei. El negocio de la moda, el arte de la costura.

Y, aunque quizá sea cierto que él llegó cuando la música comenzaba a apagarse y el baile anunciaba su última canción, Blanco se considera a sí mismo uno de los últimos depositarios de toda una manera de hacer.

A pesar de no ser aún más que un cortador, el joven Manel desempeña su función como nadie. Sobre su mesa de Textiles Aglaya, el último de los grandes talleres de costura que todavía permanece abierto en el valle, Manel Blanco desenvuelve su pequeño gran magisterio como el alfayate que es, como el artista que él sabe que es. Elegante, seguro de sí mismo, en sus manos las tijeras de corte se vuelven una herramienta fina y precisa, segura e implacable, como ya ninguna tela podría recordar.

Con sus compañeros, que en realidad no comprenden ni al joven ni sus formas, Blanco apenas habla. Pero sí con la tela. De hecho, a veces parece que Manel nada más se comunique con los tejidos. Observa los patrones, los estudia en silencio. Y, luego, los acomoda sobre las telas. A veces lo hace en encuentros imposibles, de forma que a cualquier otro le provocaría los más finos sudores, ante lo que para una mirada inexperta podría parecer un corte arriesgado en el mejor de los casos, un error de cálculo para los más conservadores o incluso una pérdida económica para algún administrativo. Al fin y al cabo, algunas de esas telas son tan caras… Pero nada de eso es así para Manel. Es como si sus ojos vieran algo, trazados, curvas, mapas que nadie más ve. Líneas invisibles, pliegos imposibles. Y entonces todo encaja. Blanco abre sus tijeras y, de pronto, el corte improbable cobra sentido. Nadie, ninguno de sus compañeros en el taller, se explica cómo lo hace. Pero de algún modo que nadie más ve, el que fuera el aprendiz más joven del taller siempre encuentra el corte perfecto. En silencio, como si la tela le hablara, como si Manel, siempre callado, escuchara melodías de hilo que nadie más oye. Nadie, ni en el taller, ni en Verín, ni en todo el valle de Monterrei, maneja las tijeras como Manel Blanco.

Y, al igual que ocurre con sus tijeras, todo en él es afilado. Sus manos, sus dedos. Su figura, su expresión, sus gestos. Incluso su manera de ver, de observar. O quizá sean sus ojos, dos profundos alfileres, coronados de ámbar. Ojos de color castaño claro, vivo, casi transparente. Ojos de fuego. Sea como sea, a veces da la impresión de que todo, absolutamente todo es afilado en Manel Blanco. O eso es lo que le parece a Fina.

Fina García es una de las camareras del Marimba, el único bar que hay en el polígono en el que se encuentra el taller de costura, de manera que a media mañana son muchos los trabajadores y operarios de los distintos negocios, talleres y almacenes que hay en el parque empresarial los que pasan por el bar. Y sí, claro, aunque Fina no los conoce a todos, sí le suenan las caras de la mayoría de ellos. Al fin y al cabo, tantos años aquí, sirviendo desayunos, atendiendo menús y poniendo los licores del cierre, hacen que te relaciones con decenas, con cientos de rostros. Vienen, piden, se van. Vienen, comen, se van. Vienen, beben, se van. Pero Manel…

No, Manel es diferente.

Es un tipo joven, delgado, de pelo rizo y revuelto, mirada

penetrante y, desde luego, ciertamente atractivo. Pero no de una manera exuberante, ni mucho menos, sino más bien todo lo contrario. Posee uno de esos atractivos naturales, discretos pero elegantes. Como si todo en él fluyera de forma natural. O eso piensa Fina, a quien alguna vez le pareció entender que Manel aún no ha llegado a la treintena y, sin embargo, ya lleva tiempo trabajando en el taller de costura. Años, de hecho. Y su rutina siempre ha sido la misma desde el primer día. Un café a media mañana y otro antes de cerrar, ya por la tarde. Y siempre, desde el primer día, del mismo modo. Blanco entra, saluda discretamente, apenas en un murmullo, y se acomoda en la barra, casi siempre en el mismo sitio. Tal vez un taburete a la derecha, tal vez uno a la izquierda, pero en el mismo lugar. Solo, al fondo de la barra. Y no es que diga mucho, que en todos estos años nunca se ha revelado como un tipo demasiado hablador. Pero Fina, algunos años mayor que él (de hecho, algunos más de los que le gustaría), ha tenido tiempo para llegar a la conclusión de que, al fin y al cabo, si Blanco lleva tantos años viniendo al mismo bar y acomodándose en el mismo lugar, por algo será. De modo que sí, ya habla ella por los dos.

—Buenos días, Manel.

13

Fina

—Buenos días, Fina —responde Blanco a la vez que la camarera recoge los pocillos de café que han quedado sobre la barra.

—Oye, qué tragedia esto, ¿verdad?

—¿Tragedia?

La camarera se detiene en seco y se queda mirando fijamente a Blanco, que le mantiene la mirada.

—¿Te refieres a los incendios? Sí, es terrible. Aún ayer mismo ardió el monte detrás de mi casa. Pero, bueno, al fin y al cabo es lo mismo de todos los años, ¿no?

Fina arquea las cejas.

—Pero qué dices, Manel. ¡Te estoy hablando de lo de don Diego! Ay, con lo buena persona que era.

Fina se da la vuelta y se acerca a la máquina para preparar el café del cortador.

—Hay que ver, primero lo del Lazza, y ahora el señor Navarro. Jesús.

Deja el comentario en el aire, pero solo para que tampoco esta vez reciba respuesta. En lugar de participar de la conversación, Manel aparta la vista y se queda mirando al exterior, hacia la nave al otro lado de la calle.

—Oye, y el otro tipo, ¿qué? El sastre, digo. Se ve que era un poco engreído, ¿no?

Blanco se limita a encoger los hombros sin mostrar ningún tipo de interés o entusiasmo, aún con la mirada perdida en la calle.

—Pero don Diego... Por favor, ¿y quién querría hacerle algo así? Si ese hombre era un amor, por Dios.

Blanco se vuelve, de nuevo observando a la camarera.

—¿Algo así?

Fina también le devuelve la mirada, esta vez sorprendida.

—¿Y luego? ¿De verdad no lo sabes? Ay, Manel, no me digas que no te has enterado. Pero ¡si al pobre lo dejaron hecho un cristo! ¿No lo sabías?

Blanco mantiene los ojos clavados en los de la camarera.

—Ay, pues sí. Se ve que le destrozaron el cuello, pobre. Bueno, yo hasta he oído...

Fina se detiene. Hace el gesto de mirar a ambos lados, como si quisiera asegurarse de que nadie la escucha, y se acerca un poco más al cortador, a la vez que baja la voz hasta dejarla casi en un murmullo.

—Dicen que se le comieron la garganta, ¿te lo puedes creer?

Esta vez tampoco hay respuesta.

—¿Y quién hace una cosa así? Ay, por Dios. Pero ¿en serio no te enteraste?

El costurero vuelve a negar en silencio.

—No sé si creerte. ¿Pero tú en qué mundo vives? Bueno —resuelve la camarera a la vez que deja el café con leche frente a Manel—, pues ya me dirás, eh. Con lo bien que nos llevamos todos aquí, y ahora va a resultar que tenemos un asesino en el pueblo. ¡Un asesino! Bueno —se corrige a sí misma mientras pasa una bayeta sobre el mármol de la barra—, un asesino o, mejor dicho, un monstruo. Porque, si es verdad que el tipo ese les hizo a estos dos pobres todas las cosas que dicen que les hizo, eso no es una persona. ¡Eso es un monstruo!

—Un monstruo —repite Manel.

—¿Y luego, tú piensas que no? Pues yo diría que sí, eh. Porque para hacer esas cosas hay que ser un monstruo, hombre. Una mala bestia.

De pronto Fina se detiene, aún con la bayeta inmóvil bajo su mano.

—Oye —murmura al tiempo que vuelve a acercarse a Manel—, y mira que si al final resulta que todas aquellas historias eran ciertas.

—¿A qué historias te refieres?

—¿Y a cuáles va a ser, hombre? A todos aquellos cuentos de viejas, ¿no sabes? Todas aquellas historias de miedo con las que nos asustaban de niños. ¿Qué pasa, que a ti no te las contaban o qué?

Blanco no responde. En lugar de hacerlo, vuelve a apartar la mirada, esta vez en dirección al café que se enfría en su taza.

—Ay, pues a mí sí. La del hombre del saco, la del Sacaúntos, ¡o la del hombre lobo! ¿Te acuerdas de esa, Manel?

—No mucho —responde el costurero, aún sin apartar la vista del pocillo.

—Ay, pues deberías, hombre. ¿O es que a ti no te metían miedo con estas cosas? Porque a mí sí, eh. De hecho, yo creo que a todos los niños del pueblo nos asustaban con esto. O, bueno, a ver, por lo menos en Soutelo Verde, que es de donde soy yo, sí. Porque mira una cosa, ¿tú de dónde eres?

—De un poco más arriba.

—Ah. Pues igual donde estabas tú no se conocían estas cosas, claro. Pero en Laza sí. *O lobo da xente*, lo llamaban.

—Qué interesante.

Comprendiendo que al muchacho las historias de viejas de su pueblo le parecen de todo menos interesantes, Fina opta por cambiar el rumbo de la conversación.

—Bueno, mira, el caso es que fuese quien fuese el que les hiciera eso, don Diego no se merecía acabar así, hombre. A ver, ni él ni nadie —aclara—. Aunque, el sastre...

La camarera aprieta los labios a la vez que tuerce el gesto.

—El Vincenzo ese creo que no era tan buena persona, ¿verdad?

A pesar de lo directo de la interpelación, esta vez tampoco hay respuesta.

—A ver, que yo no sé, eh, pero por aquí tenía fama de ser así, un poquito soberbio.

Nada, tan solo más silencio por parte del Manel. Fina no está dispuesta a desistir.

—Porque ese trabajaba mucho con vosotros, ¿no era?

—No tanto. Hace años sí que le encargaba al taller alguna producción. Pero ahora ya hace tiempo que no.

—Ah, pues mira, entonces sería por otro negociado —responde la mujer como si tal cosa.

El comentario extraña la expresión del cortador.

—¿Otro negociado?

—Es que la semana pasada me pareció verlo.

Fina ha dicho esto último así, como sin mayor importancia. Pero a Manel le ha parecido entender que tal vez estuviera insinuando algo más.

—¿Lo viste? ¿Dónde?

La camarera se encoge de hombros, como si la respuesta fuese de lo más evidente.

—¿Y dónde va a ser, hombre? Aquí mismo.

—¿Aquí? —repite Manel, extrañado.

—Bueno, aquí en el bar no, que este no era un lugar a su altura —bromea—. Estaba ahí enfrente —señala, aún con la bayeta en la mano—, parado justo delante de vuestro taller.

—¿Estás segura?

Fina vuelve a encogerse de hombros.

—Hombre, yo diría que sí. A ver, del todo no lo vi, eso también es verdad, que el tipo estuvo todo el tiempo dentro del coche. A mí me llamó la atención, porque, hombre, el fulano tenía un cochazo. No sé, creo que un Mercedes o algo así. Ya sabes —explica—, uno de esos que llaman la atención. Y, claro, desde aquí se ve todo.

—Ya, claro.

—El tipo llegó, paró el coche ahí y aún estuvo un buen rato, eh.

—Ah, ¿sí?

—Sí, sí. De hecho, de vez en cuando lo vi mirando hacia vuestro taller. Como si esperara a alguien, ¿no sabes?

—Pues no, la verdad es que no lo sabía.

Fina arruga la frente, de pronto extrañada.

—Ay, ¿no?

Blanco le mantiene la mirada.

—No.

—Mira, pues entonces estaba equivocada yo.

Este último comentario extraña aún más a Blanco.

—¿Equivocada? ¿Y eso?

La camarera sonríe a la vez que niega con la cabeza.

—Porque en aquel momento me pareció ver que el que se subía al coche eras tú.

Esta vez sí, Manel clava sus ojos en los de Fina.

—Pero, claro, si no sabes de qué te hablo, cómo ibas a ser tú, ¿verdad?

La camarera deja correr una sonrisa más amplia, más franca. Y Blanco también compone su propia sonrisa. O algo parecido.

—Y el caso —murmura Fina, al tiempo que se pone a secar un par de vasos que ha sacado del otro lado de la barra— es que ahora no recuerdo qué día fue —comenta, de nuevo con la mirada puesta en el cortador—. Pero, oye, no debió de ser mucho antes de que lo matasen.

Lo ojos de Blanco siguen anclados en los de la camarera.

—¿Estás segura de eso?

Esta vez, Fina parece pensárselo un poco más.

—A ver, al cien por cien no lo puedo asegurar, ya te digo. Pero, no sé, Manel, cuando te dicen que ha muerto alguien, tú siempre piensas en la última vez que viste a esa persona, ¿no?

—Supongo.

—Pues eso. Ahora —se detiene—, porque me acabas de decir que no —continúa—. Pero…

—Pero qué.

—Pues no sé —responde—, pero, si me hubieran preguntado —resuelve a la vez que levanta la cabeza para que sus ojos vuelvan a encontrarse con los de Blanco—, yo habría jurado que el que se subió al coche de Lazza eras tú.

Tiempo atrás. Otoño de 2013

El infierno sois vosotros

Durante unos cuantos años más, la vida apenas pareció cambiar demasiado para Manel. Hasta que, de golpe y sin previo aviso, lo hizo. Sin que Blanco tuviera ocasión siquiera de pensar en semejante posibilidad, un buen día de 2013 se plantó ante él uno de esos momentos que con el tiempo se descubrirían definitivos. Uno de esos que, sin remedio ni permiso, nos cambian la vida para siempre.

Si algo bueno había tenido aquel Rebordechao de la infancia era la certeza: Manel podía estar seguro de cómo era su mundo. Para lo bueno y, sí, también para lo malo.

Así, por una parte estaban las relaciones sociales. El pequeño no solo tenía amigos con los que jugar, sino que, además, había descubierto que poseía una sorprendente facilidad para avanzar en la escuela. Allá donde otros compañeros tenían dificultades a la hora de comprender algún concepto nuevo, él sorteaba cualquier impedimento sin mayor problema. «Este niño es muy inteligente —le comentó el profesor a Lupe en alguna ocasión, no sin cierto recelo—. Muy inteligente».

Y por otra parte... Bueno, su padre seguía estando ahí. Con los años, la tensión entre ambos se había hecho más que evidente, hasta el punto de que, si había alguien más cerca, Ramón apenas se dirigía al niño. De hecho, la mayor parte del tiempo se comportaba casi como si no existiera. Sin embargo, la cosa cambiaba cuando estaban a solas. Y mucho. En aquellas ocasiones, Ramón se acercaba a su hijo, se agachaba ante él y, después de sujetarlo con fuerza por los hombros y mirarlo fijamente a los ojos, acercaba su boca a la oreja del pequeño y comenzaba a susurrarle cosas. Cosas horribles. Con el tiempo, Lupe se dio cuenta de que Manel también rehuía la presencia de su padre.

Sin embargo, y a pesar de la aparente inmovilidad del tiempo en Rebordechao, los años pasaron y la extraña infancia de Manel comenzó a quedar atrás. En su lugar, llegó otra cosa. Quizá mejor. O, tal vez, peor.

El primer cambio se produjo en septiembre de 2009. Y fue de repente, sin que nadie hubiera atendido a los avisos previos. Porque apenas un par de meses antes, en julio, los años de enseñanza en la escuela primaria llegaron a su fin. Y así fue como, sin apenas darse cuenta, Manel hizo de su mundo un lugar un poco más grande.

Pero no mejor.

Porque el instituto más cercano a la aldea resultó ser el de Xinzo de Limia, la capital administrativa de la comarca. Y sí, allí fue donde enviaron a Manel a cursar la secundaria. Pero no así a sus antiguos compañeros, pues casi todas las familias optaron por llevarse a sus hijos mucho más lejos, hacia núcleos de población mayores, como Verín o, sobre todo, Ourense. Los padres estaban convencidos de que una ciudad les daría a sus hijos una educación mejor. Lo cual no siempre era cierto, pero eso era algo que en aquel momento nadie consideraba. Por supuesto, todo no haría sino complicarse.

En especial a partir del otoño de 2013, en efecto el año en que sucedieron todas aquellas cosas que luego resultarían determinantes en la vida de Blanco y de su entorno, si bien otras ya habían empezado a suceder antes. Como, por ejemplo, la llegada de Teo.

El hermano pequeño de Manel había nacido el año anterior, en la primavera de 2012, y fue, como en tantas ocasiones en la casa de los Blanco, otra de esas situaciones extrañas. Porque lo que en condiciones normales habría sido motivo de alegría —tal como Manel había visto en otras casas del pueblo a las que de pronto llegaba una nueva vida—, en la de los Blanco no lo fue. O, desde luego, no como Manel se había imaginado.

Durante el embarazo de Lupe, la tía Rómula apenas mostró algún interés, el padre no ofreció ni la más breve muestra de entusiasmo y mucho menos alegría, y nada más la madre sonreía mientras le acariciaba el pelo cada vez que Manel apoyaba la cabeza en su barriga. Como era de esperar, nada de eso cambió demasiado cuando, una mañana de abril, Lupe regresó a casa con su hermano Teo en brazos. No hubo fiestas ni celebraciones. Apenas un bautizo, y muy pocas alegrías.

Con todo, a Manel, que entonces ya se había convertido en un adolescente, nunca dejó de hacerle ilusión. Algunas tardes se acercaba a la cuna de su hermano con un trozo de madera y una navaja. Le hablaba, le sonreía y, mientras iba trabajando la pieza, le ofrecía consejos.

«A mamá es mejor decirle siempre la verdad, que no hay quien la engañe», le recomendaba mientras arrancaba una esquirla.

«A la tía Rómula no le hagas demasiado caso, que es una bruja», le sugería mientras pulía el cuerpo.

Y, por encima de todos, una y otra vez la misma advertencia: «Ten siempre cuidado con papá».

Y, a pesar de lo imposible, a él siempre le parecía que su hermano lo entendía. O que por lo menos le sonreía. Tal vez fuese por los consejos o quizá por las pequeñas figuras de madera que tallaba. Pero Manel estaba convencido de que Teo sonreía al verlo.

A Manel le gustaba estar con su hermano. Pero, aun así, pronto dejarían de tener tiempo que compartir. En otoño de ese mismo año, y con la secundaria concluida, Manel tomó una decisión que, a la larga, determinaría el rumbo de los acontecimientos.

De algún modo imposible que Blanco no llegaba a comprender nunca —pero que probablemente también tuviera algo que ver con ciertas consecuencias, como, por ejemplo, el nacimiento de un hermano como Teo, tan tardío como solitario—, lo cierto es que muchas veces Lupe encontraba la manera de salvar el obstáculo pétreo que la voluntad de Ramón acostumbraba a ser a la hora de facilitar ciertas decisiones, en especial aquellas relacionadas con Manel. Así fue como consiguió, por ejemplo, que la familia se mudase años atrás desde A Ermida hasta Rebordechao, para que el niño pudiese asistir a la escuela con regularidad y comodidad; o también como tiempo después pudo defender la continuidad de los estudios de Manel, ya que para el marido y la cuñada de Lupe lo de la obligatoriedad de la enseñanza secundaria no era más que una cuestión interpretativa.

«No deberías empeñarte tanto, mujer. Nunca saldrá nada bueno de..., de él».

Pero Lupe nunca había tirado ninguna toalla. Y tampoco lo hizo entonces. De modo que, aunque entre miradas de desprecio y mucha saliva escupida a sus pies, al terminar la secundaria el joven Blanco pudo matricularse en un centro de formación profesional para cursar estudios de corte y confección en Verín.

Y sí, es verdad que al principio las cosas fueron bien. De hecho, muy bien. Blanco disfrutaba con lo que estaba aprendiendo porque le gustaba, sí. Pero también por algo más. Algo que, en aquel momento, aún no era capaz de explicar. Aunque tampoco resultó necesario; por desgracia, la vida estaba a punto de enseñárselo a golpes, patadas y empujones.

Blanco sentía que había nacido para esto. Observaba y, de alguna manera, le parecía comprender las cosas de modo innato. Contemplaba el diseño, el tejido, el patrón. Y, sin siquiera saber cómo, la pieza comenzaba a componerse en su cabeza antes de que los profesores explicasen el proceso. Se desenvolvía con soltura, sus manos bailaban sobre la tela, se deslizaba entre hilos y agujas con tanta facilidad que, en definitiva, parecía estar hecho para ello. Había en él facilidad, ligereza, elegancia. Belleza.

El joven había empezado a sentir algo nuevo. Un impulso, una atracción. Y por primera vez en toda su vida creyó que, tal vez, incluso podría ser feliz. Obviamente, eso era algo que el mundo no estaba dispuesto a tolerar.

A pesar de no afrontarlo nunca de manera consciente, Manel se sentía diferente. Y si algún día se le olvidaba, no pasaba nada, que ahí estaba su entorno para recordárselo. Llegó al punto en que Blanco casi podía notar las miradas de los otros a sus espaldas. Escrutándolo, examinándolo de arriba abajo. Y a Manel, todavía un adolescente, aquello no le gustaba. Y por eso intentaba ocultarlo. O, por lo menos, no mostrar de un modo explícito lo que fuera que tanto parecía llamar la atención de los demás. Pero todo esfuerzo acabó siendo en vano.

Porque ahora, obsesionado con su autoprotección, Manel Blanco apenas se relaciona con sus compañeros de escuela. Es un tipo introvertido, solitario y silencioso.

Pero también es guapo.

De hecho, en el muchacho ha empezado a desarrollarse un cierto atractivo natural. Extraño, de algún modo incluso salvaje. Y, sobre todo, inocultable. A los ojos de los demás adolescentes, todos patos sin gracia ni elegancia de ningún tipo, Blanco es un cisne. Pero no uno cualquiera.

Blanco es un cisne negro.

Y si algo sabe hacer a la perfección un adolescente es buscar las fugas, identificar las vías de agua. Encontrar el modo de hacerle daño a otro adolescente.

Y es entonces cuando todo se vuelve inútil. Porque, por más que Manel se esfuerce por ocultarlo, los demás alumnos del centro ya han detectado su secreto: Blanco es homosexual. De modo que sí, olida la sangre, será por ahí por donde los buitres comiencen a picotear.

Los más mordaces —como casi siempre sucede también con los más envidiosos del talento ajeno— llevan tiempo ya metiéndose con él. «Aldeana maricona» suele ser lo más suave que le lanzan. Pero Manel, ajeno y distante, nunca entra al trapo. Como el poeta, Blanco nada más va de su corazón a sus asuntos. Y, como era de esperar, su respuesta no es suficiente. Visto que esa vía no funciona, los peores de entre sus semejantes han empezado a olfatear otras posibilidades. A preguntar, a presionar. Y entonces alguien se entera de algo. Un rumor.

En Verín también hay mocosos que compartieron hasta el año pasado sus estudios de secundaria con el chaval de Rebordechao. Y, ávidos de una pequeña parcela de caso por parte de los más populares, no han tardado en ofrecer un dato que no pasa inadvertido.

—Pues yo no sé por qué sería —dijo como si tal cosa la pequeña rata—, pero, cuando estaba con nosotros en el instituto, el rarito nunca iba a clases de gimnasia.

—Ah, ¿no?

—No. Estaba exento.

—Exento, ¿eh? Vaya. ¿Y eso por qué? Vale que tiene cara de idiota, pero eso no es motivo para que te libren. Y otra cosa no parece que le pase.

El chivato encoge los hombros.

—No sé, ni idea. Pero yo qué sé. En clase alguna se comentó que era por otros motivos.

—¿Otros motivos? ¿De cuáles me estás hablando?

—A ver, no sé. Yo lo que oí es que era algo que no tenía que ver con el ejercicio, sino más bien...

Silencio.

—¿Con qué?

De pronto, el cobarde cae en la cuenta de que, tal vez, no esté haciendo bien.

—A ver, no sé —duda—, es que es una historia chunga.

Pero ahora, por supuesto, ya es demasiado tarde.

—No tanto como lo chungo que puede ser para ti si no hablas. Venga, va.

Cobarde, la rata no se atreve a contestar. En lugar de hacerlo, se limita a inclinar la cabeza y mirar en otra dirección. Una muy concreta. Y el gorila lo capta al instante.

—No jodas.

Ese mismo día, un corro de hienas espera por Blanco a la salida del centro.

—¿Qué pasa, rarito?

Manel, tan acostumbrado ya a esta clase de cosas, no responde. Intenta pasar de largo. Pero otro de los jóvenes futuros delincuentes le sale al paso.

—¿A dónde vas, bicho raro?

Esta vez sí, a Blanco no le queda más remedio que detenerse. Pero el muchacho no se amedrenta. En lugar de dar un paso atrás, de buscar otra ruta de paso, de fuga o, simplemente, bajar la cabeza, Manel clava sus ojos en los del matón de tres al cuarto.

—Déjame pasar —responde con determinación.

Algo le llama la atención. Para su sorpresa, a Blanco le parece haber detectado algo en su propia voz. Algo que nunca antes había identificado. Algo duro, determinado. Frío.

Tal vez por eso, todavía sorprendido, Manel no ha caído en que el primer gorila se le ha acercado por la espalda y ahora le habla con la boca pegada a su oreja. Tan cerca que casi puede sentir el aliento del estúpido junto a su mejilla.

—Te dejaremos pasar cuando nos digas qué es lo que guardas ahí abajo, maricona.

Blanco sigue sin inmutarse. Tan solo aprieta un poco más los dientes.

—Oye, dinos una cosa. ¿Es cierto que tú no ibas a las clases de gimnasia? ¿Y eso por qué, rarita? ¿Qué pasa, acaso hay algo que no nos hayas contado, pajarito?

Y así, sin avisar ni tampoco dar tiempo a reaccionar, el imbécil este inmoviliza a Manel, le rodea el cuello con un brazo y le echa de la manera más desagradable la otra mano entre las piernas. Y le aprieta ahí.

—¡Venga! —ordena—. ¡Bajadle los pantalones! ¡Vamos a ver qué clase de pajarito es!

—No.

Pero el matón no está dispuesto a ceder.

—¡Que me hagáis caso, cojones! ¡Bajadle los pantalones a este hijoputa!

Divertidos, un par de estúpidos se acercan e intentan coger a Manel por los pies, dispuestos a poner en práctica las órdenes del imbécil. Pero no llegarán a hacerlo.

Porque es entonces cuando todo ocurre.

De golpe, muy rápido.

A tanta velocidad que, de hecho, el imbécil que lo había agarrado por detrás apenas tiene tiempo de comprender qué es lo que ha pasado.

Como un rayo que baja del cielo, mucho antes siquiera de que el estúpido pueda verlo venir, Manel se ha revuelto, se ha liberado del brazo que lo retenía y ahora es él quien mantiene prisionero al otro, que ha pasado de gorila imbécil a conejito asustado entre las fauces de Blanco. Porque, para sorpresa de todos, eso es justo lo que ha pasado. Si saber ni cómo lo ha hecho, de pronto es Manel el que mantiene inmovilizado al otro, con una mano agarrando con fuerza el nacimiento del pelo en la cabeza del imbécil, la otra reteniendo el cuerpo del chaval contra el suyo y, lo que más impresiona a todos, con el cuello del gorila aprisionado entre los dientes de Manel, que lo mantiene inmovilizado entre sus mandíbulas.

Asustado, tal vez aterrorizado, el imbécil intenta revolverse, liberarse de la mordedura. Pero la tentativa no hace más que empeorar la situación. Al notar movimiento, Blanco reacciona de un modo que sorprende aún más a ambos: aprieta todavía con más fuerza.

La perplejidad del estúpido llega en forma de dolor, pero también de miedo, sobre todo al sentir que ha empezado a sangrar. Poco, es verdad, pero la mordedura de Blanco ha provocado un pequeño desgarro en la piel de su cuello.

Por su parte, a Manel la perplejidad le llega en forma de sorpresa, pero también de desconcierto, sobre todo al sentir el sabor de la sangre en su boca. Sobre todo, al tener la impresión de que, de algún modo, no le resulta desagradable.

Tal vez, incluso, lo contrario.

Los gritos de los otros, el llanto del imbécil, el sabor de la sangre. Y, de pronto, Manel siente algo parecido a la excitación.

—¡Para! ¡Para, Manel!

Pero no, Blanco no parece dispuesto a ceder.

—¡Que paréis os digo! ¡Dejadlo ya, los dos!

Y de golpe, tal como había empezado, todo acaba. Manel siente el tirón, la fuerza que lo empuja en una dirección diferente. Hacia atrás. No es el imbécil, no puede serlo. Es otra cosa. Porque, alertada por los gritos y jaleos de la canallada, la señora Díaz, la directora del centro, ha venido a separarlos. Y, ahora sí, Manel ha liberado a su presa.

Apartados los dos chavales por la directora, que se ha interpuesto entre ambos con los brazos abiertos en cruz, el conejito asustado mira a su alrededor, aún desconcertado, y se echa la mano al cuello. Sí, es muy poco, apenas nada. Pero está sangrando. Aún atónito, asustado, busca a Manel con la mirada, aunque nada más sea intentando comprender qué es lo que acaba de ocurrir.

Pero el problema está en el contacto visual.

Porque, al otro lado del brazo de la profesora, lo que el imbécil encuentra son los ojos de Blanco. Afilados, de pronto casi negros por el tamaño de las pupilas, profundos y determinados. Como los del animal que, amenazador, mantiene la mirada clavada en su presa. Y, en silencio, Manel Blanco no deja de hacerse las mismas preguntas una y otra vez.

En caso de no haber aparecido la directora, ¿qué habría sucedido?

¿Habría soltado voluntariamente al imbécil?

¿O quizá habría seguido apretando?

14

Raúl

Ha sido una madrugada intensa en Verín. Por momentos incluso ha llegado a parecer que el mundo entero estuviera ardiendo por los cuatro costados, y nadie en el pueblo ha dormido esta noche. Por supuesto, mucho menos en el cuartel.

Todas las unidades han estado en todo momento alerta. En la calle, en los montes, y también al teléfono. De sobra saben que en noches como esta no queda lugar para el descanso. En noches como esta no se duerme, y todo el cuerpo permanece de guardia, ayudando en lo posible, aun cuando la necesidad no sea de su competencia directa. Agentes de tráfico, de delitos económicos, de seguridad ciudadana, todos se han sumado al enorme operativo de emergencia desplegado para asistir la catástrofe. Incluido Carlos Lueiro, si bien en su caso por un motivo aún más desgraciado: al amanecer, una de las brigadas ha encontrado los cuerpos sin vida de dos mujeres, calcinadas dentro de un vehículo en los montes de Chandrexa. Es verdad que, una vez reconocido el escenario, todo apunta a que se trata de un desafortunadísimo accidente, pero, si su obligación como policía judicial es personarse siempre en el lugar de los hechos, esta vez tocaba redoblar la atención. Por motivos evidentes, claro. Es por eso por lo que Mateo ha subido a la sierra de Queixa, acompañando a Lueiro mientras, por su parte, Santos y Laguardia también han pasado la madrugada arrimando el hombro en todo cuando ha hecho falta. Que, en situaciones como esta, nunca es poco. No, esta noche nadie ha dormido un instante en el cuartel.

Tampoco Arroyo.

Porque, atrapado en la vorágine de la casa cuartel de la Guardia Civil, Arroyo ha aprovechado la madrugada para seguir investigando por su cuenta. Porque en el fondo lleva ya un par de días sin poder dormir bien.

Porque hay algo ahí...

No es que en todo esto haya algo que no encaje. O, bueno, tal vez sí, eso aún no lo puede asegurar. De hecho, aunque nadie más parece señalarlo, lo cierto es que, sutiles, sí, pero a Raúl le parece intuir ciertas diferencias entre el escenario del sastre y el del médico. A pesar de la violencia, evidente en ambas situaciones, hay en la primera algo que Arroyo aún no acaba de identificar, pero que está ahí. Es apenas nada, tal vez un exceso, un ansia que en la segunda no parece ser tan evidente.

Pero, de todos modos, no es eso lo que desde hace ya un par de días no lo deja en paz. Sino otra cosa.

Un eco.

Es la sensación, incómoda y molesta, de que se les ha estado pasando algo por alto. Raúl lleva este tiempo repasándolo todo una y mil veces. Las fotos, los registros, la documentación, los teléfonos.

Las fotos.

A pesar de su juventud, con la treintena estrenada, Raúl ya ha visto de todo en cuanto a violencia. O, desde luego, si no de todo, desde luego sí lo suficiente como para tener muy claro que, cuando Dios apaga las luces, el hombre es capaz de hacer cualquier cosa, por salvaje y atroz que pueda parecer. Por desalmada que sea. De modo que a estas alturas poco le sorprende. Pero, justo por eso, Raúl también sabe que muchas veces es necesario salirse de su propia experiencia, de su papel, y volver a ver el mundo como si nadie nunca jamás se hubiera encontrado, por ejemplo, con un anciano crucificado vivo contra el hormigón del sótano de su propia casa. Arroyo sabe que, en ocasiones como aquella, o como estas que ahora ocupan a la Brigada de Investigación Criminal, no está de más volver a observarlo todo, el escenario, la situación, las fotos, y, desde la inocencia, hacerse las preguntas más elementales.

¿Qué barbaridad es esta?

¿Quién puede hacer una cosa así?

¿Quién mata de una manera tan feroz?

Imparable, tal vez incluso obsesionado, en realidad, Raúl se hace una y otra vez las mismas preguntas. ¿Quién? ¿Qué? ¿Por qué? El ansia y la furia del primer escenario, la teatralidad del segundo. La violencia de ambos.

Espera. Espera un momento. ¿Qué es lo que has dicho?

«El ansia, la furia…».

No, ¡no! No, eso no. Lo otro, antes.

«Tan feroz».

Tan… ¿Y si fuera eso?

«Tan feroz».

Y a Raúl se le escapa una sonrisa.

«Claro…».

Porque, ahora lo entiende, aunque alejada en el tiempo según ha podido comprobar buscando información en la red, no es la primera vez que el valle se ve sacudido por una ola de violencia tan atroz como esta. Y, una vez encontrada la historia, y aunque nada más se trata de un pequeño punto de luz tan alejado en el tiempo que casi resulta invisible, Arroyo no puede dejar de pensar en ella. Porque, además, ha encontrado otra conexión.

Una historia perdida en la memoria.

Es imposible, lo sabe. De hecho, a este respecto Raúl no guarda ninguna duda: es absolutamente impensable a ojos de cualquier lógica posible. Pero sucede que a veces la lógica no lo es todo.

O, desde luego, no para todos.

Y es por eso por lo que jamás debemos dejar de tomar en consideración otras miradas a nuestro alcance. Porque, a la luz de ciertos cuentos antiguos, cabría tener en consideración ese otro pequeño detalle incómodo: el protagonista de aquella otra historia, aquel eco que Arroyo ha venido a identificar por fin, perdido tantos años atrás en el olvido, también mataba. Y, con toda su imposibilidad, de haber tenido algo de verdad su relato, nada más cabría una posibilidad en cuanto al método. De hecho, una de lo más lógica a esa luz: por fuerza, el protagonista de aquella historia también habría matado así.

A mordiscos.

La noche de navegación de Arroyo ha sido larga. Pero sobre ciertas cuestiones, él mejor que nadie sabe que muchas veces la red es tan fiable como un niño con un mechero. Y por eso la última búsqueda que ha hecho desde su ordenador es la de algo muy concreto, relacionado con un servicio público: su horario de apertura.

Y esa es la razón de que ahora, casi al mismo tiempo que en la iglesia del pueblo llaman a misa de diez, Raúl Arroyo esté entrando en el edificio del antiguo Colegio de San José.

Construida en 1895 gracias a la financiación del filántropo verinés José García Barbón, la escuela de los Hermanos La Salle dejó de funcionar como tal en 1967, y en la actualidad alberga la Biblioteca Pública Municipal de Verín, uno de los centros más reconocidos y premiados del gremio de bibliotecarios en el panorama nacional. En buena medida, por el excelente trabajo realizado por los profesionales que, día a día, se encargan de sacarla adelante. Como, sin ir más lejos, Aurora.

Además de una grandísima bibliotecaria, Aurora Prieto, «Aurori» para todos en el pueblo, es una persona encantadora, una de esas que siempre, por mal que vayan las cosas, recibe al que entra por la puerta con una sonrisa enorme. La misma, grande y franca, con la que esta mañana ha saludado a Raúl Arroyo.

—Hola, bienvenido a la biblioteca de Verín. ¿En qué puedo ayudarte?

Arroyo sonríe, sorprendido por el entusiasmo de la bibliotecaria.

—Vaya, hola —contesta—. Pues, verás, a ver cómo te lo cuento.

Dos horas más tarde, y gracias a la amabilidad de Aurori y a su generosidad a la hora de conjugar su memoria personal con la información que con tanto mimo se guarda en la Biblioteca Municipal, Raúl ya sabe más cosas. Muchas más.

Como, por ejemplo, que la que ha estado resonando en su cabeza, aunque nada más que de una manera parcial e incompleta, es una historia que todo el mundo conoce en el valle. E incluso más allá. Una que sucedió hace mucho tiempo, pero no exactamente en Verín. Gracias a la bibliotecaria,

Arroyo ha podido comprobar que su protagonista sí tuvo relación con la villa y su valle, pero en realidad la historia que ha traído a Raúl a la biblioteca sucedió bastante más al norte. Y, sobre todo, mucho tiempo atrás. Y sin embargo...

Cuando Arroyo vuelve a salir a la calle, lo hace ya con el teléfono en la mano.

Le arde, le quema. Quiere llamar, ya.

Pero...

A ver.

Sabe que esta es una de esas historias que a sus compañeros les costará encajar. Pero también que no puede callarse algo así.

De acuerdo, espera, busquemos un poco más de información. Quizá aún podamos afianzarla un poco más.

En concreto, por la parte que pasa por el nombre de su protagonista.

Y, después sí, lo compartirá con el grupo. Porque esto tienen que escucharlo. Si no es hoy, desde luego sí mañana. Pero tienen que escuchar esta historia.

Madre mía, desde luego que tienen que escucharla.

Comenzando por el nombre de su protagonista. Uno muy concreto.

Y feroz.

Tiempo atrás. Otoño de 2013

El infierno eres tú

Celestina Díaz cree que ha habido suerte. Porque lo cierto es que la situación podría haber acabado convirtiéndose en algo mucho más grave. Algo de conclusiones nefastas, no solo en términos académicos, sino tal vez mucho más serio. Y sin embargo...

Este «sin embargo» podría leerse de dos maneras posibles. Porque, *sin embargo*, al final todo salió bien gracias a una pequeña cadena de coincidencias afortunadas. Porque además de ser la directora del instituto, Celestina, la profesora que se encontró con la pelea y la detuvo, siente un aprecio especial por Blanco. Y por eso ha intercedido de manera especial en la resolución del conflicto.

Comenzando por apaciguar a los padres del otro, que de sobra sabe ella quiénes son sus alumnos y sus cualidades. Sin ir más lejos, en esta ocasión Celestina sabe sin lugar a dudas que la pelea tuvo que empezarla el otro, un payaso sin más virtud reseñable que la de ser un completo imbécil con, por todo talento, una capacidad infinita para tocarle las narices a quien tenga la mala suerte de cruzarse en su camino.

Todo lo contrario que Manel Blanco, un alumno capaz y brillante. Es cierto que también es conocido por su introversión. El muchacho apenas interactúa con sus compañeros, y es verdad que esto no lo convierte en la persona más popular del centro. Pero Celestina sabe que el muchacho tiene algo y, por lo menos a ella, le resulta de algún modo entrañable.

Por eso, cuando los padres del idiota llegaron exigiendo toda una retahíla de responsabilidades por «una situación intolerable, la agresión gratuita y el corte casi mortal en la garganta de su hijo que a punto estuvo de seccionarle la yugular», fue la propia directora, quien hasta ese momento los había escuchado desde la mayor de las paciencias, la que sugirió la conveniencia de dejar correr las cosas, no fuera a ser que, al revisar las cámaras de seguridad del centro —tal como demandaban los padres de la criatura—, alguien fuese a equivocarse y, por despiste, acabase mostrando alguna de las muchas grabaciones en las que quien aparecía comportándose como el gañán que realmente era fuese su propio vástago.

Una vez que los progenitores vieron con sus propios ojos que lo mejor era cerrar la boquita, Celestina volvió con Manel, que aún seguía nervioso, separado de los demás alumnos en la sala de profesores.

Blanco le dedicó una mirada rápida desde el sofá en el que le había indicado que se acomodara, aún con expresión angustiada y una pierna que no paraba de moverse arriba y abajo en el más nervioso de los tics.

—Me va a matar —murmuró a la vez que bajaba la cabeza—, me va a matar.

—¿Quién? ¿Este desgraciado? —Celes le devolvió una sonrisa tranquilizadora—. Mira, lo que has hecho no está bien, eso ya lo hemos hablado. Pero no te preocupes, hombre, que este bobo no te molesta más.

Pero Blanco negó con la cabeza.

—No —le respondió el muchacho—. Él no. Mi padre —le aclaró—, él es quien me va a matar. Me va a matar. O algo peor.

Puede que solo fuera un adolescente asustado, pero, aunque nada más fuese por un instante, a Celestina le pareció ver algo serio, quizá un fondo de convicción en los ojos de Manel. Por eso se ofreció a llevarlo ella misma de vuelta a Rebordechao, para ser ella, como máxima autoridad académica, quien le explicase lo ocurrido a la familia. Para que no se preocupasen. E incluso para darles lo que sin duda consideraba una buena noticia. Y aquí es donde viene la segunda lectura de aquel *sin embargo* primero. Porque, *sin embargo*, y a pesar de esto, algo en la escena hace que ahora el cuadro no funcione.

Por fin en la casa, Lupe, la madre del chico, la ha invitado a entrar y, después de una rápida convocatoria al resto del clan, todos han ido a sentarse en el pequeño salón de la casa, un cuarto sin ventanas, con muy poca luz, en el que casi se agolpan un viejo sofá de terciopelo, dos sillones a juego y un par de sillas de madera junto a un televisor antiguo. Y así, en tan lúgubre escenario, han ido a acomodarse los seis.

Celestina en una de las sillas. Los sillones a ambos lados los han ocupado Ramón, el padre de Manel, y su hermana, la tía Rómula. Y por fin en el sofá, justo enfrente de Celes, Lupe, con su hijo pequeño en el regazo.

Y, junto a ellos dos, Manel. En silencio, con la cabeza de nuevo baja y una expresión incómoda en el rostro. Resentida, como de rabia contenida.

Y no, una vez expuestas, las noticias que Celestina acaba de compartir con la familia no son malas. O no deberían parecerlo. Pero, sin embargo, el cuadro queda muy lejos de transmitir ningún tipo de entusiasmo.

Es cierto que la directora ha descrito la pelea tal y como se la encontró. Y, por supuesto, ha dejado claro que el comportamiento de Manel dista mucho de ser encomiable, y por eso no ha tenido más remedio que castigarlo con un par de días de expulsión. Pero también les ha dado cuenta del acoso al que sabe que el hijo de Lupe y Ramón ha estado sometido, por lo que, aunque no comparte ni justifica su reacción, desde luego sí la entiende.

Pero, con todo, nada parece provocar una reacción favorable, algún tipo de comprensión o tan siquiera empatía hacia el chaval. Es más, nada parece provocar más que una única respuesta en cada uno de los miembros de la familia. Sobre todo, desde el momento en que la directora ha explicado cuál ha sido la reacción de Manel.

Porque tan pronto como la mujer ha mencionado la cuestión de la mordedura, ninguno de ellos ha parecido oír nada más. Por alguna razón fuera del alcance de Celestina, nada en esa escena parece distendido, ni mucho menos amable. Celestina, Celes, no sabe cómo definirlo exactamente. Pero es… algo.

Sí, eso es: en esa casa hay *algo*. Una tensión, una amargura, un olor agrio. Algo en el aire que no deja de advertirle a la directora que, desde luego, esa casa no es el espacio más amable para el joven. Celestina comprende —o cree comprender— que los dos días de expulsión que el muchacho ha recibido como castigo le supondrán algún tipo de problema en la casa. Y ahora mismo no deja de pensar que eso no es justo.

Porque es cierto que lo que Manel ha hecho no está exento de gravedad. Al fin y al cabo, ha mordido la garganta de uno de sus compañeros. Pero también se trata de la primera vez que el chaval hace algo parecido. En todo este tiempo, Blanco jamás ha causado el más pequeño problema. De hecho, y por todo lo demás, de lo que sí se ha dado cuenta Celestina es de que Manel es un alumno especial.

Porque ese chico también tiene algo. Tiene una mano especial, un gusto especial. Y, por supuesto también, una sensibilidad especial. Lo cual no deja de ser un eufemismo como otro cualquiera para señalar su homosexualidad. Y de sobra sabe Celes lo difícil que eso puede resultar para un muchacho como Blanco en un lugar, en un entorno como este. Y, por eso, aún sin saber hasta dónde llegarían sus dificultades, la directora ha preferido venir con él. Acompañarlo, ser ella quien hable con su familia. Para quitarle algo de hierro al asunto. Pero también para algo más. Algo que Celes está a punto de exponer ahora mismo.

—Verán, mi hija está poniendo en marcha un nuevo negocio. Aglaya, un taller de alta costura en Monterrei. He hablado con ella, y creemos que aquí este muchacho nuestro tiene talento —comenta desde una sonrisa cargada de orgullo y cariño—. Tiene las dotes que siempre buscamos para esto. Gusto, sensibilidad, cabeza y manos. Miren, parece que su hijo haya nacido para la costura. De modo que, si a ustedes les parece bien, a mi hija le gustaría darle una oportunidad de trabajar en el taller.

Silencio todavía.

—Oigan —continúa Celes—, yo estoy segura de que esto que ha ocurrido no ha sido más que una chiquillada. No puede volver a repetirse, eso desde luego. Pero dejen que les diga una cosa: si Manel me puede garantizar que no lo volverá a hacer, yo les puedo garantizar a ustedes que su hijo tendrá un futuro en el mundo de la costura. Qué —pregunta ya desde una sonrisa franca—, ¿qué me dicen?

La mujer aguarda la respuesta aún sin dejar de sonreír. Pero, para su sorpresa, descubre que la suya es la única en la sala. Porque allí, en el salón de los Blanco, nadie más sonríe. Ni tan siquiera muestran ningún tipo de entusiasmo, mucho menos alegría.

Desconcertada, Celestina se pregunta qué es lo que está ocurriendo. Aquí, en el salón. A menos de un par de metros de sus ojos, mire hacia donde mire.

Porque, por alguna razón que no entiende, Manel continúa con la cabeza baja, y lo poco que Celes alcanza a identificar en él no pasa de ser una expresión abrumada, a caballo entre la tristeza y algo parecido a la rabia apretada entre los dientes. Algo que la directora identifica como la impotencia de quien sabe que no puede hacer nada sino callar.

El padre, tanto más transparente como primario, tampoco hace nada por ocultar su enojo, furia incluso. Pero al mismo tiempo... Sí, ahí está. Entre la violencia que este hombre desprende, a Celestina le parece detectar algo más en la manera en que Ramón observa a su hijo. Casi de reojo, como si en el fondo evitara mirarlo de frente. De hecho, y si tuviera que jurar, Celestina diría que es inquietud, quizá recelo esto que asoma en su mirada.

Por no hablar de otro detalle extraño, este también por parte del padre: resulta que no es con su esposa con quien Ramón cruza una y otra vez sus miradas, sino con su hermana, la tía del muchacho. La misma que, en silencio, en ningún momento ha dejado de negar con la cabeza desde un gesto implacablemente severo y una mueca por veces despectiva. Tan solo altera la expresión para levantar de manera explícita una ceja cada vez que le devuelve la mirada a Ramón. Como si, en silencio, sin palabras, lo que le estuviera diciendo a su hermano fuese algo como: «¿Lo ves? Te lo dije».

En medio de toda esa dureza, Celes comprueba que tan solo la madre, que también permanece en silencio, contempla a su hijo, con quien de vez en cuando llega a cruzar alguna mirada. Pero que esto no lleve a engaño. Porque la expresión de Lupe tampoco es la que la directora esperaba. Ajena a cualquier forma de alegría o entusiasmo, la mujer permanece en silencio, sin decir nada en absoluto, con los ojos fijos en Manel y un gesto preocupado. Observando a su hijo sin dejar de asentir en silencio. Como si frente a toda esa amargura, la tristeza del muchacho y su rabia contenida, ella, Lupe, fuese la única que alcanzase a ver algo más. La verdadera gravedad de la situación.

Algo serio, profundo. Algo que, en realidad, nadie más parece haber percibido.

15

Fina y el diablo

Señor, ¡si es que no se le va de la cabeza, oye! Fina lleva desde el otro día a vueltas con lo mismo. Ay, por Dios, pero ¿cuándo fue? ¿Cuándo vio a Vincenzo Lazza delante del bar? Bueno, y mira que no tendrá ella cosas más importantes en las que pensar, eh, que ya ves tú lo que se le ha metido ahora en la cabeza. Y que no hay manera, fíjate. Por lo que sea, es una pregunta que le viene una y otra vez. Una y otra vez. Y que no, que no hay forma de que se le vaya. Que hay que ver lo insistente que es la cabecita cuando el diablo viene a llenártela de dudas. Y, además, ¿por qué tanta obsesión? Bueno, a ver, eso sí lo sabe.

Es por el chaval, ¿verdad, Fina? Sí, claro que es por eso. Te extrañó el modo en que te respondió.

A ver, si es que es la verdad, hombre. Fina no había pensado mucho en ello hasta que la cosa salió en la charla con Manel. Porque, claro, ella sabía que había visto al viejo antes de que lo matasen, sí. Pero no se había parado a pensar en cuándo había sido exactamente hasta que el chico se lo preguntó. Bueno, o igual no, que ahora mismo Fina no recuerda si el chaval se lo preguntó así, con esas palabras, o no.

No, Fina, no. Lo que Blanco te preguntó fue si estabas segura de haberlo visto.

Vale, puede ser. Pero lo que sí que no se le va de la cabeza es la forma en la que Manel se la quedó mirando. Y entonces sí, claro, ahí Fina sí que se dio cuenta. ¿Y cómo no se le iba a quedar mirando? ¡Porque sí que era importante, hombre! Y tanto que era importante. Porque, a ver, si fue el día en que se cargaron al pobre del viejo, entonces Fina igual fue de las últimas personas que lo vieron con vida. Bueno, eso si Blanco no había sido el que se montó con él en el coche, claro. Que, a ver, él ya le dijo que no. Pero, oye, a ella sí que le pareció.

Pero si él dijo que no...

A ver, seamos claros: a lo mejor sí que lo era, y lo que pasa es que al pobre chaval le da vergüenza. Que aquí todo se sabe, hombre. ¡Que esto es un pueblo! Y todos sabemos que por más nombre que tuviera el viejo, pluma también tenía bastante. Bueno si tenía, ¡para echar a volar! Y claro, igual eso es lo que le avergüenza al chaval. Que, oye, a lo mejor él también... Bueno, ya se entiende, ¿no? A ver, que a Fina esas historias le dan igual, eh. Cada uno que haga lo que quiera. Pero tal vez sí, el chico es... Bueno, o no. A lo mejor resulta que el chaval es eso que le dicen ahora, «bi». O también puede ser que todo esto se lo esté montando ella solita, y el chaval ni es bi ni nada, y por eso dice que no era él. Bueno, espera, ¡espera!

Que a lo mejor es otra cosa.

A lo mejor, también es porque sí que era él, ¡y de lo que tiene miedo es de que lo relacionen con el muerto! Ay, calla, calla, pobre crío. ¿Y cómo no va a estar preocupado? Pobre chaval, con lo bueno que es. Pero oye, si era él, ¡pues aún con más razón! Hay que decírselo a la Guardia Civil, a ver si por andarnos con parvadas vamos a tener a un asesino suelto. ¿Y qué día fue?

Piensa, Fina, piensa.

«A ver, yo estaba recogiendo los botellines de la última hora de la tarde, la tele estaba puesta y en el bar había poca gente ya, cuando vi que se paraba un coche grande al otro lado».

¿Y qué pasó?

«Pues que el coche no se movía de ahí. Por eso me fijé. ¿Y ese qué hace ahí parado? Y entonces lo reconocí. Ay, mira quién es. Y volví a girarme hacia la tele».

Bien, Fina, bien. ¿Y no recuerdas qué ponían en la tele?

«No… Lo que sí recuerdo es que el coche seguía ahí cuando me pareció ver a Manel. Pero no le hice mucho caso porque entonces… ¡El bote! Ahora sí, puñeta, ahora sí que me acuerdo. Claro, hombre, claro, ¡fue la tarde que se llevaron el bote en el concurso de la tele!».

¡Perfecto! Pues entonces búscalo en las noticias del móvil, Fina, asegúrate.

«Sí, sí, ¡claro! ¡Mira, aquí está! A ver, ¿y qué día fue? Ah, pues sí, el jueves. ¡Ay, pues entonces sí que fue el día que lo mataron! Parva, parva, ¡parva! ¡Y claro que era importante, mujer! Blanco. Claro que era importante. Y eso tiene que ser lo que le preocupaba. Claro, porque Manel igual pudo ver algo que... Pero entonces sí, igual tal vez deberíamos ir los dos, claro. A hablar con la Guardia Civil, digo. Porque si es cierto que él también estuvo con el sastre, entonces...».

Es justo en este preciso instante cuando el diablo susurra otra idea en el pensamiento de Fina.

Porque si es cierto que él también estuvo con el sastre, entonces...

Ha sido como un relámpago, un rayo incómodo que, veloz, ha cruzado su mente, incendiándole las ideas de un extremo a otro de su pensamiento.

¿Y si...?

Silencio.
Silencio e inmovilidad.
Fina acaba de caer en la cuenta de una idea incómoda.
Y si...

Pero no, ¡no! Por Dios, Fina, qué cosas se te ocurren. El chaval es un bendito, un santo varón. Vale que sí, que tendrá sus secretos, sus cosas, tú ya me entiendes. Pero de ahí a... Hombre, por favor, qué cosas tienes, Fina. Ahora, eso sí, mañana sería bueno hablar con él, ya por la mañana, cuando vaya a tomarse el café. Y contarle todo esto. Bueno, todo no, claro. Pero sí lo del día en que vio a Lazza. Y lo de hablar con la Guardia Civil.

De hecho, tal vez lo más responsable sería llamar ahora mismo, ¿no crees?

«Sí, claro, eso es lo que vamos a hacer. Llamar ya mismo a la Guardia Civil, y decirles que, cuando mataron al señor Lazza, aquella misma tarde, yo, y quizá también Manel Blanco, el cortador de Textiles Celestina, lo vimos delante del bar. Bueno, igual eso ya lo saben. Lo de Manel. Pero yo se lo comentaré igualmente. Solo por eso. Sí, será lo mejor. A ver, ¿cómo era? 085. No, espera, ese es el de los incendios. Ay, ¡cómo era, hombre! Ah, sí. 062».

A punto está de marcar cuando alguien llama a la puerta. ¿A estas horas? Uy, raro. ¡O malo! No, a estas horas es que algo debió de pasar. ¿Y será su madre, tal vez? Fina siempre piensa en lo mismo ante cualquier imprevisto. Una llamada, un aviso. Que es que mamá ya tiene una edad, hombre, y cualquier día le da un susto.

Abre la puerta casi sin mirar.

—¿Quién...?

Sorprendida, Fina observa a la persona que le mantiene la mirada fijamente desde el otro lado de la puerta, inmóvil en el descansillo. Bueno, la mirada, por decir algo. Todavía desconcertada, se sonríe perpleja.

—Pero ¿esto qué es? —pregunta—. ¡Que los carnavales ya pasaron hace meses, eh!

Y hace por reírse. Una risa nerviosa, en realidad. Porque, en el fondo, Fina sabe que algo no va bien. Su subconsciente se lo está diciendo. Se lo está avisando. Se lo está gritando. «Cierra la puerta. Cierra la puerta. ¡Cierra la puerta!». Pero ahora ya da igual.

—Oiga, ¿qué...? Oiga —protesta—, ¡oiga!

Para cuando Fina quiere reaccionar, la máscara al otro lado de su puerta ya se le ha abalanzado.

Ya le tapa la boca con la mano.

Ya la ha empujado dentro.

Ya está.

Fina ya no llamará a nadie.

16

Dientes, polvo...

Frías e incómodas, siempre silenciosas y en cierto modo tristes, las salas de autopsia nunca han dejado de resultarme lugares extraños. Esta, en el hospital de Verín, también.

Los dominios de Fernando Serrulla quedan al fondo del corredor. Es la puerta de la izquierda, y la zona se reconoce bien, porque queda justo después de un marcador inequívoco: las cuatro neveras para cadáveres, alineadas como dos columnas de nichos metálicos en una de las paredes del pasillo. Desde luego, el área de trabajo del forense no tiene pérdida.

Lueiro entra sin llamar y Serrulla nos devuelve el saludo con un gesto breve, apenas un ademán rápido con los labios apretados y un movimiento de cejas mientras termina de acomodar el cuerpo frío de Diego Navarro. El cadáver del doctor reposa inmóvil sobre el metal de la mesa. Y no, nunca me acostumbraré a este tipo de situaciones. El cuerpo desnudo, el vello blanco, cano, sobre el pecho. La expresión seria en el rostro. Parecería pulcro, digno incluso. De no ser por ese otro detalle, claro: la inmensa cavidad en el costado izquierdo de su cuello, y la piel, los músculos, los tejidos descubiertos, por completo desgarrados, en una herida bordeada de venas y conductos abiertos en canal. Nunca, nunca me acostumbraré a ver esto. Y, por un instante, cuando aparto la vista, me pregunto si Fernando lo hará.

Ajeno a mis cavilaciones, Serrulla se limita a terminar de cerrar la sutura, un punto rudo bajo la clavícula de Navarro. Y no dice nada. No habla, no aparta la vista de la piel. Tan solo hace su trabajo en silencio, con la más pulcra de las precisiones quirúrgicas. Pero no puedo evitar preguntarme si, tal vez, no estará pensando en algo más. A fin de cuentas, se conocían, me consta que Navarro y él eran amigos. Y ahora…

—Pues está claro —resuelve de repente, arrancándome de golpe de mis pensamientos—, Navarro murió desangrado cuando una de las mordeduras le seccionó por completo la carótida interna. Desde el momento en que el mordisco le reventó la arteria, ya no tuvo nada que hacer. No pudo tardar más de un minuto en morir. Y menos mal —añade, esta vez ya en un tono más bajo, más grave—. Porque no quiero ni imaginar el inmenso sufrimiento que tuvo que padecer hasta entonces.

—¿Quieres decir que estaba vivo mientras…?

Carlos deja la pregunta en el aire, a la vez que señala el cuello abierto.

—Sí —asegura el forense con gesto serio, al tiempo que se empuja las gafas sobre el puente de la nariz—. La tensión en los músculos desgarrados no deja lugar a dudas, por no hablar de la cantidad de sangre que había en el lugar del asesinato y la distancia a la que aparecieron las salpicaduras. Para que toda esa sangre pudiera salir propulsada con tanta fuerza, el corazón del pobre Diego, que para entonces ya debía de estar encharcado en adrenalina, tenía que estar bombeando hasta el máximo de su capacidad.

—Comprendo —murmura Carlos.

—De modo que sí —concluye—, por desgracia, Navarro estaba vivo mientras quienquiera que fuera le hacía semejante barbaridad. Pobre hombre —murmura sin dejar de observarlo. Se quita los guantes de látex y va a lavarse las manos en la pileta metálica al fondo de la sala—. Ni en mil vidas equivocadas habría merecido Diego una muerte así.

—Desde luego —vuelve a asentir el sargento—. Y entendemos que las mordeduras se las ha hecho una persona, ¿verdad?

Aún con las manos bajo el agua, Serrulla le devuelve una mirada suspicaz.

—¿Acaso estamos considerando la opción de que algún animal haya podido hacer esto? —Fernando sonríe resignado—. Olvídate —le responde sin dejar de negar con la cabeza—, que esto sí que te lo puedo asegurar: haya sido quien haya sido el que les ha hecho esto a Lazza y a Navarro, se trata de una persona.

—Ya me lo imaginaba, tan solo es por confirmar.

—Es cierto que en Vincenzo las mordeduras parecían más feroces, menos profundas y más rápidas, más voraces, y que en Navarro parecen más intensas y concretas. Aunque también es verdad que en este segundo caso parece haber alguna diferencia —explica a la vez que se seca las manos—. Esperad, dadme un segundo.

El forense coge unas fotos que hasta este momento han permanecido sobre una de las mesas laterales.

—Fijaos. —Señala—. Aquí.

Ahí está de nuevo, la imagen del rostro desfigurado de Vicente Fernández.

—Mirad —nos indica a la vez que apunta algo en una de las fotografías—. Estas son las marcas de los desgarros provocados en la cara de Lazza. Son más secas, más incisivas. La violencia del ataque no deja verlo con claridad, pero, tomando las distancias entre las marcas de los caninos, por ejemplo, se ve que se trata de una dentadura más fina y más profunda. Sin embargo, estas otras...

Serrulla vuelve a acercarse al cuerpo de Navarro y pasa a moverse ahora sobre la herida abierta en el cuello, señalando diferentes puntos con el extremo de un bolígrafo.

—¿Lo veis? Esto —indica—, y también esto. Son heridas claramente diferentes. Más anchas y más desgarradas.

Y entonces tanto a Carlos como a mí se nos ocurre una posible explicación.

—Quiere decir que se trata de una mordedura distinta.

—Eso es. Mirad, en estas que tenéis aquí delante, el agresor no cortaba con los dientes. Aquí lo que hacía era morder, apretar con fuerza, y tirar.

—Arrancar —entiendo.

—Eso es.

Lueiro levanta la cabeza y busca la mirada del forense.

—O sea, que se trata de dos personas distintas.

Fernando Serrulla aprieta de nuevo los labios, esta vez en un gesto entre lo dubitativo y lo inconcreto.

—No necesariamente. Lo que digo es que se trata de dos formas diferentes de atacar. Pero de un mismo ataque, claro. Es más, si me apuraseis, os diría que, en este caso —explica señalando el cuerpo sin vida de Navarro—, tal vez podríamos pensar en la utilización de una dentadura postiza.

—¿Una dentadura postiza? —repite el guardia civil—. ¿Cómo puedes saberlo?

—Por la repetición —aclara Serrulla—. Si os fijáis, se ve

cómo en algunos de los desgarros hay marcas casi repetidas en paralelo.

—¿Cómo?

—Es fácil —responde—. Como si después de haber mordido una primera vez, y por algún motivo, hubiera tenido que repetir la mordedura antes de poder arrancar la carne.

Y vuelvo a comprender.

—Claro. Porque al agresor se le hubiera movido la dentadura.

—Una dentadura falsa —acaba de dilucidar Lueiro.

—Exacto —asiente el forense—. Sea quien sea, cabe la posibilidad de que vuestro monstruo use dentadura postiza.

Asiento en silencio.

—¿Un toque de teatralidad, tal vez?

Serrulla se encoge de hombros.

—Pues eso no lo sé —contesta—, supongo que ese tipo de cuestiones ya es cosa vuestra. Ah —se interrumpe de golpe—, lo que sí os puedo decir es otra cosa. ¿Recordáis el polvo blanco? Ya sabéis, aquel que había sobre los hombros y la solapa de la chaqueta de Navarro.

—Sí —le responde Lueiro—, el polvo que pensamos que podría ser droga.

—Ese mismo. Bueno, pues, como sabía que vendríais, me he acercado al laboratorio a ver si ya tenían los resultados. Y tengo que deciros que no, no se trata de ninguna droga.

—Vaya. ¿Y qué es entonces?

—Tetraborato de sodio.

Siento cómo se me arruga el entrecejo.

—¿Sodio? —repito extrañado—. Entonces ¿es alguna forma de sal?

—En efecto. Sal de boro.

—¿Sal de boro? —Es Lueiro quien pregunta esta vez, de nuevo sin ocultar su extrañeza—. ¿Y eso qué es?

—Bueno, supongo que suena raro, pero la verdad es que se trata de algo mucho más común de lo que os imagináis. De hecho, su uso más habitual es como detergente.

—¿Quiere decir que el agresor podría haber intentado limpiar algo?

La manera en la que el forense niega con la cabeza me deja claro que mi propuesta no es la correcta.

—No, no creo que vaya por ahí la cosa. Si lo que pretendía era borrar algún tipo de rastro, hay muchos otros métodos.

—Aquí dice que también puede convertirse en ácido bórico —propone Carlos, que ha hecho una búsqueda rápida en internet con su teléfono móvil—. Tal vez así...

—¿Borrase alguna huella? —se le adelanta Serrulla—. No, tampoco. El ácido bórico es muy suave. Sirve como antiséptico, sí. Pero sobre todo se usa como insecticida. No —resuelve—, eso tampoco puede ser.

—Pero entonces ¿qué hacía ahí?

El forense me devuelve la mirada, de nuevo con los hombros encogidos.

—Me temo que eso también es cosa vuestra. Pero, por si os vale de algo, os he adelantado un poco de trabajo. Yo también he hecho una pequeña búsqueda antes de que vosotros llegaseis. Al parecer, en la calle es más conocido como bórax.

—¿Cómo has dicho?

—Bórax, Carlos. Y lo podéis comprar en muchos sitios, empezando por el supermercado. Así que, por lo pronto, lo que ya os puedo asegurar es que no, por ahí no había ningún tipo de droga.

Silencio.

—Ahora, en otros lugares...

Serrulla arquea una ceja, y Lueiro y yo volvemos a ponernos alerta.

—¿Has encontrado algo?

—Bastante —responde—. Y en los dos.

17

… y Lucy en el cielo

El forense asiente a la vez que vuelve a acercarse a una de las mesas laterales, de donde coge esta vez unos papeles.

—Mirad —advierte, señalándonos la documentación que trae en la mano—. Estos son los resultados de las analíticas que les hicimos a ambos. Se trata de pruebas comunes, un test de toxicología que tenemos que hacer por defecto a todos los casos que recibimos. Y tanto los resultados de Lazza como los de Navarro señalaron índices altísimos, aunque de sustancias distintas.

—¿Cuáles?

—Pues mirad, comenzando por el sastre, Vicente Fernández presentaba una alta concentración de diazepam.

—¿Diazepam?

—Sí. Bueno, un sedante que actúa como relajante muscular. Como ya sabréis, su nombre comercial más habitual es…

—Valium —me adelanto.

—En efecto. De hecho, no tendría mayor importancia de no ser porque Fernández llevaba tanto encima como para no volver a despertar jamás. Aunque no lo hubieran matado de esa manera tan atroz, tampoco habría tenido muchas esperanzas de salir con vida de no haber sido atendido a tiempo.

—¿Sabemos si era suyo? —pregunta Lueiro.

—En su historial médico sí aparece recetado de manera constante, por lo que sí, podía pertenecerle a él. Pero, de todos modos, me temo que eso dé un poco igual. Es Valium, Carlos. Lo raro sería dar con una casa en la que no hubiera habido alguna vez.

—A mí me lo vas a contar —admite Lueiro—, que en la mía lo tengo en cantidades industriales.

—Pues eso mismo. No —resuelve el forense—, por ahí no encontraremos nada.

—¿Y qué pasa con Navarro?

Serrulla vuelve a torcer la expresión. Como si dijese: «Ah, esa es otra historia, amigo».

—En efecto, el bueno de Navarro también venía con lo suyo. Pero en su caso...

Fernando vuelve a detenerse, a la vez que busca el dato en el papel.

—Sí, aquí está. —Señala—. En su caso se trata de una sustancia mucho más curiosa; según esto, el doctor Navarro iba hasta arriba de ergotamina.

—¿Ergotamina?

Serrulla me pasa el informe mientras me indica dónde mirar. Pero la extrañeza en mi expresión me delata.

—¿Sabes de qué estamos hablando, inspector?

—Ergotamina —repito—. Pues no, la verdad es que no.

—Lo que sucede es que ahora sí que estamos hablando de ácidos —me aclara el forense—. Y esta vez de los de verdad. La ergotamina, inspector Romano, es el mismo principio activo del que, entre otros derivados, se procesa el ácido lisérgico.

Y entonces comprendo.

—¿LSD?

—En efecto —asiente Serrulla—. La verdad es que hacía mucho tiempo que por aquí no teníamos noticias suyas. Pero sí, de esto no hay duda. Se trata de ácido. Ergotamina, LSD. Y, a juzgar por los altísimos índices encontrados en su cuerpo, te puedo asegurar que Diego Navarro se fue de este mundo envuelto en el más alucinógeno de los viajes.

Tan sorprendido como desconcertado por la noticia, a punto estoy de decir algo, de preguntar, de comentar o, quizá, como poco, de expresar mi extrañeza, cuando algo se me adelanta en cuanto a reclamar la atención. Es el móvil de Lueiro, que ha comenzado a sonar con insistencia.

—Dime.

Y entonces todo vuelve a cambiar una vez más. Carlos aprieta los labios, se pasa una mano por la cabeza con aire incómodo y clava sus ojos en los míos con gesto preocupado. Y comprendo. No puede ser otra cosa: ha vuelto a ocurrir.

—De acuerdo —responde—, de acuerdo. Sí, vamos para allá. ¡Que sí, coño, que sí! Pero, ¡oye! Que nadie toque nada.

Tal vez no sea solo preocupación lo que acaba de tomar la expresión del sargento Lueiro, sino también algo más. Rabia. Furia. Y todo ha vuelto a cambiar. Una vez más, y aún para peor. Lo sé cuando Carlos me devuelve la mirada, como lo sabía antes incluso de que colgase.

—Tenemos que irnos —me indica—. Tú también, Fernando. Y creo que es mejor que avises a tus muchachos, Mateo.

—¿Qué ocurre?

Lueiro tuerce el gesto en una mueca incómoda al tiempo que se dirige a la puerta.

—Ha aparecido otro cuerpo, doctor. Esta vez se trata de una mujer.

18

Soutelo Verde

Soutelo Verde es otro de esos pequeños pueblos perdidos en la paz de los montes que desde el norte se derraman hacia el valle de Monterrei. Laderas salpicadas de aldeas sin mayor alteración ni sobresalto que un tute de reyes en el bar o una oveja en falta en el recuento final del día. Y sin embargo hoy...

Carlos Lueiro tiene la dirección completa en su GPS. Pero se la podría haber ahorrado. El lugar está más que marcado por los dos todoterrenos de la Guardia Civil, detenidos casi de cualquier manera a un lado del asfalto, aún con las luces superiores encendidas, y, sobre todo, por los vecinos arremolinados a su lado con gesto preocupado. El tumulto junto a la casa al pie de la carretera principal es demasiado evidente como para que hasta el más torpe no vea que este es el destino. Que aquí ha ocurrido algo. Y que, a la luz de las miradas en los rostros de los vecinos, se trata de una tragedia. Una especialmente dolorosa.

Carlos detiene su coche junto a los otros dos vehículos del cuerpo, y yo no tardo en localizar a Santos y a Laguardia, los dos con los brazos cruzados, expectantes al otro lado del cordón policial. Mientras Lueiro comienza a sacar del maletero todo el material de la policía judicial y se prepara para entrar en el interior de la vivienda, donde ya lo están esperando, yo me acerco a mis compañeros.

—Qué hay, cómo estáis.

—Bien, jefe.

Es Ana Santos la que responde, aunque sin demasiado entusiasmo.

—Mientras veníamos, han informado a Lueiro de que al parecer se trata de Josefa García, vecina de aquí, y que, según nos han explicado, trabajaba de camarera en un bar de Verín. ¿Correcto?

—Así es —me confirma Laguardia—. El Marimba, un pequeño bar de menú en el polígono industrial de Pazos, a las afueras de Verín. Pero sí, la mujer, de treinta y siete años de edad, era de aquí. Esta es la casa de su familia, y en el pueblo todos la llamaban Fina.

—Fina...

Aún con el nombre en la cabeza, me vuelvo para echar un vistazo a la vivienda.

Se trata de una casa vieja, con muchos más años encima de los que malamente puede disimular. Una construcción de piedra paisana levantada en dos alturas cerca de la carretera que une Verín con Vilar de Barrio. La planta baja mantiene el granito descubierto, mientras que la superior intenta disimular el paso de los años con un revestimiento de cemento y una austera capa de pintura que, al igual que toda la construcción, empezó a pedir reparo muchos lustros atrás, tal como delatan las múltiples manchas de óxido que salpican el hierro de la galería central.

—¿Sabemos ya si se trata de una víctima de nuestro hombre?

—Puede pasar y comprobarlo usted mismo. Pero ya le digo yo que sí —me confirma Santos.

—¿Más mutilaciones?

Ana asiente.

—Es como si ese cabrón se estuviera construyendo su propio muñeco a plazos, como si le gustara llevarse pedacitos de sus víctimas, quién coño sabe por qué o para qué.

Eso es algo a lo que yo también le doy vueltas. ¿Por qué ese tipo de agresiones?

—Suba y véalo usted mismo —insiste Santos—. Pero ya se lo digo yo, señor, este cabrón es un puto animal. Una mala bestia.

—¿Y qué sabemos de la víctima? ¿Lleva mucho tiempo muerta?

Laguardia niega al instante.

—En absoluto, señor. ¿No venía con usted el forense?

—Sí —respondo a la vez que me vuelvo para buscarlo—, nos dijo que cogía sus cosas y venía detrás de nosotros. Me imagino que debe de estar al caer.

—Pues entonces ya se lo confirmará él. Pero no, qué va. La mujer no lleva muerta ni veinticuatro horas. De hecho, alguno de los vecinos —señala, apuntando con el mentón hacia el tumulto que todavía permanece junto a los coches, al otro lado del cordón de plástico verde y blanco— ha declarado que ayer la vio llegar a casa a la hora de siempre, al acabar el turno de mañana.

—Pero entonces ¿cómo es que la han encontrado tan pronto?

—Por lo visto, la señora García tenía que haber abierto el bar hoy a las cinco y media, que es cuando empiezan con los desayunos de los trabajadores que entran en los primeros turnos del polígono.

—Entiendo.

—Pero el caso es que no se presentó —continúa el subinspector—. Y al no hacerlo, preocupó a Paco Crespo.

—¿Quién?

—El dueño del bar. Al parecer, el tipo llamó por teléfono. Pero Fina no le respondió, y Crespo dio por sentado que su empleada se había quedado dormida.

—Así que, como al final del turno la camarera seguía sin contestar —continúa Santos—, el tipo decidió coger su coche y venirse para aquí. Por lo visto, para cantarle las cuarenta en vivo y en directo.

—¿Cómo sabemos esto?

El subinspector señala algo al otro lado de la carretera, un poco más allá del tumulto.

—Esa casa de ahí enfrente es un horno, un obrador de pan. Han sido ellos los que nos han confirmado que el tal Paco estuvo llamando a la puerta.

—¿Lo vieron? —pregunto a la vez que considero la distancia, quizá algo menos de unos cien metros—. ¿Desde allí?

—Más bien lo oyeron, jefe. El tipo estuvo aporreando la puerta como un animal. Que ya le digo yo que, para que lo oyeran desde allí, ya tuvo que darle con ganas.

—El caso es que, al escuchar los golpes, las chicas del obrador se acercaron a ver qué pasaba. Y después de las explicaciones del señor Crespo, ellas también se preocuparon al ver que Fina no contestaba. De modo que intentaron llamarla por teléfono —completa Santos.

—Al oír que el móvil de la señora García sonaba en el interior, todos se preocuparon aún más, por si realmente le había ocurrido algo.

—Y entonces fue cuando decidieron llamar a la Guardia Civil, ¿no?

—Correcto, señor. Cuando los compañeros llegaron, repitieron la misma maniobra —sigue el subinspector—, y al no responder, decidieron entrar.

Vuelvo a observar la fachada de la casa.

—¿Dónde está?

—Arriba, en el primer piso —me responde Santos—. En el dormitorio.

—¿En el dormitorio? —repito temiéndome lo peor.

—Sí, esta vez la ha dejado en la cama —me aclara Laguardia.

—Pero no se preocupe, jefe, que no es lo que piensa —me advierte Santos—. De hecho, hay algo en la composición de la escena que, no sé, hasta podría parecer... ¿amable?

La subinspectora también dirige su mirada hacia la planta superior de la vivienda y vuelve a negar en silencio.

—De no ser por lo otro, claro.

19

La camarera muerta

Llevo todo este tiempo, desde que he llegado, intentando ocultar mi incomodidad. No ahora, no aquí, sino todos estos días. El valle, las aldeas, la montaña. Hace días que siento cómo todo esto despierta a gritos un recuerdo al que no me gusta regresar. Y ahora, hoy, la víctima es una mujer. No importa de qué trate la historia, al final las bestias siempre dejan alguna factura pendiente para que la pague una mujer. Siempre, otra vez. Siempre pagan ellas, siempre.

Intento disimular. Les indico a Santos y a Laguardia que se acerquen al polígono industrial para que hablen con el tal Crespo, a ver si ellos pueden averiguar algo más. Y, por fin, solo, entro en la casa.

Subo por las escaleras hasta el piso superior, donde el trasiego de monos de gasa blanca me indica la dirección que seguir. El dormitorio al que la subinspectora se ha referido es el cuarto al final del pasillo. Me acerco hasta la puerta y, sin ir más allá para no contaminar la escena, me asomo al interior desde la entrada. Y, entonces sí, la veo.

—Santo Dios.

Lueiro, inmóvil junto a la cama, responde, aún sin apartar la vista del cuerpo.

—Ni lo menciones, Mateo. El muy cabrón es un blando, no tiene estómago para este tipo de atrocidades.

Todavía perplejo, no dejo de asentir en silencio. Porque creo que Carlos tiene razón. Estoy seguro de que hasta el mismísimo Dios habría apartado la mirada ante semejante escena y, asqueado, habría salido corriendo al baño más cercano. Para esconderse, para hundir la cabeza en el retrete, para vomitar hasta al Espíritu Santo.

Tumbada sobre la cama, con las piernas extendidas y las manos cruzadas sobre el vientre, el cuerpo de Josefa García reposa sin vida. Y sí, entiendo el comentario de Santos. Hay algo diferente en este escenario. Algo sereno, amable incluso, casi plácido en la composición del cuadro. El cuerpo relajado de una mujer tumbada bocarriba sobre su cama. Aún vestida, con una falda azul, una camisa blanca y una chaqueta de punto color mostaza abotonada sobre el pecho. Como si, cansada, hubiera escogido tumbarse un rato, echarse una siesta rápida al llegar de trabajar.

De no ser, como también ha advertido Santos, por lo otro, claro.

Porque «lo otro» es su cara.

El terror, el pánico más absoluto ha quedado grabado en su rictus, congelado en una mueca de horror feroz. Esta mujer ha muerto empujada al mayor miedo que pudo llegar a conocer en vida. Una vida, casi con toda seguridad, desvanecida en la más brutal de las angustias, a juzgar por su expresión.

O por lo que queda de ella.

Porque la boca ya no es más que una contracción crispada de labios deformados y dientes rotos.

—Lo de los dientes ha sido ella.

Busco al otro lado de la cama, en la dirección de la que ha llegado la voz. Cuando el tipo de mono blanco que permanece asomado se vuelve hacia mí, caigo en la cuenta de que es Serrulla. No lo vi llegar antes, y ahora, enfundado en el mono de seguridad, tampoco lo había reconocido.

—¿Acaso la han obligado a destrozárselos de esta manera?

El forense niega con la cabeza.

—No. Ha sido por la tensión. Esta pobre mujer ha estado sometida a un nivel de estrés tan alto que ha apretado la mandíbula con tanta fuerza como para deshacerse varias piezas —explica, volviendo a señalar con la punta del bolígrafo, tal como apenas unas horas antes ha hecho en la sala de autopsias sobre el cuello desgarrado del doctor Navarro.

Y sí, me impresiona imaginarme la situación, la tensión del momento tan terrible que esta mujer tuvo que vivir. Pero, con todo, no es esto lo más inquietante. No, eso queda un poco más arriba. O, mejor dicho, en lo poco que queda.

El ojo derecho está brutalmente abierto. De hecho, juraría que jamás había visto uno que lo estuviera tanto. Ignoraba que tal cosa pudiera hacerse, abrir un ojo de tal manera que parezca que vaya a salir disparado de un momento a otro. El iris, que ya presenta en los laterales las marcas marrones propias de la muerte reciente, rodea una pupila que ha quedado fija en una dirección, hacia la izquierda del cadáver. Como si todavía continuase clavada en una presencia que nadie más puede ver ya. Horrorizada por la contemplación de una ausencia.

Y el ojo izquierdo...

Ese es el detalle, en realidad.

El ojo izquierdo, sencillamente, no está. En su lugar no hay más que un enorme vacío. No hay ojo, no hay párpados, no hay cejas. Por no haber, ni siquiera hay piel, ni tampoco músculos, ni tejido. Tan solo una cuenca vacía, desgarrada. Y, al fondo, salpicados de pequeños charcos de sangre, atravesando el hueso desnudo, los restos desgarrados de algo que asoma desde el interior del cráneo.

—Es el nervio óptico —me explica Serrulla, que ha vuelto a adivinar la dirección de mi mirada—. Y por lo que he podido observar, diría que el procedimiento es el mismo que el empleado con Navarro.

Comprendo a qué se refiere, aún antes de que el forense prosiga con su exposición.

—Lo han devorado.

—Así es. De hecho, y para ser exactos, yo diría que lo que han ido haciendo es morder la zona de alrededor, desgarrándola, hasta que han dejado el ojo al descubierto. Y entonces sencillamente lo han apresado, deduzco que mordiéndolo, y han tirado con fuerza hasta que el globo ocular se ha desprendido del nervio que lo retenía.

—Por el amor de Dios, dime que esta vez ya estaba muerta cuando le hacían todo esto.

Serrulla ladea la cabeza.

—A la luz de la sangre que aún encharca la cuenca ocular, yo diría que no, esta mujer aún estaba viva cuando le arrancaron el ojo.

—Santo Dios.

En ese momento siento que alguien se me acerca por la espalda.

—La madre que me...

Y reconozco la voz, también desbordada, impresionada.

—Hola, Raúl.

—Buenas tardes, señor. Discúlpeme —dice, aún sin apartar la vista de la cama—, tan solo es que no esperaba encontrar...

—No te preocupes. Has tardado más que tus compañeros. ¿De dónde vienes?

—De Ourense —responde, todavía intentando reponerse de la impresión—. He estado buscando información para reforzar algo que encontré ayer. Una posible nueva vía de investigación que me gustaría comentar con el equipo.

—Mirad —reclama el forense, antes de que Arroyo pueda seguir hablando—. Aquí. —Señala—. Aquí está otra vez.

Y comprendo a qué se refiere tan pronto como le devuelvo la mirada.

—¿Es la misma sal?

—Sí —me confirma Serrulla—. No puede ser otra cosa.

Y maldigo entre dientes. Joder, ¿qué demonios pinta eso ahí? Niego con la cabeza, incapaz de comprender.

De acuerdo, movilicemos a la caballería.

—Raúl.

—¿Sí, jefe?

—Escucha, quiero que averigües algo.

—Usted dirá.

—¿Has oído hablar del bórax?

20

El ruido a lo lejos

Ana Santos busca algo de sombra mientras habla por teléfono desde la terraza del bar Marimba, en el polígono industrial de Pazos.

—Aquí no hay nada de lo que rascar, jefe. Tal como imaginábamos, el tal Crespo este solo quería despedir a la mujer. Y no, no le valía con esperarse y hacerlo en el bar, delante de todos los parroquianos, el muy cabrón pensó que sería más apropiado irse hasta su casa. Ya le digo, un desgraciado. Pero bueno, por lo menos se llevó un buen golpe de realidad en toda la boca: el muy estúpido no hizo caso de lo que le dijeron los compañeros de la Guardia Civil, y cuando los agentes descubrieron el cuerpo de la pobre mujer, el muy idiota se había colado detrás. Y vio el cadáver, claro. Sí, sí, estuvo allí, en la habitación, así que sí, habrá que decirle a Lueiro que envíe a alguien para que le tome las huellas, aunque solo sea por descartarlas, porque ya le digo yo que el fulano este es un cagón, jefe, un imbécil con ínfulas de mandamás que ahora mismo no sabe ni por dónde tirarse un pedo de lo apretado que le ha quedado el culo.

Santos y Laguardia encontraron sin dificultad el Marimba. Al fin y al cabo, se trata del único bar que hay en todo el polígono industrial de Pazos. Tampoco tuvieron ningún problema para hallar al dueño. Al fin y al cabo, se trataba de la única persona que estaba en el local: un hombrecillo nervioso, chaparro y moreno, que a esas horas aún intentaba relajar el susto amarrado a un tubo de ginebra. Por supuesto, toda la calma que pudiera estar buscando se alejó aún más cuando los subinspectores sacaron las placas.

—Yo no quiero problemas —fue lo que el tipo llegó a articular por todo saludo.

—Pues empezamos bien —masculló Santos entre dientes, sin ocultar el desprecio que el fulano le infundía.

A pesar de lo caótico en ellas, las respuestas del hostelero a las preguntas de Laguardia, que fue quien prefirió conducir la conversación, solo sirvieron para confirmar lo que los subinspectores ya se imaginaban. De hecho, Santos tan solo intervino cuando Crespo admitió que su única preocupación hasta el momento de entrar en la casa de Fina era despedir a la camarera.

—Es que se quedaba dormida muchas noches —se justificó el dueño del cuchitril—, y yo veía en las cámaras que a veces no llegaba hasta cinco minutos después de la hora.

Santos negó con aire incrédulo, como si le costara creer lo que estaba oyendo. ¿Revisar las grabaciones? ¿Por cinco minutos? Su puta madre.

—Claro que sí, señor Crespo. Si es que este país está lleno de vagos ingratos que no valoran la oportunidad de realizarse que personas buenas como usted les dan, ofreciéndoles trabajar doce horas a cambio de un puto sueldo de mierda, ¿eh, don Paco? Desde luego, no sé a dónde iremos a parar. ¿Verdad, amigo?

Laguardia sabía que su compañera se estaba excediendo. Pero, en confianza, también veía que el miserable que la observaba desde el otro lado de la barra, todavía asustado y ahora también perplejo, tampoco es que mereciera mayores consideraciones.

Cuando Antonio volvió a intervenir, ya nada más fue para confirmar unas cuantas negativas: no, más allá de sus pequeñas impuntualidades, ridículas en realidad, Fina no era en absoluto una persona conflictiva, ni muchísimo menos sospechosa de nada ilícito. Hasta donde Paco sabía, no le constaba que tuviera problemas con nadie. Ni amistades comprometedoras, ni novios celosos, ni nada por el estilo. Y, de hecho, nada tampoco que sugiriera el más pequeño nexo con ninguna de las dos víctimas anteriores. Ni con Vicente Fernández ni con Diego Navarro.

O sea, nada.

Convencidos, pues, de que por ahí no sacarían mucho más en claro, los dos policías estaban saliendo ya del bar cuando el propietario reunió el valor para expresar su única preocupación.

—¿Creen que yo también puedo estar en peligro?

Inmóviles, aún de espaldas a la barra, los dos subinspectores cruzaron una mirada en silencio. Una a la que Laguardia respondió con un ligerísimo ademán, una afirmación dirigida a su compañera, que al momento volvió sobre sus pasos.

—Mire, no queríamos asustarlo —le respondió con aire grave—. Pero lo cierto es que sí, lo está.

Al pobre desgraciado casi se le desencaja el gesto del susto.

—¿En serio?

—Absolutamente —le confirmó Santos, cada vez con expresión más severa—. Detrás de este tipo de casos suelen esconderse perfiles obsesivos. Ya sabe, perturbados que, una vez escogida su zona de acción, no paran hasta que alguien los detiene.

La seriedad en el rostro de Santos hundió a Paco en el mayor de los terrores.

—Pero entonces, yo...

—Huya —le atajó la subinspectora sin dejar de asentir con contundencia—. Huya, cuanto más lejos y más escondido esté, mejor.

—Pero ¿y el bar?

—Olvídelo —respondió Ana, todavía con mayor contundencia—. Este lugar ya está marcado, quemado, diría yo. Déjelo, hágame caso. Déjelo y no vuelva nunca por aquí.

Y ya está. Cuando Santos se dio la vuelta y pasó de nuevo junto a su compañero, oyó cómo Laguardia le murmuraba algo.

—Te pasas, Ana, te pasas.

—Que se joda, hombre. Puto cabrón.

De modo que todo esto es de lo que ahora mismo está informando la subinspectora Santos. Todavía inmóvil bajo una de las sombrillas en la terraza, Ana habla por teléfono mientras Laguardia observa el espacio a su alrededor.

Ubicado en una de las esquinas de la calle, el Marimba se encuentra en el cruce de las dos vías principales del polígono industrial. La nave a la izquierda la ocupa una distribuidora de bebidas. En la de la derecha hay un taller de procesados metálicos. Y, enfrente... Es justo en ese momento cuando Antonio lo detecta.

Le ha parecido oír algo.

Ha sido apenas un instante, pero ha coincidido. Aunque nada más fuera por uno o dos segundos, no ha pasado ningún camión, y en el taller de aluminios las cizallas se han detenido. Y ha sido entonces, en ese instante preciso, cuando Laguardia lo ha escuchado: ese sonido, el tac, tac, tac, tac, tac, tac, tac que llegaba desde la nave de enfrente.

En realidad, aún no sabe de qué se trata. Pero está ahí. La nave es una construcción de dos plantas, cubierta de cristal azul. No hay carteles de ningún tipo, y en la fachada nada permite adivinar cuál es el negocio que se desarrolla en su interior. Pero a Antonio le ha parecido escuchar algo. Un sonido en concreto. Como un ruido de fondo constante. Tac, tac, tac, tac, tac, tac.

Uno del que, según recuerda haberle oído explicar a su jefe, Lueiro ya le había hablado a Mateo.

Mientras Santos continúa hablando por teléfono, Antonio Laguardia cruza la calle y se acerca a la nave. Los cristales azules son oscuros, pero no opacos, y el subinspector pega las manos a uno de los ventanales, haciendo hueco para hundir la cara, en un intento por ver algo en el interior.

Y sí, claro, eso es.

Lo primero que identifica son rollos de tela. Muchísimos, por todas partes. Apilados en horizontal en largas filas de estanterías, altas y profundas, o en vertical algunos, acomodados en grandes cajas de madera. Aquí y allá, ve también varias burras de metal, unas con diseños acabados, o a medio confeccionar, y otras con patrones colgados. Y, al fondo, al otro lado de una pared de aluminio y cristal, el pequeño bosque de varillas de metal e hilos. Hilos que no dejan de vibrar. Es de ahí de donde procede ese ruido, el rumor constante. Tac, tac, tac, tac, tac, tac, tac. Máquinas de coser. Eso es, no hay lugar a dudas, esta es la razón por la que están aquí.

Antonio se da la vuelta y busca a su compañera, que aún sigue el teléfono.

—¡Ana! —la avisa—, ¡Ana!

Santos le responde con un gesto, aún sin apartar el teléfono de la cara.

—¿Aún estás hablando con Mateo?

La subinspectora asiente.

—¡Pues dile que venga! Tiene que ver esto.

21

Un hilo perdido en el tiempo

—Gracias por recibirnos, se lo agradezco mucho. Sobre todo, habiéndola avisado con tan poca antelación, señora. Perdone, ¿cómo me ha dicho que era su nombre?

—Mónica —me responde la mujer que nos abre el camino—, Mónica Díaz. Pero, por favor, llámeme Mónica. Que señora era mi madre, la fundadora de todo esto.

Tan pronto como Santos me ha explicado el descubrimiento hecho por Laguardia, he cogido el coche y me he venido desde Soutelo Verde hasta el polígono de Pazos tan rápido como me ha sido posible. Un sastre muerto en un extremo del pueblo y lo que parece ser un taller de costura junto al trabajo de otra de las víctimas constituye una relación que, por pequeña que sea, no debemos pasar por alto. De modo que por el camino he llamado a Antonio y le he pedido que busque el contacto de alguien que nos facilite un poco más de información. Eficiente como pocos, el subinspector Laguardia se ha encargado de localizar a la propietaria del negocio, que ha resultado ser esta chica, Mónica Díaz. Los tres —ella, Santos y Laguardia— me esperaban en la puerta cuando he llegado.

—Así que este negocio lo fundó su madre —respondo al tiempo que avanzo tras ella.

—Sí. Celestina Díaz. Entonces aún se llamaba Textiles Celestina —me explica—. Pero eso fueron otros tiempos. Casi otra vida, diría yo. Aunque bueno, dudo mucho que sea por esto por lo que me han pedido que venga, ¿no? Porque...

Mónica se detiene y se vuelve hacia nosotros, de pronto con gesto confidente.

—Oiga, perdone que se lo diga así, pero ustedes son los que han venido desde Vigo para ayudar con lo de las muertes, ¿verdad?

Sonrío sin demasiado entusiasmo.

—Veo que no hemos pasado muy desapercibidos.

—Bueno —me responde al tiempo que reanuda la marcha—, tienen que tener ustedes en cuenta que, en el fondo, este es un pueblo muy pequeño. Aquí todo el mundo se conoce. Y, lo que es peor, todo se sabe.

Mientras hablamos, Mónica nos va guiando a los subinspectores y a mí a través de las salas abarrotadas de telas que Antonio había visto desde el exterior.

—Pues entonces ya sabrá usted que una de las víctimas era un sastre.

—Sí, Vicente. Pobre hombre —se lamenta—, qué barbaridad.

—¿Lo conocía?

Mónica se muerde el labio inferior compungida.

—Ya le he dicho que aquí nos conocemos todos, señor. Más aún en un gremio tan cerrado como el nuestro.

—Comprendo. Pues eso es precisamente lo que estamos buscando, conocer este campo con un poco más de detalle —miento—. Ya sabe, para intentar comprender mejor el terreno sobre el que nos movemos.

—Ya —me responde, aún sin demasiada convicción—. Pues usted dirá.

—Dice que conocía al señor Fernández. ¿Trabajaba para ustedes?

—¿Quién, Vicente? —Mi pregunta parece divertirla—. No, inspector, Vicente no trabajaba para nosotros. De hecho, me atrevería a decir que Lazza preferiría arrancarse las manos antes que trabajar como lo hacemos aquí.

—¿Y eso?

—Mire, yo soy diseñadora de moda. Estamos especializados sobre todo en trajes de boda y fiesta, aunque a pequeña escala. Digamos que trabajamos casi por encargo, con producciones muy bajas. Pero siempre con un aire actual, moderno si lo prefiere. Algo que, por supuesto, Vicente... Bueno, dejémoslo en que a veces parecía que, para él, el siglo xx fuese demasiado moderno.

—Entiendo.

—Pero, bueno, tampoco se deje engañar por las apariencias, eh. Porque aquí donde nos ve, sepa que, con mi madre al frente, este fue el último de los grandes talleres del valle.

El relato de Lueiro viene a mi memoria.

—Se refiere usted a cuando en los años ochenta Verín llegó a ser una de las grandes capitales de aquello que se conoció como la *moda galega*, ¿no es así?

—Bueno, en realidad el asunto viene ya de la década anterior, que es cuando Roberto Verino comenzó a despuntar. Roberto es un genio, siempre lo ha sido, y la verdad es que en aquel momento, cuando ya triunfaba en todo el mundo, habría podido irse y levantar su negocio allá donde a él se le hubiera antojado.

—Pero no lo hizo —comprendo.

Mónica niega con rotundidad.

—Ni mucho menos. Escogió quedarse y desarrollar toda su producción aquí, en el valle. Y así fue como empezó a darle trabajo primero a decenas, luego a cientos y al final incluso a miles de mujeres en toda la comarca. Bueno, y también a hombres. Aunque estos eran menos, claro.

—Comprendo. ¿Y qué me puede decir entonces de Vincenzo Lazza? ¿De dónde viene su éxito? ¿Su caso también fue como el de Verino?

—¿Vicente? —Mónica vuelve a sonreír, esta vez con gesto compungido—. No, no, qué va. Por más que él se comportara como si hubiera sido así, en realidad su historia no tiene nada que ver. Es cierto que en sus inicios sí hicimos algunos trabajos para él, pero eso fue hace mucho tiempo. Ya sabe, cuando aquello del bum del que usted mismo me hablaba antes.

—¿En los ochenta?

—Ahí mismo. En aquella época hubo un montón de gente que se dejó «inspirar» por el éxito de Roberto, usted ya me entiende.

—Sí, creo que sí —le respondo, comprendiendo ahora lo burdo que había sido el movimiento del sastre incluso a la hora de buscarse un nombre comercial.

—Pero la cosa no pasó de eso. Nos encargó la confección de un par de colecciones, y poco más. Todo muy clásico, en realidad, demasiado para aquel momento.

—Y no funcionó.

La diseñadora se encoge de hombros.

—Ni de lejos. Por más brillos y satenes que le metiera, aquello era viejo hasta para el siglo XIX. Tan pronto como comprendió que lo de Roberto era sobre todo cuestión de talento y originalidad, prefirió centrarse en su trabajo como sastre, mucho más clásico, y ahí se acabó su carrera de gran diseñador. Es cierto que de vez en cuando seguía viniendo por aquí, sí. Pero sobre todo por la relación que tenía con mi madre. Sobre todo por eso.

Un momento.

—¿Últimamente también?

—Sí. A ver, yo qué sé. Él hacía todo lo posible por disimularlo, pero Vicente ya era un hombre mayor. Y, no sé, inspector, tal vez echase de menos los viejos tiempos.

—Ya, comprendo.

Sé que todavía es poco. De hecho, tan poco que apenas alcanzo a verlo con claridad, y siento que si parpadeo lo pierdo. Pero sé que está ahí, hay una relación. Tengo que insistir. Al fin y al cabo, el motivo por el que estamos aquí acaba de tomar nuevo cuerpo: el médico asesinado era amigo del sastre que, por lo visto, solía visitar el taller que hay frente al bar en el que trabajaba la tercera víctima. Es poco. Pero es algo.

De acuerdo, intentemos esa otra vía.

—Y, cambiando de tema, ¿conoce usted a Josefa García? Ya sabe, la camarera que trabajaba aquí enfrente, en el Marimba.

—¿Fina? Uf. —Mi pregunta parece haber turbado a la diseñadora—. Algo he escuchado en el polígono, creo que el dueño del Marimba ha estado comentando cosas. Cosas terribles.

Veo que Santos y Laguardia cruzan una mirada que, por algún motivo que desconozco, parece incómoda.

—Oiga —murmura Mónica, de nuevo en ese tono bajo, confidente—, ¿es cierto lo que dicen? Ya saben, lo de que a ella también la han matado.

Asiento tan solo con la cabeza. Y Mónica García esboza una mueca de dolor.

—Santo Dios.

—Dígame, ¿la conocía?

Despacio, ella también comienza a mover la cabeza en una afirmación.

—A ver, tampoco es que la tratara demasiado. Ya sabe, yo no suelo pasar mucho por el bar. Pero mis empleados sí, ellos sí que van con bastante frecuencia, sobre todo en los descansos.

—Comprendo. ¿Y sabe si el señor Fernández también era cliente del Marimba?

—¿Vicente? ¡Por favor, no! A él le habría explotado la pajarita si de pronto se encontrara a sí mismo en un lugar como ese. No, Vicente se tenía a sí mismo en muy alta estima. Quizá demasiada.

—Ya, entiendo. Y dígame entonces: ¿sabe usted si alguno de sus empleados tenía algún tipo de relación especial con Fina? Ya sabe, algo más cercano.

—¿Se refiere a relaciones íntimas? —Esta vez Mónica reprime una media sonrisa que parece querer decir mucho más—. Hombre, a ver. También podría ser, sí. Pero…

Mónica deja la respuesta en el aire y busca lo que sea que vaya después del «pero» a nuestras espaldas, con la mirada puesta sobre el taller de costura, al otro lado de la pared de aluminio y cristal.

—Se lo veo complicado, inspector. Por no decir imposible.

Y comprendo.

—Todos sus empleados varones son homosexuales, ¿es eso?

—En efecto —admite la diseñadora, confirmando la expresión anterior—. Al fin y al cabo, este es el gremio que es. Y, oigan, yo no sé si esto será muy políticamente correcto o qué, pero es que es la verdad. Sí, en este oficio, la mayoría de los hombres son gais. De modo que, esa relación por la que usted pregunta, pues yo qué quiere que le diga, se la veo complicada.

—Ya.

—Claro que —murmura de pronto Mónica—, ahora que lo comenta…

La diseñadora está considerando otra posibilidad. Y, por la forma nerviosa en que se frota las manos, apretándolas una contra otra sin parar, entiendo que probablemente se trate de algo con más fundamento.

—Mire, inspector, lo último que quiero es causarle problemas a nadie, pero, si les digo la verdad, las últimas veces que Vicente venía por el taller…

—No era por ver a su madre —completo.

—Pues no, inspector. Sobre todo, porque mi madre lleva tres años muerta. No, si tuviera que jurar —resuelve—, diría que el viejo venía porque estaba interesado en uno de mis empleados.

—¿En quién?

—En uno de los jóvenes. Un chico con un talento extraordinario, especialmente dotado para el corte. Un prodigio, se lo aseguro.

—No lo dudo. Pero, si no le importa, a nosotros lo que nos interesa es su nombre.

—Manel se llama. Manel Blanco Caranta.

—Manel Blanco Caranta —repite en voz baja Laguardia, a la vez que anota el nombre en su cuaderno—. Lo compruebo.

—Entiendo que serán discretos, ¿verdad? No quisiera que por mi culpa…

—Por supuesto —le respondo, tal vez demasiado rápido—, no se preocupe. Y, dígame, ¿sabe si podríamos hablar con él?

—No, hoy es su día libre.

—Vaya. ¿Y sabe usted dónde podemos encontrarlo? Doy por sentado que tendrá su dirección, claro.

—Sí, sí, por supuesto —me responde—. Creo que vive un poco más arriba, en la aldea de Pazos. O, vamos, eso me quiere sonar.

—¿Pazos? —repite Laguardia con gesto extrañado—. Pensaba que esto era Pazos.

—No —le corrige la diseñadora—. Este es el polígono de Pazos. Pero la aldea está aquí al lado. Bueno, le decimos aldea, pero en realidad ya es casi más un barrio a las afueras de Verín. ¿Quieren su dirección?

22

La máscara de Blanco

No todo el mundo reacciona igual frente al escenario de un crimen. Por un lado, están los novatos. Sin experiencia en este tipo de situaciones, tardan en aprender a afrontarlas. Algunos se derrumban, otros vomitan. Los hay incluso que rompen a llorar. Agentes jóvenes, hombres y mujeres hechos y derechos que, de pronto, descubren la verdad: que en la academia nunca les describieron el olor de un cráneo reventado. La mezcla tan agria que resulta de la pólvora de una escopeta de caza, la sangre derramada y un cerebro esparcido por las paredes de una habitación.

Frente a ellos, el gesto indolente, esa manera de blindarse ante el dolor por parte de los agentes más veteranos. A veces, la gente se pregunta cómo es posible que en tales situaciones algunos de nuestros compañeros lleguen a parecer tranquilos. Que alguno cuente un chiste, incluso. Pero ¿y cómo no hacerlo? Es pura defensa personal.

En mi caso, todo eso me ha ido dejando un poso amargo, la sensación de que nada tiene demasiado sentido. Que al final no somos más que cuerpos abandonados, derramados en camas asquerosas y suelos fríos, entre vómitos, charcos de orina e inmundicia que se pierde por todas partes. A veces, la tristeza se parece demasiado a un montón de sangre sucia. O a los ojos sin vida de una madre muerta, el cuerpo oscilante como un péndulo que, lentamente, se balancea colgado de una viga. Si lo sabré yo.

Ahora, lo que la gente no sabe es que la siguiente parte del proceso queda bastante lejos de cualquier forma de emoción. Tras la escena de un crimen, llega una larguísima burocracia. Un atestado interminable en el que tenemos que informar de la manera más fría y objetiva de hasta el último detalle. «La entrada en el domicilio se produjo a las 14.57... El cuerpo se encontraba en posición decúbito supino... Presentaba heridas lacerantes en la parte izquierda del cuello... Dos y dos son cuatro, cuatro y dos son seis».

Al final, no somos más que sangre derramada y tinta de mala calidad impresa en un papel oficial.

—Morirse es un asco, Mateo.

Concentrado como está en la elaboración de su informe, por parte de Lueiro no hay más saludo que ese cuando entro en las dependencias del cuartel.

—Pero que te maten —añade al cabo, todavía sin levantar los ojos del teclado de su ordenador— tampoco es mucho mejor. Por lo menos para nosotros.

Me limito a asentir en silencio al tiempo que vuelvo a echar una mirada alrededor del escritorio, tras el cual Carlos rellena un papel tras otro.

La de la policía judicial es una oficina pequeña dentro de la casa cuartel. El bajo, en realidad, de una de las antiguas viviendas. La mesa de Lueiro está en la zona de entrada. Y, tras él, un par estancias más: el despacho del teniente y, a continuación, el pequeño laboratorio. Al fondo del pasillo está la sala de escuchas telefónicas. Y, justo antes, la habitación que nos habían habilitado como sala de reuniones.

—¿Cómo ha ido? ¿Habéis encontrado algo en el taller ese del polígono?

—Sí —contesto—. Al parecer hay un chico, uno de los empleados que...

—Buenas tardes.

Me vuelvo hacia la puerta.

—Arroyo —miro el reloj extrañado—. ¿De dónde vienes?

—De Salvaterra de Miño.

—¿De Salvaterra? ¿En Pontevedra? Un poco lejos, ¿no?

—Bueno. Es que he ido a ver a una mujer para hablar con ella sobre un tema que creo que le puede interesar —explica a la vez que va a sentarse a su escritorio—. Es sobre lo que me encargó esta mañana, señor. Lo del bórax.

—Ah, sí. ¿Y? ¿Has conseguido algo?

—Creo que sí. A ver, por una parte, está lo que ya teníamos. Ya sabe, lo de que se utiliza principalmente como detergente, jabón, como suavizante incluso.

—Sí, sí —le apremio—, eso ya lo sabíamos.

—Sí, lo sé. Pero necesitaba descartarlo, jefe. Aunque solo fuera para poder comenzar a centrarme en las otras opciones. O sea, en las más extrañas. Y creo que aquí es donde las cosas comienzan a ponerse interesantes.

—¿Más todavía? —pregunta Lueiro, aún con la mirada hundida en los papeles.

—Pues yo no descartaría nada, mi sargento. Como ya saben los dos, a fin de cuentas el bórax no es otra cosa que sal de boro. Y, tirando de ese hilo con un poco más de paciencia, empecé a encontrarle otras utilidades.

—¿Como por ejemplo?

—La taxidermia, señor.

Esta vez sí, Lueiro levanta la cabeza y arquea las cejas. No, eso no se lo esperaba.

—Perdona, ¿cómo has dicho? ¿Taxidermia? Pero a ver, a ver, vamos a ver si nos centramos un poquito. ¿Qué coño estás diciendo, chaval? ¿Que acaso estamos buscando a un zumbado que se dedica a disecar a sus víctimas?

—Está claro que no, señor. Las víctimas están ahí —contesta, señalando a ninguna parte—, bien en el depósito del forense o, en el caso de Vicente Fernández, bajo tierra.

—Ya, bueno —repone el guardia civil—, pero te recuerdo que no están enteras —aclara—, que a todas ellas les falta algo. Joder, chaval, ¿qué hostias estás diciendo? ¿Que ahora tenemos que buscar a un pirado que se dedica a disecar pequeños suvenires de sus víctimas? Venga, no me jodas. ¡Que aquí estamos chalados, pero no tanto, coño!

—Carlos, por favor —intento calmar a mi amigo, visiblemente desbordado—, déjale que se explique. Sigue, Raúl.

Pero Arroyo se limita a apretar los labios en un gesto de preocupación.

—Me temo que en el sentido señalado por el sargento Lueiro no tengo mucho que decir, señor. Lo que he hecho ha sido buscar posibles explicaciones a la presencia de esta sustancia. Y, sinceramente, creo que esta que les comento debería ser tenida en cuenta.

—¿Por qué?

—Porque está ahí, señor. Al fin y al cabo, nos enfrentamos a alguien que mata abriendo los cuerpos de sus víctimas. Y por eso me he ido hablar con una experta en la materia, una mujer llamada Matu Pazo. Al parecer tiene una de las mayores colecciones de animales disecados que hay en Galicia.

—En Salvaterra.

—Sí, señor. Por eso he tardado tanto, porque he tenido que ir hasta allí.

—¿No podías haberlo hablado por teléfono?

—Sí —asiente—, eso fue lo que hice al principio. Pero, según me iba explicando, he pensado que era mejor verlo en persona.

Tal como nos explica a continuación, Raúl ha estado toda la tarde en casa de esta mujer, observando no solo la colección de animales disecados heredada de su padre, sino, y con especial atención, tanto el taller como las herramientas usadas por el taxidermista.

—Lo primero que hacía el hombre era desollar a los animales. Abrirlos y arrancarles la piel con cuidado para secarla una vez que la tenía separada del cuerpo.

—Es ahí donde entraba el bórax —comprendo.

—Así es. Según me ha explicado la señora Pazo, lo primero que hacía su padre era raspar la piel para eliminar toda la grasa. Y a continuación, ya limpia, la untaba con bórax.

—Para curtirla, claro.

—Exacto. Esparcía la sal con los dedos y la dejaba actuar un par de días, de manera que, al cabo de ese tiempo, la piel ya estaba seca y lista para darle el uso que él considerase.

—¿Había más de uno?

—Sí. La mayoría de las veces empleaba la piel para recubrir de nuevo el esqueleto del animal. Pero otras, sobre todo si este era grande, se podían elaborar alfombras, tapetes, cubiertas... Ahora, eso sí, siempre después de haber sido tratadas con bórax.

—Ya. Pero lo que no entiendo es qué tiene que ver esto con nosotros. Te compro lo de que buscamos a alguien que puede tener conocimientos de taxidermia, de acuerdo. Pero en realidad, hasta donde yo sé, tampoco se trata de algo tan exclusivo, ¿no?

—Ni mucho menos —confirma Lueiro—. Sin ir más lejos, aquí mismo es uno de los hobbies favoritos de muchos cazadores.

—De hecho, y según me ha explicado la señora Pazo, muchas de las herramientas que usaba su padre también se las había fabricado él mismo.

—Vamos —resuelvo—, que se trata de algo que podría estar al alcance de cualquiera.

—Sí —admite—, supongo que sí.

—Pues entonces —mascullo—, estamos poco más allá que en el mismo punto.

Pero Raúl no lo ve de la misma manera.

—O tal vez no, señor. ¿Y si estuviéramos mirando en la dirección equivocada? Sargento, de entrada usted ha pensado que lo de la taxidermia tendría que ver con las víctimas, ¿verdad?

—Claro.

—Claro —repite Arroyo—. Pero ¿y si no fuera así?

Carlos arquea las cejas, con cara de comprender menos cada vez.

—¿Y si la taxidermia no estuviera relacionada con la víctima, sino con…?

—El agresor —me anticipo al comprender el razonamiento de Arroyo.

—Exacto. No sabemos quién es, pero sí que utiliza algo relacionado con la piel.

Y entonces comienzo a entender el entusiasmo de Raúl.

Al fin y al cabo, todas las muestras de bórax han aparecido de la misma manera.

Alrededor de las heridas.

Cerca de la cara.

Sobre la cara.

Sobre la cara...

Es en ese momento cuando creo acabar de comprender.

—Estás pensando en una máscara.

Al escucharme, Lueiro extraña aún más el gesto.

—¿Y por qué no? —propone Raúl—. Esa sería una explicación: el bórax proviene de una máscara elaborada por el propio asesino para ocultar su identidad. Una, de hecho, fabricada hace poco tiempo y con bastante prisa. Y de ahí que todavía deje restos de bórax.

Desconcertado, Lueiro niega en silencio.

—Pero eso no tiene sentido —rechaza—. Quiero decir, si su intención es matarlos, ¿a santo de qué querría ocultar el rostro? O sea, ¿para qué?

Arroyo vuelve a apretar los labios. Y algo rebota en mi cabeza. Algo que el forense ha dicho esta misma mañana. «Un mal viaje».

—No puedo responderle a eso —admite—. Tan solo digo que no deberíamos descartarlo.

—De acuerdo, no lo hagamos. Por lo menos es una opción. Raúl, mira a ver si puedes averiguar algo más al respecto.

—Claro, jefe.

Carlos todavía permanece un poco más con la mirada puesta sobre Arroyo, intentando asimilar lo que acaba de escuchar. Es evidente que su teoría no le convence, pero, como yo, también sabe que por ahora no hay nada mejor con lo que justificar el asunto del bórax.

—Bueno —responde al fin, de nuevo con la mirada puesta en mí—, ¿y qué era eso que me ibas a decir?

—¿Cómo?

—Lo que estabas a punto de contarme cuando ha entrado el muchacho. Ya sabes, lo que habíais encontrado en el taller de costura.

—Ah, sí. Según nos ha explicado la propietaria, parece ser que Fernández podría haber estado interesado en uno de sus trabajadores.

—¿Interesado?

—Sí, ya sabes, sentimentalmente.

—Ah, ya. ¿Y sabemos de quién se trata?

—Pues de un chaval joven, un tipo llamado Manel Blanco.

Arroyo, que en ese momento está abriendo su ordenador, levanta la cabeza en mi dirección. Es evidente que algo ha llamado su atención.

—¿Y habéis podido hablar con él? —sigue preguntando Carlos.

—No. Hoy era su día libre. Pero no vive lejos. Lo hemos consultado, y la dirección que ha dado es aquí cerca. Santos y Laguardia han ido a buscarlo.

—Perdone, jefe —interviene al fin Arroyo—, ¿cómo ha dicho que se llama ese empleado?

—Manel Blanco —repito, a la vez que confirmo el nombre anotado en mi cuaderno—. Sí, aquí está: Manel Blanco Caranta.

Es entonces cuando la expresión de Raúl vuelve a tensarse.

—Venga ya. No puede ser —murmura Arroyo al tiempo que se revuelve en su asiento.

—¿Qué pasa, chaval?

—Perdone, señor. Pero es que Manel Blanco...

—Sí —vuelvo a asentir, esta vez ya un poco impaciente—, eso es lo que te he dicho. Manel Blanco. ¿Qué ocurre con él?

—Pues es que es eso, jefe. Eso es de lo que llevo queriendo hablarle desde ayer.

Arrugo la frente.

—¿De Manel Blanco?

—Sí —asiente Arroyo—. Pero de otro Manel Blanco. O, mejor dicho, de uno llamado Manuel. Manuel Blanco…

Tiempo atrás. Septiembre de 2015

El día antes de la noche oscura

En principio, todos los días empiezan igual. El sol sale, lo oscuro se repliega a sus madrigueras y algo parecido a la vida vuelve a empezar. En principio, todos los días parecen el mismo. No hay señal en la mañana que avise de la violencia que está por llegar. De toda la ferocidad que está a punto de desatarse. Y sin embargo... Ella siempre está ahí, la amenaza, la tensión. Agazapada, observando el silencio. Esperando el momento para saltar sobre todos nosotros.

A veces pasa. Por más adormecida que pueda parecer, de pronto la vida suelta un zarpazo y...

O dos, claro.

Este en particular comenzó a desatarse a mediados de septiembre del 2015. En la aldea todos recuerdan bien aquellos días porque, además, ocurrió apenas un mes después del incendio. Y sí, incendios hay muchos, eso es algo que aquí todo el mundo sabe bien. Pero ninguno como aquel.

Porque este fue el que llegó al pueblo, sí. Pero también por algo más.

Es cierto que los vecinos consiguieron detenerlo cuando

las llamas rozaban ya las casas. Fue por metros, es verdad. Y por la voluntad, por la determinación de los vecinos de Rebordechao. Pero también fue por suerte. La misma que por desgracia no hubo en A Ermida.

Y así, con aquellas relaciones viciadas ya tan deterioradas, tan solo hizo falta un último conflicto para que la vida conocida hasta entonces saltara por los aires.

Y todo esto sucedería aquellos dos días de septiembre.

Manel ya no puede más. Lo ha intentado, de corazón que sí. Pero ahora ya le resulta imposible a cualquier punto. Ya no cabe defensa alguna, ya no quedan direcciones en las que apartar la mirada. A un par de meses de por fin cumplir los dieciocho años, Manel ya no puede más.

Y odia a su padre. Lo odia, esa es la verdad, lo odiaba, ahora ya con todas sus fuerzas. Si en realidad existiera algo parecido al alma, la de Manel estaría dedicada de forma absoluta a odiar a su padre. Cada poro de su piel, cada aliento, cada mirada y cada movimiento. Cada palabra y también cada silencio. Todo, Manel odia todo lo que tuviera que ver con su padre. Como, por ejemplo, el hecho de que, poco después del incendio, toda la familia tuviera que volver a instalarse en A Ermida.

Bueno, o en lo que quedaba de ella.

Y es algo superior a él. Manel sabe que le hace daño, que le duele más allá de lo soportable. Pero es superior a él. Todas las mañanas cruza la carretera que atraviesa el valle y se pierde por las vueltas del único camino que asciende por la aldea fantasma. Cuadras y más cuadras abandonadas, remontadas todas calle arriba por el único trazado posible, hasta detenerse frente a la última de ellas. Una construcción aislada, separada de las demás, levantada en lo alto de la colina. Ese establo también es de su familia. De la tía Rómula. De la maldita tía Rómula.

Y ahí está, esa cuadra. Recortada contra el bosque. Levantada contra el cielo. La piedra robusta, la puerta del establo desnuda, desafiante como una gran boca negra. «Atrévete a entrar —parece decirle una y otra vez—. Entra, si te atreves». Y, por todas partes, las huellas del fuego.

A Manel, inmóvil una mañana más ante la gran mole de piedra, todavía le parece verlo. El fulgor, la bestia naranja devorándolo todo. Quieto frente al establo, aún le parece notarlo, el olor de lo quemado. Y aún le parece oírlo.

Manel, atrapado en el pánico, en el dolor, odia a su padre. No soporta su presencia. La peste que siempre lo precede, el olor a bravío, a brutalidad y a tierra quemada. A bestia. Y tampoco soporta el modo en que todavía lo mira. Sus ojos, siempre vidriosos, acuosos. Perdidos. Cargados de alcohol, sí, pero también de algo más. Algo primario y animal que solo aparece cuando es a él a quien observa. Maldito sea. Por fortuna, ahora ya nada más queda una cosa por hacer: despedirse.

—Me voy, padre.

Pero él no responde.

Como si no hubiera escuchado la voz de su hijo, Ramón sigue cortando leña en la entrada de la casa. Hachazos fuertes y secos. Violentos.

—Le he dicho que me voy.

Hachazos rabiosos, de dientes apretados. Como si Ramón odiara con toda su alma cada pieza que abre con el hierro.

—Para siempre.

Esta vez sí, Ramón se detiene. Se incorpora y, con la mirada en el cielo, se pasa el antebrazo por la frente, apartando el sudor que se le derrama como un río y le empapa la piel bajo la barba mal cortada y el cuello de la camisa sucia. Escupe en el suelo, y Manel, nervioso, traga saliva, intentando que su padre no huela su debilidad.

—¿Cómo has dicho? —pregunta, aún sin devolver la mirada de su hijo.

—Que me voy. Me han ofrecido un trabajo en Verín.

—Ah —responde Ramón aparentando interés—, qué buena noticia, ¿no?

—Sí, lo es.

—Claro que sí, hombre. ¿Y en qué consiste ese trabajo que dices que te han ofrecido?

—Es en el taller de costura que tiene la hija de doña Celestina. Como cortador —explica el muchacho—. Dicen que soy muy bueno, que tengo talento para esto.

—Ajá —vuelve a contestar su padre—. Mira tú qué cosas pasan, eh. Así que tienes, ¿cómo has dicho? Ah, sí, talento.

Manel se atreve a mantener la mirada de su padre.

—Sí, eso he dicho. Tengo talento —repite, esta vez casi desafiante.

Porque Manel sabe qué es lo que pretende ocultarse en los silencios que hay entre cada respuesta. La tensión, eléctrica y afilada, que hay entre ambos. No, las cosas no están yendo bien.

—Así que ahora va a resultar que eres bueno en algo, ¿eh? Caramba, mira tú qué bien, pajarito.

Pajarito. Manel odia que lo llamen así. Y su padre lo sabe.

—Sí, lo soy —se reafirma el muchacho en un intento por mantenerse ajeno a la provocación—, soy bueno. Me han dicho que tengo mano para la costura. Y yo también lo creo. Sé que soy bueno en esto, y que incluso podría ganarme una buena vida con este trabajo. Y por eso me quiero ir y dedicarme a...

—No.

La respuesta de Ramón llega mucho antes de que su hijo acabe de hablar. Y hay tanta sequedad, tanta rotundidad en ese no, que ni siquiera parece haber en él hueco para la más pequeña apelación.

Pero en el fondo tampoco hay sorpresa. En realidad esta era la respuesta que Manel llevaba todo el tiempo esperando recibir. La negativa de su padre. El muro que siempre había sido para él. Pero no por esperada deja de doler. Manel muerde con fuerza, aprieta los dientes con rabia. La misma que ahora siente arder, encerrada en sus puños. Nota cómo se le acelera la respiración.

Lo mataría ahí mismo.

Pero no, claro.

Por supuesto que no.

Espera, espera un poco. Cálmate. Respira hondo.

Manel vuelve a intentarlo una vez más. Aunque tan solo sea por agotar todas las posibilidades.

—En dos meses seré mayor de edad —repone—, usted no tendrá derecho para prohibirme hacer nada.

En ese momento, Manel observa cómo es su padre el que ahora aprieta los dientes. Echa la frente hacia delante, y ve cómo algo se enciende en su mirada. A Ramón no le ha gustado nada el desafío de su hijo y ahora aprieta con fuerza el hacha que aún sostiene entre sus manos. Tanto que Manel casi puede sentir el crujir de la madera.

Pero no hace nada.

Ramón no avanza, no responde.

Tan solo se limita a permanecer inmóvil junto a la leña cortada. En tensión absoluta, pero quieto.

—Tú no harás nada —muerde con rabia— mientras yo viva. ¿Me entiendes, bestia? Mientras haya sangre en mis venas, mientras quede un aliento de vida en mi boca, por pequeño que este sea, me aseguraré de que tú no te vayas a ninguna parte. ¿Me oyes, animal? Tú no saldrás de aquí —sentencia—, jamás.

Y silencio.

Manel, también paralizado, no puede hacer nada. Nada más que sentir cómo, desatada, la rabia comienza a propagarse en su interior. Es furia, es fuego. Es un incendio que lo arrasa todo por dentro. Manel aprieta los puños con tanta fuerza que siente como la sangre, abierta por las uñas clavadas en su propia piel, le empapa las manos. Lo mataría, maldita sea, ahora sí que lo mataría. Aquí mismo. Ahora mismo.

Pero no.

Antes de que pueda tan siquiera reaccionar, su padre arroja el hacha al suelo y, con desprecio, vuelve a escupir, esta vez a los pies de su hijo.

Y se va.

Y Manel se queda solo. Inmóvil, en silencio. Intentando quemar las lágrimas que han empezado a caer por sus mejillas. Pero también sintiendo algo más: la cólera que le arde por dentro.

Ahora, lo que ninguno de los dos sabe todavía es que no están solos.

En silencio, alguien más ha estado observándolo todo.

Alguien más.

23

El eco de un silencio

—Usted sabe, señor, que buena parte de nuestro trabajo pasa por buscar las conexiones adecuadas. Asociaciones tal vez ocultas en principio, pero que, si uno busca bien, al final siempre aparecen.

Desde que ha pronunciado ese nombre en voz alta, Manuel Blanco, Arroyo ha comenzado a hablar con nosotros, pero haciéndolo como si en realidad no estuviera aquí. Habla con excitación, casi con atropello, al mismo tiempo que rebusca algo entre sus papeles, dentro de esa especie de zurrón de piel que siempre lleva consigo, junto con su ordenador y sus libretas de notas.

—Y has encontrado algo —comprendo.

—En efecto, señor, he encontrado un vínculo. Uno que relaciona los tres casos con algo más.

Raúl habla y, al mismo tiempo, va desplegando el montón de hojas sobre la mesa de Lueiro, que, sinceramente, no parece comprender nada de lo que está ocurriendo. Y no lo culpo, en realidad. Porque yo tampoco entiendo nada, pero mi ventaja con respecto a Carlos está en que yo sí conozco a Raúl. Y sé que, cuando sucede esto, siempre hay que dejarle hacer. Porque al final acabará llegando a algo importante.

—Aquí está —explica, señalando unas cuantas fotocopias de documentos antiguos.

Les echo un vistazo por encima, pero no acierto a identificar nada más que lo que parece un grabado antiguo con la figura de un animal, un lobo tal vez, que observa un pueblo en la distancia.

—Esto —señala Arroyo, con la mirada concentrada en los papeles— ya ha sucedido antes.

Lueiro arquea las cejas incrédulo.

—Por supuesto que no, chaval. Ni de coña. Este es un lugar tranquilo. Vale que de vez en cuando tengamos alguna muerte violenta. Algún asesinato incluso, sí. Pero ¿como esto? —Carlos niega con rotundidad—. Ni de coña.

—No, no —concede Arroyo—, claro que no. Ahora no —puntualiza—. Pero ¿y más atrás? O, mejor dicho, mucho más atrás.

Tampoco esta vez nadie responde. Es evidente que se trata de una pregunta retórica. Y, en efecto, Arroyo tiene la respuesta.

—En los archivos de la Guardia Civil apenas se guarda información sobre casos recientes. De modo que hice una búsqueda por mi cuenta. Al principio no encontré nada en la red ni tampoco en las hemerotecas más cercanas que encajase con lo que buscaba. Un patrón semejante, algo. Pero la duda seguía ahí. Y entonces se me ocurrió que, tal vez, el problema estuviese en la distancia.

Lueiro extraña aún más el gesto.

—¿En la distancia? ¿A qué distancia te refieres?

—A la que alcanzan las hemerotecas locales —explica

Arroyo—. ¿Y si lo que estaba buscando estuviera más allá? De manera que opté por lo más sensato.

—Buscar en Google —aventura el guardia civil, aún sin dejar de observar a Raúl por encima de sus gafas de lectura.

—Mejor. —Le sonríe Arroyo—. Me fui a la Biblioteca Municipal.

—¿Y?

—Cuando le pregunté a la bibliotecaria si me podía informar sobre alguna serie de asesinatos cometidos en el valle a lo largo del tiempo, al principio entornó los ojos, frunció los labios y se quedó así por un buen rato. En silencio y con el gesto de mayor concentración que he visto jamás. Hasta que, de repente, me respondió con otra pregunta. «¿Podría ser algo más allá del valle?», me dijo.

—¿Más allá del valle? —repito.

—Exacto —me confirma, de nuevo con esa sonrisa excitada en la expresión—. Verá, señor, es como si en cierto modo alguien estuviera imitando las formas de una vieja leyenda.

—Una vieja leyenda.

—Así es, sargento. Pero no de una cualquiera, sino de una con un caso real detrás. Uno, de hecho, tan real como feroz.

—¿Cuál?

Raúl me devuelve la mirada.

—¿Alguno de ustedes se acuerda de Romasanta?

Tiempo atrás. Septiembre de 2015

La noche oscura

Todos declararon haberlo visto.

A estas alturas, Rebordechao es ya un eco apenas audible de lo que un día fue. Tan solo medio siglo atrás, la aldea contaba con más de quinientos vecinos, pero en este momento el censo a duras penas cuenta veinte almas. Y todas saben que aquí no sobra nadie. O casi nadie. Así, una de las maneras de reforzar esa unión pasa por juntarse un par de veces al día en El Lugar de Encuentro, que así es como se llama el bar. La primera convocatoria es a las tres de la tarde, para compartir el café con el que afrontar el trabajo que aún quede por delante. Y la segunda a las nueve de la noche, reunidos alrededor de un par de rondas de cerveza con las que comentar la jornada y dar por bueno el día.

Y por eso todos declararon haberlo visto, claro.

Porque a esas horas rara vez se junta en el bar más de media docena de paisanos. Jesús o Felisindo, que suelen ser los encargados de abrir y cerrar. Al otro lado de la barra, los que nunca fallan son Pepe Varela y su hijo Iván, que es con diferencia el más joven de los ganaderos que aún quedan en Rebordechao. Luego también están Carmen, la mujer de Felisindo; Celso, que siempre dice que es el más guapo del pueblo; Tomás, el pedáneo de la aldea; Toniño, el pastor... Y poco más. No, aquí queda ya muy poca gente como para que pasar desapercibido sea una opción.

De manera que sí, todos declararon haberlo visto.

Lo vieron llegar con su coche, no serían aún más de las nueve y media.

Lo vieron beber. Solo, como siempre, porque Ramón nunca tuvo buena sombra. Ya habitualmente bebía solo, o en todo caso con la compañía justa. Pero desde hacía un mes... No, nadie acompañaba ya a tan mala estampa. Así que sí, todos lo vieron beber, pero, esta vez, y por algún motivo sobre el que nadie preguntó porque en realidad a nadie le interesaba en absoluto, a Ramón le dio por beber bastante más de lo habitual. Bastante más.

Y también lo vieron marcharse. De hecho, si esa noche tardaron un poco más en cerrar El Lugar de Encuentro fue porque Ramón no parecía querer soltarse de la copa de aguardiente. Tal vez porque tenía miedo de que, si lo hacía, se caería al suelo. O, tal vez, por otra cosa.

Cuando por fin se separó de su botella y también de su taburete, todos vieron que el tipo apenas podía caminar sin medir el bar de lado a lado. Iba borracho como un piojo. Y de ahí al cacharro aquel en el que se desplazaba, claro. Porque desde el incendio toda la familia había regresado a A Ermida.

O lo que quedaba de ella.

Jesús y Felisindo lo vieron subir al coche, un todoterreno sucio, destartalado, aparcado en medio de una noche oscura. Negra, sin luna de ningún color. Ya se teñiría de rojo más tarde. Los dos vecinos vieron también lo mucho que al desgraciado aquel le costó ponerlo en marcha. Y la verdad es que por un momento se les pasó por la cabeza pensar en el peligro que conducir en esas condiciones podría suponer. No para Ramón, claro, que eso a ellos les importaba un carajo, sino para quien pudiera tener la mala suerte de cruzarse en su camino. Pero al momento descartaron ese riesgo. Era tarde ya, más de las once y media. A esas horas y entre semana ya nadie subía por la carretera que llevaba a Rebordechao. No, por aquí ni los fantasmas pasan. De modo que lo dejaron ir.

Allá él y su mala sombra.

Lo dejaron marchar sin preocupación de ningún tipo. Y, la verdad, tampoco importó demasiado ese breve instante de desatención. Porque si a alguno de los vecinos de la aldea todavía le quedase algún tipo de preocupación, esta no tardaría en desvanecerse. De hecho, no debieron de ser ni dos minutos los que pasaron hasta que volvieron a tener noticias del borracho.

Porque tan pronto como Ramón llegó con su coche a A Trapa, en la salida del pueblo, el alcohol le hizo perder el control para acabar empotrando su todoterreno contra lo que quedaba del molino abandonado junto al Arnoia, que, a su paso por el pueblo, apenas un par de kilómetros más abajo de su nacimiento, es poco más que un arroyo. Fuerte y bravo, pero un arroyo, al fin y al cabo. Probablemente eso, la falta de profundidad, fue lo que lo salvó en aquel momento.

Por lo menos entonces.

Al sentir primero el estruendo del golpe y la caída al agua después, unos cuantos vecinos corrieron hasta la entrada del pueblo. Y sí, bueno, al ver que en un principio nada parecía moverse en el interior del vehículo, hubo incluso quien consideró la posibilidad de hacer algo por socorrer al beodo. Pero, por fortuna para todos —sobre todo para Felisindo, al que no es que le guste especialmente meterse en el río—, no tardaron en comprobar que no sería necesario mojarse los pies: con tanta torpeza como dificultad, la puerta se abrió desde dentro. Primero fue un brazo, luego una pierna. Y, por fin, todo lo demás.

Así, tan pronto como vieron que el despojo aquel salía del coche por su propio pie y, aunque tambaleándose, encaraba sin mediar palabra el camino hacia el sur del valle, todos dieron media vuelta y volvieron a sus casas, sin más preocupación ni mucho menos interés. Al fin y al cabo, A Ermida tan solo está a unos tres kilómetros mal contados de Rebordechao. Hubo incluso quien pensó que así estaba bien, que quizá el paseo lo ayudaría a despejar la mona.

O a caer al río de una vez por todas.

24

Romasanta

De pronto, la cara de Carlos Lueiro se ha convertido en una enorme muestra de sorpresa, extrañeza, incredulidad y, en el fondo, desprecio.

—Venga ya, hombre. ¿Romasanta?, ¿en serio? ¿De verdad vas a venirnos ahora con historias del Sacamantecas? Por favor —rechaza con los brazos abiertos en el aire—, no puedes decirlo en serio, chaval. ¿Cuentos de viejas a estas alturas? Vamos, no me jodas.

Pero Raúl no se desanima. Ni mucho menos.

—Claro que lo digo en serio, señor. Y no, no es de ningún cuento de ninguna vieja de lo que le estoy hablando. Lo sé, he estado documentándome y conozco toda la historia. La del Sacamantecas, sí. Y también la del hombre lobo de Allariz.

Lueiro vuelve a abrir los brazos, como si lo absurdo de la propuesta fuese tan evidente que el argumento cayera por su propio peso sin necesidad de rebatirlo.

—Pero es que no es eso de lo que se trata, señor. —Esta vez es a mí a quien se dirige—. Aquí, lo verdaderamente importante es que el tipo, ya dijera ser el Sacamantecas, un hombre lobo o el mismísimo conde Drácula, mató a un montón de gente a mediados del siglo XIX. Eso es así. Está comprobado y más que documentado. Y lo hizo aquí al lado.

—¿En Verín? —pregunto.

—No, un poco más al norte. Según me explicaron ayer, todo esto sucedió en la sierra de San Mamede, en los bosques de As Gorbias y A Edreira, al norte de un pueblo llamado…

—Rebordechao —se le adelanta Carlos.

—El mismo. ¿Lo conoce, sargento?

Lueiro aprieta los labios.

—Sí. Pero eso queda muy lejos. Es una de esas aldeas perdidas de la mano de cualquier dios a donde tan solo llega la carretera que va a morir a ella.

—Pues al parecer es ahí donde Romasanta vivió una buena temporada. Por lo menos, durante todo el tiempo que estuvo ocupado asesinando a toda aquella gente.

—Pero has dicho que esto te lo confirmaron ayer, ¿no?

—Así es, señor.

—¿Quién?

—Lois Pardo, un historiador amigo mío. Es con quien me reuní ayer en Ourense.

—¿En Ourense?

—Sí, señor. Por la mañana recogí muchísima información aquí, en la biblioteca. Pero preferí confirmar unas cuantas cosas con él, que sabe bastante más del tema. Aunque al final me dijo que, si necesitábamos más concreción, podía ponernos en contacto con un par de personas, dos hermanos, que son los que realmente saben del tema.

—Pero, a ver —vuelve a intervenir Lueiro—, a ver si te estoy entendiendo bien.

Carlos se detiene para coger aire.

—Lo que nos estás diciendo es que, como a estos tres pobres desgraciados se los han cargado a mordiscos, ¿ahora lo que tenemos que hacer es ponernos a seguir la pista de un supuesto monstruo alobado que vivió hace más de doscientos años? —Carlos clava sus ojos en los de Arroyo—. Pero ¿tú has perdido la cabeza, hijo mío?

Tal vez sea porque él es así, o porque está acostumbrado a tratar día tras día con Santos, tanto más abrupta que Lueiro, pero el caso es que el temple de Arroyo está a prueba de cualquier grosería.

—No es eso. O por lo menos no del todo.

—Explícate.

—Verá, señor. Por supuesto que no estamos buscando ningún monstruo. En todo caso, esa fiera solo existiría en la creencia popular. Pero no debemos olvidar que, precisamente ahí, en esa misma memoria colectiva, llegó a pensarse que Romasanta mataba a sus víctimas así: devorándolas como si fuese una bestia. ¿Lo ven? No es lo que nosotros sepamos o dejemos de saber lo que debe importarnos.

Comprendo lo que Raúl quiere decir.

—Es lo que la gente creía.

—Exacto, señor.

—Ya. Pero esto no es lo único que te ronda, ¿verdad? Quiero decir, tú no nos contarías esto ahora si no hubiera algo más.

Arroyo también me mantiene la mirada. Y recuerdo el momento en que algo que yo había dicho llamó su atención.

—Dime. ¿Qué tiene que ver esto con el empleado del taller?

Arroyo mantiene el gesto grave, sereno.

—Es el nombre, señor.

—¿Manel Blanco? —recuerdo—. ¿Por qué?, ¿qué le ocurre?

—Romasanta también se llamaba así —responde—. O desde luego de una forma muy parecida: Manuel Blanco Romasanta.

Tiempo atrás. Septiembre de 2015

El día después de la noche oscura

Aquella noche, Ramón no llegó a casa. Ni aquella, ni tampoco ninguna otra.

Su cuerpo se lo encontró Iván, el hijo de Pepe, cuando bajaba a la aldea de Prado para recoger unas vacas que habían dejado a su cargo. Estaba tirado en uno de los campos junto a la carretera, apenas un par de curvas antes de llegar a A Ermida.

Iván lo vio según se iba acercando con su todoterreno. Al reconocerlo, aún desde lejos, en un primer momento pensó que habría perdido el sentido y que todavía estaría durmiendo la mona. Pero cuando detuvo su Nissan Patrol azul junto a él, no tardó en darse cuenta de que la cosa era mucho más seria. Aunque nada más fuese por la enorme herida abierta que le desgarraba la garganta, desde el costado izquierdo hasta el centro del cuello.

Aturdido, Iván llamó a la Guardia Civil y, a continuación, también a la gente de la aldea.

El problema estaba en que el cuartel más cercano era el de Vilar de Barrio. Y, por más que apurasen, los quince, quizá incluso veinte minutos de curvas imposibles por la estrecha carretera que bordeaba la sierra desde Borrán hasta Riobó, para meterse después en el valle por la aldea de Prado, no se los quitaba nadie. De modo que, cuando por fin llegaron, los dos agentes desplazados se encontraron un pequeño corro de vecinos de Rebordechao, reunidos alrededor del cuerpo frío.

—Han sido los lobos —les explicó Tomás, el pedáneo, al tiempo que los guardias civiles se acercaban al cadáver—. Al parecer, ayer se le fue la mano con el aguardiente más que de costumbre.

—De hecho, nada más salir del pueblo ya tuvo un accidente con el coche —añadió Jesús—, que aún pueden ir a verlo allí arriba, junto al molino de A Trapa.

—Sí —corroboró Felisindo—. Y eso que nosotros le ofrecimos nuestra ayuda, eh. Pero este desgraciado siempre ha sido terco como una mula, y prefirió regresar caminando.

—Nosotros pensamos que al final debió de perder el conocimiento —volvió a intervenir Tomás—, a saber si por el alcohol, por el golpe con el coche o por la mezcla de todo, yo qué sé. Y aquí se quedó, claro.

—Mala cosa —murmuró como para sí Pepe Varela, aún con la mirada puesta en el cadáver—. Porque como el orejas te huela y luego vea que no te mueves...

—¿El orejas? —preguntó uno de los agentes.

—Sí —le respondió el viejo pastor, a la vez que le devolvía la mirada—. El lobo.

Los demás vecinos también asintieron.

—Han tenido que ser ellos —explicó Jesús, dirigiéndose más a los agentes que a los vecinos, en realidad—. Ya hace una buena temporada que hemos detectado una nueva manada. Serán unos siete u ocho lobos, algunos de ellos bastante grandes. Yo los vi aún la semana pasada, en el camino viejo de As Gorbias, el que va a Montederramo.

Con gesto concentrado, uno de los dos guardias mantenía la mirada sobre Jesús.

—¿As Gorbias? Pero eso queda un poco lejos, ¿no?

—Según se mire. Para nosotros igual sí. Pero para un lobo hambriento no hay distancia larga. Sobre todo, si la comida se desmaya sin mayor resistencia.

En ese momento, el agente volvió a contemplar el cuerpo tendido en la tierra junto a la carretera. Ramón Blanco.

Ramón Blanco...

Por un instante, el guardia civil estuvo a punto de escupir a los pies del cadáver.

Y así fue como los vecinos primero y los agentes después optaron por dar por buena esa explicación. «Fue el lobo —repetían—, fue el lobo». Y, poco a poco, ninguno hizo ninguna pregunta más. Al fin y al cabo, se trataba de Ramón Blanco. Un cabrón al que nadie echaría de menos.

Nadie, excepto una persona.

Porque, al revuelo provocado por el trasiego de los vecinos y las sirenas de la Guardia Civil, no tardaron en llegar tres personas más, esta vez desde abajo.

Los primeros en hacerlo fueron Lupe y, junto a ella, su hijo Manel.

Y, justo a continuación, corriendo tras ellos, Rómula.

—¡No, no! —venía gritando por la carretera—. ¡Decidme que no!

Pero no, nadie le dijo nada y, al llegar junto al corro de vecinos y beneméritos, Rómula se quedó contemplando el cuerpo sin vida de su hermano.

Tan pronto como la mujer vio la manera en que había muerto Ramón, algo se encendió en los ojos de Rómula. La furia, el fuego. Y Lupe se dio cuenta.

—Vámonos de aquí —le indicó con discreción a su hijo.

—Pero, mamá, padre...

—Que nos vamos, te digo.

Manel obedeció al punto y, mientras los dos, madre e hijo, desandaban el camino de regreso a la casa junto a la carretera, Rómula se derrumbaba sobre el cadáver. Uno de los agentes intentó detenerla, pero no hubo manera. La mujer hundió su cabeza en el pecho de su hermano y, lentamente, comenzó a sollozar. Nadie dijo nada, tan solo se guardó silencio. Hasta que, al cabo, los sollozos comenzaron a convertirse en algo más.

Primero fue un jadeo sofocado, como sin aire, ahogado.

A continuación, fue transformándose en un llanto desatado, a la vez que Rómula comenzaba a golpear el pecho de su hermano muerto con los puños cerrados de pura desesperación. Y entonces llegó el grito.

Cuando la desesperación se convirtió en rabia, Rómula levantó su rostro al cielo y, con los ojos cerrados con fuerza, dejó correr un grito. Uno herido, desgarrador, que se convirtió en hueco, en seco, cuando los pulmones de la mujer se vaciaron de aire.

Nadie se atrevió a decir nada. Todos guardaron silencio. Hasta que, de repente, la mujer se puso en pie y, como llevada por un rayo, echó a andar carretera abajo. De regreso a A Ermida, y pisando el asfalto con tanta determinación como para haber hundido el mundo a su paso.

Protegida por el contraluz al otro lado de la ventana, Lupe vio llegar a su cuñada. Bajando la curva de A Ermida, todo en su expresión era furia, rabia. Deseo de herir. De hacer daño. Y, por si a Lupe le quedase alguna duda con respecto a las intenciones de Rómula, toda incertidumbre se desvaneció cuando vio cómo, casi al vuelo, la mujer echaba mano de una vieja hoz que descansaba clavada en una de las puertas de los establos.

—¡Sal! —le gritó a la casa, detenida ante la puerta cerrada—. ¡Sal, bestia!

Impasible, Lupe siguió observando la furia encendida, incendiada, en el rostro de su cuñada.

—Es mejor que te vayas —murmuró, sabiendo que su hijo permanecía a su espalda, también inmóvil.

—No, mamá. Yo me quedo contigo.

—¡Que salgas te mando! —volvió a gritar su tía desde el exterior—. ¡Ayer vi cómo discutíais! ¡Estaba aquí, lo vi todo! Y también vi cómo lo mirabas. ¡Asesino! ¡Sé que fuiste tú, bestia asquerosa! ¡Sé que fuiste tú, hijo de puta! Tú mataste a mi hermano. ¡Sal, sal de una maldita vez!

—Vete —insistió la madre, aún sin apartar la vista de la mujer con la hoz levantada en alto—. ¡Ya!

Pero Manel no respondió nada. Ni contestó, ni tampoco se movió. Al no sentir más que silencio por parte de su hijo, Lupe se volvió hacia él. Y entonces se encontró con la mirada de Manel. Y comprendió que algo había cambiado. Había en ella determinación, seguridad. Firmeza.

—No —le dijo al cabo.

Y esa fue toda la respuesta que su hijo le ofreció. A veces, uno se encuentra con palabras que son como rocas en el mar. Breves pero inamovibles. Contundentes. Afiladas.

Y así, aún asomada a la expresión férrea de Manel, y con Rómula todavía gritando con furia en el exterior, Lupe tuvo la sensación de que su hijo acababa de convertirse en un hombre allí mismo, ante sus ojos.

—De acuerdo. Pongámosle fin a esto. Que todo acabe de una vez.

25

Un pueblo al norte del mundo

He cogido el teléfono tan rápido como he escuchado el nombre. Manuel Blanco Romasanta, Manel Blanco Caranta. No, no puede ser casualidad. Puede ser muchas cosas, pero ninguna casualidad. Puede ser muchas cosas. Y, algo me lo dice, probablemente todas malas.

Marco la rellamada de un número habitual y me llevo el móvil a la oreja. Sé que hay prisa en mi expresión. Urgencia.

—¿A quién llama, señor?

—A Laguardia. Nos hemos separado al salir del taller de costura. Antes de que vengan, les he pedido que se acerquen a Pazos, a ver si encontraban al chaval ese.

—A Manel Blanco —murmura Lueiro.

—Al mismo. Y no, coño, esto no puede ser casual. Sea quien sea ese tipo, no puede ser fortuito que se llame así. Pero sí peligroso. Coged el teléfono —mascullo entre dientes.

Pero no, Laguardia no responde.

Apurado, aparto el aparato y marco otro número. Y aprieto los dientes.

Tono, llamada.

Llamada.

Llamada...

—Sí, jefe.

—¡Santos! Joder, por fin. ¿Habéis encontrado al fulano este?

—Qué va. Para empezar, ya nos ha costado la de Dios encontrar la puñetera casa. Que esto es como un puto laberinto, jefe, una ratonera del carajo.

—Ya, ya —la apremio—. ¿Y?

—Y nada, señor. Cuando por fin hemos encontrado la dirección, el puñetero Regueiral número 15, ha resultado ser una casita muy mona, sí, pero más vacía que la copa de un borracho.

—¿No está en casa?

—No. De hecho, a mí me da que, como pasaba con el general aquel, el tipo este aquí ni está ni se lo espera.

—¿Por qué estás tan segura?

—Pues porque unos vecinos que tiene aquí enfrente, unos fans de Los Chichos tan simpáticos como escandalosos, nos han dicho que por lo visto nuestro amigo Manel lleva ya varios días sin aparecer por casa.

«Joder, joder, joder», pienso.

—Joder, joder, ¡joder! —exclamo—. Tenemos que encontrarlo, Santos, ¡tenemos que encontrarlo!

Noto la extrañeza de la subinspectora al otro lado de la línea.

—¿Qué ocurre, jefe?

—Luego os lo explico. ¿Y no tenéis nada más? Algún vecino que lo conozca, alguien que lo haya visto antes de irse.

—Sí. Laguardia y yo hemos estado hablando con una señora, tan mayor como dicharachera. Tanto que, de hecho, todavía retiene prisionero al pobre Antonio, jefe. No descarto que incluso esté dispuesta a pedir un rescate y todo.

—¿Y qué os ha dicho?

—Pues un millón de cosas, señor. Un puto millón de cosas. Y, a juzgar por cómo retiene aferrado el brazo de Laguardia, yo diría que aún le queda otro millón más. ¿Quiere que le explique cómo hacer unas buenas sopas de ajo?

—Santos, ¡por favor!

—Cuando le hemos preguntado por algún otro sitio en el que podríamos encontrar al tal Blanco, lo que la señora esta nos ha dicho es que sí, que le suena haberle oído comentar algo en alguna ocasión acerca de su familia.

—¿Y?

—Pues que por lo visto no son de aquí, sino de algo más al norte.

—No me digas.

—Sí, señor. Al parecer, son de un pueblo llamado…

Y lo sé. Una décima de segundo antes de que Ana Santos pronuncie el nombre del pueblo, yo ya sé cuál es. Al fin y al cabo, también es el único que Raúl ha mencionado en todo su relato.

—… Rebordechao.

SEGUNDA PARTE

Antes de que todo continúe

Una celda en Verín

1852

Esta celda es muy distinta a todas las anteriores. Esa interminable e incómoda procesión de suelos en los que he dormido a lo largo del viaje... Cárceles del camino, calabozos de barro y cal, de paja seca y sucia, en las que hasta a las pulgas y a las chinches les dolería el alma si la tuvieran.

El viaje también ha estado lleno de voces. Algunas gritadas, escupidas incluso. «¡Romasanta, asesino! ¡Así te pudras en el infierno, cabrón!». Otras, también, susurradas a mi paso. «Míralo bien, hijo mío, ese que ahí llevan preso es el Sacamantecas. El cielo nos guarde de los monstruos como él».

Pero ahora ya estamos en Galicia. Es agosto. Sigue haciendo calor ahí fuera, y la tierra quema como si Dios hubiese decidido purificar el mundo con fuego. O tal vez simplemente arrasarlo. Pero es verdad que se trata de otro calor, de otro fuego. Y aquí, entre estas cuatro paredes, parece haber quedado atrapada una pequeña tregua.

Los muros son de piedra y, aunque sigue sin haber agua

para mí, por lo menos el aire es un poco más fresco. Hace unos cuantos años ya que el edificio dejó de funcionar como convento. Pero si afino el olfato aún puedo sentir el aroma a flores. A nardos, a gladiolos. Y a mujer.

Señor, cómo lo agradecería. Un poco de agua, aunque solo fuese para mojar la lengua. Para dejar de sentir la boca tan seca… Porque las autoridades acaban de marcharse, pero antes han dejado aquí unas cuantas noticias. Y por mi vida que ninguna es buena.

Al parecer todo es mucho más serio de lo que imaginaba. La verdad, durante todo el camino he pensado que podría manejar la situación. Al fin y a la postre, no es la primera vez que los hombres corren tras de mí y los perros muerden mis pasos. Sí, pensé que podría. Pero, según acaban de informarme, los cargos son muy serios. Es mucho de lo que se me acusa. Por supuesto, no hay que ser muy listo para comprender que es del garrote de lo que estamos hablando. De mi pescuezo en el garrote vil.

De acuerdo, toda esa gente que ahora se agolpa ahí fuera cree conocer mi historia. Conocen los nombres. Los de las mujeres, los de los hombres. Los de los niños, incluso. Y quieren mi cabeza. Pero yo sé que todavía no está todo dicho, ni mucho menos decidido. No. Porque lo que todavía no conocen son mis razones. Ni los magistrados ni tampoco la turba, chusma que ahora ladra al otro lado de estos muros, nadie sabe por qué lo he hecho. Qué es lo que me ha llevado a convertirme en lo que soy. A convertirme.

De acuerdo, este el momento. ¿Quieren una historia? Escribámosla para ellos. Levantemos el telón. Asombremos al mundo.

Es noche negra ya. Desde aquí siento el aullido de los lobos.

La niebla y la montaña

Tiempo atrás. Septiembre de 2015

Las puertas de una vida oscura

Eres la furia que late con fuerza en tu interior, ¿verdad? Sí, claro que sí. En el fondo siempre lo has sido. Como un fuego que no cesa, un martillo que no se detiene jamás. Eres una convicción, una obsesión que golpea sin tregua en la sien. Pero ahora descubres que hay algo más: una voz. Esta que ahora te hace frente. Escúchala, mujer. Deja que esta voz sea el hilo, áspero y afilado, que te rasgue, haciendo que te desangres por dentro. Gota a gota, lamento a lamento.

Deja que, para empezar, te pregunte algo: ¿a dónde vas? Habla, mujer, ¿qué es lo que pretendes hacer con esa hoz que llevas en la mano? ¿Acaso es venganza lo que buscas? ¿O es que pretendes algo más? ¿Acabar con algo, tal vez? ¿Matar?

Sí, yo sé qué es. Traes una hoz, un hierro viejo y oxidado para segar la vida de lo que sea que haya mordido a tu hermano pequeño, ¿verdad? Mírate. Vienes vestida de ira, pero aquí hasta las piedras saben que no es eso. No, no es la furia lo que te mueve, sino algo todavía más primario: el miedo.

Sí, mujer, puedes intentar ocultarlo todo cuanto quieras. Pero yo sé que es terror lo que vibra en tus ojos. Porque al final todo ha resultado ser cierto, ¿eh? Todo. Todas las historias, los cuentos de viejas, la maldición de la familia. Todo era cierto, ¿es eso?

Mírate, mujer. Te has quedado aquí, has renunciado a todo. Has dedicado tu vida entera a proteger a tu hermano pequeño y al final… Has fracasado, vieja, y ahora tu hermano está muerto. Y por obra de estas manos, nada menos. Míralas, mujer. ¡Míralas! Todavía puedes oler en ellas la sangre. Sangre de tu sangre. ¿Es esto lo que te arde en el pecho? ¿Es esto lo que te arrasa por dentro? Sí, claro que sí.

Desgarrado, devorado, el cuerpo de tu hermano yace frío ya, tirado como un perro en una cuneta cualquiera. Y tú, que nada más tenías una sola cosa que hacer en esta vida…, has fracasado, vieja, has fracasado.

Y, sin embargo, ¿quieres saber algo? Escucha, y hazlo con atención. Porque, en realidad, todavía ignoras de qué manera lo has hecho. Hasta dónde, lo terriblemente lejos que llega tu equivocación. ¿Quieres saberlo? ¿De verdad lo quieres saber? Pues detente, mujer. Detente y escucha cuánto os habéis equivocado. Tú, tu hermano y toda esta maldita familia. Cuán peligrosa es en verdad esa bestia a la que siempre habéis temido, aún sin haberla visto nunca en realidad. Cara a cara. Aún sin conocer su verdadera forma.

Detente, mujer, y escucha, que ahora conocerás la verdad. La forma y el tamaño de todo el dolor que habéis desatado. Deja que te hablemos de lo que aún está por venir.

26

En mi hambre mandas tú

—Hola, viejo. Despierta. Venga, no te hagas el remolón. Despierta de una vez y préstame atención. Mira a tu alrededor. ¿Reconoces este sitio? ¿No? Míralo, fíjate bien.

Desconcertado, el hombre intenta mirar a uno y otro lado.

—Dime, ¿todavía no sabes dónde estás?

Silencio. En realidad, lo único que alcanza a identificar es lo mucho que le cuesta moverse. Es como si, de repente, el mundo se hubiera vuelto de plomo. Comenzando por su propio cuerpo.

—Vaya, pues me sorprendes. Al fin y al cabo, has sido tú quien se ha metido aquí. Tú solo. Vale, hagamos una cosa. Deja que te cuente algo y tal vez así comprendas. ¿Te parece bien? Escucha, permíteme que te cuente una historia.

Aturdido, el viejo se limita a intentar entender. ¿Qué es lo que sucede?

—Hace mucho tiempo, en un pueblo tan mordido por la miseria que bien podría haber sido el nuestro, un señorito al que el dinero no le faltaba tiró unas monedas a los pies de uno de sus jornaleros. Las arrojó como quien desprecia unas migajas para que los gorriones se peleen por ellas y, justo a continuación y con el mismo desinterés con que alguien guarda un pañuelo usado, el cacique le metió al jornalero una cuartilla doblada en el bolsillo de la camisa empapada en sudor. El hombre quedó con la mirada fija en el papel y, casi al instante, volvió a sacarlo. Lo desplegó y, al ver que se trataba de una papeleta electoral, se agachó para recoger las monedas del suelo. Una a una, despacio y sin prisa. Cuando las tuvo todas en la mano, usó la papeleta para envolverlas y se las dio de nuevo al cacique. Y, aún sin apartarle la mirada, le dijo: «En mi hambre mando yo». Y siguió trabajando. Es una historia muy conocida, pero seguro que a ti no te suena de nada, ¿verdad?

Incapaz de reaccionar de ninguna manera, el hombre no responde. No comprende qué ocurre, de qué le están hablando. Ni siquiera alcanza a ver quién demonios le está hablando. Todo es extraño. La luz, el color del cielo sobre él. Incluso el sonido de la voz que le habla. Lo único que podría afirmar con seguridad es que su aturdimiento ha empezado a compartir espacio con otra emoción mucho más preocupante. La de la angustia que, poco a poco, ha comenzado a tomar el control de su pensamiento.

—No, claro que no. ¿De qué te iba a sonar a ti, animal? Si tú no sabes qué clase de mandato es ese, el del hambre de verdad. Tú crees que es en el estómago donde se sienten esas certezas, ¿me equivoco? Pues permíteme que te saque de tu error: no, no es ahí donde duelen. Ni tampoco es en el corazón, sino un poco más abajo. En el hígado. Aquí es donde antiguamente se creía que residía el alma, junto con todo lo bueno que pudiera haber en nosotros. Como nuestra dignidad, sin ir más lejos. Algo que, por supuesto, tú también desconoces.

Nuevo silencio.

—Porque dignidad era la de los otros, viejo. La de aquellos que no tenían nada en lo que mandar. No había despensa que administrar, porque siempre estaba vacía. Tampoco había hogar en el que gobernar, porque apenas había fuego con el que ahuyentar el frío. Y desde luego tampoco había futuro sobre el que decidir. Porque sencillamente no existía ningún futuro. De modo que tan solo quedaba el hambre. Pero no, tú nada más sabes de esto otro, ¿verdad? Tu estómago.

El anciano intenta responder. Decir algo, lo que sea. Pero no es capaz. Porque, por algún motivo que no logra entender, su boca parece haber desaparecido.

—Sí, tú y tu estómago, que siempre tenía hambre. No importaba cuánto recibiera, nunca se saciaba. Y así, era ella la que mandaba en la de los demás. Sí, viejo, tu hambre se aprovechó de la nuestra. Nos condenaste, viejo. Me condenaste. Así pues, dime, ¿lo comprendes? Habla, viejo, ¿sabes ya dónde estás? ¿O qué ocurre? ¿Qué, todavía no? Vaya, pues deberías. Porque como escenario tendría que resultarte familiar. No este en concreto, claro. Pero sí otros similares. Por eso te he traído aquí, bestia. Porque esto, viejo, es una trampa para lobos.

Más desesperado cada vez, el anciano intenta mirar a uno y otro lado.

—Quién te lo iba a decir, ¿eh? El lobo ha venido a encerrarte a ti en una trampa construida para atrapar a otros lobos. Y para matarlos, claro.

Es este último matiz el que viene a colmar el pánico del anciano.

—Mírame, viejo.

Pero no lo hace. Aterrorizado, se limita a cerrar los ojos con fuerza.

—¡Que me mires, te digo!

De pronto la voz se ha vuelto grave, gutural, y el hombre comprende que lo que le están dando no es ninguna opción, sino una orden. Vuelve a abrir los ojos. Despacio, muy poco a poco.

—Sí, eso es… Mírame a la cara.

Y es ahí, justo entonces, cuando le resulta imposible dar crédito a lo que ve.

—¿Qué es lo que ocurre, viejo cerdo? ¿Acaso ahora te da miedo contemplar al lobo? No me digas eso. No parecías tener tanto miedo apenas unos años atrás, cuando era tu estómago el que te aconsejaba a la hora de hacer todo lo que hiciste. Ellos te señalaban lo que querían, y tú te asegurabas de comunicarlo. «Tranquilos —seguro que les decías—, eso está hecho». La avaricia, el ansia de más. Y fue así como vendiste a todo el mundo. A todos y a todo. Y fue a cambio de las migajas que te arrojaban los de arriba. Lo hiciste, viejo, lo hiciste. ¿Y por qué?

Aterrorizado, el anciano vuelve a cerrar los ojos. Y rompe a llorar.

—Oh, por favor, ¿de verdad te vas a poner así ahora? No… Un poco tarde para el llanto. ¿O es acaso el arrepentimiento lo que te aflige? Todo ese peso con el que cargas sobre tus piernas. Por tu codicia, por llenarte esa barriga asquerosa y repugnante que tienes.

Pero el anciano tampoco responde esta vez. Tan solo se limita a sentir cómo las lágrimas se derraman por su cara.

—No, nada de eso. No es momento para el llanto sino, en todo caso, para la alegría. Alégrate pues, viejo, y sonríe. Porque hoy mismo te librarás de todos tus pecados. Comenzando por todo este peso.

27

En el centro de esta tierra

Lo inmenso, la enormidad de estos paisajes. No, ni el más arrogante de los hombres se atrevería a sentirse grande en un espacio como este. Y Brais, desde luego, queda muy lejos de poseer semejantes arrogancias. Ni tan siquiera de ser ese tipo de hombre.

De hecho, esta última parte del viaje es siempre la que menos le agrada. Por algún motivo que nunca sabe explicar, tal vez algún tipo de miedo infantil con toda seguridad tan absurdo como infundado, a Brais no le gusta conducir sobre el embalse. Demasiada agua a un lado, demasiada altura al otro.

Por fin en el extremo opuesto de la presa, gira a la derecha mientras echa un vistazo rápido al horizonte para ver cómo el alba empieza a romper el cielo más allá de Manzaneda. Atrás, en el remolque, los perros comienzan a ladrar.

Han hecho todo el camino en silencio. Ni un solo ladrido desde A Gudiña. Pero al doblar esta curva y comenzar ya el tramo final, el descenso hacia el lecho del río Conselo, sus dos perros siempre ladran. Como si supieran que están llegando a su destino.

Un poco más abajo, cuando lo poco que queda del asfalto se convierte en una pista de tierra y piedra, Brais aparca el todoterreno junto al pequeño puente del río y se prepara para empezar la batida. En el exterior del coche, el alba ha dejado paso a un amanecer que ya tiñe de un púrpura frío, húmedo y escarchado la imponente Chaira do Cenza.

La Chaira es una planicie tendida entre montes de más de cuatrocientas hectáreas. Kilómetros y kilómetros de monte bajo que, si hay un poco de suerte, le darán a Brais la oportunidad de regresar a casa con unas cuantas codornices, quizá alguna liebre y, si la jornada se presta a coquetear con lo generoso, tal vez incluso un buen jabalí. Total, soñar es gratis.

Pero algo saca al cazador de su ensoñación. Por algún motivo que no comprende, los perros, nerviosos, se obstinan en ladrar en el remolque, extrañamente revueltos.

—Eh, ¿qué pasa, muchachos?

Quién sabe, tal vez hayan olfateado ya alguna de esas presas. Por si acaso, opta por alterar el orden habitual y les deja salir. Que se desfoguen mientras él prepara las escopetas.

Sin embargo y para su sorpresa, los perros no parecen tener demasiadas intenciones de correr por correr: tan pronto como se han visto liberados, Chispas y Boby salen disparados en una dirección concreta. Por algún motivo que su dueño desconoce, los dos perros avanzan como alma que lleva el diablo. Y, maldita sea, parecen hacerlo en un sentido muy preciso. Pero ¿por qué? ¿A dónde demonios van? Si ahí no hay nada. Ahí tan solo está el…

—Pero ¿qué coño? ¡Boby! —grita—, ¡Chispas!

Pero no. Ni Boby ni Chispas parecen tener ninguna intención de atender las voces de su amo.

Perplejo ante la estampida de sus animales, Brais se rasca la nuca por debajo de la gorra de pana. Vaya. Cierra el coche como puede, echa mano de una de las escopetas e intenta seguirlos. Primero sin acelerar demasiado el paso. El andar dubitativo de quien no sabe muy bien hacia dónde se dirige. Pero es que sí, no hay duda, los chuchos corren hacia el centro de la cruz. Pero ¿por qué? Maldita sea, si ese lugar es poco menos que un cenagal.

El cazador niega en silencio, incrédulo. ¿En serio puede ser que hayan olido algo justo ahí? Qué raro. A ver, vale que a fin de cuentas ese lugar es lo que es. Bueno, o lo era. O lo fue, que a decir verdad Brais tampoco es que tenga mucha idea. ¡Coño, que para él no son más que un montón de piedras más viejas que Matusalén bajo cuatro brazos de arbustos!

Extrañado al ver que, en efecto y ya sin ninguna duda, es ahí donde los dos perros se han detenido, Brais apura el paso en la misma dirección. El punto exacto en el que los cuatro brazos de la cruz se juntan.

—La madre que los…

Brais no acaba de creérselo. Pero debe de ser que sí. Porque, al fin y al cabo, ese es el lugar que Chispas y Boby están marcando. Asomados al centro de la antiquísima construcción, los perros no dejan de ladrar, casi con desesperación, hacia el interior.

Hacia el foso.

Y Brais comprende. Por extraño que resulte, por imposible casi, es evidente que algún bicho ha tenido que caer en su interior. Bueno, pues nada, a ver de qué se trata.

Cuando por fin llega al centro, él también se asoma a la enorme boca negra.

Y sí, algo hay. Pero cuando el cazador logra identificar lo que yace en el fondo, la impresión hace que casi caiga de culo. Porque resulta que no es ningún animal lo que encuentra en el centro de la tierra abierta.

—¡Hostia puta! —exclama, tan sobresaltado como asustado—. ¡Me cago en la Virgen!

Porque lo que descansa en medio del foso no es ningún animal.

Sino un hombre.

Uno mayor. Un hombre de pelo blanco y mediana estatura. Un anciano.

Y, lo que es más importante, está herido de forma brutal sobre un enorme charco de sangre.

Impresionado, arrasado por la imagen y casi en shock, Brais no puede dejar de mirarlo, aún sin saber ni cómo reaccionar. Pero ¿y qué otra cosa hacer? Si a este hombre le falta prácticamente toda la barriga.

Aturdido, horrorizado, Brais ha delegado todo entendimiento en lo que ahora mismo es su limitadísima capacidad para razonar qué demonios es lo que está viendo. Y por eso es su piloto automático el que le sugiere todo tipo de posibilidades. Como, por ejemplo, que este pobre desgraciado acudiera ayer a pasear, a caminar o a lo que coño fuera que viniera a hacer al valle, y que algún tipo de animal salvaje lo hubiera atacado aquí mismo. Algún tipo de animal, tal como, a juzgar por las heridas, un lobo. O como diez lobos.

O como un puto dinosaurio.

Hostia, no me jodas. Brais siente que se marea. Que el estómago se le va. Maldita sea, ¿qué clase de bestia es capaz de hacer semejante destrozo?

No, Brais no soporta la imagen ni un segundo más. Joder, porque ¿eso que se le derrama por el costado izquierdo son las tripas? ¡No, joder, Brais no puede verlo ni un segundo más! Horrorizado, aparta la mirada, esta vez en dirección al rostro del anciano.

Desencajado, el viejo parece por completo pálido. Por supuesto, Brais, claro que está pálido. ¿Y cómo coño esperabas que estuviera? Si este pobre hombre parece un puto libro abierto, joder. Literalmente, Brais. Que tiene la mitad de las tripas desparramadas por el suelo, Brais, y no debe de quedarle ni una puta gota de sangre en las venas, a juzgar por el color de la tierra y las piedras bajo su cuerpo. Aún descompuesto, Brais cae en la cuenta de algo más. Su boca, sus labios. Sus labios... Se mueven.

¡Se mueven, Brais, sus labios se mueven! Hostia, hostia, hostia.

—¡Me cago en la puta!

Brais comprende que, aunque nada más sea por un hilo de vida, el viejo aún respira, todavía está vivo.

Salta al interior del foso e intenta... ¿Qué? ¿Qué es lo que vas a hacer, Brais? Porque, visto a tan poca distancia, resulta evidente que este pobre desgraciado, sea quien sea, ya no volverá a caminar sobre esta tierra. Echa las manos al vientre del anciano, pero tan solo para cerciorarse de lo obvio: que no hay manos en el mundo para taponar tantas vías abiertas como por las que a este hombre se le va sin remedio la vida.

Pero es entonces cuando, tal vez al sentir el contacto, algo cambia. El viejo exhala con algo más de fuerza. Y Brais se asusta, claro. De hecho, ¡a punto está de darle una patada, coño! Qué susto, su puta madre. Pero al instante comprende. E intenta reponerse. Y prestar atención. Porque, por imposible que a Brais le pueda parecer, el anciano está intentando hablar.

—Hasdo...

—Perdone, ¿cómo dice?

—Hasdol...

Brais se desespera.

—No le entiendo, joder. Pero espere, tranquilícese —le

responde, más por calmarse a sí mismo a la vez que echa mano de su teléfono móvil.

—Hasdolbo.

—Oiga, tranquilo —se desespera Brais—, no le entiendo, ¡es que no le entiendo, coño! ¿No ve que no entiendo lo que dice? Tranquilícese, joder, ¡tranquilícese!

Brais grita, pero porque lo que le pasa es que está nervioso. Bueno, y como para no estarlo. Y Brais se desespera. Porque es muy difícil, joder, es dificilísimo manejar el móvil con los dedos encharcados en sangre. Y el teléfono se le resbala, y se le cae, y...

Y entonces, de pronto, el anciano consigue hablar con claridad. Será un gran esfuerzo. El último. Después de este ya no habrá otro. Después de esto ya no habrá más. Nada más. Pero, esta vez sí, Brais le habrá entendido. Con claridad.

Cuando, por fin, algo más de una hora después, los primeros agentes de la Guardia Civil lleguen al lugar, Brais les podrá decir con toda seguridad cuáles fueron las últimas palabras del viejo en el centro del foso.

Y, joder, no se lo van a creer.

28

La esperanza es esa cosa con plumas

La noche anterior, cuando Laguardia y Santos regresaron de su visita a la aldea de Pazos, los pusimos al día de las conclusiones a las que habíamos llegado. Existiera o no una relación firme entre todo esto y la historia del tal Romasanta, lo que estaba claro era la importancia en el caso de este otro Blanco, el cortador desaparecido del taller de costura. Todavía no podíamos asegurar a qué respondía su desaparición. Podía estar huyendo. Podía incluso estar escondiéndose. Ahora bien, la pregunta era ¿de quién? ¿De nosotros? ¿O, quizá, de alguien más? Fuera como fuese, no estando en Pazos, el siguiente lugar en el que buscarlo no podía ser otro sino Rebordechao.

Hicimos una búsqueda rápida en el sistema. Y no, es verdad que actualmente no aparece ningún Manel Blanco Caranta registrado en la aldea. Pero Arroyo, que jamás acepta un no por respuesta, siguió buscando. Hasta que encontró algo: otros vecinos con apellidos semejantes.

Por una parte, localizó a una tal Rómula Blanco Regueiro y, lo que entonces nos pareció más interesante, también a un hombre llamado Ramón Blanco Regueiro, con toda probabilidad un hermano, con quien Rómula compartía domicilio. O, mejor dicho, lo compartió hasta el fallecimiento del tal Ramón, en septiembre de 2015. Un detalle que, en efecto, no dejaba de ser relevante.

Porque en esa misma dirección también aparecía registrada Guadalupe Caranta Risco. De modo que, a la vista de semejantes apellidos, era obvio que tenían que ser ellos, Ramón y Guadalupe, los padres de Manel. Es cierto que, aunque de él sí había constancia, su último registro era bastante anterior a ahora. En concreto, también del año 2015. Desde entonces, el siguiente domicilio conocido de Manel Blanco, ya a finales de ese mismo año, era el de la aldea de Pazos. La misma dirección a la que Santos y Laguardia habían ido a buscarlo, y en donde lo único que habíamos confirmado era que llevaba varios días sin aparecer. De manera que el siguiente movimiento resultaba evidente.

Así pues, apenas pasaban unos minutos de las diez de la mañana cuando los cuatro salimos de la casa cuartel en dirección al norte.

Pero no llegamos.

Porque cuando estamos a menos de un par de kilómetros de Laza, justo a medio camino entre Verín y Rebordechao, recibo una llamada.

—Lueiro, dime.

—¿Dónde estáis?

—Pues…, Santos, ¿dónde estamos?

—En Arcucelos —me responde a la vez que señala el nombre en la pantalla del GPS—, una parroquia de Laza.

—En…

—Sí, ya lo he oído —me ataja—, en Arcucelos. ¿Estáis todos?

—Sí, los cuatro. ¿Por?

Pero el agente de la judicial no responde a mi pregunta.

—Vale, pues entonces veníos para aquí. Os envío la ubicación.

—De acuerdo. Pero, oye, ¿qué es lo que ocurre, Carlos?

Oigo cómo Lueiro coge aire y suspira contra el micrófono del móvil.

—Ha aparecido otro cuerpo. Esto se nos está yendo de las manos, amigo.

29

Un agujero lleno de moscas

El camino hasta Chaguazoso resulta complicado. Algo más de sesenta kilómetros de carreteras de montaña a través de tierra quemada, extensiones gigantescas de monte devastado por el fuego y surcadas por todo un atlas de curvas cerradas y pendientes imposibles al que, además, hay que sumarle la conducción de Santos, no precisamente delicada. A la altura de una aldea llamada Cerdedelo, entre sacudida y sacudida, sonrío al acordarme de Leo.

—Desde luego, Ana, si al bueno de Caldas le llega a tocar tenerte de conductora, el pobre pide la baja por mareo fulminante antes de llegar a la isla de Toralla.

A Santos también se le escapa una sonrisa al recordar al inspector Leo Caldas. Una cargada de añoranza.

—Bueno —responde al cabo, aún sin dejar de sonreír—, ya sería menos, jefe.

Por fin en nuestro destino, al momento nos llama la atención el lugar.

—Pero ¿qué se supone que es esto, señor?

La ubicación enviada por Lueiro nos conduce hacia un

punto en medio de una planicie inmensa. Una superficie natural de unos tres o cuatro kilómetros cuadrados que se extiende ante nosotros sin más alteración que el cauce del río Conselo. Cerca del centro, un cartel advierte de la peligrosidad de la zona, debido a los posibles cambios de nivel motivados por la apertura del embalse que limita la llanura por el norte, una presa de algo más de medio kilómetro de longitud. Pero, por supuesto, nada de eso es lo que había provocado la extrañeza de todos: en la parte más oriental de la planicie, a unos seiscientos metros de la presa, una gigantesca X natural aparece ante nosotros.

Sabemos que es allí hacia donde debemos dirigirnos porque esa es la ubicación mandada por Carlos, la dirección hacia la que nos envía el GPS y también el lugar en el que se arremolinan todos los compañeros que han llegado al lugar.

Pero también porque, por extraño que resulte, la naturaleza misma parece estar señalizándonos dónde mirar.

—Vaya —murmura Raúl, aún con la mirada fija en la extrañísima composición—, pues va a ser como aquella historia de Indiana Jones.

—¿Cómo dices?

—Ya sabe, señor. Cuando decía aquello de si una X marcaba o no marcaba el lugar. Por lo visto, aquí sí lo hace.

Y sí, desde luego Arroyo está en lo cierto, lo que se extiende ante nosotros es una gigantesca X formada por cuatro enormes brazos de roca y vegetación, de no menos de cincuenta metros cada uno. Y en su centro, la gente. Las luces, la cinta verde y blanca de la Guardia Civil, los monos de gasa. En el lugar que, en efecto, marca la X. Cuando nos ve llegar, Lueiro viene a recibirnos.

—Bienvenidos al Foxo de Chaguazoso.

—Hola, Carlos. Vaya sitio —respondo, aún volviendo a mirar a mi alrededor.

—Impresionante, ¿verdad? Si algún día a Dios le da por venir de turista, seguro que a él también se lo parece. Pero hoy… —Carlos niega con la cabeza, de nuevo con la mirada puesta en lo que sea que haya en el centro de la cruz, al otro lado de los matorrales—. No, hoy ya te digo que Dios tampoco anda ni siquiera cerca.

—¿Tanto es?

El sargento exhala con desgana.

—Más.

Levanta el cordón de plástico y, una vez al otro lado, los cinco avanzamos hacia el interior. Hacia un enorme agujero abierto entre las plantas y las flores silvestres. Y, de pronto, ahí está.

—Joder —se lamenta Santos a la vez que Raúl se echa las manos a la boca—, la madre que me parió.

No me extrañan las reacciones. Incluso Antonio Laguardia, la templanza hecha carne, parece flaquear por un instante.

—Jesús bendito —murmura con la mirada fija en el encuentro de las aspas—. Pero ¿qué demonios le pasa a este hombre?

Y no, no es para menos.

Tumbado bocarriba, en el centro de un agujero abierto en el suelo, una especie de pozo de poco más de cuatro metros de diámetro y apenas uno de profundidad, yace el cuerpo sin vida de un anciano. Basta una mirada rápida para comprender que lo de «sin vida» es pura redundancia: nadie podría imaginar ninguna vida posible en semejantes circunstancias como las que ahora se muestran ante nosotros con toda su brutalidad.

Porque lo que tenemos ante nosotros es el cuerpo inerte de alguien mayor, un anciano cuyo abdomen ha sido rajado de arriba abajo, desde el esternón hasta el vientre. La piel que debería cubrir su barriga ha sido seccionada por la mitad, y ahora, abierta como un libro, o tal vez mejor como una especie de tríptico, se hace a los lados para mostrar el interior del viejo, unas entrañas que se derraman hacia su costado izquierdo.

—Por el amor de Dios —mascula Santos—. ¿Eso son sus intestinos?

—Sí —afirma Laguardia, todavía intentando disimular su perplejidad—. Sí, lo son.

—Jesús. Pero ¿qué coño le pasa a este fulano, señor?

No tengo respuesta. Tan solo me limito a negar en silencio.

—¿Sabéis de quién se trata?

—Sí —responde Carlos—. Por suerte llevaba la cartera encima. Al parecer se llamaba Avelino Basalo. Setenta y ocho años, natural de Castro, en Laza.

—Eso es donde estábamos cuando nos llamaste. Un poco lejos de aquí, ¿no?

—Pues un poco, sí.

—¿Y entonces qué hace en este lugar? ¿Acaso vivía por la zona?

—No. Según los datos que aparecen en la base SIGO, vivía en Ourense desde hacía ya unos cuantos años. Tenía un piso en la calle Buenos Aires. Pero esto te va a encantar, Mateo. ¿Quieres saber cuál consta como su residencia anterior?

Clavo mis ojos en los de Lueiro.

—¿Rebordechao?

—Punto para el caballero. De hecho, y por lo poco que hemos podido averiguar hasta el momento, en aquellos años, entre el 2005 y el 2015, cuando se jubiló, nuestro amigo Avelino fue el presidente de la Comunidad de Montes de Rebordechao.

—Claro —murmuro incómodo—, no podía ser otro pueblo. Pero entonces ¿qué coño pinta aquí? Quiero decir, tan lejos de...

Miro a mi alrededor.

—De todas partes —concluye Ana por mí, también ella con la mirada perdida en la extensión abierta ante nosotros—. Ya solo por lo que nos ha costado llegar a nosotros, está claro que esto queda a tomar por culo de todas partes.

—Pues eso —continúo—, que la pregunta está clara: qué coño hace este tipo aquí, tan lejos de... Joder, Carlos, que Ana tiene razón, ¡esto queda en el quinto coño de cualquier lugar!

—¡Pues no lo sé, Mateo, no tengo ni puta idea! —admite a la vez que se encoge de hombros—. Pero supongo que no habrá sido una decisión suya, sino más bien de la persona que le ha hecho esto, ¿no? Al fin y al cabo, esto es lo que es.

Frunzo el ceño. ¿«Esto»? Carlos se da cuenta de que he captado el matiz.

—Mira tu alrededor. ¿Acaso no nos decía ayer tu muchacho que se trata de buscar nada menos que al mismísimo hombre lobo? Bueno... —Vuelve a sonreír, esta vez con gesto evidente—. Pues yo creo que está bastante claro.

Pero no, yo todavía no alcanzo a verlo tan claro como Carlos. Para mí, lo único claro es que sabe algo que yo desconozco. Me fijo más en él. Y entonces caigo en la cuenta. Sus gestos al señalar el espacio alrededor. El lugar. Joder, la X en el plano.

—¿Qué es esto? —pregunto de nuevo mirando a mi alrededor—. ¿Dónde estamos?

Lueiro perfila una sonrisa de medio lado.

—No te lo imaginas, ¿verdad?

—Pues no —respondo a la vez que, lentamente, vuelvo a girar sobre mí mismo.

—¿Recuerdas el nombre? Foxo de Chaguazoso, Mateo. *Foxo*.

Laguardia arruga la frente.

—En gallego significa foso.

Y Santos comprende.

—¿Quieres decir que esto es una especie de foso? Pero ¿de qué?

—La pregunta no es de qué —responde Lueiro—, sino para qué. Antiguamente, a este tipo de trampas se las conocía como *foxos do lobo*.

—*Do lobo* —repito.

Y el cansancio toma la sonrisa del guardia civil. Como si estuviera señalando la gracia de un chiste malo.

—Esto, Mateo, es una trampa para lobos. Vieja, antigua como el mundo. Y, por supuesto, en desuso desde hace ya decenas de años. Pero eso es este lugar —explica de nuevo con los brazos abiertos—, una de las formas que tradicionalmente empleaban los pastores para luchar contra los lobos que acechaban sus rebaños. Esto —concluye volviendo a señalar a su alrededor— es un cadalso para lobos.

30

El lobo que nos asusta

Raúl asiente al comprender.

—Claro —murmura con la mirada puesta en el terreno que se extiende desde nuestra posición—. Son muros.

—Lo eran —confirma el guardia civil, también él con los ojos fijos en las aspas de la X—. O lo fueron. Los pastores acorralaban al lobo y lo obligaban a correr hacia el interior del foso, hasta que los muros le dejaban una única dirección posible.

—El pozo en el centro —comprendo.

—Correcto. Una vez que el animal caía en su interior, que entonces era mucho más profundo que ahora, ya no tenía escapatoria posible.

—Y entonces lo mataban —termina de comprender Santos.

—Así es.

—Pero lo que tenemos aquí no es un lobo. —Señalo, de nuevo mirando hacia el pozo.

—No, claro. Pero ahora que lo comentas...

—¿Qué?

—¿Veis a aquel tipo de allí? El que está sentado junto a la ambulancia.

—Sí, ¿qué le pasa?

—Es Brais Dávila, el fulano que encontró el cadáver esta mañana. Según nos ha contado, cuando él llegó, el pobre desgraciado este —apunta en dirección al pozo— aún estaba vivo.

—No me jodas. ¿Y pudo hablar con él?

—Y tanto. De hecho, sus últimas palabras fueron para señalar al responsable.

—Joder, Carlos, ¿y cómo no me lo has dicho antes? ¿De quién se trata?

Lueiro vuelve a sonreír, y de nuevo la desgana en su gesto me advierte que las cosas no van a ser tan fáciles.

—Ha sido el lobo.

Arqueo una ceja.

—¿Cómo?

—Que eso es lo que ha dicho —explica—. «Ha sido el lobo».

—«Ha sido el lobo» —repito aún perplejo—. ¿Nada más?

Carlos niega con la cabeza mientras yo me doy la vuelta y maldigo en silencio.

Observo la llanura inmensa y siento la fuerza del sol, cayendo implacable sobre nosotros. Este es uno de esos lugares en los que no puedes evitar sentirte pequeño. Solo. Vacío. Vuelvo a mirar a mi alrededor y pienso en la soledad. No, ya puedes gritar todo cuanto quieras que, si te ocurre algo, aquí no te asiste ni el Espíritu Santo.

Apenas corre el aire y, si no fuera por toda la gente que ha venido a hacerse cargo de la escena, sé que tan solo se oiría el zumbar de las moscas, que, pesadas, revolotean sobre el cadáver y cargan el ambiente a nuestro alrededor.

«Ha sido el lobo».

Ha sido el lobo. Ha sido el lobo...

Y entonces algo comienza a resonar en mi cabeza. Un momento.

Es algo de lo que aún ayer hablaba con Arroyo y Lueiro.

Todo ese asunto del bórax...

«Ha sido el lobo».

Pero a estas alturas, todos sabemos que esto no lo ha hecho ningún lobo.

¿O sí?

Porque por un lado sí, es verdad, estaba el asunto ese del polvo blanco en la piel.

En la piel, la de un animal.

¿Y si...?

«Ha sido el lobo».

Joder, espera.

Espera, espera un momento. ¿Cómo era aquello que nos había dicho Serrulla? Justo después de hablarnos del bórax. Sí, lo de los informes de toxicología. En el caso de Navarro, «elevados índices de ergotamina en sangre». Ergotamina.

«El mismo principio activo del que, entre otros derivados, se procesa el ácido lisérgico». Ácido lisérgico.

LSD.

Joder, eso es.

—¡Eso es! —exclamo a la vez que vuelvo junto al resto del grupo.

—¿Eso es? —repite Santos, extrañada—. ¿Y eso qué coño significa, jefe?

—Que ya lo tengo, Ana. Raúl, Carlos, ¿os acordáis de lo que comentábamos ayer? Lo de si el bórax no sería para tratar la piel no de las víctimas, sino la de algún animal con la que...

Le hago un gesto con las manos a Arroyo, para que sea el quien prosiga, ya que, en realidad, la idea es suya. Y sí, él también lo comprende.

—Con la que construirse una máscara —recuerda a la vez que deja correr una sonrisa satisfecha—. Claro, eso es: una máscara.

Yo me limito a abrir los brazos en el aire y a asentir con los labios apretados.

—De lobo —completo la respuesta—. ¡De lobo!

Pero Lueiro, cansado y también frustrado, recela.

—Venga ya, Mateo. Eso es absurdo.

—No —rechazo su objeción—, ni mucho menos. Piénsalo, nos lo ha dicho él mismo —insisto señalando en dirección al cadáver—. «Ha sido el lobo». ¡Ha sido el lobo, joder!

—Pero, señor, hay algo que no comprendo. ¿Por qué una máscara? Quiero decir, si la intención es matarlos, ¿para qué ocultar el rostro?

—Por algo que nos dijo Serrulla después de analizar el segundo cuerpo, Antonio. «Diego Navarro se fue de este mundo envuelto en el más alucinógeno de los viajes». ¿No lo veis? Es más, os apuesto lo que queráis a que Serrulla también encontrará ergotamina tanto en el cuerpo de Fina García como en el de este hombre.

—Pero ¿por qué?

—Porque eso es lo que nuestro hombre quiere, Carlos. Los droga, los pone hasta arriba de LSD.

Y Arroyo también comprende.

—Para que al morir piensen que están siendo devorados por un lobo.

—Exacto —asiento—. Por un lobo terrible o como tú mismo decías…

Es justamente entonces cuando Raúl termina de entenderlo todo. Y vuelve a sonreír al ver cómo toda la serie de piezas invisibles encaja ante su mirada.

—Por un hombre lobo.

Yo tampoco puedo reprimir una sonrisa, no exenta de cierta satisfacción, la verdad.

—Exacto —afirmo—. Todavía no sé por qué lo hace. Pero sí, no hay duda, eso es lo que quiere: que sus víctimas piensen que están a punto de ser devoradas por el mismísimo hombre lobo.

Esta vez es Santos la que, atónita, sacude la cabeza.

—Pero, a ver, para que yo me entere. Lo que está diciendo es que, antes de cargárselos a mordiscos, ¿primero hace que se caguen de miedo? —Ana parpadea—. La madre que me parió, señor, este cabrón es un hijoputa de marca mayor.

—De acuerdo —resuelvo—, movámonos. Tenemos que encontrar al tipo este antes de que se nos descontrole más.

—¿Más? —repite la subinspectora—. Joder, jefe, si todo esto aún no le parece bastante descontrol…

—Escuchad, esto es lo que vamos a hacer. Carlos, ¿quién vendrá a levantar el cadáver?

Lueiro duda considerando las posibilidades.

—No sé quién está de guardia hoy. Pero de todos modos, Serrulla me ha dicho que está a punto de llegar. En caso de que el juez no pueda llegar a tiempo, el levantamiento también lo puede hacer él.

—Vale. Pues, Santos, Antonio y tú quedaos aquí hasta que levanten el cuerpo, y después os vais con el forense a Verín. Si hay alguna novedad, me avisáis.

—Sí, jefe.

—¿Y tú qué harás entretanto? —pregunta Lueiro.

—Yo me voy con Raúl a Rebordechao. Vamos a ver si encontramos un lobo.

31

A Ermida

El trayecto hasta el Foxo do Lobo no fue fácil. Pero el que va desde Chaguazoso hasta Rebordechao tampoco es que esté siendo un camino de rosas precisamente.

Una vez de vuelta en Laza, descubrimos que todavía nos quedaba un buen trecho. Remontamos el río Támega para apartarnos de la carretera principal un poco antes de Soutelo Verde, la aldea en la que apenas un par de días antes encontramos el cadáver de Fina García. En esta ocasión no llegamos a pasar por delante de su casa. Hemos tomado un desvío previo, uno a la derecha de la carretera. Una estrecha vía de montaña que nos ha traído desde Castro de Laza hasta Prado, después de haber dejado atrás las aldeas de Tamicelas y Naveaus.

Por fin al otro lado del monte, una vez que dejamos atrás la cuenca del Támega, tomamos lo que, según ha comprobado Raúl, será nuestro último desvío. Justo al pasar el puente sobre el río Arnoia, un cartel señala el inicio de la carretera que va a morir a las puertas de Rebordechao, tal como indica el GPS.

—De no ser por las circunstancias, sería un paseo increíble. Todos esto es precioso.

—Sí —respondo sin hacer demasiado por ocultar mi desgana—, precioso.

Raúl se percata de mi incomodidad.

—Me da la sensación de que a usted no se lo parece tanto como a mí, señor.

Y yo rehúyo su mirada.

—Bueno, digamos que guardo malos recuerdos de un lugar muy parecido a este.

Y ya está. Mi mandíbula apretada, la fuerza con la que agarro el volante, todo mi lenguaje corporal es una señal para que no haya más preguntas y Arroyo vuelva a observar el paisaje al otro lado del cristal. Pero lo cierto es que no, no le falta razón.

Porque más allá de mis circunstancias personales, la carretera que asciende a la aldea es espectacular. Una sucesión de curvas interminables que repta junto al cauce del río, abriéndose paso por las entrañas de un bosque inmenso de carballos y castaños. Tan solo las huellas de los incendios, siempre visibles en algún punto, rompen el paisaje.

—Oye, ¿estás seguro de que esta es la mejor ruta? —pregunto de nuevo observando la pantalla del GPS—. A veces estos cacharros te meten por caminos que luego se vuelven imposibles, y no quisiera que nos quedásemos atrapados aquí arriba.

Raúl me dedica una mirada burlona.

—¿Le preocupa la luna llena, señor?

Y sonríe, a la vez que vuelve a mirar por su ventanilla.

De pronto, una inmensa cascada se derrama a nuestra izquierda. Pero, con toda su belleza, no es esto lo que más llama mi atención. Apenas unos pocos metros más arriba, algo rompe el paisaje, una autocaravana que permanece aparcada en la explanada abierta junto a una casa de piedra, una construcción visiblemente antigua que ha sido restaurada. Reduzco un poco la velocidad para observar con algo más de detalle.

La autocaravana es en realidad un cacharro antiguo y medio destartalado, mientras que la casa se trata de una edificación alargada, compuesta por tres cuerpos adosados a distintas alturas, todos ellos con muros de piedra y tejado de pizarra. Orientada en diagonal con respecto al trazado de la carretera, desde su fachada un par de calaveras de animales, pintadas con motivos tribales, observan el camino. Como dos macabros vigilantes, atentos ante cualquier posible movimiento.

Junto a la casa, ya casi pegado al asfalto, un cartel señala el nombre del lugar.

—A Ermida —leo en voz alta.

Ya hemos empezado a dejar atrás el indicador cuando otro conjunto vuelve a llamar nuestra atención. Esta vez queda al otro lado, a la izquierda de la carretera, donde un grupo de casas, también de piedra y tejado de pizarra, se levanta ante nosotros. Un vistazo rápido sirve para darme cuenta de que parecen abandonadas.

—A Ermida —repite Arroyo, ahora con la mirada puesta en la extraña aldea a nuestra izquierda, casi comida por la vegetación.

Y, por su forma de observarla, comprendo que le está dando vueltas a algo.

—¿Qué pasa?

—Es que no estoy seguro, señor. Ya sabe, demasiada información en muy poco tiempo. A veces me baila algún dato.

—¿A ti? Lo dudo. ¿De qué se trata? —pregunto a la vez que vuelvo a acelerar la marcha.

—Es este lugar. Ahora mismo no estoy muy seguro, pero juraría que también guarda relación con el otro Manuel Blanco. Ya sabe, con Romasanta.

Arrugo ligeramente la frente.

—¿Qué tipo de relación?

—A ver, según me ha parecido ver en algún sitio, Romasanta llegó a Rebordechao huyendo de la justicia en León, donde por lo visto ya había matado a una persona. Su primera víctima, un alguacil que había ido a reclamarle una deuda contraída con algún comerciante local, creo.

—¿Y fue a parar aquí?

—Eso es lo que me parece recordar. Supongo que debió de pensar que el lugar quedaba lo bastante apartado como para nadie lo buscara, pero al mismo tiempo seguía estando bien conectado.

—¿Bien conectado esto?

—Bueno, tenga en cuenta que, aunque ahora no nos lo parezca, las antiguas pistas y caminos que unían el interior de Portugal con el norte de España pasaban por aquí. Así que sí, se supone que el tal Romasanta debió de considerar esta zona como la más idónea para retomar su actividad laboral.

—¿A qué se dedicaba?

—Era buhonero, señor. Ya sabe, una especie de vendedor ambulante, de esos que antiguamente iban de pueblo en pueblo comerciando con pequeños productos.

—Entiendo.

—Pero, claro, antes tenía que asegurarse de que nadie lo había seguido hasta aquí.

—Ya. ¿Y entonces?

—Bueno, pues ahí es donde dudo, señor. Porque como le decía, juraría haber oído o leído que fue aquí donde se escondió.

—¿Aquí dónde? —Arrugo el entrecejo—. ¿En A Ermida?

—Sí, señor. Justo ahí, en alguna de esas casas.

Me giro para observar la aldea a mi izquierda. La misma que ya empieza a quedar atrás. Y entonces, casi sin darme cuenta, vuelvo a reducir la velocidad. Porque una idea ha venido a formarse en mi cabeza. Una en forma de duda. «¿Y si…?».

—No —respondo a nadie—, no puede ser tan fácil.

—¿El qué, señor?

No puede serlo. Pero «¿Y si…?».

Me echo a un lado y maniobro para dar la vuelta.

—Joder —rezongo entre dientes—, no puede ser tan fácil.

Tiempo atrás. Septiembre de 2015

Adiós

Una vez que todo estuvo hecho, Manel comprendió que había llegado el momento. De un modo u otro, ya no quedaba entre los muros de A Ermida nada que lo retuviera en aquella casa. Nada que lo uniera al lugar, ni una sola razón por la que quisiera permanecer allí ni por un segundo más. Apenas llenó una mochila con lo justo, se guardó en la cartera el poco dinero que Lupe le pudo encerrar en el puño y se dispuso para marchar carretera abajo.

Antes de irse, se preocupó de llevar consigo un único objeto. Sin apenas pronunciar ni una sola palabra en voz alta, Manel subió al primer piso y entró en la habitación de Teo. No encendió la luz, tampoco dijo nada. Tan solo se acercó hasta la cabecera de la cama y se quedó quieto, observando en silencio. Al cabo, cogió la pequeña figura que reposaba sobre la mesita de noche, junto a la pequeña lámpara apagada, y se la guardó en el interior de uno de los bolsillos de su abrigo. Sin hacer ningún ruido.

Y, entonces sí, Manel se despidió de su madre y salió a la noche, dispuesto a perderse en la oscuridad. Mientras caminaba carretera abajo, no dejaba de apretar al fondo del bolsillo la pieza. Un pequeño lobo de madera tallada.

32

Un silencio viejo como el tiempo

No ha pasado ni un minuto cuando detenemos el coche junto a la autocaravana. Por fin fuera, los dos le echamos un vistazo a la fachada.

—¿De qué crees que son esas calaveras?

Arroyo también las observa con curiosidad.

—No lo sé, señor. ¿De vacas, tal vez?

Yo aprieto los labios en un ademán dubitativo.

—Sí —respondo, todavía con la mirada fija en los cráneos—. Claro.

Ya delante de la entrada principal, en realidad una enorme hoja corredera de madera y metal, veo que sobre ella hay un cartel con algo grabado: A PALA DOS CUNCOS.

Llamo tirando de una cadena que cae junto a la puerta, amarrada al badajo de una pequeña campana que cuelga en el balcón del piso superior.

Nada.

Espero, si bien tampoco demasiado, que mi paciencia siempre ha sido más bien limitada. Vuelvo a llamar, pero esta vez lo hago directamente sobre la puerta, golpeándola con la palma de la mano.

—¡Hola! ¡Policía!

Mismo resultado.

—Diría que no hay nadie, señor.

Y sí, diría que Raúl tiene razón. No hay respuesta, movimientos, ruido. Nada. Incómodo, retrocedo un par de pasos y vuelvo a observar la fachada. Intentamos otra opción y caminamos hacia un poco más abajo. Doblamos la esquina meridional y seguimos el camino, avanzando hacia su parte posterior, para descubrir que la casa está construida directamente sobre otro río, un arroyo que se va a juntar con el Arnoia apenas unos metros más abajo. Muy bonito. Pero igual de vacío.

—O es gente muy tímida, o aquí no hay nadie, señor.

Vale, de acuerdo. Pero aún quedan las otras casas, el grupo que se levanta al otro lado de la carretera. Retrocedemos sobre nuestros pasos y cruzamos.

La extraña aldea se extiende a lo largo de lo que en su momento debió de ser su única calle, hoy convertida en una cuesta empinada de unos doscientos metros, no más, devorada por la vegetación y el abandono.

Y, a ambos lados de ese único camino, las casas. Todas parecidas, todas de piedra y pizarra, todas de dos alturas.

—¡Hola! —le grito al silencio. Pero, como era de esperar, tampoco allí responde voz alguna.

De hecho, por un instante ni siquiera se oye nada. El bosque, denso y profundo a nuestro alrededor, parece envolverlo todo en un silencio de plomo. Uno viejo como el mismo tiempo.

A nuestra izquierda, una de las puertas está abierta. Y, por fin dentro, comprendo.

Cuando Raúl llega junto a mí, me encuentra observando el espacio a mi alrededor.

—Mira. —Le señalo, indicando con el dedo algo sobre nosotros—. No son casas.

—¿Cómo dice, señor?

—Que no lo son.

—¿Cómo no van a serlo? Están abandonadas. Pero...

—No —lo atajo—, esto no es una casa.

Le respondo sin dejar de observar el espacio a nuestro alrededor, sobre todo las partes más altas. Y señalo algo en lo que sin duda sería el piso superior de la ¿vivienda? Es justo entonces cuando termino de comprenderlo. «No —pienso—, no lo son».

Porque, si fuesen casas, ¿dónde están las escaleras que llevan al piso superior? ¿Dónde está el techo interior? O, en su defecto, sus restos, las divisiones de las estancias. ¿Dónde están las ventanas?

—No estamos en una casa —confirmo.

—Pero entonces ¿qué son?

—Establos —le aclaro a la vez que regreso al exterior, pero solo para abrir la puerta de la siguiente construcción.

—¿Lo ves? —le grito desde el interior—. La parte de abajo es el establo. Mira, fíjate. Aquí. Y ahí, y allí también.

Señalo unas cuantas piezas de pizarra gruesa que sobresalen de los enormes muros de piedra. Para un ojo inexperto, podría parecer que surgen de manera aleatoria, aquí y allá. Pero, sabiendo dónde mirar, es evidente que existe un orden. Hay una cada dos metros, más o menos. Claro. Al acercarme y observarlas con más detalle, veo que todas las piezas de pizarra tienen un agujero que las atraviesa por su centro, y en la mayoría de ellos todavía quedan los restos de algún tipo de cordaje.

—Son amarres —explico—, aquí es donde ataban a los animales cuando los recogían. Y arriba...

Arroyo alza la cabeza.

—Claro —comprende—, la parte superior es el pajar. Ahí arriba es donde guardaban la hierba. ¿No?

—Exacto.

De regreso en el exterior, continuamos avanzando hasta lo alto de A Ermida, tan solo para comprobar que toda la aldea es justamente eso, un conjunto de cuadras. Varias de ellas, aunque en realidad las menos, todavía de alguna manera en uso, a juzgar por lo fresco de la paja en el suelo. Otras, la mayoría, abandonadas, derruidas o a medio caer. Muchas de ellas incluso con marcas evidentes de haber estado en contacto con algún antiguo incendio, más visibles cuanto más nos acercamos a la parte alta del camino. De hecho, la última de las construcciones, en la cumbre de la aldea, parece ser la que en su momento se llevó la peor parte, con la piedra calcinada y el tejado por completo derrumbado en el interior. Pero nada más.

Así que no.

—Tiene usted razón, señor. Esto no es una aldea.

—No —le confirmo—. De hecho, dudo mucho de que alguna vez lo fuera.

Arroyo extraña la expresión.

—Pero ¿cómo lo sabía?

—Porque mis padres tenían un establo muy parecido a estos en la casa de la aldea de la que antes te hablaba.

—¿Antes, señor?

—Los malos recuerdos.

—Ah, vaya, no sabía que tuviera usted raíces en…

—Eso ahora da igual —resuelvo con sequedad, casi deshaciéndome del comentario de Raúl—. Lo único importante es que aquí no hay nada. Ni nadie.

De vuelta junto al coche, vemos que allá abajo, por el camino que se pierde hacia la parte posterior de la casa, una pareja viene caminando tranquilamente desde el río.

—Disculpen. —Les gesticulo al tiempo que me acerco en su dirección—. ¿Son ustedes los propietarios?

El hombre, un tipo enorme y ya mayor, con toda probabilidad en torno a los setenta años, de barriga prominente, piel rosada y abundante pelo canoso, le dedica a su compañera, una mujer de edad y aspecto semejantes, una mirada dubitativa. Como si no hubiera entendido nada de lo que les he preguntado. Y entonces sigo fijándome. Y comprendo. Pantalones cortos, botas de montaña, piel quemada por el sol… Turistas.

—*Sorry?*

Turistas ingleses.

—Sí, verán, perdonen que les moleste. Somos de la policía —explico a la vez que Raúl y yo sacamos nuestras placas—. Estamos buscando a los propietarios de esta casa. ¿Por casualidad, ustedes…?

—¿De la casa rural? —pregunta la mujer, con un acento ligeramente más suave que el del hombre.

—Ah, ¿esto es una casa rural?

—Es correcto —vuelve a contestar a la vez que señala el cartel sobre la puerta—. A Pala dos Cuncos. Bonito nombre, ¿verdad?

—Sí, muy bonito. ¿Saben si podría hablar con los propietarios? ¿Están aquí?

—¿Propietarios? —repite la mujer, con gesto aún más extrañado.

—Sí, los dueños.

—*The owners* —traduce Arroyo.

—¡Ah, propietarios! *They are looking for the owners* —le explica la mujer al hombre, que sigue con cara de no entender nada—. *They want to talk to the woman.*

— 249 —

The woman, eso sí lo he entendido. La mujer.

—*Yes, the woman* —les contesto, casi sin saber ni lo que digo—, ¿la mujer está aquí?

—*No* —responde lacónica a la vez que nos sonríe, como si el hecho de que la propietaria no estuviera en la casa tuviera algo divertidísimo.

—¿Y?

—¿Y? —repite la mujer.

—¡Que dónde está!

—*Oh, yes! I guess she is in Rebordechao, that's where she lives.*

—Dice que vive en Rebordechao, señor.

—Sí, sí —me apresuro a contestar—, ya lo he entendido. Oiga, y no se llamará Rómula, por un casual, ¿verdad?

Los dos turistas vuelven a mirarse entre sí, con cara de no entender de qué les estoy hablando.

—O, espere, ¿cómo era? Raúl, ¿cómo se llamaba la otra mujer? La madre.

—Guadalupe.

—*Lupe?* —Esta vez es el inglés quien repite el nombre. Casi con cara de sorpresa, como si se extrañase de que por fin hubiera entendido algo.

—*Yes, Lupe!* —exclama la mujer con una sonrisa llena de satisfacción—. *A lovely woman, Lupe.*

—Entonces ¿la conocen?

—*Do you know Lupe?* —vuelve a traducir Arroyo casi al instante.

—*Yes! Actually, she is the owner.*

—Dice que la propietaria es esta tal Lupe, señor.

—*But what happens? Is there any problem? How do you say...* ¿Hay peligro?

—No, no —les respondo sin pensar. Un detalle este que la mujer no pasa por alto.

—*Sure? I mean*, ¿es peligro estar aquí?

—No —reitero—, en absoluto. No peligro. Oigan, dejen que les haga otra pregunta: ¿llevan ustedes muchos días por la zona?

—¿Aquí? No. Un par de días.

—Un par de días —repito, mucho menos tiempo que nosotros—. Ya. Y, díganme, ¿han visto algo raro? Quiero decir, algún extraño merodeando por el lugar, algún desconocido...

Los dos turistas vuelven a observarse, y él detecta la extrañeza en la mirada de su compañera. Y tal vez algo más.

—*What happens, honey?*

La preocupación.

—No —responde la mujer—, la verdad es que no. Esto es un lugar muy tranquilo. *Cows, peace* y poco más. *But why? I mean, are we in danger?* ¿Seguro que no hay peligro?

—No, no —vuelvo a responderle a la mujer—, en absoluto. Entonces, díganme, ¿saben dónde podemos encontrar a Lupe?

—¿Lupe? —La mujer me devuelve la mirada, aún sin tenerlas todas consigo—. *Yes, yes. She is in the village.* Vive en la aldea —se traduce esta vez a sí misma.

—¿En Rebordechao?

—*Yes* —me contesta la turista inglesa, todavía sin abandonar del todo la preocupación en su mirada—. *Where the road ends.*

33

Donde muere la carretera

Apenas nos llevó tres minutos llegar a la aldea. Y sí, tan pronto como lo hicimos comprobamos dos cosas. La primera que, en efecto, la carretera termina en el pueblo. Literalmente. En la última curva, justo junto a un molino abandonado, el asfalto se convierte de golpe en cemento blanco. Y, justo a continuación, el pueblo. Donde, ya metidos, comprobamos la segunda cuestión.

Porque antes de dejar atrás a los turistas ingleses, la mujer nos dio el número de la tal Lupe. Pero ahora, por fin en Rebordechao, inmóviles ante las primeras casas, acabamos de descubrir que nuestros teléfonos no funcionan. Ni Raúl ni yo tenemos cobertura.

Me bajo del coche todavía con el móvil en la mano y, después de comprobar que la cosa no mejora en el exterior, echo un vistazo a mi alrededor.

Frente a mí se levanta una casa de paredes curvas. La escalera ruinosa, las telas de araña en las ventanas de cristales rotos, la oscuridad que observa desde el interior de los tragaluces abiertos en la bodega, todo en ella señala que la casa lleva mucho tiempo cerrada. Abandonada, llena de vacío. Y por un instante... De pronto me parece estar de nuevo delante de aquella otra. La casa de mis padres. La gente reunida junto a la entrada, callándose y apartándose a medida que me acerco.

—Señor.

Un escalofrío me sacude la espalda.

—Señor, ¿se encuentra bien?

—Sí, sí —respondo, aún desde un cierto aturdimiento—. Tan solo estaba ubicándome. De acuerdo, ¿qué tenemos aquí?

Por lo que hemos venido comprobando con el GPS, Rebordechao no es un pueblo grande. Una pequeña aldea que en su momento debió de nacer al amparo del Arnoia, en la que hoy apenas habrá algo menos de unas cien casas. Y sí, a vista del satélite, es cierto que muchas de esas viviendas parecen abandonadas, algunas incluso derruidas. Pero aun así, las que todavía permanecen en pie son demasiadas como para ir buscando puerta por puerta. Por supuesto, preguntaríamos a alguien. Pero es que tampoco parece haber nadie. Lo intento una vez más con el teléfono. Nada. Maldigo entre dientes.

—Eso es que no es del *moviláin* ese.

Me vuelvo sobre mí mismo en busca del origen de la voz. Y sí, ahí está.

—Su teléfono, digo. Que no es de la compañía esa, *moviláin*, ¿verdad? Bueno, o de *muvistar*, o como se diga.

Es un anciano el que me habla. No lo había visto antes, pero, por la postura, acomodado en una banqueta a la sombra de la entrada a su casa, en un terreno elevado sobre el camino, comprendo que debe de llevar ahí ya un buen rato. Probablemente observándonos desde antes incluso de que nos bajásemos del coche.

—No, no —le respondo con una sonrisa torpe—, es de la otra.

—Ah, pues entonces es lo que les digo —comenta desde un ademán afable, al tiempo que se pone en pie y comienza a caminar hacia nosotros—. Aquí, o tienes el *muvistar* ese, o nada. ¡No le hay frecuencia, amigo!

—Es verdad —me confirma Arroyo desde el otro lado del coche, con la mirada puesta en la pantalla de su móvil—, aquí apenas hay cobertura, señor.

—Si es lo que les digo —se reafirma el anciano al tiempo que llega junto a nosotros, con una sonrisa tan grande como desdentada—. Si no son de la compañía esa, ya se pueden ir olvidando de llamar a nadie, hombre.

—Vaya, pues es un problema —le respondo, ahora con la mirada puesta calle arriba—. Porque sí que necesitábamos encontrar a alguien.

—¿Aquí, en el pueblo?

—Sí. No sé, igual usted nos puede ayudar.

—Si está en mi mano.

—Seguro que sí. Mire, usted no conocerá a...

Pero no llego a concluir la frase.

—¿A qué andas, Varela?

Es otro anciano el que pregunta. Un hombre flaco, menudo y encorvado que acaba de aparecer por detrás de nuestro coche, subiendo por la carretera desde la curva del molino.

—Pues aquí estoy, Silvestre. Con estos señores, que parece que andan buscando a alguien en el pueblo.

—¿A alguien en el pueblo? —Nos observa—. Ah.

El recién llegado, el tal Silvestre, asiente en silencio sin hacer mucho por ocultar el recelo que nuestra presencia le provoca. Y sí, yo reconozco esa mirada. Esa manera de observar al de fuera.

—¿Y luego qué son, amigos tuyos?

—No —le responde Varela, aún sin apartar su sonrisa desdentada de nosotros—. Bueno, igual después sí. Pero, por ahora, ¡para mí que son de la policía secreta!

Desconcertados, Arroyo y yo también sonreímos, aún sin saber cuánto de broma y cuánto de sondeo habrá en lo que acaba de decir.

—O igual te son del cuerpo —sugiere el otro anciano.

—Igual sí. ¿Y luego qué fue, señores? ¿Acaso pasó algo?

Raúl me busca con la mirada.

—No —le respondo al anciano—, no ha pasado nada. Estamos buscando a dos mujeres que, según tenemos entendido, son vecinas de ustedes aquí, en la aldea.

—¿Dos mujeres?

Ahí está, de nuevo esa desconfianza en el modo en que Silvestre repite mis palabras.

—Sí. Rómula Blanco y Lupe Caranta. ¿Las conocen?

—Ay, pues entonces mejor, hombre.

—Perdone, ¿cómo dice?

—Que mejor —repite Varela, de nuevo sin dejar de sonreír, pero esta vez también asintiendo con la cabeza. Como si la respuesta fuese de lo más evidente—. Por lo que dice usted: si no pasó nada, mejor. ¿No le parece?

—Ah, eso. Sí, claro. Supongo.

—Claro que sí —asiente también Silvestre—, porque si no pasa nada siempre es mejor que si pasa algo. Como mínimo, hay más tranquilidad.

—Claro —continúa Varela—. Y porque, además, esas mujeres no les van a decir nada. Bueno, por lo menos una, claro.

—Claro —confirma sin dejar de asentir el menudo—, por lo menos Rómula no les va a decir nada.

—Vaya, pues es una pena —respondo—. ¿Y eso por qué?

—Porque no habla.

Los dos ancianos permanecen en silencio, sus ojos viejos puestos en los nuestros.

—Perdonen, pero no entiendo. ¿Acaso esta señora, Rómula, es muda?

—No, no. Bueno, a ver, antes no.

—No, no —confirma Silvestre—. De hecho, antes igual hasta hablaba de más y todo.

—Sí, y nunca para nada bueno —puntualiza Varela.

—Desde luego, mala bruja. Esa es de las que si se muerden la lengua se envenenan, mal rayo la parta.

—Caramba, veo que le tienen ustedes cariño.

—Yo no diría tanto —advierte Varela—. Pero el caso es que no habla.

—¿Y por qué motivo?

Varela se encoge de hombros.

—Pues eso no se lo sé. Unos dicen que por un accidente, otros que porque Dios la castigó. Yo qué sé. El caso es que ya hace años que no habla. De pronto, un día dejó de hacerlo y...

—Y bien tranquilos que quedamos —anota Silvestre.

—Ya, comprendo —respondo, sin entender nada en realidad. Lo intento por otro lado—. ¿Y Lupe?

Varela vuelve a clavar sus ojos en los míos, como si de pronto mi pregunta le pareciese de lo más seria.

—¿Qué pasa con ella?

—¿Tampoco habla?

El viejo frunce el ceño.

—¿Y por qué no habría de hacerlo? Sí, claro, ella sí que habla.

—Y menos mal, eh —añade Silvestre—, porque esa mujer es una santa.

—Desde luego. De lo mejorcito que hubo nunca en esa casa.

De nuevo en silencio, los observo por un instante. Y sí, ahí está, esa vieja sensación, la certeza de que aquí no se habla de nada de lo que ellos no quieran hablar.

—Pero a ver, entonces ¿cómo es la cosa? —resuelve Varela—. Me decían que andan ustedes buscando a estas señoras, ¿no era? Supongo que ha de ser por algo de la casa rural, ¿verdad?

Hay un matiz en la forma en la que el anciano clava sus ojos sobre los míos que deja claro un mensaje: él sabe que nosotros no somos turistas ni nada que se le parezca, y que tampoco venimos preguntando por ninguna casa rural. De modo que es al tema a lo que nos está invitando a pasar.

—Sí, claro —le sigo el juego—. Es que nos habló de ella un amigo común. Bueno, un amigo —finjo corregirme—. Manel Blanco —aclaro—, el hijo de Lupe, ¿verdad?

Pero tampoco esta vez hay respuesta.

En silencio, los dos ancianos se limitan a observarnos una vez más.

—De hecho —insisto—, fue él quien nos habló de la casa y nos invitó a venir.

—Ay, ¿sí? ¿Él? —pregunta Varela, de pronto con una curiosidad tan extraña como, en realidad, falsa.

—Sí —abundo en la mentira—. Así que, bueno, no sabrán ustedes por casualidad si no andará por aquí ya, ¿verdad?

—Hombre —responde Silvestre—, eso igual lo saben mejor ustedes, ¿no? Vamos, que como es a quienes ha invitado.

Nuevo silencio.

—Sí, claro. Tan solo era porque como nosotros acabamos de llegar, no sé, igual ya lo han visto por el pueblo.

Sin inmutarse, los dos ancianos mantienen la mirada sobre mí. Como si me estuvieran analizando, midiendo con curiosidad hasta dónde podré llegar con mi mentira.

—Pues la verdad es que no —responde al cabo Varela—. Pero, bueno, ya se harán cargo ustedes, ¿verdad? A partir de ciertas edades, nosotros ya no vemos bien, ¿no saben?

—Ya —respondo sin dejar de asentir con la cabeza—. Claro.

Arroyo me busca con la mirada, y yo le respondo con un ademán rápido. «Lo sé —le digo sin palabras—, yo también veo que nos están mintiendo».

—Bueno, pues no les molestamos más entonces. Tan solo si nos pudieran indicar dónde podemos encontrar a estas señoras…

—Sí, hombre, claro que sí. Miren, no tiene pérdida —me explica Varela—. Sigan subiendo por esta misma calle. Un poco más arriba verán una placita a la que llamamos A Cruz. Así que lleguen a ella, giren a la derecha y ya verán la casa. Es la que tiene una galería pintada de blanco y amarillo, no tiene pérdida.

—Estupendo —respondo intentando poner una sonrisa en la conversación—, pues muchas gracias entonces.

—No hay de qué, hombre —me contesta Varela—. Y buen servicio.

34

La sonrisa de Serrulla

Entretanto, y por fin de regreso en el depósito, en el hospital de Verín, Fernando Serrulla le pide a uno de los auxiliares que lo ayude a colocar el cuerpo de Avelino Basalo sobre la mesa de autopsias. Una vez lo tiene tendido sobre el metal, el forense comienza a disponer el cadáver para su examen más detallado.

Lo primero que hace es volver a abrir la piel que él mismo había acomodado sobre el abdomen, todavía en el Foxo de Chaguazoso, antes de meter el cuerpo en el ataúd metálico para su traslado. De nuevo separada y ya bajo una luz más intensa, vuelve a analizar la piel. La extiende con una mano y, con la ayuda de una especie de espátula, va raspándola con la otra. La observa de cerca, muy de cerca, acomodando una y otra vez las gafas sobre su nariz. A continuación, coge unas pinzas y se asoma sobre el abdomen descubierto. Limpia algunos restos, pequeños trozos de hierbas todavía pegadas al cuerpo, y observa algo aquí y allá. Algo en concreto. Aquí, allá. Algo que Laguardia y, un poco más atrás, Santos, los dos inmóviles a los pies del cadáver, no alcanzan a comprender.

Los tres permanecen en silencio hasta que el forense se incorpora. Y, aún sin apartar la mirada del cuerpo, deja correr un suspiro con forma de sonrisa. La de Serrulla es una mueca extraña. Discreta, tranquila. Pero una sonrisa que, también, guarda algo más. Como si en ella se escondiese otra cosa: una confirmación. El ademán de quien contempla aquello que, en realidad, ya sabía.

—Bueno —murmura para sí—. Pues, en efecto, esto era.

Santos y Laguardia observan en silencio; Antonio de pie junto a la mesa, y Ana apoyada contra uno de los muebles metálicos en el fondo de laboratorio.

—Acercaos —les indica Serrulla—, mirad.

Y sí, Laguardia da un par de pasos hasta situarse a la altura de Fernando. Pero Santos prefiere quedarse detrás de su compañero, en un segundo plano tan discreto como ideal para esconder el desagrado que le produce la situación.

—Aquí. —Les señala Serrulla—. ¿Lo veis? Aquí se nota el corte. Y aquí, aquí también.

Pero lo cierto es que no. Ni Ana, que apenas mira de reojo, ni Antonio, que sí observa con atención, alcanzan a identificar lo que sea que el forense les está señalando. Y Fernando vuelve a sonreír ante el desconcierto de los policías.

—Qué, no lo veis, ¿verdad? Claro. —Les devuelve la mirada—. Porque no os estoy hablando de lo que hay, sino de lo que falta.

Todavía sin comprender a qué se refiere el forense, Santos y Laguardia cruzan una mirada dubitativa mientras, de nuevo en silencio, el doctor Fernando Serrulla sonríe a la vez que asiente con la cabeza. Como el jugador que, desde su sillón, contempla y considera las implicaciones de la jugada de ajedrez que su rival acaba de realizar sobre el tablero.

—Esto... ¿cómo era aquello otro? —pregunta de pronto

el forense, aún si apartar la mirada del cadáver de Avelino Basalo.

—¿El qué, doctor?

—Lo del lobo —responde—. Lueiro me comentó que antes de morir, el señor Basalo dijo algo acerca de un lobo, ¿no es así? Que esto había sido cosa de un lobo.

—Así es, señor. Por lo visto, las últimas palabras de Basalo fueron: «Ha sido el lobo».

Y entonces Serrulla vuelve a quedarse en silencio, con la mirada fija en el cuerpo abierto. Lo observa como lo haría el ajedrecista que, concentrado, analiza el último movimiento de su rival. Ese que, inesperado, le está haciendo replantearse la partida.

—Curioso —murmura para sí—. Muy curioso...

35

Una mujer

—Qué bonito —comento a la vez que observo los colgantes de colores.

Aún desde lo alto de la escalera de tijera, a la vez que intenta amarrar el extremo de la cuerda a la bajante de una tubería en la fachada de la casa, la mujer vuelve la cabeza en dirección a mi voz.

—¿Cómo dice?

—Las guirnaldas que está poniendo —señalo de lado a lado—, que son muy bonitas.

—¡Ah, esto! —Sonríe a la vez que vuelve a concentrarse en anudar la cadeneta—. ¡Muchas gracias! Sí, la verdad es que este año tenemos una decoración preciosa.

Cuando por fin termina de asegurar el nudo, se baja de la escalera y yo me acerco para ofrecerle la mano, más por cortesía que por verdadera necesidad.

—Gracias.

—No hay de qué —le contesto, aún sin dejar de mirar hacia lo alto. Porque sí, la verdad es que se trata de una decoración bien curiosa.

Tal como nos han indicado Varela y Silvestre, dar con el lugar no ha sido complicado. Un poco más arriba de donde estaban ellos, encontramos la pequeña plazoleta de la que nos habían hablado. A Cruz, en realidad más cruce que plaza, el encuentro de cinco calles, todas pequeñas y estrechas. Una vez en ella, bastó un vistazo rápido hacia nuestra derecha para dar con lo que veníamos buscando, una casa con una amplia galería blanca y amarilla. Bajo ella, un todoterreno pequeño y también blanco, y, junto a él, la escalera. Pero lo que más llama la atención es, por supuesto, la extraña decoración.

No es que la calle sea ancha ni tampoco demasiado extensa. Pero, hasta donde termina, justo delante de un pequeño pasadizo cubierto por otra galería que une las dos casas a ambos lados al fondo de la calle, toda ella está trenzada con guirnaldas de colores. De hecho, ahora que me fijo con más atención, veo que no se trata de ningún objeto de plástico, tampoco de papel. Las propias cuerdas están hechas de lana, y todo lo que cuelga de ellas es artesanal. Piezas también de lana, de hilo, de cuerda, cosidas, calcetadas, a ganchillo. Borlas, lunas, pompones, flores, sombreritos. Todo, todo está hecho a mano, y, para mi sorpresa y la de Raúl, la calle está coronada de colores.

—Es precioso —admito—. ¿Lo ha hecho usted todo?

La mujer sonríe ampliamente.

—¿Yo? No, por favor. Esto lo hemos hecho entre todos los vecinos del pueblo. Bueno... —Vuelve a sonreír a la vez que baja un poco la voz, en tono confidente—. En realidad lo hemos hecho nosotras, las vecinas. Pero, vaya, vamos a dejar que ellos se lleven también algo de mérito, ¿no?

Yo también sonrío.

—Pero entonces ¿a qué se debe toda esta decoración? ¿Celebran alguna feria de artesanía o algo así?

Aún sin dejar de sonreír, la mujer frunce el ceño. Como si mi pregunta le pareciese de lo más extraño.

—¿Feria de artesanía? —Niega divertida—. No, ¡claro que no!

—Ah, vaya. Es que como me parecía que todo esto estaba hecho a mano...

—Y lo está. Pero no para ninguna feria de nada. Nos estamos preparando para las fiestas, que son ya este fin de semana.

—El último domingo de agosto —comprendo.

—Eso es. Y para este año decidimos que seríamos nosotros mismos los que nos encargásemos de engalanar la aldea con los adornos que los vecinos hemos ido confeccionando a lo largo del año. Cada uno aporta lo que puede, ¿lo ve? Mire, fíjese. ¿Ve aquellas flores de ahí arriba? Las de esparto. Ni se imagina usted el trabajo que tienen.

—¿En serio?

—Si lo sabré yo, ¡que soy quien las ha hecho!

—Caramba.

Mientras continúo contemplando los adornos que cuelgan sobre la calle, me doy cuenta de que la mujer aprovecha para, aún sin dejar de sonreír, observarnos a Raúl y a mí.

—Ustedes dos no son de aquí.

—No, no —respondo todavía sin bajar la mirada, aunque no se trate de ninguna pregunta, en realidad—, no somos de aquí.

—¿Pues entonces qué, me van a decir que han venido a la fiesta?

—Pues no, la verdad es que no, qué va. De hecho...

Aparto la mirada, esta vez en dirección a la galería amarilla. Y ella la sigue con la suya.

—¿Qué pasa? —pregunta, aún sin dejar de sonreír—. ¿Que también les gusta mi casa?

Vaya.

—¿Su casa? —Le dedico una mirada rápida—. ¿Es usted Guadalupe Caranta?

—Sí, lo soy —responde, no sin desconcierto—. ¿Vienen ustedes por la casa rural?

Y entonces yo también sonrío. Pero de modo distinto. Con precaución. Se trata de no asustarla. De no hacer que se repliegue.

—Verá, señora Caranta.

—Lupe, por favor.

—De acuerdo, Lupe. Mi nombre es Mateo Romano, inspector Mateo Romano, y este es mi compañero, el agente Raúl Arroyo.

—¿Son ustedes policías?

—Bueno, nadie es perfecto —bromeo.

Y entonces sí, a Guadalupe, Lupe, le cambia la expresión.

—¿Hay algún problema? —Nos mira a los dos—. ¿Le ha pasado algo a mi hijo?

Raúl y yo cruzamos una mirada rapidísima.

—No, no —me apresuro a tranquilizarla—, a su hijo no le ha pasado nada. Vamos, por lo menos que nosotros sepamos. Pero la verdad es que nos gustaría mucho hablar con usted sobre un par de cuestiones. Escuche, ¿cree que podríamos charlar en un lugar más tranquilo?

Lupe no deja de alternar su mirada entre ambos, aún sin abandonar cierta desconfianza.

—Sí, claro —responde al fin—. Vengan, acompáñenme. Subamos a casa.

36

Dos mujeres

La puerta principal, al final de las escaleras de piedra, da a un pequeño pasillo que corre hacia nuestra izquierda. Me oriento rápido, es la parte posterior de la galería. Pero Lupe nos pide que esperemos un momento. Abre la primera puerta a su derecha, la de un espacio que al instante reconocemos como la cocina, y se dirige a alguien en su interior.

—Han venido dos personas de la policía.

Cuando sale, antes de que vuelva a cerrar la puerta, vemos que dentro hay otra mujer. Una muy diferente a Lupe. Ahora mismo no recuerdo exactamente qué es lo que ponía en su ficha, pero juraría que su edad estaba alrededor de los cincuenta y cinco, tal vez menos. La mujer de la cocina, por el contrario, es mucho mayor. Bastante pasados los setenta, diría yo. Alta, delgada, de piel arrugada y expresión severa, tiene que ser su cuñada. Rómula Blanco. Y, por el motivo que sea, hasta que la puerta no se cierra del todo, la mujer no deja de observarnos fijamente. Ojos duros, como de piedra gris. Firmes.

Como si odiaran todo lo que ven

—Por aquí —nos indica Lupe, ya desde el fondo del pasillo.

Nos pide que pasemos a una estancia a nuestra izquierda y, tal como me imaginaba, salimos a la galería.

—A estas horas sigue siendo la parte más iluminada de la casa. Aquí estaremos cómodos. Siéntense —nos ofrece, y señala un par de sillas de madera junto a una mesa antigua—. ¿Podemos ofrecerles algo? Un café, una infusión tal vez.

—Si no es molestia, yo sí aceptaría ese café —le contesta Raúl.

Lupe asiente y vuelve a la cocina para, apenas un par de minutos después, regresar junto a nosotros, seguida esta vez por la mujer de la cocina, que entra en la galería con una bandeja en las manos, en la que trae un par de tazas llenas de café humeante.

—Muchas gracias —respondo dirigiéndome a la anciana—, pero yo no…

Sonrío al hablar. Pero dejo de hacerlo tan pronto como caigo en la manera en que la mujer sigue observándonos. No hay en toda su expresión el menor atisbo de amabilidad.

—Por favor, disculpen a mi cuñada —se excusa Lupe—. Rómula no habla, un desgraciado accidente hace unos años.

—¿Un accidente?

—Una mala caída trabajando en el campo. Perdió la lengua.

Trago saliva.

—Vaya, lo siento —respondo mientras me dirijo a Rómula.

Pero tampoco esta vez hay más respuesta que una mirada cargada de severidad.

—Bueno, pues ustedes dirán.

—Verá, antes nos preguntó si le había pasado algo a su hijo.

—Ay, Dios. Por favor, no. ¿Es eso por lo que han venido? ¿Le ha ocurrido algo? Por favor, díganme que no.

—No, no —intento tranquilizarla de nuevo—. Ya le he dicho que no se trata de eso. Pero sí nos gustaría que nos hablase de él. Manel se llama, ¿verdad?

—Sí —nos confirma Lupe—, Manel Blanco Caranta. Pero…

De pronto, su expresión vuelve a cambiar. Sigue habiendo preocupación, pero ahora también se asoma a ella algo semejante al recelo. A la duda.

—No me digan que se ha metido en líos.

No respondo. Sé que la inquietud de Lupe lo hará por mí.

—Oh, Señor, no me diga que ha vuelto a pasar. Otra vez no.

—¿Otra vez, señora Caranta?

Lupe vuelve a alternar sus ojos entre Raúl, que se limita a darle un trago a su café sin apartarle la mirada, y yo.

—Bueno, ya saben. En el fondo, él…

Silencio. De acuerdo, es el momento. Apretemos un poco más.

—No, no sabemos. Pero le aseguro que nos encantaría hacerlo. Díganos, señora Caranta, ¿qué ocurre con su hijo? Y, ya que estamos, ¿dónde demonios se ha metido?

Comprendiendo su error, Lupe opta por ponerse a la defensiva.

—Oiga, no le consiento que me hable así. Para empezar, mi hijo no es ningún criminal. Ni siquiera una mala persona. ¿O qué se han creído? Díganme, ¿acaso lo conocen?

—Pues no —respondo casi entre dientes—, la verdad es que no tenemos el gusto. Lo estamos buscando, es cierto. Pero por algún motivo parece haberse esfumado de la faz de la tierra. No sé, me pregunto si tal vez usted no querría decirnos algo al respecto.

Pero Lupe finge no haberme oído.

—Pues si pudieran conocerlo me entenderían. —Vuelve a relajar un poco el tono—. Manel no es una mala persona.

Me parece ver que la cuñada aprieta con fuerza la bandeja. Y también la boca.

—No es malo —repite Lupe—. Tan solo es que...

Esta vez mira al suelo, coge aire y, por fin, nos devuelve la mirada.

—Miren, mi hijo tiene carácter, eso no lo voy a negar. Pero es por todo lo que ha tenido que vivir, ¿me entienden? Manel no siempre lo ha tenido fácil. Créanme, no se hacen una idea de lo mucho que mi hijo ha sufrido aquí, con su...

Ahora es en su cuñada sobre quien Lupe deja caer la mirada.

—No, a mi hijo la vida no se lo puso fácil —repite, aún sin dejar de observar a la anciana—, nunca. Siempre fue una persona muy sensible. —Me parece detectar una cierta intención en la manera de pronunciar «sensible»—. Y eso, en un sitio como este... Bueno, supongo que me entienden, Manel tuvo que aprender a defenderse desde muy joven. A protegerse. Y eso hizo que se convirtiera en una persona muy introvertida y reservada, muy celoso de sí mismo. Y sí, es cierto que eso a veces lo hacía reaccionar de una manera digámosle complicada.

—¿De qué clase de complicación estamos hablando?

—Bueno, estoy segura de que ustedes ya se lo imaginarán.

—Preferiría que me lo explicara usted.

Guadalupe Caranta deja correr un suspiro. Uno largo y pesado.

—Es cierto que, si se ve amenazado, agredido incluso, Manel puede no reaccionar bien.

—Estamos hablando de violencia, ¿verdad?

Lupe vuelve a mostrar su malestar.

—¡Por supuesto que no!

Todavía inmóvil junto a nosotros, puedo ver cómo la anciana aprieta con más fuerza las asas de la bandeja entre sus manos. Y con más furia en los ojos. ¿Qué es lo que ocurre aquí?

—Lupe, si tiene algo que decir, es mejor que lo haga ahora. Colabore.

Incómoda, la mujer clava esta vez los ojos en los de su cuñada, que ni por un segundo se los aparta. Una mirada fiera, encendida. Lupe niega en silencio. Y, por fin, responde.

—A ver, en realidad no es más que como en aquella ocasión. Miren, una vez, cuando todavía estaba estudiando, unos compañeros de clase se metieron con él. Bueno, ya sabe cómo son estas cosas, lo crueles que pueden llegar a ser los críos, ¿no?

Asiento.

—Bueno, pues estos también lo fueron con Manel. Lo agarraron entre varios y...

La mujer aprieta los labios, como si dudara si seguir hablando.

—A ver —resuelve—, lo que pasó fue que uno de ellos, el más estúpido, quiso bajarle los pantalones allí mismo, delante de todos.

—Ya, comprendo. ¿Y qué fue lo que hizo Manel?

Pero la madre no responde. Tan solo se limita a mantenerme la mirada.

—Señora Caranta.

—Le mordió.

Raúl casi se atraganta con el café.

—Perdón, ¿cómo ha dicho?

—Que le mordió —repite—. No sabemos por qué hizo

tal cosa, pero, cuando los demás quisieron darse cuenta, Manel ya tenía al pobre estúpido aquel mordido por el cuello.

Esta vez sí que, sin poder reprimirlo, Arroyo me busca con la mirada.

—¿Y qué fue lo que ocurrió?

Lupe vuelve a encogerse de hombros.

—A ver, nada en realidad. Pero, por lo que entonces nos dijo la directora del centro, si no llegan a separarlos a tiempo… Bueno, miren, no sé. Aquello no estuvo bien, claro que no estuvo bien. Pero, por favor, lo que pretendían hacerle tampoco estaba mejor. Desnudarlo, reírse de él allí, delante de todo el mundo. Como si mi hijo fuera un animal.

Algo me rebota en el pensamiento.

—Pero ¿y eso con qué motivo? Quiero decir, ¿sabe usted por qué sus compañeros querían hacer tal cosa?

Esta vez es ella quien clava sus ojos en los míos. Extrañada, como si no entendiera mi pregunta. Pero también ¿enojada?

—¿Cómo que por qué, inspector? ¡Pues porque los chavales son así, malos por naturaleza! Pero mi hijo no…

Oigo un ruido junto a mí. Como un repiqueteo. Busco su fuente y descubro que viene de la bandeja que Rómula todavía mantiene en sus manos. La mujer la aprieta con tanta fuerza que la cucharilla del café que había traído para mí tiembla contra el pocillo. Analizo su cara con la mirada, y juraría que es furia eso que la enciende. Sí, no hay duda, por algún motivo que se me escapa, la tía de Manel parece estar reprimiendo una rabia inmensa. No sé si todavía tendrá algo dentro de esa boca apretada, pero, de quedarle algún diente, a punto debe de estar de clavárselo a sí misma.

Al darse cuenta de que la observo, de pronto da la vuelta en redondo y sale de la galería. Todos la escuchamos caminar por el pasillo. Pisar con fuerza. Al llegar a la cocina, se mete dentro y cierra con un portazo que hace temblar los cristales.

—Discúlpenla —vuelve a pedirnos Lupe—. Ella también es una mujer con muchísimo carácter.

—Ya veo.

Justo entonces algo vibra en el bolsillo de mi chaqueta. Y, a continuación, lo oigo. El timbre de mi teléfono.

—Ha tenido usted suerte —comenta Lupe, de nuevo con una sonrisa frágil en la cara.

—¿Perdón?

—Por su teléfono, digo. Aquí apenas hay cobertura. La justa para recibir llamadas según de qué compañía sea. Y a veces ni así.

—Ah, sí, ya nos lo explicaron abajo, en la entrada al pueblo. De hecho, pensaba que no… Bueno, perdone, si me disculpa.

—Por supuesto.

Lupe se echa a un lado y yo vuelvo a salir a la calle.

—Dime, Lueiro.

—¿Qué hay?, ¿cómo vais?

—Bueno —resoplo, de nuevo con la mirada puesta en la galería, desde donde Raúl me hace una seña para que no levante demasiado la voz—. A ver, más o menos. Hemos localizado a la madre de Manel Blanco.

—Hombre, esa es una buena noticia, ¿no?

—No lo sé. Desde luego, aquí no parece que esté. O por lo menos tanto su madre como su tía se comportan como si no supieran nada de él desde hace tiempo.

—¿Y las crees?

—No. Todavía no sé exactamente qué es, pero de lo que no tengo dudas es de que algo ocurre con este chaval. Tenemos que encontrarlo cuanto antes, es importantísimo que hablemos con él.

—Pues mira, por eso mismo te llamo. Por alguien con quien también deberíamos hablar.

—¿De quién se trata?

—De un tipo que acaba de llamarnos. Y que, la verdad, me ha dejado bastante descolocado.

—¿Por?

—Bueno, pues porque, entre otras cosas, me ha estado hablando de cuestiones que, sencillamente, no puede saber.

—¿Como por ejemplo?

—Pues como por ejemplo las heridas, Mateo. Este tío sabe cosas. Cosas que, te lo estoy diciendo, no puede saber.

Siento la tensión.

—¿Crees que podría ser nuestro hombre?

Silencio. Entiendo que Carlos también duda.

—No —responde al fin—, si tuviera que apostar, yo diría que no, eso no. Ahora, lo que sí creo es que deberíamos escucharlo. Joder, Mateo, este tipo dice unas cosas muy raras.

—¿Cosas muy raras? ¿Como qué?

Oigo cómo Lueiro resopla contra el micrófono de su móvil.

—¿Tú habías oído hablar alguna vez de la parte izquierda?

37

Un genio

Un par de comentarios más por parte de Lueiro bastaron para comprender que, en efecto, el tipo que lo había llamado, fuese quien fuese, merecía toda nuestra atención. Le dije que volviera a ponerse en contacto con él y que organizase una reunión lo antes posible, a poder ser al día siguiente.

—Por cierto —advertí cuando ya estaba a punto de colgar—, no me has dicho su nombre.

—Ah, sí. Miguel… Joder, ¿cómo era? Espera, lo tengo apuntado por aquí. Sí, aquí está: Losada, Miguel Losada.

Volví a subir a la casa, y por más que le insistí a la mujer sobre la importancia de encontrar a su hijo, no conseguimos sacar mucho más en claro. Al parecer, Lupe estaba convencida de que Manel seguía en Verín, desde donde, como ella misma nos enseñó en su teléfono móvil, la había llamado la semana pasada, sin que nada en la conversación le hiciera pensar algo ni lo más mínimamente extraño. Arroyo le pidió el número de Manel, «para intentar ponernos en contacto con él». Así, le mentimos y nos despedimos, con el compromiso por parte de Lupe de avisarnos si conseguía hablar con su hijo.

—Se lo digo en serio —me dijo, casi en un murmullo, cuando ya nos íbamos—, no se hace usted una idea de todo por lo que ha tenido que pasar mi hijo, inspector.

De regreso en el coche, le pedí a Raúl que esta vez condujese él, y que me dejase utilizar su ordenador. Tan pronto como recuperamos la cobertura, llamé a Laguardia, para indicarle que tramitase una orden de búsqueda contra Manel Blanco y, a continuación, abrí el portátil de Raúl. Una navegación rápida por la red bastó para ver que, por extrañas que pudieran parecer las cosas que le había dicho a Carlos, el tal Losada no era ningún chalado. De hecho, ni mucho menos: su nombre aparecía en varias decenas de páginas, en las que se le mencionaba como un prestigioso etnógrafo, además de una de las máximas autoridades de la antropología gallega. Y al momento volví a llamar a Lueiro.

—Joder, Carlos, este tipo parece un genio.

—Es curioso que lo digas, porque esa misma fue la sensación que me dio al hablar con él. Que el fulano este, o es un puto genio, o…

—Sí, ya —comprendo—, o está como un cencerro, ¿no?

—Bueno, o las dos cosas, vete tú a saber. Pero no sé, Mateo, la verdad es que me ha hecho dudar. Es lo que te decía antes, yo creo que, como mínimo, deberíamos escucharlo.

—Sí, por supuesto. ¿Has vuelto a contactar con él?

—Sí, ya lo he llamado. Me ha dicho que por él nos vemos mañana mismo.

—Perfecto. Pues ciérralo.

—Ya lo he hecho. Hemos quedado mañana a primera hora.

—¿En Verín?

—Sí. De hecho, ha sido él quien ha propuesto que nos viésemos aquí.

Y entonces se me ocurre otra cosa.

—¿Te ha dicho dónde está? ¿Es de la zona?

—Eso ya se lo he preguntado yo, si era de por aquí cerca. Ya sabes, por tantearlo, ver cómo coño sabía tantos detalles. No fuera a ser que esta fuese otra de esas ocasiones en las que al final resulta que la persona que se pone en contacto con nosotros es justo la que andamos buscando.

—Bueno, yo tampoco descartaría nada tan rápido.

—Ya, claro. Pero sobre eso me ha dicho que no, que no es de aquí. Al parecer, el fulano es de Lugo. Bueno, o por lo menos vive en Lugo, no sé.

—¿En Lugo? Pero entonces ¿cómo es que tiene tantos detalles?

—Bueno, pues, según me ha dicho, por lo que ha salido en los periódicos.

Esta respuesta me sorprende aún más.

—Pero eso no puede ser, Carlos. Nos hemos asegurado de que nadie sacase más de lo estrictamente necesario.

—Eso mismo le he dicho yo. Pero el tipo me ha respondido que tan solo se trataba de observar con atención. De saber en qué fijarse.

—¿Saber en qué fijarse? Joder, la madre que me parió.

—Te lo he dicho, Mateo. O es un chalado, o un puto genio, no sé.

—Vale, vale, de acuerdo —resuelvo—, averigüémoslo.

38

La parte izquierda

Como luego me explicaría Carlos, tan pronto como Lueiro volvió a llamar al antropólogo, fue este mismo quien propuso que, en lugar de vernos en el cuartel de la Guardia Civil, lo hiciésemos en la Biblioteca Municipal de Verín. La misma que Arroyo había visitado apenas unos días antes y en la que, tal como Losada le dijo a Lueiro, tiene buenos amigos.

—Háganme caso —le dijo—, hasta en la biblioteca más humilde se está más cómodo que en cualquier cuartel.

Son las once de la mañana cuando Lueiro nos abre a Raúl y a mí la puerta de cristal en el vestíbulo del edificio.

—Buenos días. Pasad.

—¿Somos los primeros?

Carlos hace un gesto rápido con las cejas. Como si dijese: «Sí, ya. Ni de coña».

—Casi —nos responde en voz baja—. El tipo lleva aquí desde las diez.

—Bueno —murmura Arroyo—, desde luego nadie le podrá reprochar falta de compromiso.

Giramos a la derecha y atravesamos lo que en tiempos debió de ser una de las estancias principales del edificio, ahora convertida en la recepción de la biblioteca, con las paredes por completo cubiertas por estanterías llenas de libros y mesas sobre las que descansan lo que entiendo que son las novedades literarias. Al fondo, ya en otra sala, dos hombres charlan tranquilamente, el uno junto al otro.

El tipo de la izquierda es alto y delgado, de mirada atenta y afilada. En silencio, con los brazos cruzados sobre el pecho, escucha con atención lo que sea que le está diciendo el otro hombre, el que permanece junto a él. A medida que nos acercamos, me fijo en el modo en el que habla: con las manos cruzadas a la espalda y la mirada aparentemente perdida en el suelo un par de metros por delante de sus pies, su voz suena serena, pausada y suave. Y todo en él, desde su pelo canoso hasta su barba recortada a la perfección y sus ojos, de un azul grisáceo, muestran en él la viva imagen de la calma.

Tan solo cuando ya estoy casi a su lado, el hombre de los ojos azules me dirige la mirada. La de un hombre sereno, serio y tranquilo a partes iguales. Expectante.

—Buenos días —saludo a la vez que por fin me reúno con ellos en esta otra pieza, una especie de sala de juntas con una gran mesa central.

—Hola, buenos días —me responde el primero, al tiempo que me estrecha la mano—. Soy Vicente Rodríguez Justo, el responsable de la biblioteca.

—Inspector Mateo Romano —me presento—. Y él es el agente Raúl Arroyo.

—Un placer.

—Y usted debe de ser...

—Miguel Losada —se me adelanta el hombre de aire tranquilo, al mismo tiempo que me ofrece la mano—. Para ayudarles en todo cuanto pueda.

—Bueno, pues si les parece, yo les dejo solos. Y no se preocupen por nada —nos ofrece el bibliotecario mientras camina hacia la salida—, aquí pueden charlar tranquilamente, que nadie vendrá a molestarles.

—Muchas gracias —le respondo.

Cuando cierra las dos hojas de la puerta, los cuatro nos sentamos en la gran mesa central. A un lado, Losada y Lueiro. Y, frente a ellos, de espaldas a la entrada, Raúl y yo.

—Bueno, pues...

Pero Losada no me da tiempo a terminar la frase.

—Supongo que ya sabrán que lo que ustedes están buscando es un lobo, ¿verdad? De hecho, uno de un tipo muy especial.

Lo ha dicho como si tal cosa. El mismo tono tranquilo, la misma voz pausada. La misma expresión serena, calmada. Como quien dice: «Supongo que ya sabe usted que lleva la bragueta abierta, ¿verdad?».

—Perdone, ¿cómo ha dicho?

—Un lobo —repite—, lo que buscan es un lobo.

Le mantengo la mirada, todavía desconcertado.

—Perdone, pero...

—Espera —me indica Lueiro—. Por favor, señor Losada, ¿sería tan amable de volver a explicar aquí lo que me dijo ayer por teléfono? Ya sabe, lo de...

Carlos acompaña su petición con un gesto llevándose la mano al costado. Y el antropólogo comprende el ademán.

—Sí, claro. Verán, es cierto que en el periódico solo se explica que todas las víctimas han aparecido con heridas provocadas por lo que parecen ser mordeduras, pero tampoco se detalla mucho más.

—Bueno, comprenderá usted que debemos ser discretos con ciertas cuestiones —le respondo—. Todo está siendo bastante duro y lo último que queremos es que esto se convierta en un circo.

—Por supuesto —asiente Losada—. Solo era por confirmar algo. Deje que le haga una pregunta al respecto. ¿Me lo permite?

Cruzo una mirada rápida con Lueiro, que para mi sorpresa me devuelve una suerte de sonrisa complaciente. Como si de algún modo me estuviese pidiendo confianza.

—De acuerdo —me entrego—, adelante.

—¿Me equivoco si le digo que todas las víctimas presentan las heridas en el mismo lado? Bien en el costado izquierdo o, en su defecto, en la parte izquierda de sus cuerpos.

Sorprendido, vuelvo a buscar la mirada de Carlos para descubrir que ahora su sonrisa se ha convertido en algo distinto. Tal vez en algo parecido a un «Te lo dije».

—Perdone, pero ¿cómo sabe usted eso?

Losada esboza algo cercano a una sonrisa resignada, cansada.

—Ahora mismo se lo digo. Pero antes contésteme usted a mí. ¿Estoy en lo cierto?

Hago memoria una vez más. Aunque de sobra sé la respuesta. Sí, Losada está en lo cierto: excepto en el caso de Vicente Fernández, a quien directamente le arrancaron la mandíbula inferior al completo, todos los demás presentaban heridas, o bien sobre su costado izquierdo, o bien orientadas a ese lado. Al doctor Navarro le habían devorado la garganta, desde su lado izquierdo hasta llegar a las cuerdas vocales; a Fina García, la camarera, le habían arrancado el ojo izquierdo. Y aún ayer encontramos el cadáver de Avelino Basalo con la barriga abierta y los intestinos caídos hacia su costado izquierdo.

—Sí —admito al cabo—, está usted en lo cierto.

Losada asiente con la misma expresión, seria y calmada, sin que asome en ella nada que se parezca al orgullo, ni mucho menos a la arrogancia, a la soberbia. El antropólogo tan solo asiente, del mismo modo que lo haría quien afirmase una verdad universal.

—Bien, pues esa es la prueba —resuelve—, la razón de lo que les decía: lo que ustedes buscan es un lobo. Y, si me lo permiten, les diré más. Si aparecen nuevas víctimas, estas también presentarán marcas semejantes.

Atónito, sacudo la cabeza en el aire. Desde luego, algo se me escapa.

—Pero, a ver, ¿cómo que la razón? No entiendo. ¿En qué se basa para afirmar algo así con tanta seguridad? ¿Por qué lo sabe?

De nuevo esa sonrisa, breve y discreta pero también amable bajo el bigote gris, perfectamente perfilado.

—Verá, señor. No sé si lo sabrá usted, pero tradicionalmente se pensaba que nuestro cuerpo estaba dividido en dos mitades: la parte derecha y la izquierda. Ahora, lo importante aquí es que, según la creencia popular, es en la derecha de nuestro cuerpo donde está el órgano más importante de todos.

Arroyo extraña la expresión.

—¿En la derecha? Pero no entiendo. El corazón está en la izquierda.

—Bueno, más o menos —concede Miguel—. En realidad está en el centro del tórax, ligeramente ladeado hacia la izquierda por su parte inferior. Pero de todos modos nadie ha dicho que ese sea el órgano más importante, señor Arroyo.

—Ah, ¿no? —Raúl parece sinceramente desconcertado—. ¿Acaso no es el corazón el órgano al que se asocian los valores más importantes? Ya sabe, la valentía, la nobleza, el amor, la bondad.

—Sí, así es. Pero ninguno de esos valores es más importante que esto otro de lo que les hablo. Verá, señor Arroyo, todo eso que usted menciona son valores mundanos. Ya sabe, en el sentido literal de la palabra, pertenecientes a este mundo. Cosas de hombres y mujeres, de animales que caminan de pie sobre la tierra. Pero eso no nos hace diferentes de otras bestias. Valientes, bondadosos, cariñosos incluso, todo eso lo pueden ser otros animales. No —resuelve—, no es eso lo que nos distingue de ellos, sino la posesión de otra cosa. O, mejor dicho, de otro concepto.

Esta vez soy yo el que lo comprende antes.

—El alma.

Losada vuelve a sonreír más abiertamente.

—Correcto, inspector, así es. El alma, eso es lo que nos hace diferentes. Lo que nos une a Dios. Y no, como ya les he dicho, no está en el corazón.

—¿Dónde, pues?

—En el único órgano que tenemos, casi en su totalidad, en nuestra diestra.

Miguel Losada se da un par de palmadas en el costado derecho. Justo por debajo de las costillas. Y Raúl también comprende.

—El hígado.

—Exacto. Según tanto la filosofía clásica como la tradición popular, es ahí, en el hígado, donde Dios nos puso el alma. Y por eso esta parte del cuerpo es sagrada: porque la izquierda es la de los hombres, pero la derecha pertenece a Dios. Por eso ningún animal, por más hambre que tenga, se atreverá a tocarla, mucho menos devorarla. Porque la derecha es la parte de lo divino. Ahora, la izquierda…

Miguel deja la frase en el aire. Pero no es necesario que la concluya, porque todos lo hemos comprendido ya.

—La parte izquierda sí se puede atacar —termina Raúl.

—Así es. Sobre todo, si el animal tiene hambre. Y, créame, en nuestra mitología, en el credo popular, no hay bestia más hambrienta ni más peligrosa que el lobo. De modo que sí, caballeros, el asesino que ustedes están buscando es, o cree ser, claro, un lobo. Uno, de hecho, muy bien informado.

Es el propio Losada quien rompe, casi al instante, el silencio que él mismo ha dejado en el aire.

—Es más —añade—, sepan ustedes que se trata de un lobo de un tipo muy concreto: lo que ustedes están buscando es un *lobo da xente*.

Me doy cuenta de que ese nombre ha puesto en alerta a Arroyo.

—¿*O lobo...*?

—*Da xente* —repite Miguel, aún con la misma expresión seria, serena, impasible.

—Perdone, pero creo que no comprendo. ¿Qué es eso de *o lobo da xente*?

Losada vuelve a coger aire antes de contestar.

—*O lobo da xente* es como se conoce aquí, en esta parte de Galicia, a la persona que, debido a algún tipo de maldición, generalmente paterna o materna, se ve a sí mismo convertido contra su voluntad en una especie de bestia asesina, siempre hambrienta.

Es justo en ese momento cuando cruzo una mirada con Arroyo, recordando lo que él mismo nos contó a todos apenas unos días atrás. Y aprieto los labios a la vez que niego en silencio. De un modo u otro, parece que lo que hacemos es dar pasos en una única dirección. Una que, poco a poco, se va confirmando ante nosotros.

—Pero, a ver, dígame una cosa, este lobo del que usted nos habla, ¿podría tener algo que ver con otras historias de la zona?

Impertérrito, como si estuviera acostumbrado a escuchar, ver e interpretar todo tipo de cuestiones, Miguel Losada apenas altera el gesto ante mi pregunta. Como si pensar en todos los monstruos posibles le pareciese lo más normal del mundo.

—¿Como cuáles?

Por un instante me siento incómodo. Pero, llegados a este punto, lo absurdo sería no preguntar.

—Romasanta.

Como si lo esperara, Losada vuelve a sonreír.

—Romasanta, ¿eh? Vaya, pronuncia usted palabras mayores.

—Lo sé. Pero, dígame, ¿se podría establecer una relación entre ambas referencias?

—Por supuesto. De hecho, en su momento fue el propio Romasanta quien se declaró a sí mismo víctima de una de esas maldiciones. De modo que…

El antropólogo encoge los hombros con gesto evidente.

—Díganme —resuelve—, ¿es esa línea la que están considerando?

—Una de ellas —admito, ya sin más ambages—. Cabe la posibilidad de que lo que está pasando guarde algún tipo de relación con la historia de Romasanta, sí.

Miguel asiente en silencio.

—De acuerdo. Pues esa ya es otra historia, entonces. Una, de hecho, con gente más y mejor preparada que yo para contársela.

—¿A qué gente se refiere?

Pero Losada no responde. En lugar de hacerlo, saca del bolsillo su teléfono móvil.

—¿Les importa si hago una llamada?

—¿Ayudará?

El antropólogo sonríe.

—A este respecto, si ellos no pueden hacerlo, entonces nadie puede.

—De acuerdo, haga esa llamada. Pero sea discreto, por favor.

—Por supuesto.

Miguel Losada busca el contacto en su agenda, pulsa el icono de llamada y espera.

—Hola, Cástor. Oye, ¿tienes un minuto? Es importante.

39

Cástor y Félix

Cástor Castro ha accedido a reunirse con nosotros. Pero no antes de la tarde. «Mi hermano y yo tenemos un bufete aquí, en Ourense, y esta mañana vamos ya apurados. Pero si a ustedes les va bien, tal vez después de comer...».

—Creo que vamos por el buen camino, señor, porque los Castro son los hermanos de los que me había hablado Lois Pardo, el historiador con el que me reuní la semana pasada. Según él, si de verdad había alguna posibilidad de que todo esto tuviese que ver con Romasanta, entonces era con ellos con los que teníamos que hablar.

Apenas pasan unos minutos de las cuatro y media cuando Raúl y yo entramos en O Moucho, una cervecería en la plaza do Ferro, en pleno corazón de la ciudad vieja.

—Qué pasa, Chicho.

Me sorprende la familiaridad con la que Arroyo saluda al que parece ser el dueño, un tipo enorme, grande y fuerte de gesto afable, que, para mi sorpresa, también devuelve el saludo desde el otro lado de la barra. Por supuesto, no es que me descoloque que a Raúl lo saluden en Ourense, si no...

—¡Hey! —Le sonríe—. ¡Qué pasa, Batman!
... cómo lo saludan.
—«¿Qué pasa, Batman?» —repito sin ocultar mi asombro—. Vaya.
—¿Qué ocurre, señor?
—No, nada, nada —contesto—. Es que pensaba que nosotros éramos los únicos que te... Bueno, ya sabes.
—¿Qué me saludaban? Pues ya ve que no, señor —responde a la vez que me guiña un ojo—. Aquí también lo hacen.
Y entonces, ante mi desconcierto, Arroyo deja correr su sonrisa.
—Yo soy de aquí, señor.
—¿De Ourense?
—Sí. ¿No lo sabía?
—Pues no, la verdad es que no.
La sonrisa de Raúl se hace más grande y franca.
—Pues lo soy, señor. Del Oregón de toda la vida.
Y yo también le sonrío. Raúl es una buena persona, siempre lo ha sido. Ahora me arrepiento de haberle hablado tan mal ayer, cuando subíamos a Rebordechao.
Parados al comienzo de la barra, miramos a nuestro alrededor. A estas horas del café y la sobremesa, O Moucho está realmente lleno de gente.
—¿Tú los has visto alguna vez? A los Castro, digo.
—No, señor.
—Bueno, pues a ver cómo los reconocemos. Espera, tengo el número de Cástor, déjame que lo llame.
Pero Arroyo me hace un gesto con la mano.
—No creo que sea necesario, señor.
Arroyo señala en dirección a una mesa al fondo del bar.
—Yo diría que son ellos.
—¿Cómo lo sabes?

Y de nuevo la sonrisa.

—Bueno —me responde, aún sin apartar la mirada, para que yo también me pueda situar—, desde luego familia seguro que son.

Sentados en una de las últimas mesas, dos hombres beben cerveza. Lo hacen en silencio, sin decir palabra. El uno frente al otro. Uno la coge con la derecha, el otro con la izquierda. Y, por un momento, tengo la sensación de que, en realidad, la mesa esté atravesada por algún tipo de espejo invisible.

—No me jodas...

Porque los dos hombres son exactamente iguales.

—Buenas tardes —saludo cuando llegamos a su mesa—. ¿Los hermanos Castro?

—Hola. ¿Es usted el inspector Romano?

—Sí, sí. Gracias por atendernos.

—No hay de qué. Yo soy Cástor —me saluda el primero, a mi izquierda—, habló conmigo por teléfono. Él —señala— es mi hermano Félix.

—Buenas tardes, inspector Romano.

—Buenas tardes. Pueden llamarme Mateo, si lo prefieren. Él es Raúl Arroyo, uno de nuestros técnicos.

Los dos asienten con la cabeza en dirección a Raúl. Y, la verdad, juraría que se mueven justo de la misma manera. A ver, por supuesto, estoy seguro de que quien los conozca sabrá señalar las mil diferencias que sin duda existen entre ambos. Pero, para mí, en este momento, Félix y Cástor Castro son como dos gotas de agua.

—Pues usted dirá —se ofrece Félix—. ¿En qué podemos ayudarle?

—Verán, como ya le he dicho por teléfono —hago un gesto con la mano en dirección a Cástor—, se trata del asunto Romasanta.

—Sí, ya se lo he comentado a Félix.

—Sí, ya me lo ha comentado Cástor. ¿Qué es lo que necesita saber?

Levanto las cejas, aún amarrado a la duda, a un cierto escepticismo.

—Bueno, pues a ver cómo se lo explico... Miren, la cuestión es que podríamos tener motivos para considerar una posible relación entre los casos que estamos investigando y el de Romasanta.

Los dos gemelos cruzan una mirada. Es el mismo movimiento, el mismo gesto. Como el reflejo de un espejo.

—Lo sé, lo sé, no hace falta que disimulen. Yo pensaba lo mismo que ustedes. Pero, por extraño que pueda parecer, es cierto: existen vínculos evidentes.

—¿Como por ejemplo?

Sostengo la mirada de Cástor mientras, todavía dubitativo, me paso una mano por la cabeza mesándome el cabello. Señor, ¿en serio estoy a punto de decir esto?

—Los métodos, la parafernalia, una posible vinculación familiar.

Nueva mirada entre los gemelos.

—Un poco difícil todo, inspector. De los métodos empleados por Romasanta poco se sabe. Y...

—Y, teniendo en cuenta ciertos aspectos de su biografía, lo de la vinculación familiar tampoco parece fácil. Por lo menos si está usted pensando en una descendencia directa. ¿Tienen ustedes algún modo de garantizar esa relación? Muestras de ADN o algo semejante.

Aprieto los labios incómodo.

—No —admito—. Hemos tomado muestras, evidentemente. Pero, como abogados que son, ya sabrán ustedes que los resultados de unas pruebas de ADN siempre tardan en llegar.

—Como mínimo un mes —asiente Cástor—, tal vez algo menos si hay una verdadera urgencia. Pero no es por eso por lo que se lo pregunto, sino por la otra parte. Aunque los resultados les llegasen el mismo día, ¿acaso tienen con quien cotejarlos? Porque, hasta donde nosotros sabemos, no existe una descendencia directa.

—Ah, ¿no?

—No. Tan solo vías indirectas. Ya sabe, hermanos, sobrinos. Pero por la parte que ha llegado hasta nuestros días, nadie se ha prestado nunca a ningún tipo de prueba.

—Así es —confirma Félix—. Y, con respecto a lo otro, ¿a qué se refiere con lo de la parafernalia?

Esta vez somos nosotros quienes cruzamos miradas. Y sí, Raúl comprende mis dudas. En silencio, me devuelve un ademán rápido. Como si me estuviera animando a continuar.

—Verán, creemos que se trata de alguien que podría estar utilizando una máscara.

—¿Una máscara?

—¿Qué clase de máscara?

—Una de lobo —respondo—. O, mejor dicho, algo que lo ayude a parecer...

Silencio. Es como si a mi cerebro, o tal vez sencillamente a mi sentido común, le costase conceder permiso para concluir semejante argumentación. Por fortuna, Cástor lo hace por mí.

—A parecer un *lobishome* —comprende de pronto mucho más interesado. De hecho, casi fascinado—. Qué interesante.

—Sí que lo es —asiente Félix—. Anda usted detrás de todo un *lobo da xente*, inspector.

—¡Sí! —exclamo a la vez que recuerdo la conversación

de esta mañana—, ¡eso es! Un *lobo da xente*, eso es lo que nos ha dicho Losada. ¿Debo entender por sus reacciones, entonces, que estamos en lo cierto?

Los Castro cruzan una nueva mirada. Una callada, de pronto seria. Sea lo que sea lo que mis palabras han provocado en ellos, desde luego es evidente que le están dando vueltas a algo. En silencio, sin dejar de mirarse, los dos hermanos están considerando algo. Y, mientras tanto, también en silencio, yo los observo y, por un instante, me pregunto cómo funcionará la comunicación entre ambos. Ellos todavía no responden, y por un segundo se me ocurre que, en realidad, los dos gemelos son una única persona. Una mente colmena de tan solo dos cuerpos.

—Mire, señor Romano —es Cástor el primero en contestar—, es cierto que Romasanta se ha convertido en una especie de personaje fantástico. Nuestro *home do unto*, el auténtico y verdadero Sacamantecas, e incluso nuestra propia versión del hombre lobo. Y todo en una misma persona.

—Algo —continúa Félix— que ha pasado de ser un monstruo con el que atemorizar a los niños a casi una atracción turística. De hecho…

—¿Sabe usted que en Allariz incluso se organizan paseos para los turistas a través del pueblo guiados por un actor caracterizado como el mismísimo Romasanta?

—Pues no, no lo sabía.

—Pues sí, lo hacen —me confirma Félix—. Pero la realidad, inspector, es, como suele suceder, mucho más compleja.

—Romasanta no era nada de eso —continúa Cástor—. No era desde luego ningún lobo, y si nos apura…

—Le diríamos que tampoco era ningún sacamantecas. O, por lo menos, no de la manera en que la gente cree. La realidad, como le decimos, es mucho más compleja.

Silencio.
—Pero también mucho más interesante.
Me parecer intuir una invitación en el último comentario.
—De acuerdo —acepto—. Ilumínenme.

40

El cuento de terror que nadie se esperaba

—Muy bien, inspector, ya que nos lo pide, le contaremos la historia. De hecho, imagínela usted como si se tratase de uno de esos relatos góticos. Ya sabe, un bosque al anochecer, sumergido en la más densa de las nieblas, con las sombras de la montaña avanzando al mismo paso en que la oscuridad envuelve a las víctimas, todas asesinadas a sangre fría, ejecutadas sin piedad ni remordimiento en lo más profundo del bosque. Allá donde nadie las oirá gritar por más que se esfuercen, donde nadie las encontrará nunca por más que las busquen. Porque a esta parte de la montaña ni la luz llega.

—Como ve —continúa Félix—, se trata de una historia de terror, sí. Pero no se dejen ustedes engañar. Porque en esta historia, como en todas las buenas historias, es posible que, al final, nada tenga que ver con lo que en un principio dimos por sentado.

—Porque ustedes han venido buscando a Romasanta, pero esperando encontrarse con un engendro animal, una especie de aberración de la naturaleza tejida con retales de hombre y también de otras fieras. Olvídenlo, porque no existe esa historia ni tampoco esa abominación fantástica por la que ustedes preguntan. ¿Querían un monstruo? Se lo enseñaremos. Pero esa fiera no tendrá la forma que ustedes esperan.

—Y, sobre todo, no se pierdan detalle, porque será justamente aquí, ante sus propias narices, donde también su historia, la de ustedes, empezará a cambiar. A girar y retorcerse sobre sí misma para, como el maldito que convulsiona a la luz de la luna llena, acabar convirtiéndose en otra cosa. Una, de hecho, mucho peor.

—En efecto: la historia que les ha traído hasta aquí cambiará del mismo modo que, en su momento, también lo hizo la del verdadero Romasanta. Una, por cierto, en la que nada es lo que durante tanto tiempo pareció ser.

—Porque sí, en este cuento hay un monstruo, es verdad. Y, sin lugar a dudas, también una bestia, es cierto. Pero, para su sorpresa, no hay ningún lobo feroz. De hecho, mientras Romasanta corrió libre, nunca jamás nadie escuchó hablar de ningún lobo relacionado con él, ya fuese un *lobishome*, un *lobo da xente* o como sea que usted lo quiera llamar.

—Pero, entonces, ¿el famoso hombre lobo de Allariz dónde queda?

—Tranquilo, señor Romano, todo llegará, incluidas las explicaciones. Por ahora, quédese usted con que nunca existió ningún lobo.

—A fin de cuentas, ¿quién quiere un bicho peludo cuando, en su lugar, lo que sí tenemos es un asesino de verdad?

—Y no uno cualquiera, eh. No, nada de un tipo torpe e impulsivo, un loco de tres al cuarto que un buen día echa mano de su escopeta y, como quien se aburre, se lanza a la calle dispuesto a acribillar a medio pueblo como si los vecinos no fuesen más que gorrinos a la fuga.

—No, el de nuestra historia es uno de esos protagonistas

con luz propia. Una persona fría y calculadora que, oculta bajo la apariencia más inofensiva, amable incluso, contempla con atención desde el primer movimiento hasta el último detalle. Observa, trama y, cuando ve la ocasión, ataca.

—Lo que ustedes están describiendo es el comportamiento de un psicópata —repongo.

—Bueno, esas son definiciones modernas, inspector. Nosotros preferimos dejarlo en un asesino. De hecho, el primer asesino en serie de nuestra historia, nada menos.

—Y no solo eso, inspector. Porque, desde luego, lo que sí podemos asegurar sin miedo a equivocarnos es que, con psicopatía o sin ella, se trata además de una de esas personas que no se detienen ante nada con tal de, al final, conseguir aquello que se han propuesto. Y, créannos, caballeros, Manuel Blanco Romasanta sabía cómo hacerlo.

—Deducimos por el desconcierto en su mirada que no entiende a qué nos referimos, ¿eh, inspector? No pasa nada. Pida otra ronda y escuche.

—Verá, Mateo, aquí el detalle que considerar es que Romasanta poseía unas capacidades increíbles, sobre todo si tenemos en cuenta la época. No olvide que estamos hablando, primero de todo, de una persona nacida en el año 1809 en O Regueiro, una pequeñísima aldea al nordeste de Ourense. Si hoy le puede parecer un lugar perdido, intente comprender cómo era la vida entonces. Los medios, los recursos del momento…

—O, mejor dicho, la casi total falta de ellos. Un lugar abandonado por Dios donde poco más había que hambre, miseria. Y, sobre todo, donde escaseaba el amor.

—De su madre poco más heredaría que su apellido y sus manos. Y con respecto a su progenitor, Manuel tampoco tardaría en afianzar una relación mala que pronto encallaría en lo insostenible, a tal punto que el mocoso acabaría por abandonar el hogar paterno para entrar como criado en una casa grande tan pronto como tuvo ocasión.

—Bien es cierto que para entonces ya había recibido una formación tan elemental como curiosa. Por alguna razón, Manuel no solo tenía conocimientos de todo tipo de labores domésticas, como, por ejemplo, coser, cortar y bordar, sino que además, y aún más importante, también sabía leer y escribir, algo que resultaría determinante en su vida.

—Y en la muerte de los demás, claro.

—Claro, porque usted, inspector, puede pensar que, si ahora está aquí, hablando con nosotros, es por la serie de asesinatos actuales, ¿verdad? Sí, nosotros también lo hemos leído en los periódicos. Todas esas muertes que usted y su equipo están investigando. Pero no se equivoque, es otra serie de asesinatos la que les ha traído hasta aquí. Unos cometidos mucho antes, mucho tiempo atrás.

—Exacto. Manuela, Benita, Antonia, Peregrina, Petra y así hasta nueve víctimas. Nueve, Mateo, nueve personas ejecutadas entre 1846 y 1851 a manos de este monstruo, que ni era lobo ni se transformaba en nada. En ninguna bestia, en ningún animal.

—No, ni mucho menos. Manuel cosía, bordaba, sabía leer y escribir. ¿No lo ve? En su madurez, ese hombre poseía un don de gentes tan natural como descomunal. A su manera, inspector, Romasanta era un seductor nato.

—De hecho, solo así se entiende que fuese capaz de convencer a aquellas mujeres para que lo dejasen todo atrás y se adentrasen con él en el bosque, dispuestas a asumir un viaje peligrosísimo, lleno de amenazas, con tal de abandonar la miseria que conocían por su día a día y comenzar una vida nueva. Una, por supuesto, que las llevaría a la muerte.

—Así es, hoy sabemos que Romasanta mataba a sus víctimas tan pronto como la pequeña expedición pasaba el Corgo do Boi y se adentraba en el bosque de As Gorbias. Allá donde Manuel sabía que ya nadie podría verlos ni oírlos, acababa con ellas.

—Y eso que, *a priori*, nadie daría un real por las posibilidades de Manuel.

—¿A qué posibilidades se refieren? —pregunto.

—A que, gracias a la documentación de la época, sabemos que no se trataba de lo que se dice un adonis, precisamente.

—¿Se refieren a su físico? ¿Quieren decir que no era un hombre guapo?

—Sí. De hecho, ahora que lo comenta, me parece haber leído en alguna de esas noticias que estos días han ido saliendo que el forense que se está haciendo cargo de los casos y con el que están trabajando es Fernando Serrulla, ¿verdad?

—Sí, así es.

—Bien, pues esa es una buena noticia, ya que, en efecto, no pueden estar ustedes en mejores manos. El doctor Serrulla no solo es conocedor de la materia, sino que incluso tiene alguna que otra teoría muy interesante al respecto.

—Pues no, la verdad es que no nos ha comentado nada sobre ello.

—Bueno, Fernando es un hombre discreto. Por lo pronto, quédese con que *a priori* Romasanta no lo tenía fácil para seducir a nadie, porque, aunque no se tratase de una persona desagradable físicamente hablando, lo cierto es que un Bradomín tampoco era.

—Y, sin embargo, consiguió convencer a todas aquellas pobres desgraciadas.

—A ver, también es verdad que se trataba de mujeres con circunstancias especiales.

—Sí, es verdad. Todas ellas venían de vidas difíciles, inspector. Lo habían pasado mal. Y entonces...

—Entonces, él. Una vez que Romasanta ponía el ojo sobre ellas o, mejor dicho, sobre lo poco que ellas pudieran tener, ya se podían dar por perdidas.

—Así es, ya no tenían nada que hacer, y tan solo era cuestión de tiempo.

—Y así fue, hasta en nueve ocasiones, inspector.

—Nueve víctimas, diez si contamos aquella otra, la primera, el alguacil de León. Diez inocentes en el camino.

—Hasta que las cosas comenzaron a complicársele, claro. Al final la gente empezó a sospechar y Romasanta decidió huir. Abandonó Galicia, cruzó Castilla y...

—Y a punto estuvo de que las cosas le salieran bien. Tan solo tuvo un poco de mala suerte.

—¿Por qué?

—Unos vecinos de Verín que habían ido a la siega lo reconocieron en Nombela, un pueblo de Toledo. Y así fue como al final acabaron deteniéndolo.

—El caso es que al principio él lo negó todo. Cuando lo apresaron, declaró llamarse Antonio Gómez, y que ese tal Manuel Blanco Romasanta del que le hablaban era en realidad un primo suyo, un familiar al que solo le unía un despiste: un nombre traspapelado en un documento de identidad.

—Así es. Pero sucedió que, una vez traído de regreso a Galicia, cuando ya en Verín le comunicaron todas las muertes que se le imputaban, Manuel comprendió no solo la gravedad de la situación, sino también que, casi con toda probabilidad, no podría librarse de la pena máxima, que no era otra sino acabar sentado en el garrote vil.

—De modo que Manuel optó por un cambio de estrategia.

—Y así, inspector, fue como nació el lobo por el que usted preguntaba antes.

—Exacto. Fue así, y no de ninguna otra manera, como Manuel Blanco Romasanta dejó de ser el Sacamantecas para, de la noche de la mañana, convertirse en un lobo del que, en realidad, nadie nunca antes había tenido noticia. Nadie. Nunca.

—¿Qué nos dice, Mateo? Sorprendido, ¿verdad? Sí, claro que sí. Porque, como ve, oh, sorpresa, el lobo del que siempre han oído hablar nunca había existido.

—No, nunca. Hasta entonces, claro.

41

Lo legendario no quita lo pragmático

—Pero entonces lo que ustedes me están diciendo es que en el caso del famoso hombre lobo gallego, ¿nunca existió ningún hombre lobo?

—Así es.

Sacudo la cabeza, de pronto mucho más perdido que antes.

—A ver, que yo me entere. ¿Alguno de ustedes puede explicarme de dónde viene pues toda esta historia? Porque, discúlpeme que lo pregunte así, pero es que yo ya no entiendo nada. ¿De verdad me están diciendo que el puñetero hombre lobo del que tanto se ha hablado jamás existió?

—Bueno... —Félix se encoge de hombros—. Supongo que no. O desde luego no hasta que Romasanta le vio las orejas a su propio lobo, claro.

Me detengo para llevarme las dos manos a las sienes y apretarlas con fuerza. Creo que me está empezando a doler la cabeza.

—Pero entonces ¿a santo de qué aparece el puñetero bicho ese?

Esta vez es Cástor el que me mantiene la mirada.

—¿Acaso no le parece evidente, inspector? A santo de la necesidad.

—¿De la necesidad? Perdone, pero ¿de qué necesidad me está hablando?

Cástor y Félix vuelven a cruzar una mirada entre ellos.

—Intente ponerse en la situación de Romasanta, inspector. De pronto ve usted que la cosa es seria.

—Y que, de no encontrar una salida a tiempo —continúa Félix—, lo más probable es que acabe usted con su pescuezo en el garrote vil.

—Exacto. De modo que piense, inspector, ¿qué haría usted?

Sí, definitivamente me va a estallar la cabeza. Por fortuna, Arroyo está más ágil que yo.

—Alegar algún tipo de enajenación.

Esta vez es Cástor el que sonríe.

—Exacto, señor Arroyo. Exacto.

—O, en su defecto —añade Félix—, realizar algún tipo de declaración que dé a entender que el acusado queda muy lejos de estar en su sano juicio.

—Pero entonces… —Niego con la cabeza—. Lo que están diciendo es que en realidad toda esa historia del hombre lobo no fue más que una excusa, ¿es eso?

Los dos gemelos se quedan mirándome. Callados, serios. Como si lo que acabo de decir fuese tan evidente que tampoco necesitase mayor respuesta.

—Pues claro, inspector, los hombres lobo no existen.

Lo confieso, por un instante siento el impulso de mandarlos al carajo.

—Lo que pregunto es por qué justo eso. O sea, ¿por qué un hombre lobo?

—Bueno, ¿y por qué no? —me responde Cástor—. Mírelo de esta manera, inspector: si fuese hoy, ¿qué diría usted? Los maté porque me iban a ocupar la casa, porque lo leí en internet, porque venían a violar a mis hijas, porque me lo dijo el microondas.

—Pero entonces no había nada de eso —continúa su hermano—. En aquel momento, los monstruos que atemorizaban al pueblo estaban en la naturaleza. Y, entre ellos, el lobo era el símbolo de todos los miedos.

—De hecho, no eran pocas las leyendas que, en realidad, abarrotaban el folclore, las creencias populares, en las que el lobo era el protagonista: los *lobos da xente*, el Vákner, la bestia de Gévaudan...

—Las manadas de lobos comandados por una mujer, las *peeiras*, las lobas blancas. Estaban por todas partes. Los lobos eran el monstruo, el mal encarnado. El del lobo, inspector, era el nombre del miedo.

—Exacto. Y Romasanta, que, como ya le hemos dicho, era un tipo muy listo, se aprovechó de aquello. Y por eso declaró ser hombre lobo, la víctima de una maldición terrible que, por fortuna, acababa de concluir justo entonces.

—Pero que, por supuesto, era lo que hasta aquel momento lo había llevado a cometer todos aquellos asesinatos.

—Bueno, aquellos nueve de los que se le acusaba, e incluso unos cuantos más de los que él mismo se inculpó.

—¿Cómo dice?

—Lo que oye —afirma Cástor—. El tipo era tan listo que incluso decidió confesar su culpabilidad en otras cuatro muertes más que, en realidad, todo el mundo sabía que habían sido provocadas por los lobos. Pero por los de verdad.

—Porque eso —comprende Raúl— le daba veracidad al relato de su confesión.

—Correcto. Así, cuando el juez le dijo que eso era imposible, porque estaba comprobado que esas muertes habían sido obra de un lobo, Romasanta respondió: «Claro. Porque ese lobo era yo». ¿Lo ve, inspector? En realidad, Manuel Blanco no era ningún lobo. Ni tampoco ningún loco. Tan solo se trataba de un tipo muy inteligente que vio una oportunidad nueva en una historia vieja. Una que, de hecho, conocía muy bien.

—¿Una oportunidad?

—Claro. La de valerse de toda una historia previa, la tradición popular que él mismo conocía porque, como todos en aquel tiempo y en aquel lugar, la había mamado desde que no era más que un niño.

—Romasanta —continúa Félix— se valió de las historias de los *lobos da xente*, del mismo modo que también a él mismo lo habían convertido anteriormente en el Sacaúntos.

—Exacto —afirma Cástor—, la vieja leyenda del destripador que mataba a sus víctimas tan solo para sacarles la grasa y comerciar con ella después. ¿No la conoce?

—Sí, claro. Ahora, lo que jamás hubiera imaginado es que el Sacamantecas y Romasanta fuesen la misma persona.

—Pues ya lo ve, señor, todo él. Aunque por supuesto, y si nos pregunta nuestra opinión al respecto, le diremos que por ahí no hay nada que rascar.

—Así es —continúa Félix—. Tal como nosotros lo entendemos, Romasanta no fue más que un ladrón y un asesino. Uno desde luego más listo que la mayoría de sus contemporáneos, porque el tipo era capaz de urdir un plan cuando menos más elaborado que un simple asalto en el camino.

—Exacto —sigue Cástor—. Romasanta tenía la capacidad de planear sus ataques con tiempo. Convencía a sus víctimas, siempre mujeres, para que estas se llevasen con ellas hasta el último real.

—De modo que ya lo ve —resuelve Félix—. Mucha leyenda, pero en realidad puro pragmatismo; Romasanta no era más que un ladrón, un asesino y un cobarde.

—¿Cobarde?

—Por supuesto. ¿O por qué si no cree que solo mataba a mujeres y a niños? Eran los únicos rivales a los sabía que podía vencer, dadas sus circunstancias.

—¿Sus circunstancias? ¿A cuáles se refieren?

—A las mismas de las que le hablábamos antes, inspector. Con todo ese asunto del hombre lobo, Romasanta ha pasado a la historia, o por lo menos a la memoria colectiva, como una especie de monstruo. Grande, fuerte. Una bestia temible.

—Pero la verdad es muy distinta. Gracias al expediente del juicio celebrado contra él en 1852, tenemos acceso a toda la información referida a su persona. Incluida la relacionada con su físico.

—Así es. Ese juicio se celebró en Allariz, y de ahí que se lo conozca como el hombre lobo de Allariz.

—Cuando en realidad nada tenía que ver con la villa —matiza Cástor.

—Desde luego que no. Pero el caso es que, gracias a las actas de este, una de las cosas que sabemos es que en realidad nuestro asesino apenas levantaba un metro y treinta y siete centímetros del suelo.

Cada vez más asombrado, no dejo de darle vueltas a todo lo que los Castro nos han ido contando. Especialmente a algo, uno de los comentarios que, por alguna razón, se me ha quedado rebotando en el pensamiento.

«Un tipo muy inteligente que vio una oportunidad nueva en una historia vieja. Una que, de hecho, conocía muy bien».

Y no puedo evitar hacerme una pregunta. Una que me trae de regreso a la actualidad: ¿acaso no será esta la misma circunstancia de nuestro hombre? Es más, si nuestro Blanco comparte tantos rasgos con aquel otro, con Blanco Romasanta, ¿acaso no es evidente que también conoce de sobra su historia? De hecho, quizá más que de sobra. Y sí, claro, esa es a fin de cuentas la razón por la que, como han dicho los Castro, estamos aquí. Porque, aunque todavía no acabemos de ver la imagen en su totalidad, resulta evidente que las piezas del puzle siguen encajando unas con otras.

Y no solo eso, porque tal vez, y como ellos mismos nos han advertido, también podría ser que todo en esta historia...

Absorto, sigo dándole vueltas a esto cuando de pronto caigo en la cuenta de que Raúl está hablando por teléfono.

—De acuerdo, señor. Sí, señor, por supuesto. Sí. Ahora mismo se lo digo.

—¿Qué ocurre?

—Era el sargento Lueiro, señor. Dice que acaba de hablar con Serrulla. Que ya tiene los resultados de la autopsia de Avelino Basalo. Y que, según le ha explicado, deberíamos ir. Cuanto antes.

Arroyo hace especial hincapié en el «cuanto antes».

—¿Ha encontrado algo?

—Sí, señor. De hecho, Lueiro ha dicho que se trata de algo...

Raúl mira de soslayo a los Castro, que, por supuesto, no le quitan ojo de encima. Expectantes, como si la cosa también fuera con ellos. Chicos listos.

—Algo curioso —completa Arroyo, sorteando con discreción la atención de los hermanos.

—¿Curioso?

—Sí, señor, eso es lo que ha dicho.

Y yo vuelvo a rezongar entre dientes. «Curioso». Claro, no podía ser otra cosa. Porque en este asunto no hay nada normal.

Ni por casualidad.

42

Jaque

Hace calor en la carretera. Muchísimo calor. La conversación con los hermanos Castro se ha alargado más de lo que en un principio había imaginado, y la tarde ha comenzado a convertirse en noche cuando nuestro vehículo toma la última curva de la autovía antes de que Verín, derramado como una inmensa tortuga en el centro del valle, nos salga al paso. Ya casi es noche y, aun así, el calor que en ningún momento nos ha dado tregua insiste en aplastarlo todo con su peso constante. Calor, fuego y, a lo lejos, las columnas de humo de los incendios que, casualmente, han venido a empezar ahora. Justo al anochecer. Miserables.

Paro en el cuartel, apenas a medio kilómetro de la entrada al pueblo. Raúl ha decidido quedarse, buscar un poco más de información por su cuenta sobre todo lo que nos han contado Cástor y Félix. Pero yo apenas me detengo. Poco más hago que cambiar de acompañante, y ahora, ni siquiera un cuarto de hora después, Lueiro y yo entramos en el hospital de Verín para comprobar que en la zona del edificio a la que nos dirigimos los pasillos ya están a oscuras. Supongo que, al fin y al cabo, los principales usuarios de esta parte del hospital ya no necesitan luz para nada.

Llamamos a la puerta del despacho, pero solo por cortesía. De sobra sabemos que Serrulla lleva ya un buen rato esperándonos.

—Disculpa el retraso, doctor.

—Ah, sois vosotros —responde el forense, apenas levantando un poco la vista por encima de sus gafas de lectura—. No os preocupéis, que ya me veis. Llevo media tarde enterrado en papeleo. Y lo que me queda.

En efecto, Fernando Serrulla continúa sin inmutarse mientras Carlos y yo nos sentamos frente a él, al otro lado de su escritorio.

—No tienes buena cara, inspector —comenta, en realidad sin levantar la cabeza de lo que sea que está escribiendo—. ¿Debo entender que se resisten los avances?

—Bueno, dejémoslo en que nos hemos pasado media tarde en Ourense, intentando abrir una posible línea de investigación que ha acabado pareciéndose mucho a lo que, en el fondo, siempre me había temido. O sea, un disparate.

—Vaya, siento oír eso —contesta Serrulla al tiempo que termina de escribir y separa el imán que mantiene unidas las dos lentes de sus gafas para dejarlas caer sobre el pecho—. ¿Pensabas que podría tratarse de algo prometedor?

Chasco la lengua, sin hacer demasiado por disimular algo semejante a cierta frustración. O, tal vez, a ese cansancio que el forense ha detectado en mi rostro.

—Yo qué sé, doctor. Supongo que he ido buscando algún tipo de lobo y he acabado encontrándome con un ladrón y asesino envuelto en un puñado de cuentos de viejas sobre monstruos y fantasmas, sin mayor utilidad que asustar a los niños que no quieren irse a la cama.

En efecto, frustrado y agotado, me paso la mano por la cara, supongo que en un intento por borrar un cansancio tan evidente como inexcusable. Pero, cuando vuelvo a abrir los ojos, me encuentro con que Serrulla también me mantiene la mirada. Una mirada, diría, de algún modo ¿intrigada?

—Déjame adivinar, inspector, ibais tras la pista del Sacamantecas. ¿Me equivoco?

Suspiro a la vez que dejo asomar una media sonrisa. Tal vez una de esas en las que te atreves a reírte de ti mismo.

—Pues no, no te equivocas, doctor. Hemos intentado conocer con un poco más de detalle la historia de Romasanta. Pero ha resultado no ser más que un tiro al aire. Obviamente, por ahí no hay nada que rascar —resuelvo, ya sin hacer nada por ocultar mi cansancio. Ni tampoco mi frustración.

Pero, para mi sorpresa, algo en la expresión de Serrulla vuelve a llamarme la atención. Por alguna razón, el médico parece dudar.

—Pues no sabría qué decirte, inspector.

No comprendo.

—¿Por?

—Bueno, digamos que tal vez esto que estoy a punto de enseñaros te haga reconsiderar tus rechazos. Por favor, acompañadme.

Serrulla se pone en pie y sale de su despacho. Lo seguimos por el pasillo, apenas unos pocos metros, hasta la primera puerta a la izquierda. De modo que aquí estamos otra vez. En la sala de autopsias.

Sobre la mesa de metal aún descansa el cuerpo de Avelino Basalo, apenas cubierto desde las rodillas hasta el cuello por una tela quirúrgica de color verde. Cuando el forense la retira, el abdomen abierto del anciano queda al descubierto.

—Fijaos —indica—. ¿Reconocéis lo que falta?

Pero no, ni Lueiro ni yo respondemos nada. De hecho, sinceramente preferiría no tener que mirar.

—No os preocupéis si no os dais cuenta. En realidad, lo normal es no hacerlo. Veréis, dejad que os hable de un órgano que todos tenemos, pero que, en realidad, casi nadie conoce. A pesar de lo grande que puede llegar a ser.

Lueiro y yo cruzamos una mirada en silencio. Una tan cargada de desconcierto como de extrañeza. ¿Un órgano que no conocemos?

—Decidme, amigos, ¿habéis oído hablar del epiplón?

—¿El qué?

—El epiplón, el epiplón.

Yo niego con la cabeza, y la mueca en los labios de Carlos deja claro que él tampoco tiene ni idea de a qué se refiere Fernando.

—Veréis —explica—, descrito muy rápidamente, el epiplón es un pliegue del peritoneo cuya función es la de dar sostén y fijar el estómago tanto a la pared abdominal como a otros órganos.

—Ajá —murmura Lueiro, como si realmente estuviera entendiendo algo.

—En cierto modo —continúa Fernando—, se podría decir que actúa como una capa de protección para otros órganos. Algo así como una especie de «policía del abdomen», capaz, por ejemplo, de atenuar la diseminación de la sepsis en caso de producirse una peritonitis. ¿Cómo vamos? ¿Me seguís hasta aquí?

—Por supuesto.

En realidad, mi respuesta más franca a estas horas sería: «Por supuesto que no». Pero no importa. Porque de sobra intuyo que lo que Serrulla pretende no es darnos ninguna clase de anatomía, sino preparar el terreno para llegar a algún otro lugar.

—Claro que —sigue— si tuviéramos que reducir la definición del epiplón a algo más sencillo...

A algún otro lugar, como, por ejemplo...

—Supongo que podríamos decir que, a un nivel básico, el epiplón, amigos, sería la grasa.

Bingo.

—Perdona, ¿cómo has dicho?

—He dicho —resuelve— que lo que nuestro asaltante se ha llevado esta vez del cuerpo del señor Basalo no es otra cosa que su grasa. Pero, ojo, que no me refiero a esa en la que todos pensamos cuando alguien se queja de que está gordo a la vez que se pellizca el costado. No, no es de esa grasa subcutánea de la que os hablo, sino de la de verdad. Lo que le han hecho al pobre Avelino Basalo ha sido robarle la verdadera grasa. O como se decía antiguamente...

—La manteca —comprendo.

—Exacto —asiente Serrulla, con el gesto satisfecho del profesor al comprobar que su lección ha sido aprendida—. A Avelino Basalo le han sacado la manteca.

Y entonces, de nuevo, todo vuelve a dispararse en mi cabeza, de pronto liberada de todo cansancio.

Vuelvo a oír la voz de Raúl. «Es como si en cierto modo alguien estuviera imitando las formas de una vieja leyenda».

Y la explicación de Cástor Castro. «La vieja leyenda del destripador que mataba a sus víctimas tan solo para sacarles la grasa y comerciar con ella después».

Y, por supuesto, su confirmación final: Romasanta y el famoso Sacamantecas eran la misma persona.

Por un instante, siento que se me va la cabeza.

—Dime, pues, inspector —vuelve a intervenir el forense—. ¿Aún crees que debes seguir rechazando la opción de Romasanta?

43

Axungia hominis

—Perdona, pero es que, sinceramente, me cuesta aceptarlo. Entiendo que se trata de establecer un vínculo, claro. Y sí, lo de la grasa es ya un gesto evidente hasta para el más despistado. Pero ¿por qué haría nadie una cosa así? —Manel, el hijo de Lupe Caranta, regresa una vez más a mi pensamiento—. No sé, doctor. Supongo que lo que le estoy preguntando es a qué clase de enfermo se le pasa por la cabeza hacer nada semejante.

Serrulla sonríe. Y en la fatiga de la que se llena su gesto comprendo que él también está agotado.

—Bueno, pues tal vez te sorprenda esto que te voy a contar, inspector, pero lo cierto es que quizá no se tratara de gente tan enferma ni mucho menos tan loca como crees.

—Ah, ¿no?

—Ni mucho menos. Ten en cuenta que, siglos atrás, tanto a la grasa como a otros elementos humanos se le creían todo tipo de utilidades.

—Como por ejemplo...

El forense aprieta los labios a la vez que se apoya en una de las mesas laterales.

—Como por ejemplo a la propia sangre humana, que se tenía por un buen purgador. O a los huesos del cráneo, sin ir más lejos, sobre todo si la persona a la que habían pertenecido había fallecido de un modo violento. Molido, el polvo de ese cráneo se utilizaba en muchísimas recetas medicinales.

—Increíble.

—Pero cierto, sargento. Y, por si lo estáis pensando, no os creáis que os estoy hablando de creencias populares, ni mucho menos de brujería o nada por el estilo: todo esto que os describo ya aparecía recogido en la *Palestra Farmacéutica* de 1735, un libro que vendría a ser algo a caballo entre un manual de medicina, un recetario farmacéutico y un vademécum del siglo XVIII.

—Comprendo. ¿Y es ahí donde se recoge la grasa humana como un recurso más?

—Así es. De hecho, llega incluso a recomendarse la de los ahorcados como la más idónea para su uso medicinal.

—Pero hay algo que no entiendo. ¿Por qué la grasa en particular?

El forense ladea la cabeza, como si para él la respuesta fuese evidente.

—Entiendo que hoy te resulte extraño, inspector. Pero supongo que, visto desde la perspectiva de la época, a los eruditos del momento tampoco les parecería tan raro. Mira, piensa en un ungüento, si no.

—¿Como una especie de pomada actual?

—Justo. De hecho, cualquier pomada que todos podamos tener en casa no es más que eso, una sustancia grasa que contiene algún tipo de medicamento, cosmético o lo que sea.

—De acuerdo.

—Bien, pues ahora, dime: si un ungüento medicinal se elabora sobre una base de grasa, ¿de qué tipo será la que el cuerpo humano acepte mejor? ¿La vegetal o tal vez la animal? Y, ya puestos, ¿la de un animal cualquiera o la que sea como la propia?

—Como la humana —vuelvo a comprender.

—Exacto, inspector. O por lo menos eso era lo que entonces se pensaba. Pero claro, eso entrañaba un pequeño problema.

Uno que, por supuesto, veo al instante.

—La grasa humana no se podía extraer de un cuerpo vivo.

—En efecto. Y esto, evidentemente, dificultaba un poco más las cosas. Porque la *axungia humana*, que así es como aparecía referida la grasa humana en la *Palestra*, resultaba muy escasa para lo codiciada que era.

—Entiendo entonces que tenía que tratarse de un recurso bien pagado.

—Muchísimo. Y ahí es donde la cosa comienza a ponerse interesante. Tanto que, de hecho, en determinado momento incluso llegó a hablarse de una posible red de tráfico de grasa humana en la que estarían implicados desde boticarios portugueses hasta la alta burguesía y la aristocracia gallegas. Y, por supuesto, pasando por una serie de suministradores. Y asesinos, claro.

—Entonces, cuando dices «en determinado momento», ¿te refieres a la época de Romasanta?

—Correcto. Pero también antes, como incluso mucho tiempo después.

—¿Después? ¿De cuánto tiempo estamos hablando entonces?

—Pues mira: antes, desde como poco el siglo xviii, o de lo contrario no aparecería en la *Palestra*. Y, después, hasta bien entrado el siglo xx.

Esto último es lo que más me llama la atención.

—¿Tanto?

—Por supuesto. ¿Acaso no has oído hablar del crimen de Gádor?

—Algo me suena, puede ser.

—El crimen de Gádor es el nombre con el que se recuerda el asesinato cometido por Francisco Leona, una suerte de curandero que a comienzos del siglo pasado concluyó que el mejor remedio para acabar con la tuberculosis que aquejaba a su vecino Francisco Ortega, también conocido como el Moruno, era hacerse con un crío para usarlo, por así decirlo, de surtidor.

—¿De surtidor?

—Así es. Un donante forzoso del que servirse para que Ortega pudiera beber su sangre y untarse con su grasa, lo cual, según Leona, sería el remedio infalible con el que curar la enfermedad que estaba matando al Moruno.

—Comprendo.

—Bueno, pues todo eso ocurrió en 1910. De modo que sí, inspector, en aquel momento aún se pensaba que la grasa humana tenía propiedades medicinales, y por más disparatado que hoy nos pueda parecer a nosotros, imagínese usted cómo sería en tiempos de Romasanta. De hecho...

Fernando me mantiene la mirada antes de responderme.

—Mira, como hombre de ciencia que soy, te aseguro que no hay absolutamente nada de cierto en las bondades de esos usos. Pero sin embargo...

Silencio. Serrulla niega con la mirada de nuevo perdida en algún punto ciego al fondo de la sala de autopsias. De pronto, el forense no habla. Pero ni Carlos ni yo decimos nada. Porque los dos nos damos cuenta de lo que sucede.

Este es uno de esos momentos en los que, de pronto, algo viene a poner a prueba tus convicciones. Tu credo, tu lógica.

—Mira, Mateo, no sé qué es lo que te habrán dicho los Castro para que te hayas planteado la posibilidad de abandonar la opción del Sacamantecas. Pero, por más que el sentido común me obligue a rechazarla a mí también, lo que resulta innegable es que en todos estos casos —dice señalando con la mano la mesa de autopsias— hay más de una conexión con el asunto Romasanta.

Y esta vez soy yo el que asiente en silencio.

—Tú también lo ves.

—Sí —admite desde la más grave de las expresiones—, evidentemente sí. Por descontado, a estas alturas huelga decir que ninguno de nosotros creerá nada que tenga que ver con viejas historias de lobos asesinos, ladrones de grasa ni nada que se le parezca. Pero aún así…

Serrulla se detiene una vez más. Lo justo para volver a buscar con la mirada el cadáver abierto de Avelino Basalo y negar en silencio.

—No —murmura—, creo que no debemos dar nada por sentado ni tampoco descartar ninguna posibilidad, por descabellada que en un primer momento nos pueda parecer. El detalle del epiplón es demasiado evidente. De hecho, es un grito salvaje en el cuerpo de este hombre. Fuese quien fuese el que le hizo esto pudo haberse llevado muchas cosas. El estómago, los pulmones. El corazón, si me apuras. Pero no lo hizo. En lugar de ello, escogió llevarse algo de lo que probablemente nadie más que él había oído hablar nunca: el epiplón. La grasa, inspector, la grasa. ¿Comprendes lo que significa eso?

Y, ahora sí, asiento en silencio.

—Sí —continúa el forense—, esta vez la señal es demasiado evidente como para pasarla por alto. Al fin y al cabo, y como supongo que ya te habrán contado los Castro, en aquella época, cuando las desapariciones empezaron a ser tantas como evidentes, y las sospechas comenzaron a recaer sobre Romasanta, nadie se refería a él como el hombre lobo ni nada por el estilo, sino de otra manera.

—El Sacamantecas —me adelanto, recordando una vez más la conversación de hace apenas unas horas.

—Así es —asiente Serrulla—, el Sacamantecas. O, como se lo conoce en la tradición gallega, el Sacaúntos.

44

El Sacamantecas

Con la noche convertida ya en madrugada, Lueiro, Serrulla y yo seguimos en la sala de autopsias, dándole vueltas a lo que el forense acaba de señalar. Antes de ser ningún hombre lobo, Romasanta fue, sobre todo, el Sacamantecas.

—Veréis, cuando las sospechas comenzaron a pesar sobre Romasanta, la gente necesitó encontrar la manera de explicárselo a sí misma. Y lo hizo cargando a Manuel Blanco con el peso de dos rumores. El primero que se extendió fue el de que Romasanta mataba a todas las personas a las que decía guiar hasta esa supuesta nueva vida.

—Lo cual era cierto, ¿no?

—Sí, pero al principio no era más que eso, un rumor al que le faltaba lo más importante: una razón. Y entonces comenzó a propagarse el segundo rumor.

Y comprendo.

—El de que mataba para traficar con la grasa de sus víctimas.

—Exacto. Mirad, sea quien sea el responsable de esto, es evidente que se trata de alguien que conoce muy bien la historia. Y que, por alguna razón que todavía desconocemos, nos está enviando algún tipo de mensaje. De hecho, me temo que el de la grasa no sea el primero de esos mensajes. ¿Recordáis aquel otro asunto del que hablábamos hace unos días? Ya sabéis, el de las sustancias tóxicas que hemos ido encontrando en los análisis.

—Sí —le respondo—, lo de la ergotamina, la base del LSD, sí. Pero creemos que ya tenemos una explicación para eso.

—Ah, ¿sí?

—Sí. A tenor de los indicios recogidos en los distintos escenarios, estamos barajando la hipótesis de que su intención sea drogar a sus víctimas para provocarles una especie de alucinación dirigida. De hecho, si tenemos en cuenta la presencia del bórax y las últimas palabras del señor Basalo, pensamos que lo que ha estado buscando todo este tiempo es una especie de efecto controlado.

—¿De qué manera?

—Al parecer, podría ser que haya estado empleando el bórax para trabajar la piel de algún tipo de animal con el fin de componerse una máscara. De ahí que los restos apareciesen también sobre el rostro de las víctimas, porque nuestro hombre se asoma a ellas con la máscara puesta.

—Ya, comprendo —murmura Serrulla—. Interesante.

—De hecho, sé que puede parecer una locura, pero pensamos que podría tratarse de una máscara de lobo.

—¿Y eso por qué?

—Por lo que el señor Basalo dijo antes de morir.

—«Ha sido el lobo» —recuerda Lueiro, de nuevo con la mirada puesta en el cuerpo presente sobre la mesa de autopsias.

—Claro —concede el forense—. ¿Y sabéis por qué lo hace?

—No —contesto—, el motivo todavía lo desconocemos. Pero de lo que no hay duda es de que se esfuerza por hacer creer a sus víctimas que mueren devoradas por un lobo.

Serrulla escucha mi explicación con gesto atento, con la mano en el mentón y sin dejar de asentir.

—Claro —repite—, claro, entiendo. Y probablemente sea así como dices, inspector, con ese fin. Pero no olvides, amigo, que siempre debemos ir un poco más allá. No dar nada por sentado. Porque, como bien sabes, el diablo está en los detalles.

Carlos arruga el entrecejo.

—¿El diablo? ¿Pero el de los detalles no era Dios?

Fernando le devuelve una mirada condescendiente.

—No me digas que a estas alturas todavía esperas tener noticias de Dios, Carlitos. No, amigo Lueiro, olvídate de él, porque en esta historia no hay más dios que el diablo. Y, por supuesto, aquí sus detalles también son importantes.

—¿A qué te refieres, doctor?

—Mira, Mateo, si lo único que buscaba nuestro hombre era provocar todas las alucinaciones de las que me hablas, podía haber recurrido a una larga lista de fármacos. Propranolol, digoxina, corticotropina. O, si me apuráis, hasta dextrometorfano, que, aunque no es más que un medicamento para la tos, administrado en cantidades muy elevadas también puede provocar cuadros alucinógenos. Y, desde luego, todos mucho más fáciles de conseguir que el LSD. Pero nuestro hombre, sin embargo, no escogió ninguno de ellos.

Serrulla vuelve a quedarse en silencio. Y yo comprendo. A fin de cuentas, al forense también le gusta regalarse alguna que otra pausa dramática.

—Pero tú sabes por qué. ¿Me equivoco?

—Bueno, digamos que tengo una teoría, sí. Veréis. Esta tarde, luego de comprender que la falta del epiplón conectaba ya inequívocamente a nuestra víctima con el asunto Romasanta, empecé a buscar más vínculos. Y entonces recordé que seguíamos teniendo pendiente la cuestión de la ergotamina. De modo que busqué algún tipo de relación entre ambos puntos.

—Y la has encontrado.

Serrulla vuelve a sonreír a la vez que echa a andar. Se acerca a una de las mesas al fondo de la sala y coge un par de papeles.

—Ahí lo tenéis todo —dice mientras nos los ofrece—. Pero si queréis un pequeño sumario…

—Por favor.

—A ver. No sé si lo sabréis, pero lo cierto es que la ergotamina proviene del cornezuelo, un hongo parásito que suele hospedarse, principalmente, en el centeno. Y esto, amigos, vuelve a conectarnos con Romasanta.

—¿Un hongo? —pregunto—. ¿De qué manera?

—Al parecer, existe una teoría según la cual Blanco Romasanta podría, aunque de manera accidental, haber cometido sus asesinatos bajo los efectos del cornezuelo, por aquel entonces abundante en las cosechas de la época y, por extensión, en el pan.

Me extraña la explicación.

—Pero eso no se sostiene, doctor. Según nos han explicado los hermanos Castro, Romasanta cometió sus crímenes entre 1844 y 1851. Siete años. Es imposible que actuara todo el tiempo bajo los efectos de esa droga. Tanto más si, como tú mismo dices, la intoxicación se producía de manera accidental. En todo caso, media aldea estaría drogada.

—Además —añade Carlos—, si las cosas hubieran sucedido así, hoy sería nuestro hombre el que se drogase, y no sus víctimas.

Serrulla vuelve a encoger los hombros a la vez que niega con la cabeza.

—No necesariamente, amigos. Al fin y al cabo, tampoco en otras cuestiones está siendo mimético. Si lo único que busca nuestro hombre es enviarnos un mensaje...

—Ya, claro —comprendo—. Crees que lo que pretende tan solo es emplear otra referencia más en esta especie de analogía feroz que está llevando a cabo.

—Exacto. Sea quien sea la persona que estamos buscando, se trata de una muy bien documentada. Alguien que, sin duda, conoce a fondo la historia de Romasanta.

—Alguien —murmuro casi para mí— terriblemente retorcido para, al final, no ser más que un ladrón y un asesino.

El forense no esconde su desacuerdo.

—Permíteme que te dé un consejo, inspector: no te dejes engañar, ni mucho menos cometas el error de reducir a Romasanta a algo tan simple, tan rudimentario como un ladrón o un asesino. Porque, desde luego, si algo puedes tener claro es que la suya es una historia absolutamente llena de matices.

—Sí, bueno —concedo agotado—. Créeme, doctor, empiezo a hacerme una idea más que completa del alcance y la complejidad que tuvo este hombre.

Y es entonces cuando Fernando Serrulla vuelve a perfilar un gesto extraño. Como si mi comentario hubiera provocado algún tipo de reacción en él. Como si, de golpe, acabara de asistir a la más incorrecta de las respuestas. Y esta vez soy yo el que le sostiene la mirada. Esperando esa corrección. O, en su defecto, una explicación. Una que, por extraño que parezca, no llega.

—¿Qué ocurre, doctor? ¿Acaso he vuelto a equivocarme en algo?

Pero Serrulla sigue sin responder. En lugar de hacerlo, chasquea la lengua. Coge aire, se lleva la mano a la boca. Duda.

—Es que, precisamente hablando de los muchos matices y también posibilidades que ofrece la historia de Romasanta, hay una que...

Nuevo silencio. Pero es tarde ya. El día ha sido largo, duro, y yo ya no puedo mucho más.

—Doctor, por favor.

Fernando Serrulla asiente en silencio, aún sin dejar de observarme.

—De acuerdo —resuelve al fin—. Vamos allá. Escucha, inspector, deja que te pregunte algo. ¿Qué pensarías si te dijese que en realidad Romasanta era una mujer?

Espera, espera.

Espera.

¿Qué es lo que...?

Juraría que en este preciso momento acabo de empezar a pestañear como un idiota.

—Perdón, ¿cómo has dicho?

45

Manuela

—De acuerdo, es muy probable que esto que os voy a contar os resulte extraño, confuso y, tal vez, hasta difícil de creer. Pero si me permitís que os lo explique...

—Por favor.

—Veréis. Como sin duda ya sabréis a estas alturas, entre 1852 y 1853 se celebró en Allariz el famoso juicio contra Romasanta. Es cierto que, siempre que algún investigador se asoma a las actas de ese proceso, las cuestiones a las que más atención se presta son, o bien las relacionadas con los asesinatos, o bien, para aquellos más interesados en lo fantasioso de la historia, aquellas que tengan que ver con toda la cuestión «licantrópica», como entonces se dio en llamar a las supuestas transformaciones de Romasanta en lobo, por más que tanto entonces como ahora se supiera que aquello nunca fue más que un invento del reo con el fin de librarse de la pena máxima. Sin embargo, lo que jugó a su favor fue que, en efecto, la supuesta monstruosidad de Romasanta logró la repercusión y, por extensión, la publicidad deseada. Para que os hagáis una idea, el juicio llegó a aparecer en los periódicos de medio mundo.

—Pero ¿y eso a santo de qué?

—Bueno, ten en cuenta, inspector, que en ese momento el romanticismo aún estaba dando sus últimos coletazos. Y si en algún momento de la historia existió un movimiento cultural que sintiera una especial debilidad por la oscuridad, las tinieblas y sus monstruos, fue sin lugar a dudas justo ese. En una época en la que la gente devoraba historias de monstruos malditos en lugares tenebrosos, la posible existencia de una aberración quizá verdadera tenía el éxito garantizado.

—Comprendo.

—Si a esto le sumamos el hecho de que toda esa atención mediática vino a poner el foco europeo en un país con un gobierno cuestionado y, sobre todo, una monarquía en horas bajas, a los hombres de Isabel II no les quedó más remedio que asegurar las mayores transparencias y garantías procesales. De modo que, si había que dedicar horas y horas, jornadas y más jornadas a mostrar la verdadera o falsa licantropía de Manuel…

Serrulla no puede reprimir una sonrisa ante lo absurdo de la situación.

—¿Sabíais que hasta en dos ocasiones llegaron a pedirle a Romasanta una transformación en público? En fin. Lo interesante es que es precisamente esto, la meticulosidad y rigurosidad extremas tanto en la instrucción como en el juicio posterior, lo que ahora está a punto de jugar a nuestro favor.

—¿De qué manera?

—Resulta que otro de los aspectos que también se documentó con detalle es el que tiene que ver con la apariencia física del reo. Y es aquí, amigos, donde la cosa se pone interesante para nosotros. Porque según las medidas y observaciones realizadas, se recogía que Romasanta era una persona «apuesta, de fisonomía nada repugnante y mirada ahora dulce y tímida, ahora feroz y altiva, pero siempre serena». Al parecer, y tal como figura recogido en las actas, «forzadamente serena». Una persona incluso casi atractiva, a pesar también de ese otro detalle que no debemos pasar por alto, como era su escasa talla.

—Sí, sí —me adelanto—. Los Castro ya nos comentaron que apenas llegaba al metro treinta y siete.

—Muy bajo para nuestros días, pero en realidad tampoco tanto para la época. El caso es que aquí es donde tenemos que empezar a hacer memoria y no dejar de observar otros documentos previos a aquellas actas. Como, por ejemplo y muy especialmente, su partida de nacimiento. Aquella, amigos, en la que Romasanta no aparece registrado como Manuel, sino como Manuela.

—¿Cómo dices?

—Como lo oyes, inspector. En ese documento, donde se recoge la llegada al mundo del hijo de Miguel Blanco y María Romasanta el 18 de noviembre de 1809 en el lugar de O Regueiro, ayuntamiento de Esgos, un nombre se puede leer con toda claridad.

—¿Manuela Blanco Romasanta?

—Correcto, «Manuela». Y, por si ya os lo estáis preguntando, os diré que sí, que yo también pensé que podría tratarse de un error. Porque, de hecho, apenas ocho años más tarde, ya en 1817, la criatura aparece confirmada por la iglesia como Manuel.

—Entonces sí —propongo—, podría tratarse de un error.

—Podría. Pero ahora dejadme que lo leamos de otra manera. Por improbable que ahora mismo os pueda parecer, cabe la posibilidad de que, al nacer, y tras una primera observación, la criatura sí fuese identificada como una niña. De ahí que pasara a ser criada y, sobre todo, educada como una mujer.

—Discúlpame, pero ahora sí que no…

—Verás, inspector, Manuela juega como una niña, y luego, como una niña, aprende a coser, a cortar, a bordar. Labores todas estas que, como luego confirmarán muchos de los llamados a declarar en el juicio, no se le dan en absoluto mal, sino más bien todo lo contrario. El problema, en realidad, aparece cuando los años pasan y la pequeña Manuela comienza a cambiar.

—A cambiar —repito, creyendo entender ya a qué se refiere el médico.

—En efecto, inspector, a cambiar. La niña muestra una extraña abundancia de vello, un carácter irascible, por veces melancólico, por veces explosivo, y varias alteraciones más. Pero nada tan extraño como lo otro.

Silencio. Y comprendo que ahora es cuando viene lo innegable.

—Al parecer, Manuela, o ya para las voces bajas que comienzan a acompañar la estela de su paso quizá en realidad Manuel, ha empezado a mostrar un extraño desarrollo genital. Lo que en su nacimiento llevó a determinar que se trataba de una niña ha ido convirtiéndose en algo anómalo.

—¿De qué clase de anomalía estaríamos hablando?

—Bueno, en realidad, y siempre en función del momento y el lugar, tampoco sería tan extraño que alguien lo señalase como algún tipo de aberración, he ahí la verdadera monstruosidad de Romasanta. Siempre, insisto, a la luz de ese tiempo y ese lugar, tan apartados de casi cualquier forma de progreso y avance. A medida que su carácter y con él también su irascibilidad van creciendo, su cuerpo comienza a cambiar. De hecho, lo que hasta ese momento había pasado por ser el clítoris de la pequeña Manuela, siempre de un tamaño desproporcionado para la niña que supuestamente es, parece ahora otra cosa.

—¿Te refieres a un micropene?

—Muy probablemente, sí. De modo que volvamos entonces a la hoja de confirmación. Ese nombre que ahora aparece en lo alto, «Manuel», podría ser la forma correcta, sí. La rectificación pertinente de un nombre mal anotado al nacer, de acuerdo. Pero sabiendo lo que ahora sabemos, decidme, amigos, ¿de verdad estaríais dispuestos a rechazar esta otra opción?

Ni Lueiro ni yo nos atrevemos a responder.

—Como veis, aquel cambio de nombre también podría interpretarse como la evidencia de una duda, ¿no os parece? Manuela, Manuel. En realidad, cabe la posibilidad de pensar que en aquel momento nadie tuviera demasiado claro qué era lo que sucedía. Lo cual es una lástima, porque, de haber ocurrido hoy…

—Entiendo que, de ser así, el diagnóstico habría sido muy diferente, ¿me equivoco?

—Por supuesto. Gracias a los logros alcanzados en el campo de la genética y a las herramientas de las que ahora disponemos, hoy podemos plantear no solo esa interpretación diferente, sino también su explicación. Una, incluso, en la que encaje la violencia extrema que, con los años, Manuela o Manuel acabaría desatando sobre sus víctimas.

—¿De qué manera?

—A mi juicio, amigos, el comportamiento mostrado y probado de Romasanta se explica por la producción de unos andrógenos en exceso elevados, responsables en última instancia de toda esa agresividad, de toda esa furia. Y aunque por supuesto no se trata de un diagnóstico en firme, sino de una hipótesis de trabajo, existe la teoría de que Romasanta era, en realidad, una mujer, pero camuflada bajo una apariencia física que, con el paso de los años, se iría consolidando hacia los rasgos de un varón. Dicho de otra manera, estoy hablando de aquello que antiguamente solía llamarse síndrome de falso hermafroditismo femenino, en la actualidad un nombre obsoleto, para muchos incluso ofensivo, con el que referirse a ciertas formas de diversidad de género.

—¿Y cuál sería en este caso?

—En el de Romasanta, en concreto, su historial encajaría a la perfección en lo que hoy se conoce como síndrome de Klinefelter o, más probablemente, con una forma de intersexualidad referida con el código 46XX. Una forma de diversidad cuyo rasgo más llamativo sería una malformación genital que hoy no supondría mayor problema, pero que entonces era una marca más bien incómoda.

46

Lo que no puede ser negado

De una patada, justo así es como este último comentario de Serrulla me saca de la perplejidad que su explicación me estaba provocando. «Una malformación genital». Espera, eso ya lo hemos escuchado antes.

—Una malformación genital…

De repente, es la voz de Santos la que, también a empujones, se abre paso hasta la primera fila de mi pensamiento. «Algo sobre algún tipo de malformación genital». ¡Eso es!

—Es lo que dijo Ana.

Lueiro, desconcertado, arruga el ceño.

—¿Ana?

—Sí, aquello que Santos y Laguardia nos contaron cuando regresaron de Laza: «Todo lo que contó Navarro fue que Lazza le hizo una pregunta muy extraña. Algo sobre algún tipo de malformación genital».

—Joder, sí. Lo de la conversación en el cementerio —recuerda—. Toda aquella historia de la llamada.

—Exacto, la llamada en la que el sastre le había preguntado algo al médico acerca de una posible dolencia podría estar relacionada con esto mismo.

Fernando Serrulla frunce el entrecejo.

—Pero entonces ¿qué es lo que estáis diciendo? ¿Que esta cuestión ya ha salido en el caso? —pregunta el forense.

—Eso parece —respondo—. Desde luego, todo apunta a que, por el motivo que sea, Fernández y Navarro estuvieron hablando de esta misma patología poco antes de que atacasen al sastre.

Serrulla abre las manos en el aire. Tampoco demasiado, lo justo como para indicarnos: «Pues entonces, qué queréis que os diga, chavales».

—Pues, hombre —se encoge de hombros—, qué queréis que os diga, amigos.

—Ya, ya —comprendo no sin cierta resignación—, por descabellada que parezca, tampoco debemos descartar esta hipótesis. Lo sé. Pero entonces ¿de qué estamos hablando realmente? Quiero decir, ¿cuáles serían las características más habituales de esta alteración?

—Bueno, algunos de los rasgos presentes en los pacientes a los que hoy se les diagnostica esta forma de intersexualidad son hombros estrechos, escasa musculatura, alteraciones genitales, testículos pequeños...

—Pero, a ver. —Lueiro sacude la cabeza desconcertado—. ¿De qué estamos hablando? ¿Acaso todo lo que está sucediendo se debe a una mutación genética provocada por una cuestión hereditaria? ¿O deberíamos buscar en otra dirección, tal vez? ¿Qué es lo que nos estás diciendo, doctor? ¿Que nuestro hombre es en realidad una mujer?

—No. O, por lo menos, no en el sentido en el que crees. Mira, lo que sucede con este tipo de alteraciones es que puede darse un caso en una familia y a continuación no volver a repetirse jamás. La mutación se produce de manera totalmente aleatoria. Ahora, lo que sí sabemos hoy es que, para que esa mutación se dé, es cierto que lo más favorable es que exista una cierta predisposición en nuestro mapa genético.

—Perdona, pero creo que vuelvo a no entenderte.

—Verás, inspector, lo que te estoy diciendo es que una flor silvestre puede brotar en cualquier parte, pero *a priori* es más probable que lo haga en la hierba de un prado antes que en el asfalto de una autopista. De modo que sí, es verdad que nos podría haber ocurrido a cualquiera de nosotros. A ti, a mí, al sargento. A cualquiera. Pero siempre será más fácil si nuestro mapa genético personal ofrece cierta predisposición para albergar la mutación. De modo que, a fin de cuentas —resuelve—, sí, es más probable que se desarrolle entre los individuos pertenecientes a una misma línea familiar, al margen de lo cerca o lejos que se encuentren generacionalmente.

Por supuesto, es ahora, en este instante, cuando una idea comienza a palpitar en mi pensamiento. Una, de hecho, bastante incómoda.

—Escucha, doctor, teniendo en cuenta que sí que se trata de una cuestión de predisposición genética, ¿sería muy descabellado considerar la posibilidad de buscar un descendiente directo de Romasanta?

—Sí —me responde Serrulla con rotundidad—, un descendiente directo sí sería descabellado. E imposible también.

—¿Imposible?

—Por supuesto, inspector. Entiendo que a estas alturas ya todos estamos cansados. Pero recuerda lo que os decía hace un instante: atendiendo a lo que él mismo declaró en el juicio, sabemos que Romasanta nunca llegó a tener hijos. Y esto refuerza aún más la teoría de esta forma de intersexualidad, porque, quizá me haya olvidado de mencionarlo antes, una de las consecuencias de esta mutación es la imposibilidad a la hora de concebir hijos de forma natural. Como te digo, los individuos 46XX son estériles.

A estas alturas no estoy dispuesto a desistir. Intento otra vía.

—¿Y hermanos? —pregunto—. ¿Sabemos si Romasanta tuvo hermanos?

—Sí, eso sí —admite el forense—. De hecho, tal como él mismo declaró, Manuel fue el menor de siete hermanos. Y sí, ellos sí tuvieron descendencia. Y mucha.

Me limito a levantar una ceja, como si mi siguiente pregunta fuese tan evidente que no necesitara pronunciarla. Pero lo hago igualmente.

—Entonces, en caso de que sí que existiese esta relación de descendencia, también cabría la posibilidad de que esta persona presentase alguno de esos rasgos.

—Ya te lo he dicho, tampoco es que resulte imposible, pero...

—Ya, ya. Pero lo que yo te pregunto no es eso —lo atajo—, sino de qué clase de marcas podríamos estar hablando.

Fernando considera la respuesta antes de pronunciarse.

—A ver, debes comprender que establecer una opción desde nada más que lo hipotético no es fácil. Pero bueno, tomando como referente el posible historial clínico de Romasanta, sí —admite al fin—, en caso de haberse reproducido la mutación cabría considerar la posibilidad de encontrarnos con una mujer con apariencia de hombre, tal vez con ambos genitales en mayor o menor medida.

—¿Alguien que fuese a la vez hombre y mujer?

—Bueno, esa cuestión sería un tanto más compleja, Mateo. En todo caso, y a la luz de una perspectiva más actual, se trataría de alguien que estuviese entre un hombre y una mujer.

—Comprendo.

—Pero, de todos modos, y respondiendo a lo que creo que me preguntas, si aún tenemos en cuenta ese supuesto historial previo, en este caso la sintomatología que esperar se aproximaría más a la de un individuo con los genitales masculinos algo más desarrollados que los femeninos. Pero con estos también de algún modo presentes, sí.

—Ya. ¿Y esto sería reconocible?

—A ver, puede que en la época de Romasanta costase más identificarlo. Ten en cuenta que la mutación se produce durante el desarrollo del embrión, pero el cambio físico se va desenvolviendo a lo largo del crecimiento del niño. Bueno, en este caso de la niña. Pero sí —concluye—, en la actualidad basta un reconocimiento detallado y atento en el momento del parto para identificarlo.

—¿Sería fiable?

Serrulla menea la cabeza a uno y otro lado, con la duda en su expresión. Como si en todo momento quisiera dejar claro que solo se trata de hipótesis.

—Debes tener en cuenta que estamos hablando de un individuo que, en este caso, podría acabar presentando, por ejemplo, alguna forma de micropene, junto con algo semejante a una especie de protovagina. Por suponer tan solo alguno de los escenarios posibles, claro. Súmale a eso el hecho de que no será hasta la pubertad cuando estos cambios se manifiesten con más fuerza, decantándose con mayor claridad hacia una u otra dirección. Sí, podría identificarse. Pero no debemos descartar la opción contraria, la de que, *a priori*, una primera y simple inspección ocular podría llevar a engaño. O, como poco, no ser determinante.

—Entiendo.

—Ahora, de todos modos —prosigue—, tampoco hay

que olvidar que, en casos como este, y partiendo de esa posible predisposición genética, hoy se podrían realizar pruebas previas para identificar la variación antes incluso del nacimiento.

—Comprendo —respondo a la vez que vuelvo a pasarme las manos por la cabeza tirando del pelo hacia atrás—. Comprendo.

Y, Señor, por un instante apenas llego, en realidad, a comprender ya ni lo cansado que me siento. Ni eso ni, por un segundo, nada.

47

Alicia siguiendo al conejo ensangrentado

Es tarde, muy tarde ya, cuando Mateo y Lueiro se despiden por fin de Serrulla. Es tarde, muy tarde ya, y todos están cansados.

Pero, al mismo tiempo que Carlos y Mateo salen del hospital de Verín, tarde y cansados, en la penumbra de una habitación cerrada alguien continúa observando con atención la pantalla de un ordenador. Alguien que también lleva ya unas cuantas horas. Alguien que, con paciencia, ha ido saltando de una página a otra, de una hemeroteca digital a otra. Porque lo sabe, lo presiente. Nada es gratis en la vida. Este tipo de dolor tampoco. Y es como si lo pudiera oler. Tiene que haber algo más.

Algo más.

Hasta que, por fin, ahí está. Y alguien sonríe al leer el cuerpo de la noticia.

—Vaya, señor Basalo, pero ¿qué es lo que tenemos aquí? No me diga que usted también ha sido malo.

Y, aún sin apartar la vista del monitor, Raúl chasquea la lengua, a la vez que niega con la cabeza. Como el padre que, decepcionado, acaba de pillar a su hijo en una trastada de las gordas.

—Muy mal, Avelino. Muy mal.

48

Losada tenía razón

Hace mucho tiempo que el monasterio de San Pedro de Rocas, casi escondido en las faldas del monte Barbeirón, en los bosques de Esgos, abandonó su dedicación exclusiva como centro religioso. De hecho, el edificio del antiguo priorato, levantado en el siglo XVII, dejó de funcionar como abadía hace muchos años para convertirse, ya a finales del siglo pasado, en un pequeño museo, el Centro de Interpretación de la Ribeira Sacra y la Vida Monástica, cuyo principal reclamo es, por supuesto, el antiquísimo templo, una ermita del siglo VI excavada en la roca viva de la montaña para convertir así la cueva original en el templo cristiano más antiguo de Galicia. Por supuesto, un lugar de visita obligada.

Tanto es así que, en los últimos años, el antiguo monasterio ha conseguido consolidarse como uno de los referentes turísticos de la provincia, más aún en esta época del año, que raro es el día de verano en que el conjunto no recibe la visita de tres o cuatro autobuses cargados de turistas. Como por ejemplo y sin ir más lejos, hoy.

María Rosa y Carmelo son los encargados de recibir a los

visitantes. Y a primera hora llegará un grupo de jubilados. María Rosa, «Osa» para los amigos, juraría que vienen de algún pueblo de Zamora o Palencia, o algo así. Y con estos hay que asegurarse bien de que todo está en su sitio, que no hay crítico más feroz que un buen vecino. De modo que aquí está ella.

Es temprano aún, falta algo menos de un par de horas para que llegue el autobús. Pero Osa prefiere ir con tiempo. Cerciorarse de que todo está en orden incluso antes de que se levante el padre Damián, el único religioso que vive en el priorato desde que hace unos años viniera a retirarse a este lugar. Y ponerlo todo a punto lleva tiempo.

Lo primero ha sido la parte de la antigua abadía. El centro de interpretación, donde comienzan todas las visitas. Una vez limpias y ordenadas las zonas comunes, ahora toca pasar a la ermita. Abrirla, airearla, iluminarla. Al fin y al cabo, esa es la parte más importante de la visita, la gruta milenaria convertida en iglesia. La joya de la corona.

De hecho, los estudiosos se refieren a ella como el primer templo cristiano de Galicia, sí. Pero, aunque casi nunca se lo confiese a nadie, Osa, que ha nacido y se ha criado en Esgos, casi al lado del monasterio, siente que la iglesia de San Pedro podría ser incluso una de las más antiguas del mundo. Tan recogida, tan pequeña. Quién sabe si no será en realidad hasta la más antigua. Es más, de no haberlo hecho en Belén, María Rosa piensa que el Niño Jesús bien podría haber nacido allí, al amparo de aquellas mismas rocas.

Y por si esto no fuera suficiente, también están las otras maravillas del lugar. Como el antiguo mapamundi, un mural del siglo XII pintado en la capilla septentrional, o, por supuesto, el enorme conjunto de tumbas antropomorfas, casi una treintena de fosas excavadas en el granito, repartidas entre el interior del templo y el exterior.

Y es justo esa la razón por la que Osa, María Rosa o, tal vez, sencillamente la mujer que está a punto de entrar en pánico, no llegará a abrir la ermita. Porque ahí, en una de las tumbas que quedan a la intemperie, en el pasadizo entre el priorato y la ermita, es donde Osa romperá a gritar, por completo aterrorizada, al descubrir, brutalmente abierto por la parte izquierda de su pecho, el cuerpo sin vida del padre Damián Santamaría.

49

La perplejidad de Lueiro

A Carlos Lueiro le gusta su trabajo. Siempre le ha gustado. Porque, más allá de la dureza habitual de muchas de las escenas que reclaman su presencia, sabe que lo hace bien. Y, dentro de los muchos apartados que ese mismo trabajo abarca, la inspección ocular es uno de sus fuertes. Lueiro sabe prestar atención. Observar antes de entrar. Entrar con muchísimo cuidado. Y, una vez dentro, actuar siempre sin contaminar ningún escenario. Ver, observar, medir. Y encontrar aquello que nadie más ve. Y sin embargo esta vez...

Esta vez ya son demasiadas veces.

Esta vez, Carlos observa, mide, calibra. El cuerpo sin vida, el pecho abierto. El esternón extirpado y las costillas abiertas, arrancadas de cuajo. Como cuadernas de un barco viejo que hubiera sido abordado con furia, sin piedad. Joder, me cago en la puta, maldita sea. Carlos ha visto mucho dolor, mucha violencia, mucha desgracia. Pero esto...

Esta vez, Carlos señaliza, marca y anota un escenario en el que alguien se ha dedicado a destrozar el costado izquierdo de un hombre identificado como Damián Santamaría, un viejo sacerdote que, tras jubilarse, había solicitado su retiro en el antiguo priorato. Un cuerpo sobre el que, una vez salvajemente apartadas las costillas de Damián Santamaría, alguien se ha dedicado a morder hasta arrancar y destrozar el pulmón izquierdo del sacerdote, a juzgar por los restos esparcidos por el suelo junto a la tumba. Junto al cadáver. Por un instante, aunque nada más sea por constatar la realidad de todo esto, Carlos se quita la mascarilla de protección y aspira con fuerza. Y sí, ahí está.

La gente no se hace una idea de cómo es eso, el olor de un cuerpo recién abierto. El hedor intenso, agrio. Ese aroma penetrante que te golpea en la nariz, que se te mete hasta el fondo de los pulmones. Hasta el fondo del alma. Jóvenes, viejos, hombres y mujeres, da igual. Por dentro, una vez abiertos, todos tenemos el mismo olor. Vísceras expuestas, miseria, putrefacción. Todos olemos igual.

Mal.

Perplejo, aturdido y sobrepasado, Lueiro, todavía con una rodilla hincada en el suelo, busca a Mateo con la mirada, apenas a un par de metros a su espalda. Y, sin palabras, le lanza una pregunta. La pregunta.

«¿Qué coño está pasando, amigo? Dime, ¿qué cojones es lo que está pasando aquí?».

O tal vez se lo esté preguntando a sí mismo.

Señor, ¿qué sentido tiene tanto dolor?

¿Qué sentido tiene todo esto?

¿Qué sentido tiene nada?

50

Dos preguntas

—Me cago en la puta, Mateo, ¡me cago en la puta! Este cabrón está riéndose de nosotros, ¿me entiendes? ¡Este hijo de puta se está riendo de todos nosotros! ¡Y en nuestra puta cara, joder! ¡Joder!
—Carlos, por favor.
—¡Ni Carlos ni hostias, me cago en Dios! ¡Es la puta verdad, Mateo! ¡Este hijo de puta está regando el puto valle con la sangre y las tripas de todo cristo, cojones! Y, entretanto, nosotros qué tenemos, ¿eh? ¡Dímelo, coño! —Lueiro da un puñetazo sobre su escritorio—. ¡Qué hostias tenemos nosotros!

Es tarde ya. El día ha vuelto a ser duro y el calor aprieta en el cuartel de Verín. El calor, todo él en todas sus formas posibles. Es esta ola que parece no dar tregua ni de noche. Es el fuego que enciende los montes del valle madrugada tras madrugada. Y es la presión a nuestro alrededor.

Carlos está nervioso. Y a su estrés no le faltan motivos: el caso ya no se puede tapar más, los medios han empezado a hacer preguntas, los vecinos fabrican sus propias respuestas, y desde arriba no dejan de apretar, tanto los jefes de Carlos como también los nuestros. Y todo pesa, sí. Pero no tanto como la impotencia, el comprobar que la gente muere a nuestro alrededor sin que nosotros logremos detenerlo ni apenas avanzar. Por eso entendemos perfectamente el arrebato de Lueiro. La rabia, el puñetazo sobre la mesa. Porque cualquiera de nosotros podría haber reaccionado de la misma forma. Al fin y al cabo, todos nos sentimos igual. Policías, guardias civiles, no somos máquinas, somos personas.

—El sargento tiene razón, jefe. Todo esto se nos va de las manos.

Asiento en silencio, a la vez que vuelvo a observar al equipo. Sentados alrededor de la mesa, Santos y Laguardia mantienen baja la cabeza, Lueiro mira hacia la nada al otro lado de la ventana e incluso Arroyo, siempre dispuesto, parece ausente esta vez, como si, incómodo, tuviera la mente en otra parte. Todos estamos cansados, frustrados y desbordados. De acuerdo, es hora de intentar poner un poco de orden en medio de tanto caos.

—A ver, hagámonos dos preguntas. La primera es obvia: ¿quién es toda esta gente? Quiero decir, sabemos sus identidades: Vicente Fernández, más conocido como Vincenzo Lazza, Diego Navarro, Fina García, Avelino Basalo y ahora también Damián Santamaría. Los conocemos, sabemos quiénes eran y a qué se dedicaban. Pero ¿qué es lo que ignoramos? O, dicho de otra forma, ¿cuál es el motivo para que todos hayan acabado compartiendo el mismo final? ¿Qué es lo que tenían en común para que el lobo fuese a por ellos?

—Bueno, es cierto que entre los tres primeros sí que existía alguna relación, ¿no? —Es Lueiro quien responde, por fin algo más calmado.

Pero, por la manera de torcer el gesto, comprendo que Santos no comparte su opinión.

—Con el debido respeto, señor, yo no diría tanto. El otro día usted mismo nos hablaba de una posible opción alrededor de Fernández. Y sí, es cierto que el sastre parece estar en el centro de esa relación. Pero solo porque sabemos que era a la vez amigo del médico y frecuentaba el taller que hay frente al bar en el que trabajaba la camarera. Pero de ahí a que esto sirva para establecer un vínculo entre los tres... —La subinspectora sacude la cabeza—. Yo no lo veo, señor. Y, además, esta opción nos seguiría dejando otro problema encima de la mesa.

—Cómo encajan los otros dos en la historia —apostilla Laguardia.

—Exacto.

—Por eso nosotros sugeriríamos otra posibilidad, señor. Santos y yo creemos que la clave está en el pueblo.

—¿El pueblo?

—Sí, señor. Si tomamos el taller de costura como punto de partida, este sí nos serviría como vínculo para relacionar tanto a Lazza, que lo frecuentaba, como a Fina, que trabajaba frente a él.

—Y sí, es cierto que esto nos deja fuera al médico —admite Santos—, pero nosotros creemos que su muerte tan solo se debe a su relación con Fernández. De hecho, todo parece apuntar a que la causa sea lo que fuese que hablaron en esa última llamada, por lo que de momento podríamos dejarlo de lado.

—De acuerdo —acepto—. Pero, entonces, el taller...

—Tal como nosotros lo vemos —continúa Laguardia—, ahí es donde comienza el hilo del que estamos tirando: en el taller. O, más concretamente, en uno de sus empleados.

—Manel Blanco.

—Correcto, señor. Teniendo en cuenta lo que nos han

contado tanto su jefa como, sobre todo, su madre, sabemos que se trata de una persona con talento, que puede ser violenta, pero que también parece haber sufrido de alguna manera.

—Así es. Y entendemos, pues, que de un modo u otro la historia pasa por él, si bien no podemos confirmar aún su grado de implicación.

—No, porque su desaparición nos abre a todo tipo de posibilidades —continúa Laguardia—. Podría tratarse tanto de un responsable a la fuga como incluso de una posible víctima que, asustada, haya corrido a esconderse.

—¿Víctima? —repite Lueiro—. Pero ¿de quién?

—De cualquiera, en realidad. Mire a su alrededor —le señala Antonio—. Las muertes, el pasado, el fuego mismo. Todo el valle parece estar lleno tanto de silencios como de asuntos pendientes.

—Correcto —admite Santos—. Y si, de un modo u otro, el muchacho tiene realmente algo que ver en todo esto, su participación nos abre esa otra vía posible, jefe.

—O sea, la de Rebordechao.

—Y ese sí que es un punto que no podemos ignorar —continúa Santos—, porque no solo es la aldea del tal Manel Blanco. Por una parte, el presidente de su junta de montes era Avelino Basalo.

—Alguien que, por cierto, y según he podido averiguar —interviene Raúl—, parece no tener el más limpio de los pasados. Ayer, buscando información sobre él, encontré un par de detalles interesantes.

—¿De qué tipo?

—Cuando dejó el cargo, no lo hizo porque ya estuviera mayor, cansado ni con ganas de jubilarse, como en su momento explicó, sino más bien por otra clase de cuestiones.

—No me digas más, ¿algo turbio?

—Yo diría que sí, Ana.

—¿De qué se trata?

—De un tema tan viejo como el propio monte, señor. Uno, de hecho, muy caliente.

Y comprendo.

—El fuego.

—En efecto. Al principio, y más allá de ese par de notas en las que se daba cuenta de la jubilación del señor Basalo, al que se mencionaba como uno de los históricos dentro del movimiento comunal en la provincia de Ourense, lo cierto es que me costó encontrar nada que fuese mucho más allá. Pero al final…

—Lo encontraste. —Sonríe Santos.

—¿Acaso no lo hago siempre, subinspectora?

—Ese es mi chico.

—En efecto, algo había, sí. Aunque muy poca cosa, en realidad. Porque lo cierto es que apenas se publicaron un par de noticias posteriores al respecto. Ya sabemos cuál es aquí la política de la Xunta de Galicia sobre este tema.

—Sí —responde Laguardia—, silenciar el problema del fuego, según ellos mismos «para no dar alas a los pirómanos».

—Así es —confirma Raúl—, de modo que a nadie le interesa demasiado airear los chanchullos que el presidente de una de esas comunidades de montes pueda tener con ciertos empresarios.

Suspicaz, Santos se echa hacia delante en su asiento.

—Espera, espera. ¿De qué clase de empresarios estamos hablando?

Arroyo frunce una mueca incómoda.

—Madereros.

—Joder, ha cantado la gorda.

Comprendo la reacción de Ana. ¿Uno de los problemas

nacionales más graves y uno de los grupos económicos más fuertes del país juntos en el mismo conflicto? Mal asunto.

—¿Y de qué iba la cosa, pues?

—Eso no lo sé. Por un lado, todo apunta a que no es casual el hecho de que Basalo dejara su cargo poco tiempo después del incendio que estuvo a punto de llevarse al pueblo por delante. Y luego están todos esos eufemismos, claro.

—¿Eufemismos? —pregunto—. ¿A qué te refieres?

—A que las pocas noticias que pude encontrar sobre su despedida hablan de una renovación en la directiva de la Comunidad de Montes de Rebordechao, entre otras metas, con el fin de intentar recuperar las buenas relaciones entre los propietarios del monte y las empresas interesadas en participar de él, hasta ese momento afectadas por una serie de conductas impropias.

—¿Impropias?

—Eso es lo que dice el periódico, señor.

—Esto apesta a mordidas en la venta de madera quemada, jefe.

—O a sobornos para permisos de tala —sugiere Lueiro.

—¿Y sabemos de cuándo es esa noticia?

—Sí. De finales de 2015.

—Ya, claro. ¿Y crees que esa podría ser una razón de peso?

—¿Como para que pueda costarle la vida a alguien? —Raúl parece considerar la respuesta por un instante—. Verá, señor, yo diría que esto es como aquel cuento. Ya sabe, aquel que decía que el mejor truco realizado por el diablo fue el de convencer al mundo de que no existía. Con el bosque ocurre algo parecido: la mayor jugada de muchos interesados en los últimos años ha sido convencer a los paganos en la materia de que el monte no da dinero, cuando la realidad...

—Es muy distinta —se adelanta Lueiro—. El monte sí da dinero. Que se lo digan si no a los que han hecho negocios con los de los aerogeneradores. Solo en esta provincia, se han llegado a cerrar acuerdos millonarios para la instalación de los molinos de viento. O los «helicópteros», como los llaman por aquí. De modo que sí —resuelve el sargento—, ya os digo yo que el monte da dinero, y mucho.

—Así es —corrobora Arroyo—. Por lo que he podido averiguar, el monte sigue siendo un buen negocio, y no siempre transparente. A veces también tiene sus oscuridades. Si a esto le sumamos el hecho de que hoy se mata por cualquier cosa, sí, señor, diría que, fueran cuales fueran los negocios turbios en los que Basalo pudiera haber estado metido con los madereros, podrían haber sido motivo suficiente como para que alguien decidiera cuadrar números y ajustar cuentas. Un poco tarde para hacerlo, eso también es cierto. Pero posible, sí, yo diría que sí lo es.

—De acuerdo —acepto—, asumamos que Basalo podría guardar algún secreto en su historia que ahora viniera a pasarle factura. Pero entonces nos sigue faltando un último detalle: ¿qué ocurre con Santamaría?

Laguardia asiente con la cabeza.

—De eso mismo queríamos hablarle, señor. Porque a ese respecto acabamos de averiguar algo más.

—¿Tenéis algo sobre el cura?

El subinspector vuelve a asentir.

—Sí, señor. Cuando el sargento Lueiro nos trasladó la identidad del sacerdote, nos pusimos en contacto con el obispado. Pedimos una copia de su historial y...

—Y acababa de recibirla justo cuando ustedes han llegado, jefe. —Es Santos quien responde—. Tan solo he tenido tiempo de enseñársela a Antonio. Pero...

—Ya, no me digáis más: Damián Santamaría también está relacionado con Rebordechao.

—Correcto. Entre 1997 y 2015, año en que solicitó un nuevo traslado, el padre Santamaría tuvo a su cargo la parroquia de la Concepción, que es la única iglesia que hay en Rebordechao. No hay duda, jefe, es el pueblo.

Santos concluye sin apenas alterar su expresión. Como si la respuesta fuese tan evidente, tan clara, que no necesitase más explicación. Tan solo Arroyo frunce el ceño.

—Un momento. ¿Has dicho que el cura dejó Rebordechao en 2015?

—Sí —le confirma la subinspectora, con la mirada puesta en sus notas—, aquí está: se encargó de su parroquia hasta noviembre de 2015.

Raúl asiente, y a su vez nos muestra las hojas impresas con las noticias sobre Basalo.

—Igual que Basalo. —Señala—. Él también dejó el cargo a finales de 2015.

—Espera —murmura Lueiro—, espera un momento. ¿Dónde estaba? —Saca su cuaderno—. Sí, aquí lo tengo. Mira. —Me señala—. Mira, Mateo: también es el año en el que Ramón Blanco murió. Y… —Sigue buscando—. Joder, también se trata del mismo en el que su hijo Manel abandonó la aldea.

—Vamos, que parece que 2015 fue un año movidito para Rebordechao —remata Santos.

—De acuerdo —admito—, está claro que, de un modo u otro, todo pasa por el pueblo, tal vez incluso por un mismo año.

—No es que pase —vuelve a intervenir Raúl, con aún más determinación—, es que, tal y como señalan Ana y Antonio, el pueblo es la clave, señor. O, mejor dicho, una de las claves. Porque todo esto no hace sino reforzar aún más esa otra cuestión que ahora parece que queramos obviar, pero que sigue estando ahí —advierte abriendo las manos en el aire—, sigue estando ahí. Es Blanco, es Basalo, es Santamaría. Es Rebordechao, es el lobo, son las formas. Es el asunto Romasanta, señor. Es el Sacamantecas.

—Sí —le contesto a la vez que yo también gesticulo con la mano para indicarle que espere—, lo sé, Raúl, no lo he olvidado. Precisamente, todo esto nos conduce a la segunda de las preguntas que os mencionaba al comienzo: ¿por qué?

Pero nadie me responde. Por un instante ninguno de mis compañeros hace más que devolverme la mirada.

—¿Por qué Romasanta? —insisto—. Decidme, ¿qué demonios pinta un asesino del siglo XIX en medio de todo esto? O, si preferís que os lo pregunte de otra manera, ¿cómo, por el dios de la sensatez, encaja este tipo en esta historia?

Santos y Laguardia bajan la cabeza y se buscan en silencio, como si de pronto se hubieran convertido en dos alumnos intentando evitar la mirada del profesor que ha hecho una pregunta para la que no se han estudiado la respuesta. Lueiro se pasa la mano por la cabeza, y tan solo Arroyo mantiene la expresión concentrada.

Hasta que, por fin, habla.

—Señor, yo creo que la respuesta está clara —contesta con gesto seguro, determinado—. De hecho, con respecto a esta pregunta y, si me apura, a todas las demás también. Porque se trata de la misma —concluye—, la misma respuesta para todas.

—¿Cuál?

—Tanto el nexo entre todas las piezas como también las razones siguen siendo los dos elementos que aquí se han mencionado. Pero no por separado, sino de manera indisoluble. Santos y Laguardia tienen razón: es el pueblo, sí —responde, buscando esta vez a los dos subinspectores con la mirada—. Pero siempre de la mano de ese vecino en el que todos estáis pensando.

Lueiro frunce el ceño, suspicaz. Porque se ha dado cuenta del matiz: «ese vecino» pueden ser dos personas, en realidad.

—¿A quién te refieres? —pregunta—. ¿A Blanco o a Romasanta?

Y Arroyo sonríe. Justo antes de soltar lo que, lo sé, lleva todo el tiempo esperando soltar.

—Es que son la misma persona, sargento.

Lueiro arquea las cejas.

—Perdona, ¿cómo has dicho?

—Como lo ha oído, señor. Manel Blanco y Manuel Romasanta son la misma persona —responde sin dejar de asentir con la cabeza—. Así es como todo encaja.

51

Siempre se vuelve al primer amor

Desconcertado por la respuesta, Carlos sacude la cabeza.
—A ver, a ver, chaval. Que a lo mejor todo este calor te está haciendo perder la razón. Cómo cojones van a ser la misma persona un tipo que apenas tendrá ahora ¿cuánto? ¿Veinticinco, veintiséis?

Laguardia revisa al momento sus notas, siempre ordenadísimas.

—Nacido el 18 de noviembre de 1997. El cortador tiene ahora veintisiete años.

—Vale, pues eso mismo. ¿Cómo coño un chaval de veintisiete años y un asesino siglo XIX van a ser la misma persona?

Pero la lógica de Lueiro no desanima a Raúl. Al contrario.

—Porque lo son —replica con tono más decidido aún—. Blanco, o quien sea que esté haciendo esto, actúa como lo haría el auténtico Romasanta. Pero no como una sola de sus versiones, ya sea la del lobo, la del sastre o la del Sacamantecas, sino como todo él, en toda su complejidad.

—O sea —comprendo—, como una persona, al fin y al cabo.

—Exacto, señor. Sea quien sea nuestro hombre, se trata de alguien que conoce perfectamente la historia de Romasanta, hasta el punto de llegar a identificarse no solo con alguna de sus ramificaciones, sino, en realidad, con todas.

—Vamos, que lo que estás diciendo —comprende Laguardia— es que sea quien sea el responsable de todo esto ha decidido valerse de las múltiples historias del Romasanta del pasado para ajustar cuentas ahora, en el presente.

Raúl tuerce el gesto.

—Eso no lo sé. No sé si con el presente, con el pasado o quizá con todo a la vez. Pero lo que sí tengo claro es que nuestro hombre, quienquiera que sea, ha decidido convertirse en Romasanta, en el hombre lobo, en el Sacamantecas. En todo a la vez. Quién sabe si no cabrá incluso alguna otra opción.

Y sigo comprendiendo.

—Te refieres a lo de la intersexualidad.

—¿Y por qué no? Recuerde lo que le explicó Serrulla, señor. Si algo está claro a estas alturas es que el responsable conoce a fondo la historia de Romasanta, esa cuestión incluida. Y si en el caso de Blanco existe la posibilidad de que, como pensamos, esté emparentado con el auténtico Romasanta, entonces también cabría considerar en él la misma predisposición genética para albergar la mutación. De hecho, señor, ¿recuerda lo que nos dijo su madre? Que se trataba de un chico «muy sensible». ¿Y si en realidad lo que nos estaba diciendo era otra cosa? Al fin y al cabo, no olvidemos que el auténtico Romasanta también tuvo los mismos problemas; cuando apenas era poco más que un chaval, abandonó la casa familiar debido a los enfrentamientos que mantenía con su padre. ¿Y por qué cree que eran, señor?

—Porque el hombre no entendía a su hijo.

—Lo cual tan solo es una manera sutil de decir otra cosa, señor. Porque ni el padre ni probablemente tampoco el pueblo toleraban aquello que convertía al joven Romasanta en alguien tan especial.

Nos limitamos a asentir en silencio y a considerar la propuesta de Raúl. Y sí, admito que no parece en absoluto desencaminada.

—Pero entonces, de ser así —deduce Laguardia—, si nuestro hombre también hubiera nacido con alguna de las múltiples formas de esta patología, cabe suponer que habría algún tipo de registro de esta.

—Puede —responde Arroyo—. Puede ser que sí. Pero también puede ser que no. Pudo no detectarse a tiempo. O puede incluso que...

Raúl se detiene. Como si, de pronto, se le hubiese ocurrido alguna otra opción.

—También puede ser que la familia quisiese ocultarlo de alguna manera.

Lueiro arruga la frente.

—¿Ocultarlo?

—Bueno, cabe la posibilidad de que, si la familia era conocedora de la historia de Romasanta...

Y entonces yo también comprendo.

—Considerasen la mutación como una especie de marca.

—Exacto, señor. Una suerte de señal. De humillación.

—Entiendo.

—De modo que sí —resuelve Arroyo—, es posible que lo que está haciendo nuestro hombre sea también alguna forma de ajustar cuentas con todo.

—Sí —asiente Laguardia—, podría tener sentido.

—Lo tiene —vuelve a defender Arroyo—. Y por eso insisto en que deberíamos profundizar aún más en esa vía.

Lueiro tuerce el gesto, dubitativo.

—Pero es que no tenemos tiempo, joder.

—Escuche, sargento. —Raúl se vuelve hacia él—. Sé que está usted impaciente. Todos lo estamos. Y exhaustos, y frustrados. Y créame, yo tengo tantas ganas de atrapar a ese malnacido como usted. Pero también sé que este es el camino. Por favor, confíe en mí, señor. Estoy seguro de que, si retomamos esa vía, si la aseguramos, acabaremos encontrando algo que estreche el cerco sobre nuestro hombre.

Agotado, al guardia civil se le escapa una sonrisa cansada.

—Como en una trampa para lobos —responde Lueiro.

Y Arroyo también sonríe. Y asiente.

—Eso es, señor. Como en un *foxo do lobo*.

El guardia civil se resigna.

—De acuerdo.

—Bien —resuelvo—, hagámoslo entonces. Carlos, llama a Losada y dile que necesitamos hablar con él de nuevo, que venga cuanto antes.

Raúl todavía me mantiene la mirada, de nuevo animado.

—De acuerdo, Batman. Esta vez sí, atrapemos al lobo.

52

Se lo dije

—Muchas gracias por venir tan rápido —saludo tendiendo la mano desde el otro lado de la mesa.

Miguel Losada se limita a asentir en silencio a la vez que toma asiento, aún con el mismo gesto grave y tranquilo de hace un par de días.

—Espero que no le moleste que en esta ocasión hayamos preferido quedar aquí, en el cuartel, en lugar de en la biblioteca. Dada la situación, comprenderá que necesitamos garantizar toda la discreción posible.

—Sí, claro —contesta el antropólogo—, lo entiendo. Y no se preocupen, que no es molestia ninguna.

Sereno, casi impasible, Miguel Losada es la viva imagen de la calma.

—Bueno, entendemos que hacerle venir desde Lugo…

—No vengo desde Lugo.

—Ah, ¿no? Vaya —disimulo un vistazo discreto a mis notas—, me había parecido entender que vivía usted en…

—Sí, vivo en Lugo. Pero también tengo una casa aquí, en Nocedo.

—¿En dónde?

—En Nocedo do Val, una pequeña aldea aquí cerca. Es donde tenemos la antigua casa familiar, y me gusta venir de vez en cuando. Para desconectar. Me imagino que ustedes también sabrán qué es eso.

Se me escapa una mueca escéptica. Últimamente no mucho, no.

—Escuche, si le hemos pedido que venga es porque, como ya le habrá explicado el sargento Lueiro, necesitamos que nos ayude a profundizar un poco más sobre ciertas cuestiones…

Me detengo en busca de la forma adecuada de referirme a ellas. ¿«Raras de narices»? Losada dibuja una mueca, algo parecido a una sonrisa comprensiva.

—Poco habituales —propone adivinando mis dudas.

—Bueno —ladeo un poco la cabeza—, es una manera de verlo, sí.

—Bien, pues aquí me tiene. Usted dirá.

—Verá, gracias a usted hemos podido hacernos una idea mucho más completa de la complejidad del personaje que la persona que estamos buscando podría estar empleando como referente.

—Romasanta.

Asiento en silencio con un gesto rápido de la cabeza. Y Losada me responde dejando escapar una sonrisa escondida en un suspiro.

—Se lo dije. Esa figura es muy importante aquí. Y, a pesar de lo que pueda parecer, todavía muy desconocida, en realidad. Más allá de mitos y rumores, se trata de una historia tanto más compleja como interesante.

—Sí —le doy la razón—, ya le digo que me voy haciendo una idea. Y es justamente por eso por lo que nos gustaría concretar un par de cuestiones más con usted.

—Porque yo estaba en lo cierto, ¿verdad?

—¿Perdón?

—En lo que les dije, inspector, ¿recuerda? Se lo advertí, les dije que, si aparecían más cadáveres, todos mostrarían algún tipo de agresión en su parte izquierda. Dígame, ¿acaso me equivoqué?

Santos me busca con la mirada.

—No, no se equivocó.

En silencio, por un instante, Losada se limita a asentir con la cabeza desde la más concentrada de las expresiones. Como si estuviera encajando alguna serie de piezas en un puzle particular.

—Y dígame una cosa —pide, aún con la mirada perdida en algún punto de la mesa—. ¿Qué fue lo que le hizo a la cuarta víctima? Al hombre en el Foxo de Chaguazoso. Porque los periódicos hablan de él, pero no dicen cómo murió.

Lueiro, que hasta ese momento ha permanecido en una especie de silencio tenso e incómodo, recela.

—Comprenda usted, señor Losada, que esa información no puede ser de dominio público, porque…

—Le arrancó el epiplón —resuelvo interrumpiendo a Carlos. ¿Para qué andarnos con rodeos a estas alturas?—. Se lo arrancó y se lo llevó.

Y Losada vuelve a apretar los labios a la vez que asiente en silencio, como si mi respuesta le pareciera la más lógica.

—La grasa —comprende—, por supuesto. Y ahora ha ido a por la pieza que le faltaba, claro.

El comentario nos coge por sorpresa a todos. Pero es Laguardia el primero en expresar su desconcierto.

—¿La pieza que le faltaba? Disculpe, ¿a qué se refiere, señor Losada?

—A la que encontraron ayer, evidentemente —contesta el

antropólogo, igual de sereno que siempre, clavando esta vez sus ojos de azul ceniza en los de Antonio Laguardia—. Porque, a no ser que haya escuchado mal, diría que el hombre de San Pedro de Rocas era un sacerdote, ¿verdad?

—Sí, lo era.

Miguel Losada vuelve a ofrecerme otra de sus sonrisas fugaces.

—Sí, claro que sí.

Y, una vez más, el antropólogo paciente asiente de nuevo en silencio. Y por un instante juraría verlo sonreír de una manera más abierta, más franca. Como si, por fin, hubiera encajado la última pieza de su rompecabezas particular y ahora la imagen se mostrase ante él con todo su sentido.

—Pues —murmura al fin, al tiempo que levanta la cabeza para devolverme la mirada—, sepan que su hombre acaba de abrirles una nueva puerta. Amigos, ya tienen ustedes su propia teoría de la conspiración.

53

Se non è vero...

—Como supongo que a estas alturas ya sabrán, hasta su detención nunca se había hablado de ningún lobo relacionado con Romasanta, ni nada que se le pareciese. En realidad, mientras estuvo en libertad, los rumores alrededor de su figura se referían a él como el Sacamantecas. O, mejor dicho, el Sacaúntos. Pero, lo que tal vez ustedes ya no sepan es que, en relación con esta parte de la historia, hay alguien más: un hombre llamado Pedro Cid. Y, como ya se imaginarán, era sacerdote. Verán.

El antropólogo se detiene. Se muerde ligeramente el labio inferior y, con la mirada de nuevo perdida en algún punto indefinido entre sus manos extendidas sobre la mesa y la nada, coge aire y entorna los ojos, concentrando su expresión. Como si pusiera en orden sus ideas antes de convertirlas en palabras. O, tal vez, como si en ese preciso instante Miguel Losada se estuviera convirtiendo en algún tipo de antena, en un puente virtual a través del cual conectarse con esa especie de biblioteca mental a la que nadie más que él en toda la estancia puede acceder.

—Como ya saben ustedes —explica al fin—, la figura del

Sacamantecas es uno de tantos mitos, leyendas propias de diferentes folclores. En nuestro caso, el protagonista de un cuento para asustar a los más pequeños de la casa, especialmente a la hora de acostarse. «Vete a la cama y duérmete, o vendrá el Sacamantecas y se te llevará con él para arrancarte la grasa».

—¿Algo así como el Hombre del Saco? —pregunta Laguardia.

—Sí —concede el antropólogo—, algo así. Solo que, en el caso que nos ocupa, ocurre algo especial.

—¿El qué?

—Bueno, subinspector, como imagino que ya sabrá, todas las leyendas suelen estar construidas sobre algún caso o referente real. Y en esta ocasión, el Sacamantecas, la figura del hombre malvado que va por ahí secuestrando a víctimas inocentes para hacerse con su grasa, también lo tiene.

—Sí —me adelanto—, Serrulla nos contó algo al respecto. Un caso conocido como el crimen de Gádor, en Almería.

—Oh, el crimen de Gádor —asiente Losada—. Un caso muy sonado, sí. Pero sepan ustedes que tampoco han de irse tan lejos para encontrar casos aún más espeluznantes. ¿Han oído ustedes hablar del asesinato de Ramonita Crestelo, caballeros?

Nadie responde.

—La pequeña Ramonita fue una niña que desapareció de su casa en Sobrado, a las afueras de Ourense, allá por 1914. Cuando se la encontraron, la pobre criatura estaba tirada en una cuneta. Y sí, estaba muerta. Pero eso no era lo peor: según el informe, le habían arrancado el pie izquierdo, un brazo y, además, había sido desangrada hasta la muerte. Y, después, la dejaron tirada como un perro cualquiera.

—Jesucristo.

—Al parecer, él no tuvo nada que ver —responde Losada,

aún en el más neutro de los tonos—. Pero ello no evitó que, al igual que había ocurrido con Romasanta muchos años antes, el suyo también fuera un caso de enorme repercusión mediática. ¿Y todo saben por qué?

—Por lo mismo —comprendo.

—Exacto, inspector. A la pobre niña la mataron para emplearla como supuesto medicamento. Tal era el nivel de arraigo de aquellas creencias en nuestra cultura.

—De hecho —interviene Arroyo—, el doctor Serrulla incluso mencionó un libro en el que se recogía la grasa humana como recurso medicinal.

—La *Palestra Farmacéutica* —asiente Losada—, en efecto. Pero doy por sentado entonces que el bueno de Fernando tan solo les habrá hablado de los usos que aparecen recogidos en esa obra a nivel medicinal, ¿me equivoco?

—¿Acaso había otros?

Losada vuelve a perfilar esa especie de sonrisa discreta.

—Los había, inspector, los había. Usos de carácter cosmético. Y aquí, amigos, es donde la cosa se pone interesante.

Para nuestra sorpresa, el antropólogo pasa a enumerar toda una serie de aplicaciones no medicinales, a cada cual más bizarra. Desde el empleo de la grasa humana como ungüento para la eliminación de arrugas propias del envejecimiento hasta su aplicación como refuerzo para recuperar la turgencia de los pechos femeninos.

—¿Grasa humana para las tetas? —Es Santos quien pregunta—. ¿Lo está diciendo en serio?

—Por supuesto, subinspectora. ¿Por qué habría de inventármelo?

Ana cruza con Laguardia una mirada asombrada.

—Sin embargo, y como sin duda ya habrán deducido, si la grasa humana era un recurso escaso, estos productos, cuyo fin era únicamente la vanidad humana, tenían un coste altísimo. Un precio que, por supuesto, solo podían pagar unos pocos privilegiados. Ya saben, alta burguesía, nobleza, algún miembro del clero...

—¿Ha dicho usted clero?

Losada me dedica una mirada condescendiente.

—No subestime usted la vanidad de un obispo, inspector. Lo importante aquí es comprender algo tan evidente como descarnado: si la demanda era elevada, aunque fuera en términos económicos, la opción de facilitar la oferta tampoco resultaba menos tentadora. De modo que...

—La cosa ya tiene menos visos de leyenda —comprendo.

—Más bien todo lo contrario. Más que de mitos ancestrales, durante mucho tiempo de lo que se habló fue de la existencia de una red organizada de tráfico de grasa humana entre distintas regiones de Ourense, León, Zamora y el norte de Portugal. Incluso se rumoreaba que en la parte más poderosa de la trama podrían estar algunas de las grandes familias de la nobleza gallega de la época. Personajes pertenecientes a las casas de Lemos, de Andrade o incluso caballeros de la Orden de Malta.

—Pero eso —murmura Raúl— supondría un escándalo colosal.

—De haberse confirmado —matiza el antropólogo—. En todo aquel tiempo tan solo llegó a encargarse una investigación al respecto. Un proceso que, casualmente, se extinguió tan pronto como en él comenzaron a sonar los apellidos que les he mencionado.

—O sea —comprendo—, que lo que usted nos está diciendo es que Romasanta no sería en realidad sino un eslabón más dentro de esa trama.

—Correcto.

—Entiendo. Pero entonces...

—Qué ocurre con el sacerdote, ¿verdad?

Losada sonríe.

—Al hilo de lo que se menciona en el periódico, he podido averiguar que la víctima de ayer fue el antiguo cura de Rebordechao, ¿me equivoco?

—Entre otras parroquias, sí —le confirma Laguardia—, lo fue.

El antropólogo vuelve a asentir en silencio.

—Pues sepan ustedes que, en 1851, todo el mundo parecía estar convencido de que el principal cómplice de Romasanta en esa supuesta red era precisamente Pedro Cid.

—El párroco de la aldea —digo.

—El mismo. De hecho, la estima entre ambos era tan alta que, si consultan ustedes las actas del juicio celebrado contra Blanco Romasanta, y ya con su culpabilidad más que demostrada, Cid declaró a favor del acusado, insistiendo en que se trataba de una buena persona que lo único que hacía era llevarse a aquellos que, literalmente, «se lo merecían».

—Joder —murmura Santos—, vaya prenda.

—Ya, pero entonces, esto...

Arroyo comprende al mismo tiempo que yo.

—Esto anularía la teoría de que Romasanta no fue más que un vulgar ladrón.

—Mucho me temo que sí —admite Losada.

—Pero a ver, vamos a ver si nos entendemos. ¿Qué coño es lo que estáis diciendo? —Lueiro nos mira desconcertado, casi desafiante—. ¿Qué de verdad estaríamos yendo detrás del Sacamantecas? ¿En serio?

—No —lo atajo—. En aquella época, y de ser cierta esa teoría, entonces sí. Pero aquí lo importante es otra cuestión, Carlos.

—La trama —comprende Laguardia.

—Exacto —confirmo—, la trama. Lo que el señor Losada

nos está mostrando con su relato es la posibilidad de considerar otros elementos. En concreto, el de que la muerte del sacerdote conecte con la existencia de tramas más o menos organizadas. Y de que Romasanta, por supuesto, perteneciese a alguna de ellas.

—En efecto —asiente el antropólogo, aún sin abandonar su expresión de eterna indolencia—. De hecho, y por complejo que parezca, la de su pertenencia a algún tipo de entramado dedicado al robo y a la comercialización de grasa humana, o su complicidad con personas implicadas, tan solo es otra de las muchas galerías que recorre la historia de Romasanta. Una que, como ven, es tanto más profunda e interesante que el simple mito del hombre lobo por el que se lo conoce en la superficie.

—Comprendo. Pero, como le decía al sargento Lueiro, no debemos olvidar que aquí no estamos juzgando a Romasanta, sino buscando a alguien que, evidentemente, se vale de él como forma, como recurso.

—Y, por lo visto —comenta Laguardia—, alguien que también conoce esta posible vía, esa en la que Romasanta formaba parte de un entramado mucho más complejo.

—Pero entonces ¿qué es lo estamos considerando? —pregunta Santos—. ¿Que nuestro hombre también forma parte de algún tipo de trama?

—O quizá lo contrario —sugiere Raúl—. Tal vez lo que esté haciendo sea señalar la existencia de alguna otra trama. Una con la que ahora él también está ajustando cuentas.

—Santo Dios —murmura Antonio—. Pero entonces ¿cuántos lobos hay aquí?

Tranquilo, impasible, Miguel Losada se dedica a observarnos a unos y a otros al ritmo al que vamos sacando conclusiones.

54

De dónde viene el dolor

Raúl y yo hemos acompañado al antropólogo hasta el portal del cuartel. Nos despedimos con un par de apretones de manos y ambos permanecemos en silencio, observando cómo Miguel Losada cruza la calzada en dirección al aparcamiento, al otro lado de la calle.

—¿Quiere que lo sigamos, señor?

Es apenas un murmullo, una voz casi imperceptible.

—Sí —le respondo, aún sin dejar de sonreír mientras saludamos a Losada, que ahora ya se mete en su coche—. Comprobad esa dirección que ha dicho que tiene aquí.

—Sí, señor.

—Ah, y asegúrate de que tenemos bien los demás datos. Ya sabes, lo de la relación de las dos últimas víctimas con Rebordechao, los negocios de Basalo, el monte. Y el año 2015.

—Todo parece comenzar ahí, ¿verdad?

—Sí —admito con rotundidad—. Ese también fue el año en que falleció el patriarca del clan. Justo antes de que su hijo abandonase la aldea.

—El mismo hijo al que ahora parece haberse tragado la tierra.

—El mismo —admito—. Pero eso se acabó. En los pueblos como ese no se mueve una hoja sin que alguien sepa cómo se mueve el árbol entero. Nos están ocultando algo, Raúl. Comenzando por la casa de Lupe y Rómula.

Los dos hablamos sin dejar de observar a Losada, que ahora maniobra marcha atrás para salir del aparcamiento. Y yo niego en silencio.

—No me gusta —murmuro—. Hay algo en ese lugar que no me gusta.

Noto la mirada de Raúl clavada en mí.

—A mí tampoco, señor. Es evidente que, desde que llegamos a Rebordechao, nadie nos ha hablado con claridad. Y no, a mí tampoco me gusta. Pero…

De repente Arroyo se detiene.

—¿Qué ocurre?

—Si me lo permite, señor, diría que en su caso es todo este lugar el que no le gusta.

Esbozo una sonrisa tan falsa como un euro con la cara de Popeye cuando el antropólogo nos saluda al pasar por delante.

—¿Tanto se me nota?

—Me temo que sí.

Vuelvo a sonreír, pero esta vez mirando a la carretera. Y con resignación.

—Mi madre murió en un lugar muy semejante.

—¿Cómo dice?

—Mi madre —repito, aún sin dejar de observar cómo las luces del coche de Losada se pierden en la oscuridad— apareció muerta en una aldea muy parecida a Rebordechao.

Silencio. Raúl, sorprendido, no sabe qué decir.

—Yo todavía estaba en la academia cuando mi padre me llamó para decírmelo. «Tu madre ha muerto», me soltó sin más. «Se ha colgado de una viga en la bodega».

—Señor.

—Tardé en reaccionar. Pero no porque mi madre hubiera muerto, sino porque no comprendía el mensaje. Mi madre podía no ser la mujer más feliz del mundo, Raúl. Pero no era el tipo de persona que se cuelga de una viga.

—¿Cree que fue alguien más?

—Creo que fue él —respondo sin dudar—. Unos meses antes, cuando me fui de casa para ingresar en la academia de Ávila, ellos tomaron la decisión de regresar al pueblo de mi padre. Y sí, siempre he pensado que en realidad lo hizo él.

—¿Por qué?

Tuerzo la boca en un gesto de incomodidad.

—En el entierro, la gente se acercaba a nosotros para darnos el pésame. Todo parecía normal hasta que una de sus vecinas me dio un abrazo y me susurró algo al oído. Pero no fue ningún pésame. «Tenía los pies en el suelo», dijo, «cuando vinieron a descolgarla, vi que sus pies tocaban el suelo». Cuando se apartó, detuvo un instante sus ojos en los míos y, después, se fue.

Raúl me observa en silencio.

—¿Y qué hizo?

Me encojo ligeramente de hombros antes de responder.

—Nada. Lo intenté, claro. Pero yo era poco más que un chaval, de modo que no sabía ni por dónde empezar, y no conseguí demasiado. Tan solo recoger algún rumor sobre discusiones, enfrentamientos, peleas. Pero poco más. Al fin y al cabo, aquel era el pueblo de mi padre. El suyo y el de toda su familia. De modo que no, enseguida comprendí que en un espacio tan cerrado como aquel nunca conseguiría nada. Porque todos se protegían tapándose los unos a los otros. ¿Recuerdas a los dos viejos del otro día? Los dos con los que nos encontramos al llegar a Rebordechao.

—Varela y Silvestre, sí. Por un momento tuve la sensación de que no entendía nada de lo que decían. Mientras que ellos...

—Mientras que ellos no dejaban de sondearnos ni por un instante.

—Exacto.

—Pues justo de eso se trata. Son sociedades muy cerradas, capaces de encerrar en ellas hasta la misma muerte. Por eso me siento incómodo cada vez que...

Me detengo y aprieto con fuerza los labios.

—Escucha, sé que el otro día, cuando subíamos a Rebordechao, te hablé mal.

—No tiene importancia, señor.

—Sí, sí la tiene. No estuvo bien, y te pido disculpas. Siempre acabo sintiéndome encerrado, atrapado, en lugares como ese. Es el peso de mi madre, el peso de mujeres como Fina, la camarera.

—Comprendo.

Los dos permanecemos callados, inmóviles junto al portal de la casa cuartel.

—Raúl, amigo, este trabajo no conoce la piedad.

—No, señor. No la conoce.

Niego en silencio.

—De acuerdo, esta vez haremos que sea diferente. Ni un secreto más. Comenzando por los de los Blanco.

Arroyo me mantiene la mirada. Sereno, convencido.

—Sí, señor.

Raúl regresa al interior del cuartel, pero yo todavía me quedo un poco más en la entrada. Prefiero estar solo. Y entonces levanto la cabeza. Y observo. El firmamento sobre mí. Todas estas noches aquí, y aún no me había detenido a ver el cielo nocturno. Aquí no hay contaminación, ni lumínica ni de ningún tipo. Aquí, en noches como esta, sin luna ni nubes, el cielo parece asomarse sobre uno en toda su magnitud. Sorprendentemente, esta noche no han saltado las alarmas por incendios. No hay ningún fuego encendido en el horizonte, y las estrellas, nítidas y visibles, brillan suspendidas sobre el mundo. Mientras observo el espacio a mi alrededor, no dejo de hacerme una y otra vez las mismas preguntas. ¿Cómo puede un escenario tan hermoso volverse tan despiadado de repente? ¿Acaso en realidad ha sido siempre así? Tan salvaje... ¿Cómo puede un animal tan bello propiciar unos golpes tan feroces? Y, sobre todo, ¿por qué no se va nunca este dolor?

—De acuerdo, bestia. Enséñame tus dientes.

Mucho tiempo atrás. Agosto de 1852

La madrugada sobre O Regueiro

Es noche cerrada ya y el jinete ha llegado a la casa cabalgando a toda velocidad, envuelto en una capa larga y oculto bajo un gran sombrero de tres puntas, de manera que nadie habría podido reconocerlo. En realidad, tampoco nadie habría querido hacerlo. Para atravesar al galope la sierra sin luna, no solo hay que conocer el monte muy bien y ser valiente en exceso, también hay que tener mucha urgencia. O ser directamente un espectro.

Nadie había anunciado su llegada, pero de sobra sabía que no sería necesario. Los hombres de la casa estarían aún en pie. Las noticias vuelan y los últimos acontecimientos son de los que no dejan paz para sueño alguno. Y, además, el jinete sabe perfectamente que un golpe suyo basta para abrir cualquier puerta en todo el valle. Nadie le niega techo, vino y, si fuera necesario, incluso calor a alguien de la casa Lemos. Que por algo son los dueños de estas tierras, desde donde sale el sol hasta más allá del ocaso.

—Vuestro hermano ha caído —da por todo saludo al tiempo que se descubre junto al fuego del hogar.

—Lo sabemos, señor. Nos han llegado noticias de que lo tienen preso en Verín —responde el mayor de los hombres.

—Aunque, según nos han contado, pronto se lo llevarán para Allariz —añade otro.

—Así es —les confirma el Lemos—. Al parecer, ahora le ha dado por decir que es un lobo, ¿qué os qué os parece? —Ahoga una carcajada—. Pobre diablo.

Nadie responde.

—Bueno, supongo que algo tendrá que decir —masculla para sí—. A fin de cuentas, son gravísimos los cargos de los que se le acusa. Y no tiene buena pinta la cosa, no. De hecho, los meados de ese perro que es vuestro hermano pequeño huelen ya tanto a garrote vil que, si queréis que os diga la verdad, yo sería capaz de decir que soy la mismísima Virgen hecha carne con tal de probar fortuna.

El Lemos escupe el suelo.

—Pero no —continúa—, ya os digo yo que no la tendrá, pobre gusano. Con la mejor de las suertes, vuestro hermano jamás volverá a ver la luna en libertad. Si el garrote no le revienta el pescuezo, el tiempo lo pudrirá en cualquier penal de mala muerte.

Silencio. Nadie más se atreve a decir nada.

—En fin, no perdamos más tiempo, que las horas son altas y este lugar...

El Lemos mira a su alrededor, sin hacer nada por ocultar el asco que le produce la vivienda.

—Este lugar no merece ni ese nombre. No sé si lo sabíais, ni tampoco me importa. Pero sé que corre por ahí el rumor de que vuestro hermano trabajaba para mí. Para mí y para unos cuantos amigos míos.

Nadie se atreve a decir nada.

— 372 —

—Veo que calláis. Entiendo, pues, que vosotros también estabais al tanto. Del rumor, digo.

El mismo silencio de antes, denso y pesado. Las mismas miradas cruzadas, el mismo temor.

—El caso es que, fuera como fuese, esos mismos amigos y yo necesitamos gente que esté dispuesta a hacer para nosotros ciertos trabajos. Trabajos, digámosles, especiales. ¿Me entendéis?

Pero tampoco esta vez nadie contesta nada. Los hermanos se miran unos a otros, desconcertados, dubitativos, mientras las mujeres no levantan los ojos del suelo.

—Por favor, no nos hagamos perder más tiempo —resuelve el forastero—. Mi dinero y el hambre que nada en ese puchero que tenéis al fuego ya conocen la respuesta. La vuestra es una familia que ha nacido para martillo, del cielo os caerán los clavos, siempre. De modo que ya sabéis: los primeros encargos os esperan en una pequeña aldea en la sierra de San Mamede, donde las malas artes de vuestro hermano le habían favorecido unas pocas posesiones. Mudaos allí —ordena el Lemos al tiempo que vuelve a incorporarse— y esperad mis órdenes.

—¿Cómo se llama la aldea, señor?

El caballero se detiene justo bajo el quicio de la puerta, y la luz del fuego acentúa la dureza de sus facciones cuando se vuelve hacia la familia Romasanta.

—Rebordechao. Partid cuanto antes. A poder ser, ya.

TERCERA PARTE

Antes de que todo finalice

Una celda en Allariz

1853

¿Y si rogase piedad? Sí, eso es lo que haré. ¡Ruego piedad, oh, Señor, para tu siervo Romasanta! ¡Clemencia para el pobre Sacamantecas! Aquí, arrinconado en la humedad de mi celda, sucio y hambriento, siento cómo los piojos y las pulgas se pelean por estas cuatro pajas y muerden mi cuerpo sin piedad mientras la luz de la luna llena se derrama por toda la estancia, recortada en los barrotes del tragaluz.

Y me puede el cansancio, Padre, y también la desesperación. Porque sé que lo que hice fue terrible y monstruoso. Pero ahora tengo miedo. ¡Mírame, oh, Señor! Mírame y contempla tu creación. Y dime, oh, Padre celestial, ¿qué oportunidades tenía? Soy un hombre débil, mi Dios, y el mundo es un lugar terrible. Uno feroz, brutal y despiadado. Tú no lo sabes, oh, Señor, porque ya hace mucho tiempo, tal vez incluso demasiado, que no vienes por aquí. Pero el mundo es así, Padre. Quizá, si te dignaras a bajar de tu corte de ángeles, lo sabrías. O tal vez no.

Porque muchas veces, a solas en la montaña, atravesando el bosque en la noche, temeroso de las mandíbulas de las fieras y de los golpes de los hombres, me preguntaba si tal vez no te habrías equivocado y habrías levantado el infierno aquí, en la tierra. El mundo es un lugar cruel, salvaje y desalmado. Para todos nosotros, pecadores, lo sé. Pero, tú también lo sabes, para mí mucho más. Mírame si no, Padre, ¡mira cómo me hiciste a mí! Y ahora dime, oh, Señor, ¿qué clase de engendro soy? Mírame, Padre todopoderoso, ¿qué fue lo que hiciste conmigo? ¿Qué oportunidades crees que me diste? Ninguna, tú lo sabes, viejo miserable. En un mundo poblado por lobos, me enviaste así, como el más lisiado de los corderos. ¿Y qué otra opción me quedaba, pues, sino hacerme pasar yo también por la más temible de las bestias? ¿Eh, viejo cabrón? Estaba condenado, tan pronto como mi alma tocó este cuerpo, tú sabes que yo estaba condenado.

Y a pesar de todo, ahora…

Me van a matar, Padre. Mi cuerpo ya es más del garrote vil que de este mundo. Y mentiría si dijese que no tengo miedo. Porque sí, lo que les hice a todas aquellas mujeres, a los hombres y a los niños fue terrible. Pero es que yo no tenía ninguna otra opción, mi Dios, mi Señor. Tú lo sabes, me arrojaste al barro con las cartas marcadas, viejo repugnante. Y ahora me van a matar. Dime, Padre, ¿acaso tú no estarías asustado?

Háblame pues, oh, Señor. ¿De verdad no hay esperanza para este hijo tuyo? Tan solo pido una oportunidad. Por pequeña que sea, tan solo ruego una última oportunidad. Una que aparte de mí todo este pavor. Porque, oh, mi Señor, yo también soy hijo de Dios, hecho a tu imagen y semejanza. Así pues, dime, viejo, ¿de verdad crees que me vas a olvidar aquí?

El peso de la sangre

Tiempo atrás. Septiembre de 2015

La memoria de Rómula

Inmóvil ante aquella mirada encendida que le atravesaba el alma, de pronto Rómula recordó: de pequeña, una vez vio al lobo. Pero entonces ella no sabía lo que era el miedo. Todavía no.

Sucedió un día de verano por la tarde. Uno en el que apenas debía de tener seis años, siete como mucho, y la pequeña bajaba con las vacas desde la sierra. Tenía prisa, porque en el pueblo estaban en fiestas. Y para una niña, como para cualquier otra persona que todavía conservara la inocencia suficiente como para creer en la bondad del mundo, las fiestas de la aldea eran lo más cercano a una tregua que la vida parecía darle a una existencia tan miserable como la suya. El pequeño baile que se organizaba en la aldea le hacía tanta ilusión que, de hecho, aquella mañana, y por supuesto sin que su madre se enterase, había subido con las vacas al monte ya engalanada con la ropa nueva. Su vestido para la fiesta. De modo que, dada la ocasión, Rómula tan solo pensaba en llegar de una vez al pueblo, guardar las vacas y, por fin, correr al campo de la verbena. Fue entonces, bajando por el Lombo do Coitelo, cuando algo le salió al paso.

Un perro asomado a un alto sobre el camino.

Uno enorme.

Y era grande, sí, y las observaba con atención, también. Con el hocico al suelo, la frente echada hacia delante, las orejas en punta. Y sobre todo con sus ojos, aquellos iris amarillos, clavados en ellas. En las vacas y en la niña. Como si les estuviese midiendo el alma. Y, también sí, tal vez fuese peligroso, es verdad. Pero en aquel momento Rómula nada más pensaba en llegar de una vez a la aldea, de modo que volvió a azuzar a las vacas con la vara y, sin aflojar el paso, se agachó para coger una piedra del camino. Sin detenerse, cuando apenas debía de estar ya a unos seis o siete metros del animal, se la arrojó. No le dio, pero sí cayó a muy poca distancia del perro, que primero la vio y, al momento, volvió a levantar la cabeza. Y se quedó mirándola.

Rómula recuerda los ojos del animal clavados en los suyos. Y juraría que había en ellos algo parecido a la extrañeza, casi al estupor. Como si, por un instante, no lograse entender la reacción de la niña. Confundido, pareció vacilar por un segundo o dos y, entonces, se fue.

El perro dio media vuelta y, sin más, se perdió por entre la maleza, de modo que, cuando Rómula llegó por fin a donde había estado el animal, allí ya no quedaba rastro de ningún tipo de presencia.

De todos modos, tan solo fue un instante lo que miró en aquella dirección, porque, la verdad, a ella lo único que le importaba era llegar de una vez a la aldea. Y siguió caminando con tanta determinación que aún tardó en caer en la cuenta de aquellas otras señales: a lo lejos, alguien gritaba su nombre.

Se volvió sobre sí misma y vio que era el señor Delfín, uno de los pastores más mayores de la aldea, que también bajaba su rebaño por la vereda. Pero él lo había dejado atrás y ahora corría en su dirección.

Rómula se detuvo para esperarlo, por si acaso le hubiera ocurrido algo. Pero cuando por fin llegó a ella, se agachó para cogerla con fuerza por los hombros y, sin dejar de mirar a uno y otro lado del camino con expresión nerviosa, le preguntó si estaba bien.

—Sí, claro que sí —le contestó perpleja, casi asustada ella también—. ¿Por qué? ¿Qué pasa?

Y entonces, como si el señor Delfín acabara de liberarse del miedo, del peso de su propio susto, volvió a preguntarle, pero ya con gesto severo, enojado:

—¿Cómo que por qué? Pero ¿tú te has vuelto loca?

—¿Yo? Señor Delfín, yo no...

—¡Al lobo no se le ataca!

Rómula recuerda que en ese momento los ojos se le abrieron como platos.

—¡No se le ataca, niña! ¿Cómo le tiras una piedra? ¿No ves que te podía haber saltado encima?

Y entonces, de pronto, comprendió. Comprendió. Todavía tardó en darse cuenta de que era orina lo que le empapaba la parte interior de los muslos. Su propia orina. Porque de pequeña una vez vio al lobo, pero en aquel instante no se asustó. Porque, hasta justo un segundo después de aquel momento preciso, ella aún no sabía lo que era el miedo.

Pero después sí.

Lo aprendió, lo conoció, lo mamó.

Ese día no llegó a ir a la fiesta. De hecho, nunca más volvió. Aquella misma tarde, su padre la sentó frente a él. La sujetó con fuerza por los hombros y le habló del lobo. Y le dijo que, en efecto, al animal había que respetarlo. Protegerse de él. Y vigilarlo, eso siempre. Porque, por encima de todo, había que hacer algo sobre todas las demás cosas: al lobo, había que temerlo. Porque podía acabar con todos ellos.

—Vigila siempre, niña. Tú eres la mayor de tus hermanos, y siempre lo serás. Es tu obligación.

Muchos años más tarde, con el verano de 2015 llegando ya a su fin, Rómula volvió a encontrarse con el lobo. Fue una mañana aciaga, insoportablemente dolorosa. El cuerpo de su hermano yacía sin vida en una cuneta junto a la carretera, tirado como un perro. Su obligación era permanecer atenta, proteger a su familia. Fracasada en su responsabilidad, Rómula corrió al encuentro del lobo. Pero, una vez más, las cosas no salieron bien.

Quería volver a enfrentarse con la bestia. Cara a cara, diente a diente. Y, como en aquella ocasión, quiso coger una piedra del camino. Pero cuando se dio cuenta, era una hoz lo que apretaba con fuerza en su mano. Y ya no era arrojarle nada lo que quería, sino, mejor, cortarle el cuello. Matarlo, acabar con él para siempre.

Y corrió a su encuentro, y golpeó su puerta y lo llamó por su nombre.

—¡Sal! —le gritó a la casa, detenida ante la puerta cerrada—. ¡Sal, bestia!

Y entonces, de pronto, la puerta se abrió. Y, sin apartar sus ojos de fuego de los suyos, le habló. Y le hizo una pregunta.

—¿A quién vienes a buscar, mujer?

Cuando le quiso responder, decirle que lo había visto todo, que había llegado el momento de ponerle fin a esto, la bestia le aprisionó la cabeza entre sus garras, abrió sus fauces y, antes de que Rómula pudiera decir nada, le arrancó la lengua.

—Si algún día vuelves a abrir la boca —le advirtió, aún con la suya ensangrentada—, si vuelves tan solo a soñar con decir ni una sola palabra sobre esto, esa vez será el corazón lo que te arranque.

Tiempo atrás. Noviembre de 1997

Venir al mundo para dejarlo atrás

Parir duele. Si lo sabrá ella, que cuando vino al mundo lo hizo llevándose a su madre por delante. Tal vez sea por eso por lo que ahora la vida parece querer ajustar cuentas con ella. Duele, duele muchísimo. Está claro que el niño no viene bien.
—Empuja, empuja, Lupe.
Y sí, Lupe empuja. Pero también se retuerce de dolor, aferrada a los protectores laterales de la cama de partos.
—Empuja un poco más, cariño.
Es la enfermera quien intenta animarla, a la vez que le seca el sudor de la frente, que ahora mismo le cae a mares.
Lupe empuja, pero no deja de sentir un desgarro brutal. Como si en vez de un niño estuviera pariendo un animal cubierto de espinas, una criatura que, por algún motivo, se aferra a sus entrañas para no venir al mundo. Sea lo que sea, duele, duele muchísimo. Siente cómo cada empujón abre un nuevo desgarro en su vientre. Y Lupe no deja de pensar en el sufrimiento que debió de pasar su propia madre.
—Sí, espera —murmura la obstetra—, ya está aquí, ¡ya está aquí! Venga, Lupe, vamos, ¡un último esfuerzo, cariño!

Extenuada, Lupe siente que incluso respirar es como remontar una montaña. Pero no puede rendirse. Se aferra una vez más a las barras de aluminio a los lados de la camilla y aprieta el metal con tanta rabia que por un instante le parece que los nudillos le vayan a atravesar la piel, blanca y tensionada. Cierra los ojos con tanta fuerza como para hundirlos, como para que los músculos de sus párpados los aplasten contra el fondo de sus propias cuencas. Lupe separa los labios y enseña los dientes apretados. Siente cómo la saliva se mezcla con las lágrimas. Y entonces, desde el fondo de la garganta, desde lo profundo del alma, deja salir un grito. Uno que empieza como una voz mordida, un gruñido grave, largo y hondo que, poco a poco, se va convirtiendo en algo más. Un sonido gutural que resuena por toda la planta. Un grito larguísimo que, justo antes de quebrarse, convertido en una voz hueca y ahogada, va a mezclarse con otra diferente. El llanto, intenso y desesperado, de un niño que respira por primera vez.

Y sí, por fin, Manel ha nacido. El paritorio se llena de su llanto. La doctora hace grande su sonrisa y la enfermera acerca al niño a la madre, todavía empapada en dolor, pero también, por fin, empezando a experimentar algo aún de lejos parecido al alivio. El contacto dura apenas nada, el tiempo justo para que se vean, para que se huelan, porque casi al instante la enfermera se lo lleva a una especie de pequeña cuna elevada para que la doctora pueda realizarle un primer reconocimiento. Y, entonces, algo sucede.

Aún desde la cama de partos, y a pesar de la extenuación, Lupe se da cuenta. De pronto, las sonrisas de alivio y satisfacción han dejado paso a un gesto diferente. A una expresión grave, atenta. Extrañada.

—¿Qué..., qué pasa?

Pero nadie responde. La enfermera y la doctora se limitan

a observar al niño con expresión curiosa, y tan solo es entre ellas que intercambian alguna mirada de vez en cuando. La doctora señala el vientre del recién nacido y murmura algo que Lupe no alcanza a escuchar con claridad.

—Oigan. ¿Ocurre algo? ¿Le pasa algo a mi hijo?

Pero las mujeres siguen hablando entre ellas. Hablan, sí, pero tampoco parecen alarmadas. Sea lo que sea, no parece revestir gravedad. Pero aun así...

—No —contesta al fin la doctora—, no. No te preocupes, que no es nada grave.

—Pero ¿el niño está bien?

—Sí, sí. El..., el bebé está bien. Vamos a darle un buen aseo. Ahora descansa y luego hablamos, ¿sí? Por cierto, ¿tu marido ha venido?

En la habitación, Lupe y Ramón guardan silencio. Ella, sentada en la cama, con la mirada puesta en la puerta. Esperando. Él, de espaldas a su mujer, se limita a observar por la ventana, con las manos en los bolsillos y una expresión incómoda en el rostro. Como si el mundo lo hubiera molestado de alguna manera terrible. Y así permanecen. Callados, sin tan siquiera mirarse. Ese es el silencio con el que la doctora y la enfermera se encuentran cuando entran en la habitación. La enfermera trae al bebé en la cuna. Lo coge y, por fin, lo deja en los brazos de su madre, que lo abraza con delicadeza y cuidado. Con cariño.

—Así que usted es el padre, ¿verdad? Enhorabuena, señor...

La doctora sonríe a la vez que le tiende la mano, esperando una respuesta. Pero Ramón, esta vez más seco y arisco que de costumbre, se limita a rebotarle una pregunta.

—¿Qué pasa con mi hijo? Aquí esta me ha dicho que igual hay algún problema.

Ignorando deliberadamente las malas formas de Ramón Blanco, la doctora opta por no abandonar la sonrisa, pero esta vez se la dedica tan solo a Lupe.

—No pasa nada. O, por lo menos, nada grave.

—¿Entonces?

La doctora le echa un vistazo al bebé. Uno lento, tierno.

—Verán —responde al fin—. Su hijo presenta cierta anomalía. Una alteración no muy frecuente, pero tampoco en exceso extraña. Se trata de lo que antiguamente era conocido como falso hermafroditismo.

De pronto, todo en el gesto y en la expresión de Ramón se tensa.

—¿Cómo..., cómo ha dicho?

—Bueno, es verdad que se trata de un nombre horrible para algo que, en realidad, es mucho más habitual de lo que imaginamos. De hecho, hoy ya empiezan a ser muchos los especialistas que se refieren a este tipo de situaciones como casos de intersexualidad.

Lupe escucha a la doctora con atención. Pero también con un ojo puesto en su marido, que, con los suyos entornados, no parece estar encajando demasiado bien lo que escucha.

—Por supuesto —continúa la doctora, aún sin dejar de sonreír—, no es nada que no se pueda tratar en primera instancia y, más adelante, incluso orientar en la dirección que entre todos consideremos más acertada. Existen todo tipo de tratamientos hormonales que...

Pero Ramón, desorientado, no le permite seguir.

—Un momento —la interrumpe, a la vez que sacude con fuerza la cabeza en el aire—, un momento. A ver, señorita.

—Señora —le corrige la doctora, esta vez ya con voz severa.

—Me importa un carajo. Señora, señorita o lo que cojones sea usted. Como ve, esta cabecita que tengo me da para lo que me da, y a veces no entiende bien las cosas que me dicen.

—Me puedo hacer una idea.

—Bueno, pues hágase dos, y a mí hágame un favor: no me toque más los huevos y hábleme con claridad. Vuelvo a preguntárselo, señora, ¿qué coño es lo que le pasa a mi..., al niño? E insisto —advierte—, explíquemelo como si yo fuera subnormal, retrasado mental o como cojones se diga.

La mujer mantiene por un instante la mirada de la bestia que la interpela y, después de cruzar otra fugaz con Lupe, coge aire y, por fin, responde.

—Verá, señor... Señor. Lo que ocurre es que su hijo presenta una mutación genética que ha derivado en una alteración de sus genitales.

—¿De sus genitales? —repite Ramón—. ¿Qué pasa? ¿Que no tiene pito?

La doctora hace acopio de paciencia.

—Sí, señor Blanco, su hijo sí tiene pene.

—Ah.

—Pero también presenta algo semejante a una especie de vagina a medio desarrollar.

La doctora sigue hablando. Explicando, describiendo. El origen, el proceso, un tratamiento, los próximos años, una cuestión hormonal...

Pero da igual.

Ramón ya no escucha.

De hecho, ha dejado de hacerlo tan pronto como ha oído la palabra «vagina». En ese instante exacto, su cerebro se ha precipitado en otra dirección. A la velocidad de la luz, su pensamiento se ha disparado hacia atrás en el tiempo. A sus recuerdos, a la memoria colectiva de su propia familia, de su propia historia. Cuentos de viejas trasvasados a través de las generaciones, tantas veces escuchados como ignorados. Como despreciados. Y de pronto ahora... Todas aquellas historias vuelven a toda velocidad para chocar de frente contra la voz de esta mujer. Contra su pensamiento. Contra sus miedos enterrados. El cuento de un hombre que era a la vez una mujer. La amenaza de una bestia, la de una fiera marcada. La marca del lobo. El Sacamantecas.

—Escuche —interviene de repente, ignorando por completo lo que sea que la doctora le está diciendo a su mujer—, ¿cuándo podemos marcharnos?

—¿Cómo dice?

—¡Bueno! ¿Y ahora qué cojones le pasa? —explota de repente—. ¿Que está sorda o qué? ¡Le digo que cuándo coño podemos marcharnos, joder!

La doctora y la enfermera cruzan una mirada rápida. Una preocupada, alarmada.

—¿Marcharse? —pregunta—. ¿Del hospital?

—¡Sí!

Lupe también lo observa, de pronto tan desconcertada como asustada.

—Del hospital —repite Ramón, esta vez ya en un tono un poco más bajo, tal vez más angustiado incluso—. Y de todas partes también.

55

Cosas de familia

La guirnalda del otro día, cuando estuvimos aquí por primera vez, se ha convertido en muchas más. Rebordechao se ha vestido de colores, engalanando todas sus calles con un trenzado de cadenetas de las que penden todo tipo de adornos hechos a mano. Cintas, flores, sombreritos. En la plaza de A Cruz incluso han colgado un enorme paraguas hecho de ganchillo blanco para coronar el encuentro de las cinco calles.

Nos desviamos por la segunda a nuestra derecha y subimos las escaleras de piedra que llevan a la casa de la galería blanca y amarilla. Arriba, la puerta está entreabierta, y por ella se escapa el olor a comida en el horno cuando una voz conocida responde a mi llamada.

—¡Ya va!

Cuando por fin se abre del todo la hoja de madera, Lupe extraña ligeramente su expresión al vernos.

—Ustedes.

—Buenos días, señora Caranta. Esperamos no molestarla.

—Bueno, me pillan un poco liada, la verdad. Pero pasen, pasen.

—¿Está preparando la comida? —pregunto a la vez que consulto el reloj. Aún no es mediodía siquiera.

—No, no —responde y nos hace un ademán para que la sigamos hasta la cocina—. Es para esta noche.

—¿Tiene invitados?

—¿Invitados? No, no. —Sonríe—. Es para la cena del pueblo. Hoy empezamos las fiestas, inspector. Y lo celebramos con una gran cena, pero solo para los vecinos. Bueno, para los vecinos y también para quienes cada uno de nosotros considere sus invitados. Vamos, que al final siempre acabamos siendo ciento y la madre, de modo que mejor que sobre que no que falte, ¿no?

—Ya, comprendo. ¿Y lo celebran en casa?

—No, no. Nos reunimos aquí atrás, en una parte del pueblo que se llama As Airas, y cada casa lleva algo, por eso yo... Bueno, ya lo ve —explica señalando el horno.

—Sí, ya lo veo. ¿Y lo está haciendo usted sola? —pregunto al tiempo que miro a mi alrededor, asomado hacia el interior de la casa—. ¿Su cuñada no...?

—No, no —se me adelanta Lupe—, Rómula no está. Ha salido a hacer no sé qué cosa en una de las huertas que tiene ahí abajo, junto a la iglesia.

«Mejor», pienso.

—Bueno, quizá así podamos hablar con un poco más de tranquilidad.

La mujer vuelve a extrañarse.

—¿Por qué? —pregunta a la vez que se seca las manos con un paño de cocina—. ¿Qué ocurre? ¿Acaso ha pasado algo? —De pronto su gesto se llena de preocupación—. ¿Han encontrado a mi hijo?

De acuerdo, vamos allá.

—No, señora Caranta. No lo hemos encontrado. Todavía no.

Silencio.

—¿Y entonces?

—No lo sé —respondo aún sin apartar los ojos de ella—. Nos preguntábamos si quizá lo habría hecho usted.

Esta vez, Lupe opta por mantenerme la mirada. Como si me analizara, me escrutara.

—No sé si es que pretende usted insinuar algo, inspector. Pero sé que no me gusta.

—Yo no insinúo nada, señora Caranta. Tan solo le estoy preguntando si ha tenido usted noticias de su hijo. Al fin y al cabo, ¿cuándo fue que estuvimos aquí, Raúl?

—El lunes, señor.

—El lunes —repito—. Y hoy ya es viernes. No sé, he pensado que tal vez, en toda la semana…

—Pues ya ve usted que no. No sé nada de mi hijo desde hace ya días. Y como comprenderá, se trata de algo que me preocupa bastante.

—Por supuesto —le respondo, esta vez con la mirada puesta en el horno, lleno de comida—. Por supuesto. Pues no se preocupe, que, si no lo encuentra, nosotros lo haremos por usted.

—Claro —me contesta aún mirándome—. Claro.

—De todos modos, hay un par de asuntos sobre los que me gustaría hacerle algunas preguntas.

—Si está en mi mano ayudar.

—Seguro que sí. Otra cosa será que usted quiera hacerlo.

—De verdad, inspector, no acabo de comprender su obstinación en insultarme.

Prefiero ignorar el comentario.

—Me ha dicho que su cuñada no se encuentra en la casa, ¿verdad?

—No, inspector, ya le he dicho que no. ¿Qué ocurre? ¿Acaso le tiene miedo o qué?

Levanto una ceja en un tic rápido. Al fin y al cabo, y después de lo visto la vez anterior, tampoco sería para mucho menos.

—No, tan solo es para asegurarnos de que podemos hablar con un poco más de tranquilidad. Sobre todo usted.

—¿Yo? Creo que no le entiendo.

—Ya verá como sí. Dígame, Lupe, ¿qué sabe usted de su familia política?

Entonces es ella quien arquea las cejas, en un ademán de sorpresa evidente.

—¿Que qué sé de mi familia? A ver, inspector, como no sea usted un poco más explícito.

—Pues, para empezar, me refiero a su historia. Doy por sentado que está usted al tanto de sus orígenes. O, bueno, por lo menos de la parte que pasa por…

—Ah, ya —me ataja—, se refiere usted al abuelo, ¿no es eso? —Me parece notar algo parecido a cierto desprecio en la manera de referirse a ese abuelo—. Ya sabe, el maldito Romasanta y todas esas historias, ¿verdad?

Confirmado: no solo hay desprecio, sino, de hecho, juraría que también hastío.

—Sí —le respondo—. En parte sí.

Guadalupe niega con la cabeza en un gesto cargado, en efecto, de hastío. De cansancio viejo, reiterado.

—Jesús. Sí, claro que la conozco, inspector. Claro que la conozco. De hecho, estoy aburrida de conocerla. Mi cuñada y mi difunto marido son descendientes directos de uno de los hermanos del famoso Romasanta. Del mayor, creo. Y perdone si no reacciono con demasiado entusiasmo, pero es que…

La mujer se encoge de hombros, como si de pronto se viera sobrepasada por algún tipo de pensamiento.

—Mire, yo sé que ese es un tema muy atractivo para todos a los que les gusten ese tipo de historias. Monstruos, brujas, sapos y corujas, y todas esas paparruchas —enumera con desgana—. Pero no se imagina usted lo complicado, lo duro incluso que puede llegar a ser cuando algo así te toca de cerca.

No respondo nada, tan solo me limito a escucharla y esperar. Desde luego, Lupe parece sinceramente cansada, harta incluso, con respecto a lo que me cuenta.

—Es más —añade—, me apuesto lo que quiera a que no se hace una idea de lo mucho que puede pesar la pertenencia a una familia con un apellido como ese.

—¿Pesar?

Lupe se me queda mirando.

—Por supuesto, inspector. De hecho, y ya que no hace usted más que preguntar por mi hijo, sepa que en su caso el peso fue tanto que al pobre Manel casi lo aplasta en vida. A punto estuvo de ahogarlo, señor. Y todo por...

Lupe se detiene antes de concluir la frase y vuelve a negar en silencio.

—Se lo hicieron pasar muy mal —resuelve al cabo—, muy mal. Tanto dentro como también fuera de la casa.

—Sí —recuerdo intentando aliviar un poco la incomodidad—, el otro día nos habló de un incidente en el que su hijo se había visto envuelto, algo acerca de una agresión en forma de mordedura.

—Sí, un incidente —repite Lupe, sin hacer nada en realidad por ocultar tampoco el desprecio que este le produce.

Y es entonces cuando vuelve a clavarme sus ojos, ligeramente entornados. No había caído hasta ahora en la cuenta de su color, claro, muy claro. Como miel nueva, casi ámbar.

—Por favor —murmura despacio, a la vez que ladea con suavidad la cabeza y entrecierra los ojos, como si acabara de entender algo—. Ya lo comprendo. Esa es la razón, ¿verdad? El motivo por el que están aquí.

Silencio.

—Todas esas muertes. Toda esa gente de la que hablan los periódicos, la radio, la tele. Dicen que algo los atacó. Les mordió, de hecho. Y por eso están aquí, ¿no es eso? Porque mi hijo es un Romasanta. Uno que una vez mordió a otro crío imbécil.

Cansada, Lupe abre los brazos en el aire.

—Por favor, señor Romano.

La mujer vuelve a negar con la cabeza, esta vez cargando el gesto con algo parecido a un hartazgo tan descomunal como decepcionado.

—Escuche, inspector, si en este momento no los echo a patadas de mi casa es porque soy una persona educada. Pero, créanme, ahora mismo ganas no me faltan. Estoy harta, escúcheme bien, harta de todas esas historias absurdas sobre sacamantecas, hombres lobo y no sé cuántas estupideces más.

Entiendo el enojo, pero debo responderle.

—Tal vez no se trate de estupideces, señora.

De pronto estupefacta, Lupe vuelve a clavar sus ojos en los míos.

—Ah, ¿no? ¿Qué pasa, inspector? ¿Que ahora también debemos dar crédito a todas esas chorradas? Porque ha de saber, señor Romano, que en esta casa ya han hecho todo el daño que podían haber hecho. No —se adelanta a cualquier respuesta que le pueda dar—, ya está, ya no cabe más. Y si mi hijo se ha ido, estoy segura de que es precisamente por eso. Porque Manel sabe sumar dos más dos, y ha comprendido que tarde o temprano todo esto acabaría volviendo a pasarle factura. Y razón no le faltaría, porque, de hecho, aquí están —dice señalándonos a Raúl y a mí—. Aquí está la factura.

Cojo aire.

—Créame, señora, comprendo su enojo.

—Lo dudo.

—Sí, le aseguro que lo comprendo. El hastío, el dolor incluso que un espacio como este puede llegar a provocar. Pero le ruego que me crea también si le digo que, por lo que llevamos visto, tal vez no podamos rechazar con tanta facilidad esa posible vía de investigación. Porque no solo se trataba entonces de casos reales, sino que, lo que a nosotros más nos importa, cabe la posibilidad de que todo aquello guarde relación con un hilo actual. Una trama mucho más compleja en la que, de algún modo, su familia política podría estar involucrada.

De pronto, Lupe se queda en silencio.

—¿Mi familia?

—Sí, señora, su familia política. De hecho, hemos consultado el expediente de su marido y sabemos que él también murió en circunstancias cuando menos llamémosles «curiosas».

Pero Lupe no está dispuesta a ceder ni medio palmo de terreno.

—No tuvieron nada de curiosas, inspector. Estaba borracho como una cuba, lo cual solía ser lo habitual en él. Perdió el conocimiento de camino a casa, después de haber estampado el coche contra un molino, y los animales… Bueno, supongo que eso también lo habrá visto, ¿no?

—Sí, señora, he visto una hoja de atestados en la que se deja constancia de que su marido murió por las heridas provocadas por lo que entonces se señaló como algún tipo de animal salvaje. Lo cual, comprenderá usted, no deja de recordar ciertas situaciones más actuales.

Lupe vuelve a encogerse de hombros.

—Sí —admite—, supongo que sí.

—Sí —asevero—, seguro que sí. De hecho, en algunos de los casos se trata de víctimas que también parecen tener algún tipo de relación, como mínimo oscura, con la historia de la aldea. De modo que no, si usted no quiere hablarme de su hijo, de acuerdo, no lo haga. No está obligada a ello. Pero, por lo menos, dígame otra cosa: ¿sabe usted si su marido, o quizá alguien más de su familia, podría haber estado envuelto en algún asunto turbio?

Lupe frunce el ceño, de pronto más indignada que cansada.

—¡Por supuesto que no! Oiga, puede que esta casa nunca haya sido la más rica del pueblo, inspector. Pero aquí siempre hemos sido honrados.

Arroyo baja la cabeza y aparta la mirada. Y sí, yo también sé que nos está mintiendo.

—Escuche, Lupe. Sabemos que las cosas no son como se empeña en contarnos. Como poco, su hijo está relacionado con varias de las víctimas, y si él insiste en ocultarse, lo único que logrará será que las cosas empeoren.

—No veo cómo.

Pero esta vez no la dejo continuar.

—Sí lo ve. Puede que su cuñada sea una mala bestia, como probablemente también lo fuera su marido, y que por ahí viniera todo ese peso con el que su hijo tuvo que cargar. Pero usted no es así. Sea más inteligente que ellos, Lupe, y háganos un favor a todos. A nosotros, a usted y, sobre todo, a él. Díganos dónde está su hijo. Díganos dónde está Manel.

Lupe me mantiene la mirada. Y, poco a poco, el enfado y la angustia dejan paso a algo distinto.

—¿Me lo está diciendo en serio, inspector?

No entiendo la pregunta. O, mejor dicho, es su tono lo que no entiendo.

—Perdone, pero no...

—¿De verdad cree que eso le va a funcionar? ¿Y qué me va a decir ahora? ¿Acaso es usted mi amigo? —Sonríe dejando entrever aún más su cansancio—. Por favor. Mire, ya se lo he dicho, yo no sé nada. Ni dónde está Manel, ni si mi marido estaba metido en algo turbio, ni nada de nada, ¿me entiende? Nada. De modo que ahora, si me disculpan, tengo algo haciéndose en el horno.

La mujer se vuelve y nos da la espalda, tal vez para atender ese algo que tiene en el horno o, más probablemente, para dejar claro que eso es todo lo que tiene para darnos: la espalda. Asiento con la cabeza mientras comprendo que no hay más que hacer. La conversación ha llegado a su fin.

—No la vamos a disculpar, Lupe. Y sepa que no nos deja más remedio. Lo que haremos es solicitar una orden de registro para esta casa y sumarla a la de búsqueda y captura que ya pesa contra su hijo.

—De acuerdo —responde la mujer, ya sin apartar la mirada de la portezuela del horno—, hagan lo que consideren oportuno. Pero ya les digo que se equivocan. Mi hijo es inocente. Y ahora, salgan de mi casa. Tengo trabajo que hacer.

De acuerdo, nos vamos. Pero no sin antes lanzar una mirada discreta al horno. En su interior, una pieza enorme de carne se funde sobre un lecho de manteca.

56

Como un animal inmóvil en la carretera

—Una mujer tan preocupada...
—Y un horno tan lleno. Sí —murmuro al tiempo que avanzamos escaleras abajo—, yo también me he dado cuenta.
—Es evidente que lo está encubriendo, señor.
—Ya.
Por fin abajo, me vuelvo sobre mí mismo y busco de nuevo la puerta, tan solo para descubrir por un instante brevísimo la mirada árida y dura de Lupe en la penumbra del recibidor. Diría algo, lo intentaría una vez más. Pero no puedo. Tan pronto como hago el ademán de abrir la boca, ella cierra la puerta. Es un golpe seco, fuerte. Un portazo a cualquier intención por nuestra parte que no sea la de desaparecer.
Todavía sigo con la mirada puesta en el rellano junto a la puerta, sabiendo que al otro lado hay algo más, cuando la voz de Raúl viene a sacarme de mis consideraciones.
—Señor.
Me vuelvo hacia él. Y me lo encuentro mirando en dirección al interior del callejón.

—Mire, señor —me advierte con disimulo sin señalar—. Está ahí.

Y yo también busco hacia donde indica Raúl.

A nuestra derecha, en dirección contraria a la plaza, la calle que sale de A Cruz se va estrechando poco a poco, hasta pasar bajo un pasadizo elevado que conecta las dos casas que en ese punto hay a ambos lados de la calle. Sentado en las escaleras de piedra que llevan al pasadizo, un hombre mayor, alto y delgado, aprovecha para descansar tranquilo al sol.

Al principio creo que es a esa persona a quien Arroyo se refiere. Pero al instante comprendo que no es hacia allí hacia donde apunta su mirada.

Porque más allá del pasadizo volado, la calle se estrecha aún más hasta convertirse en un callejón cerrado por muros de piedra. Y al fondo, en las sombras de una de las esquinas, alguien nos observa fijamente.

—Es ella —mascullas Raúl—. Rómula.

En efecto, la cuñada de Lupe está ahí, inmóvil en la penumbra del callejón. Sus ojos, todavía duros, penetrantes, clavados en los nuestros.

De pronto, como si algo se hubiera activado en ella, Rómula echa a andar hacia nosotros. Con seguridad, con una determinación vehemente. Una mujer mayor, anciana en realidad. Pero, por algún motivo que todavía no alcanzo a comprender, tan determinada como feroz. Avanza con paso firme, decidido, y de pronto soy yo el que se siente como un animal. Uno de esos conejos, zorros o corzos que, al detectar los faros del coche que corre hacia ellos a toda velocidad, se quedan inmóviles en medio de la calzada, con los ojos llenos de luz a la espera de la embestida inminente.

—Señor.

—Espera —le indico a Raúl—, déjala. Veamos qué quiere.

Pero, para nuestra sorpresa, no vemos nada. O, por lo menos, nada de lo que habíamos imaginado.

Porque, de repente, así como Rómula sale a la luz, justo al dejar atrás el pasadizo elevado, se detiene en seco. Ha visto algo. Y no somos nosotros.

De nuevo, vuelve a ser su mirada la que la delata. Porque tan pronto como ha salido del pasadizo, sus ojos se han clavado en la galería amarilla. Y ahora ahí está. Inmóvil, iluminada por el sol y con los ojos clavados en algo allá arriba. En la galería. Sea lo que sea lo que ha visto, la ha congelado al instante. Yo también busco en esa dirección, pero desde donde estamos, al pie de las escaleras, no podemos saber de qué se trata.

—¿Es Lupe?

No respondo a la pregunta de Raúl. «Supongo que sí», pienso. Supongo. Claro que también caben otras opciones.

Y entonces, de repente, Rómula vuelve a ponerse en marcha. Pero esta vez en dirección contraria. Sea lo que sea lo que ha visto en la casa, o sea lo que sea incluso lo que la ha visto a ella desde lo alto, ha motivado que la mujer cambie de opinión, y ahora Rómula desanda el camino hasta volver a perderse en las sombras al fondo del callejón.

—¿La seguimos, señor?

Pero tampoco esta vez respondo.

Porque algo más llama mi atención: en silencio, sin apenas mover un músculo ni mucho menos alterar en absoluto su posición, el hombre sentado al sol en las escaleras que llevan al pasadizo ha contemplado toda la escena. Y ahora es a nosotros a quienes observa. Y, de pronto, sonríe y asiente con la cabeza. Y yo comprendo. Se trata de una invitación.

—Ven —le indico a Raúl—. Este hombre quiere hablar con nosotros.

57

Un señor elegante

—Buenas tardes, caballero.
—Buenas tardes, hombre. Qué, un día complicado, ¿no?
Es un señor mayor. Un anciano alto y delgado, pero en absoluto aletargado. De hecho, una mirada atenta revela muchos más detalles. Como el porte, esa manera de llevar la boina, ligeramente caída hacia uno de los lados, la elegancia paisana de un hombre que todavía se sabe interesante. Y, sobre todo, los ojos. No importa cuántos años se recojan a su alrededor, en los ojos de este hombre bulle todavía una mirada inteligente, sagaz. Lo bastante despierta como para observar y unir los puntos. Nuestra salida de la casa, el portazo, la furia de Rómula, lo que fuese que le hizo cambiar de idea desde la galería. De acuerdo, prestémonos a lo que sea que quiera ofrecernos.
—Ni se lo imagina usted.
—Ya. Algo me ha parecido entender. Pero bueno, si su trabajo fuese fácil, no lo harían con pistolas, ¿verdad?
Y sonrío. En efecto, un tipo inteligente.
—Verdad.

—Claro.

El hombre echa un vistazo a su reloj, como si tal cosa fuese necesaria para encajar su siguiente movimiento.

—Pues a estas horas lo que igual les sentaba bien era un café, ¿me equivoco? Sí, hombre, claro que sí —se contesta a sí mismo, sin dejar margen para ninguna otra respuesta por nuestra parte—. Vengan, acompáñenme. Que a ustedes se les ve cansados, y mi Flora hace un café de pota riquísimo.

58

Césimo y Flora

Por fin arriba, sentado a la mesa de la cocina, el hombre se presenta.

—Mi nombre es Césimo, Césimo Gómez. Y ella —señala a la mujer que nos sirve ahora las tazas de café— es mi señora, Flora Peña.

—Para servirles a Dios y a ustedes —nos da por saludo la mujer.

—Pues muy agradecidos —le respondo desde lo que intento que sea una sonrisa—. La verdad es que llevamos unos días que ya necesitábamos un buen café. Muchas gracias, doña Flora.

La mujer, también anciana, se limita a asentir con la cabeza mientras su marido, en silencio, nos observa desde el otro lado de la mesa. Y no es que la amabilidad haya desaparecido de su rostro, ni mucho menos. Pero ahora su sonrisa se ha vuelto más seria. Más grave.

—Diría que ustedes necesitan algo más que un buen café, ¿me equivoco?

Mi expresión se llena de algo bastante parecido a la rendición.

—No, señor Gómez, no se equivoca usted. Están pasando cosas extrañas, graves, relacionadas con este pueblo, y no acabamos de recibir la ayuda que necesitamos.

Césimo y Flora cruzan una mirada cómplice.

—Bueno, hombre —murmura la señora Flora—, en este pueblo siempre han pasado cosas extrañas. Ya sabe usted lo que dicen, ¿verdad? *Todo se volven líos na festa de Correchouso.*

—Y la historia de los Blanco Romasanta tiene mucho de eso —continúa su marido—. Porque juraría que es por eso por lo que han venido ustedes, ¿no es así?

Esta vez somos nosotros quienes cruzamos la mirada. Me apostaría algo a que Raúl se está preguntando cómo puede saber eso el viejo, y yo recuerdo aquello de que, para engañar a según qué gente, lo primero que hay que hacer es madrugar mucho.

—Ya saben, esto es una aldea —explica el anciano, como si hubiera adivinado la perplejidad de Arroyo—. Todo se comenta, todo se sabe.

Vuelvo a sonreír.

—Pues sí, algo así —le contesto.

—Uy, pues esa sí que es una historia muy fea —advierte la señora Flora—. Muy fea, y que viene de hace muchos años ya. Mala cosa.

De acuerdo con el comentario de su mujer, Césimo tuerce el gesto en una mueca incómoda y golpea la mesa un par de veces con los nudillos. Como si pensar en estas cosas no fuera de su agrado.

Y entonces yo cometo el primer error: dar por sentado que comprendo.

—Sí, ya —les respondo—, ustedes se refieren a la historia del famoso Romasanta, ¿verdad? Sí, ya sé, ya sé. El Sacamantecas y todo eso.

Flora vuelve a buscar la mirada de su marido con ademán extrañado. Como si no entendiera mi contestación. Pero Césimo se limita a sonreír y asentir en silencio.

—Sí, hombre, sí, el Sacamantecas y todo eso, claro. Escuche, ¿puedo decirle algo?

—Por supuesto.

—Mire, joven, lo mejor es que no se confunda con nosotros.

Y aquí es cuando cometo el segundo error: ignorar una advertencia.

—¿Perdone?

—Que no se equivoque, hombre. Porque por más que se lo podamos parecer, amigo, en esta aldea no le somos todos un atajo de ignorantes analfabetos y temerosos de Dios.

Y tercer error: negación.

—Discúlpeme, pero yo no...

—Usted sí, amigo. Usted ha pensado que mi mujer y yo no somos más que otros viejos chochos a vueltas con el puñetero Sacamantecas y todo eso. Pero ¿sabe qué? Se ha equivocado usted, compañero.

Y, por fin, mi primer acierto: permanecer en silencio y escuchar.

—Mire, aquí pasar, todos lo pasamos mal, eso no se lo vamos a negar.

—Que la vida en el campo les es muy dura, señores.

—Así es, Flora tiene razón. Pero en esta aldea siempre tuvimos una buena escuela.

—Ay, eso sí —asiente la mujer, confirmando el comentario de su marido—. Aquí todos le sabemos leer y escribir. Como también sabemos que pocos ven lo que somos, pero todos ven lo que aparentamos.

—Así es: si la ocasión lo requiere —sonríe Césimo, orgulloso—, incluso podemos citar al mismísimo Maquiavelo.

—Ya lo veo.

—Y precisamente por eso —me señala el anciano—, aquí todos sabemos que esas historias con las que usted pensaba que le iban a dar la paliza estos dos aldeanos estúpidos no son más que cuentos de viejas con los que asustar a los niños revoltosos.

—Aquí somos así —se encoge de hombros la señora Flora—, curtidos desde lobitos.

—Eso es. De modo que, si les he invitado a nuestra casa, no es para hablarles de eso, sino de algo mucho más cercano en el tiempo. Así que no sea usted estúpido, préstame atención y, sobre todo, no me haga pensar que he malgastado un café tan bueno con un mastuerzo cualquiera.

Por el rabillo del ojo veo como Raúl se lleva la taza de café a la boca, solo para disimular la sonrisa.

—Escuchen —advierte Césimo—, ¿ven aquel humo a lo lejos?

Raúl y yo nos volvemos en la dirección señalada por el anciano y descubrimos una ventana a nuestras espaldas. Al otro lado, una columna de humo ocre se levanta en el horizonte.

—Sí —le respondo—, es el fuego. De hecho, estos días no hemos dejado de encontrarnos con incendios por toda la zona.

—Así es —asiente el viejo—. Sobre todo de noche, ¿verdad?

—Es cuando mejor se ven —asiente Flora.

—Curiosamente, el monte siempre parece arder en esta parte del mundo, ¿verdad?

—Sí —admito—, desde luego, eso parece.

—Sí, eso parece. Pero, entonces, díganme una cosa, ¿ustedes nunca se han preguntado por qué el monte siempre arde?

59

Cuando el hambre aprieta y la sierra muerde

—El monte es un negocio, señor. Uno mucho más lucrativo de lo que la mayoría de la gente piensa.

—Sí, algo hemos aprendido al respecto —murmura Arroyo.

—Y los incendios, caballeros, tan solo son una herramienta más de ese mismo negocio. De hecho, no sé si lo sabrán ustedes, pero lo cierto es que el fuego favorece tantos intereses distintos que muchas veces aquí nos preguntamos si lo verdaderamente raro no será que el monte no arda con mucha más frecuencia.

—Comprendo.

—Y aquí, en el pueblo, nosotros también tenemos nuestra propia historia con el fuego. Verán...

El anciano cruza una nueva mirada con su mujer, y ella asiente en silencio.

—Hace años se decía que había alguien detrás de los incendios que estaban asolando el valle y las sierras. Bueno, se decía... Eso tan solo es una manera de decir que, en el fondo, todos sabíamos quién estaba detrás de aquellos incendios.

Y, por si acaso sienten ustedes la tentación de caer en ese tópico con el que hemos tenido que cargar tantas veces, ya saben, el de que el monte lo quemamos los aldeanos, solo para tener pastos nuevos, para no tener que limpiarlo y sabe Dios cuántas estupideces más, les adelanto que, por lo menos en esta ocasión, ya pueden ir dejando a un lado todas esas historias, porque aquí no era el caso. Aquí, es verdad, había alguien detrás de los incendios, claro que sí. Probablemente más de una persona en realidad, y casi con toda seguridad por motivos muy distintos a estos dos que les acabo de mencionar. Pero lo que no se puede negar es que tan solo era una persona la que encendía los fuegos. Un hombre, para ser concretos. Uno que, de hecho, conocía muy bien el monte.

—¿Quién?

Césimo sonríe desde una mueca cansada, vieja como la propia sierra.

—En la aldea todos sabíamos que se trataba de Ramón. Ya sabe, Ramón Blanco.

—El marido de Lupe.

—El mismo.

—Pero no comprendo. ¿Por qué?

El anciano se encoge de hombros resignado.

—¿Y qué quiere que le diga, amigo? Aquí, ya se lo ha dicho mi mujer, la vida es muy dura y la tierra no siempre da tanto como lo mucho que hay que trabajarla. De modo que, yo qué sé, supongo que por un dinero extra. Y sí, por supuesto, antes de que me lo cuestione usted, ya se lo digo yo: en efecto, hay muchas maneras de ganarlo y no todas son buenas. Pero también sucede que cuando el hambre aprieta y la sierra muerde… Yo qué quiere que le diga.

—Ya, ya —respondo—, no se imaginan ustedes la cantidad de veces que habremos escuchado algo muy semejante apenas unos segundos antes de intentar justificar los crímenes más atroces. Pero en este caso...

Niego en silencio, incapaz de comprender.

—¿Por qué? —vuelvo a preguntar—. Quiero decir, ¿con qué fin? Porque todos sabemos que no hay tanto pirómano para tan poca terapia. Y si alguien se presta a quemar el monte, será a cambio de dinero. Y quien lo pague, lo hará, evidentemente, por un beneficio mucho mayor que esa cantidad, claro. ¿Me equivoco?

Césimo vuelve a sonreír, pero esta vez de un modo distinto. Como si se sintiera satisfecho de que, por fin, yo haya empezado a comprender.

—No, amigo, claro que no se equivoca.

—Bien —acepto—. Pues entonces díganme, señores. ¿Quién más está en esta historia?

En ese momento, Césimo y Flora cruzan una mirada diferente. Una en la que ella parece advertirle a él: «Ten cuidado. Más allá de esta pregunta hay dragones». Y Césimo, como si de verdad la estuviera escuchando, se encoge de hombros. Como si, a su vez, fuese él quien le respondiese. «Bueno, llegados a este punto, *todo se volven líos na festa de Correchouso*».

—Aquí, señores, es donde la historia se nos pone un poco fea. Dígame, inspector, ¿sabe usted cómo se hacen negocios con la madera quemada?

Tiempo atrás. Agosto de 2015

Cash from chaos

A veces, una llamada de teléfono tan solo es eso, una llamada de teléfono. «Buenas, mi nombre es Desiré Julia, y le llamo para hacerle una oferta inmej...». «¡Hola, dígame con qué compañía tiene usted contratado el gas!». «Ve preparándote, pichón, porque en cuanto llegue a casa te voy a dar lo tuyo y lo... Uy, perdone, me he equivocado». Una llamada estúpida, incómoda. Y poco más.

Pero, otras, el teléfono suena y, por más que en la pantalla aparezca el nombre de algún conocido, nada, absolutamente nada te pone sobre aviso de que, tan pronto como finalice esa misma llamada, tu vida habrá cambiado para siempre.

«*Solo te pido, solo te pido, que me hagas la vida agradable...*».

Es el móvil lo que suena. A su dueño siempre le ha parecido que Manolo Escobar no recibió en vida todo el reconocimiento que sin duda merecía. Qué menos que llevarlo como tono de llamada. El presidente de la Comunidad de Montes lo saca de la funda en que lo lleva sujeto al cinturón y se pone las gafas para ver el nombre en la pantalla. Y sonríe.

«... *si decides vivirla con...*».

—López, dime.

—¡Qué pasa, presidente!

—Pues no mucho, hombre. Aquí, con las niñas.

—Eso está bien, claro que sí. ¡Que la familia es lo primero!

—Vete a tomar por culo, Antonio. Que son las dos de la madrugada, y los dos sabemos que estas niñas no son mis nietas precisamente.

—Pero ¡qué cabrón eres, Avelino! ¡Sinvergüenza! ¡Putero!

—Bueno, sí, fue a hablar de putas la Tacones. Venga, al tema, que se me enfría el horno. ¿Qué carajo necesitáis esta vez?

—Pues qué va a ser, hombre. *Cash*, amigo, ¡necesitamos *cash*! ¡Que esta vida nuestra está muy cara!

—Pero me cago en la puta, López, ¿otra vez? Yo no sé dónde cojones metéis el dinero vosotros. ¿Qué pasa, que coméis billetes para desayunar o qué?

—Bueno, hombre, y yo qué sé. Un poco para desayunar, otro poco para cenar... Y, oye, que además este año hay elecciones, eh. ¿Tú sabes el dinero que nos cuesta eso, chaval? Que si móntame un mitin aquí, que si llévame a estos abuelos para allá... Un sindiós, Avelino, un sindiós.

—Ya, ya, claro. Y lo que te estarás llevando tú, cabrón.

—Bueno, bueno. ¡Menos de lo que debería, ya lo sabes! Escucha, que ya te imaginas lo que te voy a pedir, ¿no?

—Hombre, claro. Que tú solo llamas para una cosa. Y si necesitáis madera quemada para sacarla a subasta, antes necesitaréis que alguien os la queme, ¿no?

—Pero me cago en la puta, qué listo me eres, Avelinito.

—No tanto como para mandarte a tomar por culo, Lopecito. Que si buscara por ahí, igual hasta encontraba quien me pagase mejor. Como los de las eólicas, sin ir más lejos.

—Pero ¡qué dices! No me jodas, hombre, que eso es pan para hoy y hambre para mañana, coño. Que como al *conselleiro* de turno le dé por decir que no, ahí no tenéis nada que rascar. Lo que yo te diga, pan para hoy, ¡y un *carallo* para mañana!

—Bueno, más bien muchos millones para hoy, y mañana ya veríamos. Venga, va, no me hagas perder más tiempo, coño, que se me enfadan las mulatas. ¿En qué ayuntamiento queréis sacarles los cuartos a los madereros esta vez?

—Pues mira, esta semana habíamos pensado en darle un repaso a tu zona, ¿qué te parece?

—¿Rebordechao?

—Ajá

—Hostia.

—Qué, ¿algún problema?

—Hombre, no sé.

—Es que la zona de Verín ya la tenemos muy quemada. ¡Coño, literalmente!

—Sí, ya, muy gracioso.

—Y no sé, pensaba que lo mejor era dejarnos la parte de Maceda, Montederramo y Trives para más adelante, ¿no te parece?

—Ya. Bueno, pues nada, no hay problema. Paso el recado.

—Vale. Pero, oye, escúchame una cosa.

—Dime.

—Esta vez tiene que ser algo grande.

—Coño, López.

—Es que necesitamos sacar bastante líquido, hombre, y si me traes poca madera, con las comisiones habituales de las subastas al final no nos queda ni para pipas.

—Ya, coño. Pero es que esa zona… Cojones, Antonio, que ahí el monte queda pegado a las casas. Y como tengamos un problema…

—¡Bueno, hombre! ¿Y qué problema vamos a tener? Si ese tipo que tienes ahí, el tal Ramón ese, es una fiera, coño. Que no sé cómo hostias lo hace, pero me cago en la puta, ahí donde pone el ojo pone el fuego. ¡Un máquina!

—Sí, bueno, ya. Pero esto sigue siendo fuego, López. Y con el fuego… Me cago en la puta, Antonio, ¿pero es que a ti no te enseñaron nada de pequeño? Con el fuego no se juega, coño. Mira, por si acaso, lo que voy a hacer es que esta vez empiece más abajo.

—¿Más abajo? ¿Dónde?

—En un lugar que se llama A Ermida. Esa zona está deshabitada, así que si hay problemas…

—Pero ¡mira que estás cenizo hoy, carajo! ¿Qué problemas va a haber?

—Pero mira que eres imbécil, cojones. Pues problemas, López, problemas. Que cambie el viento, que sople con más fuerza, que no sople. ¡Que el fuego se ponga caprichoso, cojones ya! Que para ti es muy fácil, que a tu despacho no llega, ¡pero aquí es otra cosa!

—Bueno, bueno, oye, tampoco te pongas así, eh. Coño, Avelino, que tú y tus amigos también os lleváis un buen pellizco, no me jodas.

—Nada que no nos merezcamos.

—Vale, vale. Pues nada, prende donde te salga de los cojones. Pero ¡no me jodas, eh! Asegúrate de que esta vez necesiten una buena flota de camiones para cargar con tanta madera. ¡Y no te me pongas así, coño, que esta vez te pago el doble! Venga, ¡para que veas lo bueno que es tu amigo López!

—Sí, buenísimo. El triple tenía que pedirte, hijo de puta.

—Bueno, mira, eso ya lo discutiremos para la próxima. Tú por lo pronto pásale el recado al curita ese que tienes en el pueblo, y que se asegure de que la beata le haga llegar bien las indicaciones a su hermano. ¡Máquinas, que sois unos máquinas!

60

De esto ha tratado siempre

—¿Lo comprenden ya? Eso era, de eso ha tratado siempre. Antes, entonces y ahora también, claro.

—Pero, espere, no lo entiendo. ¿No resultaba que el suelo quemado no era explotable?

Césimo sonríe.

—No, señor inspector, eso no es así. Entiendo su error, porque de hecho eso fue lo que nos hicieron creer durante mucho tiempo. Pero la realidad era otra.

—Lo que no puede hacerse es recalificarlo —me aclara Flora.

—Eso es —asiente su marido—. Pero esto es otra cosa. Una manera de favorecer que los vecinos recuperasen parte de lo perdido con el fuego era permitiendo que sus ayuntamientos sacasen a subasta la madera quemada. Y sí, una parte se repartía entre los afectados. Pero otra, una comisión no precisamente pequeña, se la quedaban los ayuntamientos. Y, bueno, si estos estaban controlados por alguien con pocos escrúpulos, o esos alcaldes se debían a órdenes superiores del partido de turno, pues ya se imaginará usted.

—Ya —comprendo—, es de un negocio muy lucrativo de lo que estamos hablando.

—Exacto.

—¿Y qué fue lo que pasó entonces?

Esta vez es Flora quien lamenta la expresión.

—Yo qué sé, amigo. Mire, ese año había ardido todo. Pero nunca tan cerca del pueblo. Hasta aquel día.

—Es que la cosa se complicó ya desde el principio —recuerda Césimo—. Tal como vimos llegar el fuego, ya de noche, nos dimos cuenta de que ese lo habían encendido cerca, un poco más abajo de A Ermida. Pero entonces…

Es con los ojos azules de Flora con los que me encuentro, clavados en los míos. Y comprendo.

—Entonces cambió el viento.

—Cambió, cambió —me confirma la anciana, esta vez con la mirada perdida en el recuerdo.

—De repente —sigue Césimo—, entró un viento del sur que, además de ser muy cálido, comenzó a empujar con fuerza. Hacia el norte, claro.

—Hacia nosotros —murmura la mujer.

—Hacia nosotros, sí. Por suerte, aquí reaccionamos a tiempo y pudimos contenerlo cuando ya estaba a punto de meterse en la aldea. Pero claro, antes de llegar aquí…

—Arrasó con todo, amigo, ¡con todo!

—Es verdad. Pasó por encima de A Ermida y la devoró de cabo a rabo. Ahí sí que no se salvó nada.

—Ni nadie.

Es este último matiz, el añadido por Flora, el que llama mi atención. ¿Nadie?

—Pero, espere, ¿cómo que nadie? Según tenemos entendido, en A Ermida no hay más que establos. Allí no vive nadie, solo hay animales, ¿no?

—Bueno —recuerda Raúl—, no siendo en la casa rural, claro. ¿Acaso había alguien hospedado aquella noche?

Los dos ancianos vuelven a cruzar una mirada entre ellos. Una silenciosa, triste.

—No —es Flora la que responde—, la casa rural no existía entonces. En aquella época todavía era la casa de Rómula, eso es verdad. Pero ya hacía años que la familia vivía aquí, en el pueblo.

—Pero eso no quiere decir que los establos y los pajares estuvieran vacíos, inspector.

—Comprendo entonces que no se refiere usted a los animales.

Flora vuelve a bajar la mirada compungida.

—No, aquella noche no. Aquella noche… Ay, Dios mío, aquella noche fue terrible. Pobre criatura.

61

Pobre criatura

—¿Pobre criatura? Perdonen, pero no entiendo. ¿Cómo que pobre criatura? ¿A quién se refieren?

Césimo niega en silencio y Flora está a punto de contestar.

—A...

Pero entonces se detiene, y veo que su mirada ha quedado clavada en algo a nuestras espaldas. Césimo también se ha dado cuenta y busca en la misma dirección. Y sí, su expresión también cambia.

Desconcertado, me vuelvo. Y entonces comprendo: desde donde estamos sentados y a través de la puerta de la calle, todavía abierta, se ve un fragmento de la galería de la casa de al lado. Una galería pintada de blanco y amarillo, en la que las cortinas aún se mueven al otro lado de los cristales. Fuese quien fuese, alguien ha estado observando, si no escuchando incluso, nuestra conversación desde la casa de Lupe y Rómula.

—Miren, nosotros ya les hemos contado bastante —resuelve Flora, de pronto nerviosa.

—Pero...

—No —me ataja su marido—. Si hemos decidido hablar

con ustedes es por ayudarles. Porque si no saben dónde mirar, aquí nadie les dirá nada. —Incómodo, Césimo también ha pasado a hablar casi en un murmullo, aún con la mirada puesta en la galería de la casa vecina—. Pero ahora ya saben qué es lo que ha ocurrido aquí, más allá de cualquier sacamantecas o bestia peluda, y a nosotros nos gustaría seguir viviendo lo mucho o poco que nos quede tranquilos en el pueblo.

—Comprendo.

—¡De modo que ahora, si nos disculpan, nosotros les vamos a dejar, para que puedan seguir haciendo su trabajo! —resuelve el viejo, de pronto con una sonrisa forzada y la mirada perdida en el exterior. Y también con la voz más alta. Notablemente más alta.

Y sí, claro, yo lo entiendo. Son dos personas muy mayores, y ya bastante han hecho. Les damos las gracias y nos disponemos a abandonar su casa.

—Dejen que los acompañe hasta la puerta.

—No se preocupe, señora Flora, ya podemos nosotros.

—Dejen que los acompañe —insiste la anciana—, que estas casas viejas les son muy traicioneras.

Raúl ya está bajando las escaleras, conmigo todavía un par de pasos por detrás. A punto de salir por la puerta de la casa, me doy la vuelta para despedirme, y la anciana, que venía justo detrás de mí, me sonríe y hace un ademán para que me acerque, entiendo que para darme un par de besos de despedida. Pero entonces, cuando ya me he agachado, con mi rostro casi pegado al suyo, me susurra algo a la oreja.

—Fue el otro —murmura—. Lo del fuego en el monte.

El comentario me coge por sorpresa.

—¿El qué?

Pero Flora ya no me explica más. Vuelve a apartarse y se

despide con un par de palmadas efusivas en mi mejilla. Muy efusivas, de hecho.

—¡Adiós, adiós! —dice levantando de forma exagerada la voz en dirección a la galería vecina—. ¡Sentimos mucho no haberles ayudado! ¡Que tengan un buen día!

Y se acabó. Una mentira, una puerta que se cierra y aquí no ha pasado nada.

Por fin abajo, en la calle, me encuentro con la mirada de Raúl.

—¿Qué hacemos, señor?

Con discreción, echo la vista atrás, de nuevo hacia la puerta de madera verde, ahora cerrada, en lo alto de las escaleras.

«Fue el otro. Lo del fuego...».

Y entonces se me ocurre una idea.

—Nada —respondo también en voz alta a la vez que echamos a andar y pasamos bajo la galería de Lupe, en dirección a A Cruz—, aquí no encontraremos nada. Volvemos a Verín.

Tan solo es después de haber doblado la esquina de la plazoleta, cuando bajamos ya hacia la entrada del pueblo, que vuelvo a hablar.

—Raúl.

—¿Sí, señor?

—Oye, ¿puedes consultar algo en la red?

Él arruga la frente, con la mirada puesta en la pantalla de su móvil.

—Apenas hay cobertura, señor. Pero sí, yo creo que sí. Si no aquí, tal vez un poco más abajo.

Asiento con la cabeza.

—De acuerdo, pues búscame un par de cosas.

—Usted dirá.

«... en el monte».

—Consígueme el nombre del actual presidente de la Comunidad de Montes. Y su contacto, claro.

62

Saber perder. Sobre todo tú

Lupe ha dejado la galería. Desde su posición le ha resultado imposible oír nada de lo que hayan hablado, de modo que no sabe qué es lo que habrán contado sus vecinos Césimo y Flora. Ni tampoco cuánto. Pero si han hablado... Bueno, qué tontería. Por supuesto que han hablado. O si no ¿a santo de qué ha venido ese teatrillo por parte de la señora Flora? «¡Sentimos mucho no haberles ayudado!». Venga, Flora. Lo más probable es que a estas alturas Romano ya conozca la historia de su marido, el difunto Ramón. Si no entera, desde luego sí lo más importante. Y, de ser así, tan solo es cuestión de tiempo que siga tirando del hilo hasta completar la madeja. Y entonces... De acuerdo, movámonos.

De vuelta en la penumbra del pequeño salón interior, Lupe ha ido a sentarse en el sillón que quedaba libre. En el otro, su cuñada, que regresó mientras los policías estaban en la casa de los ancianos, permanece inmóvil. Y ahora las dos mujeres se observan en silencio.

Lupe mantiene sus ojos de miel sobre su cuñada, quien

tampoco hace nada por disimular el enojo, la ira encendida que prende su rostro.

—Te vi —murmura Lupe con voz suave y pausada—. Te vi desde la galería.

A todas luces furiosa, Rómula se limita a mantener los dientes apretados. Hasta que, de pronto, habla.

—Lo sé —responde—. Yo también te vi a ti.

Porque sí, Rómula habla.

Con dificultad, de forma torpe y con sílabas inconclusas y voz sorda. Pero habla.

—Vi cómo me mirabas.

—¿Y qué ibas a hacer? Dímelo, ¿qué pretendías hacer, eh? ¿Hablar con ellos? ¿Contárselo todo, tal vez? Dime, Rómula, ¿era eso lo que queríais hacer tu rabia y tú?

De nuevo en silencio, Lupe niega con la cabeza a la vez que, poco a poco, comienza a sonreír con desprecio.

—Te lo dije, una vez te lo dije. «Si vuelves tan solo a soñar con decir ni una sola palabra sobre esto, esa vez será el corazón lo que te arranque». Dime, vieja imbécil, ¿acaso ya no lo recuerdas?

—Sí —contesta Rómula—, lo recuerdo. Y puede que en aquel momento ganaras tú. Pero ahora ya no estoy dispuesta a seguir acatando tus reglas. Mi hermano y yo hicimos lo que hicimos, es cierto. Lo hicimos, y puede que no estuviera bien.

Lupe finge sorprender su expresión.

—¿Puede?

—¡De acuerdo! —se revuelve—, ¡no estuvo bien, claro que no! ¡Pero había que salir adelante! Gracias a eso comíamos, y a ti nunca te vi quejarte delante del plato. Pero esto… Esto ya es demasiado. ¡Una cosa es ser alguien que le prende fuego al monte, y otra muy diferente ser un asesino!

Es justo entonces, en ese instante, cuando la respuesta de Rómula acera todavía más la mirada encendida de Lupe.

—¿De verdad pretendes decirme eso a mí? —La mujer aprieta aún más los dientes—. ¿En serio? ¡¿De verdad crees que vosotros no sois unos asesinos?! ¡Mira a tu alrededor, miserable! ¡Que mires, te digo! Mira, desgraciada, mira. Y ahora dime si de verdad no echas a nadie en falta aquí.

Pero, por más que Lupe parezca haber desatado toda su furia, su rabia, Rómula no se echa atrás.

—¡Lo que te digo es que yo no voy a seguir con esto! ¡Me he pasado toda la vida cargando con los pecados de mi sangre! ¡Toda la vida, Guadalupe! ¡Y ya no voy a seguir pagando las culpas de otros!

Lupe vuelve a negar.

—No, tú no vas a hacer nada. ¿O acaso quieres que te vuelva a arrancar algo? Porque lengua ya apenas te queda.

—No, déjalo, no me amenaces más. Yo ya no te tengo miedo.

—Ah, ¿no?

—No, ¡no!

Lupe mantiene la mirada de su cuñada. Y, esta vez, asiente.

—De acuerdo, comprendo. Comprendo. ¿Y sabes qué, Rómula? Una persona inteligente ha de saber reconocer sus errores. Comenzando por sus propias derrotas. De modo que dime, cuñada, ¿crees que eres una persona inteligente?

63

Tengo el alma en pedazos

Jesús Requejo es un tipo de aspecto jovial. O, desde luego, esa es la primera impresión que transmite. Un hombre de algo más de setenta años, alto, de complexión fuerte, pelo blanco y ojos de un intensísimo color azul claro. Y una sonrisa enorme por presentación primera.

—Muy buenas tardes —saluda al tiempo que nos ofrece la mano—, ¡bienvenidos a Rebordechao!

Hoy es viernes de fiesta en la aldea, y esta noche arrancará el primero de los tres días de verbena que el pueblo tiene para regalarse. Y si algo hace especiales las celebraciones en las aldeas pequeñas es justo esto, el hecho de que son los vecinos quienes se encargan de que todo salga bien. Recuerdo la explicación de Lupe el primer día, al enseñarme la decoración de su calle. Son ellos los que se han encargado de engalanar la aldea con los adornos que ellos mismos han ido confeccionando a lo largo del año.

Cuando Raúl consiguió el contacto de Jesús, el actual presidente de la Comunidad de Montes de Rebordechao, nos dijo por teléfono que sí, claro, que nos atendería encantado. Pero que, si no nos importaba, y ya que estábamos en el pueblo, por favor fuésemos tan amables de acercarnos a donde él se encontraba, ya que en ese momento estaba al cargo de un asunto importantísimo que le impedía abandonar su posición.

Cuando por fin lo encontramos en el lugar que nos había indicado, que no era otro que el Campo das Airas, justo allá por donde una hora antes habíamos visto perderse a Rómula Blanco, Jesús resultó ser el tipo que, con expresión divertida, se dedicaba a escuchar la prueba de sonido de Los del Brexit, la charanga contratada para amenizar la verbena.

Luego de saludarnos, con los brazos cruzados sobre el pecho y aún sin abandonar ni por un instante la sonrisa, Jesús ha vuelto a girarse en dirección al palco de la pequeña orquesta, que ahora se arranca con «La ventanita».

—¿Es usted músico?

—¿Quién, yo? —Jesús hace aún más grande su sonrisa—. ¡Por Dios, no! Créame, el mundo no quiere semejante agresión. Pero como los muchachos de la comisión de fiestas me tienen por un tipo con gusto, aquí me han puesto, encargado de la sinfónica, y poniendo cara de que entiendo muchísimo. ¡No vaya a ser que se les caiga una semicorchea por el camino y luego no la encuentren!

Raúl y yo cruzamos una mirada a sus espaldas. No, desde luego nadie podrá decir que Jesús no es un tipo alegre.

—Aunque bueno, para mí que estos —dice, a la vez que señala a los músicos con el mentón— pueden seguir más que de sobra sin mis sabios consejos musicales. De modo que ustedes dirán. ¿En qué les puedo ayudar?

Miro a mi alrededor.

«*Tanto tiempo sin verte es como una condena*».

Aunque solo se trata de la prueba de sonido, la música no

deja de llamar la atención de los curiosos que, cada vez en mayor número, se van asomando al Campo das Airas.

—Escuche, señor Requejo, ¿cree usted que podríamos hablar en algún lugar más tranquilo?

Aunque la sonrisa no desaparece del rostro de Jesús, a sus ojos parece asomar algo diferente, quizá el aviso, la advertencia, de cierta gravedad.

—¿Tan serio es?

«*Desde que me dejaste...*».

Pienso que tal vez no tanto como los problemas de afinación de alguno de los vecinos que ahora se obstina en acompañar al cantante de la charanga. Pero sí, le respondo con la cabeza, lo es.

—De acuerdo. Vengan, acompáñenme.

«*... la ventanita del amor se me cerró*».

64

El Lugar de Encuentro

Seguimos a Jesús hasta una construcción nueva, visiblemente mucho más moderna, en el fondo del Campo das Airas. Y, justo antes de entrar, no puedo evitar echar un vistazo a mi derecha. Atardece ya y la luz del sol ha empezado a caer de forma transversal. El golpe ya casi horizontal de los rayos de color naranja contra el macizo de la inmensa sierra, que protege la aldea por su flanco más oriental, compone un paisaje sobrecogedor, tan impresionante, por bello y poderoso, que hasta el más insensible sería incapaz de refrenar un acceso de vértigo.

—De haber conocido esto —murmura Raúl a mis espaldas—, al pobre Stendhal lo tendrían que estar recogiendo del suelo cada dos por tres.

El Lugar de Encuentro, que ese es el nombre grabado en una placa de madera a la derecha de la entrada, es una especie de centro social. Una enorme casa de piedra, de construcción moderna en comparación con el resto del pueblo, sin más ornato que una barra al fondo, varias mesas con sillas aquí y allá, un par de estanterías cargadas de libros y una gran chimenea de leña en la esquina derecha. Por supuesto, ahora está apagada. Pero es, tal vez guiado por la costumbre, junto a ella donde Jesús nos invita a sentarnos.

—Díganme —nos inquiere, ahora sí ya con gesto algo más serio—. ¿En qué puedo ayudarles?

—Verá, acabamos de conocer a dos de sus vecinos. Césimo y Flora, ¿sabe quiénes son?

—Sí —contesta Jesús—, una pareja encantadora.

—Pues el caso es que nos estaban contando unas cosas muy interesantes sobre el pueblo —le explico— cuando de pronto... Bueno, digamos que han tenido que dejar la conversación. Pero antes de separarnos nos han dado a entender que lo que debíamos hacer era buscar más información, hablar con alguien que sepa un poco más sobre el tema. Y he pensado que esa persona podría ser usted.

Jesús, que en ningún momento ha dejado de observarme mientras le hablaba, vuelve a sonreír.

—Por supuesto, señor...

—Ah, discúlpeme. Romano —le aclaro—, inspector Mateo Romano. Y él es mi compañero, Raúl Arroyo.

En ese momento, Jesús hace aún más grande su sonrisa. Como si se estuviera diciendo a sí mismo: «¿Lo ves? Te dije que eran policías».

—Pues por supuesto entonces, inspector. Sepa que estaré encantado de hablar con ustedes sobre el tema que quieran. Cuéntenme, señores. ¿De qué se trata?

—Del fuego.

He respondido rápido, y lo he hecho a propósito. Al fin y al cabo, Jesús no solo es el presidente de la Comunidad de Montes de Rebordechao, sino que, además, también es la persona que accedió al cargo luego de que Avelino Basalo dejara la presidencia. Justo en una época turbia y convulsa. Pero, con todo, Jesús no parece inmutarse.

—¿El fuego? —pregunta—. Hombre, ¡no me diga que por fin están investigando los incendios que sufrimos! Desde luego, sin tiempo no ha sido, eh. No saben cuántas veces les he llamado justamente por...

—No, no —lo atajo—. Sentimos mucho lo que está ocurriendo, nosotros también lo hemos visto. Pero lo cierto es que no me refería a estos fuegos, señor.

—Ah, ¿no?

Jesús parece sinceramente confundido.

—No. Por los que me gustaría preguntarle es por otros. Unos que, al parecer, fueron provocados hace ya unos cuantos años. Díganos, ¿recuerda usted el verano de 2015?

Silencio.

—¿El del 2015, dice?

—Sí, señor. Según tenemos entendido, ese año hubo un incendio diferente. Uno que, por lo visto, casi se lleva por delante al pueblo. Cuéntenos, Jesús, ¿qué fue lo que ocurrió aquel mes de agosto?

Y, entonces sí, vemos cómo la sonrisa desaparece del rostro de Jesús. Y comprendo que, por fin, hemos comenzado a dar en el clavo.

—«Pobre criatura» —repito, recordando lo que fuera que los dos ancianos estuviesen a punto de contarnos—. Usted sabe a quién se referían Césimo y Flora, ¿verdad? Por favor, Jesús, díganos qué fue lo que ocurrió. Y, sobre todo, explíquenos algo más: qué demonios pinta Ramón Blanco en todo esto.

Jesús Requejo, ahora ya por completo envuelto en la más seria de las expresiones, clava sus ojos en los míos mientras permanece en silencio. Intento presionarlo un poco más.

—Escuche, creemos que el señor Blanco pudo haber provocado la muerte de algún vecino, tal vez alguno de los chavales que estuviera pastoreando los animales, o alguien que en ese momento estuviera en A Ermida.

—Y que por eso podrían haber acabado con él después —completa Raúl, con gesto serio, neutro.

—Si ahora estamos aquí, señor Requejo, es porque entendemos que todo lo que está sucediendo ahora, y de lo que sin duda estará enterado, guarda algún tipo de relación con lo que fuera que sucedió entonces. Como ya se imaginará, cualquier cosa que pueda contarnos será muy de agradecer.

Pero Jesús, que en todo momento ha permanecido en silencio, no se da por aludido. Tan solo se limita a observar por la ventana, con la mirada perdida en la sierra, allá a lo lejos.

—Algún vecino —murmura, todavía con gesto ausente.

Y entonces deja escapar un suspiro, un ademán triste y, por fin, me devuelve la mirada.

—No saben nada —resuelve.

—Puede ser —le respondo, también sin apartar los ojos de él—. Pero para eso estoy aquí. Para que usted me enseñe.

65

La verdad sobre Ramón Blanco

—Verán, se trataba de un rumor, un comentario en voz baja. O, a veces, ni siquiera eso. A veces, tan solo un silencio, un «Yo qué sé». Ese era el tipo de reacción más habitual entre nosotros aquí, en el pueblo. Porque, mire, inspector, ¿sabe qué le digo?

Niego en silencio.

—Que llegamos a estar hartos, hombre, cansados de escuchar una y otra vez que éramos nosotros, los propios paisanos, quienes le prendíamos fuego al monte. No éramos nosotros, claro que no. ¿Qué carajo íbamos a ser nosotros? ¡Por supuesto que no! Y de pronto todo cambió.

—¿A qué se refiere?

—A que nosotros no le prendíamos fuego al monte. A nosotros, los vecinos, siempre nos ha preocupado el monte. Es nuestro, lo hemos trabajado y lo hemos cuidado. Y por eso lo hemos defendido, claro, porque lo queremos. Pero entonces…

—¿Qué fue lo que sucedió?

Jesús aprieta los labios.

—Ya hacía un par de años que habíamos empezado a escuchar cosas. Primero fueron rumores, luego dudas y, al final, algo demasiado parecido a la certeza. En voz baja, casi en silencio, a veces con apenas poco más que miradas, en el pueblo empezó a considerarse muy en serio la posibilidad de que Avelino Basalo, ya saben, el anterior presidente de la Comunidad de Montes, estuviese detrás de esto.

—Sí, sí —asiento—, sabemos quién era.

—Ah, sí, claro —comprende—. Aquí también lo hemos visto en las noticias. Entiendo que ustedes son los que están llevando el caso de su muerte, ¿no es así?

Me limito a mantenerle la mirada.

—Ya, entiendo. Bueno, pues entonces tal vez estén enterados de que, al parecer, Avelino había estado haciendo negocios con un tipo.

—¿Con quién?

—No sé, no podría asegurarlo. Por aquí se decía que se trataba de un empresario llamado Antonio López. Pero, vamos, ya le digo que eso no se lo puedo asegurar.

Raúl anota el nombre.

—Al parecer, lo que entonces se dijo es que el tal López había llegado a un acuerdo con alguien de la Xunta, o del partido, que a veces no se sabe dónde acaba una y dónde empieza el otro, que a su vez se encargaba de negociar con los madereros las subastas de madera quemada. Los amigos del empresario se llevaban los beneficios de la subasta, siempre realizada en ayuntamientos controlados por ellos, y López recibía una comisión más que generosa, de la que también sacaba una buena tajada el propio Avelino.

Y comprendo.

—Cuya función era asegurarse de que el monte ardía allá donde le indicaban, ¿no es eso?

Jesús vuelve a asentir, esta vez desde una especie de ademán resignado.

—Eso parece, sí. Avelino era el encargado de garantizar la materia prima para que el negocio se pusiese en marcha: hectáreas y más hectáreas de fuego.

—Ya veo.

—Por supuesto, ni él ni mucho menos el empresario se manchaban jamás las manos de ceniza. El tal López señalaba el lugar y Basalo se lo comunicaba a su socio en el pueblo, el padre Damián, para que este a su vez se lo hiciera llegar a sus peones en la aldea. Que, por supuesto, no eran otros que Rómula y su brazo ejecutor, su hermano Ramón. Bueno, y al parecer también los dos o tres descerebrados que de vez en cuando contrataba Ramón para que le echasen una mano cuando el trabajo lo requería. Dicen que alguno de ellos todavía sigue por ahí, prendiéndole fuego al monte, yo qué sé.

Al momento regresan a mi pensamiento los incendios que estos días hemos ido encontrándonos por todas partes a nuestro paso.

—Como ya se imaginarán, teniendo en cuenta el altísimo riesgo que todos corrían, en el pueblo se decía que se trataba de un trabajo muy bien pagado. Y yo... No sé, a mí no me gusta asegurar nada que no pueda demostrar. Pero lo cierto es que, para el año por el que usted pregunta, los Blanco habían comprado la antigua casa del señor Aníbal.

—¿La de Lupe y su cuñada?

Jesús asiente con la cabeza.

—Miren, yo siempre he pensado que no suele ser bueno asegurar cosas de las que no sabemos todo. Y sí, es cierto que de Ramón Blanco se dijeron muchas cosas. Cuando estaba vivo, sí. Pero también después de muerto.

Frunzo el ceño.

—Sí, sí, no me mire así, porque esa es la verdad. ¿O qué pasa, que no lo sabía? Sí, hombre. Cuando Ramón apareció muerto, aquí todos dimos por bueno lo que se dijo en aquel momento. Lo recuerdo perfectamente, porque esa noche...

Silencio.

—¿Lo vieron?

—Aquí mismo —señala—, en este mismo lugar. Esa noche, Felisindo era el que servía las bebidas. Yo estaba con Pepe Varela, los dos sentados a este lado de la barra. Y Ramón estaba allá, apalancado en el extremo opuesto, junto al retrato de su antepasado. ¿No lo han visto? Pues sí, ese de ahí. Ese, entre las puertas de los aseos, es el único retrato que existe de Manuel Blanco Romasanta, ¿lo sabían? Sí. A Ramón no le gustaba nada. Y, sin embargo, siempre se sentaba junto a él. Y lo observaba en silencio. Como si así, sin palabras, los dos se dijesen todo lo que se tuviesen que decir. O se reprochasen todo lo que tuviesen que reprocharse, yo qué sé.

—¿Y qué ocurrió?

—Mientras estuvimos aquí no demasiado, la verdad. Ramón bebía solo, apurando hasta la última gota de aguardiente que pudo ganarle a la botella. Bebió sin parar hasta que cerramos. Poco después tuvo un accidente con el coche, supongo que eso ya se lo habrán contado.

—No nos han dado detalles, pero algo nos han comentado.

—Pues sí. A ver, tampoco es que fuese nada serio, en realidad. El pobre diablo metió su todoterreno en el río. Pero vamos, yo mismo lo vi salir del coche y marcharse carretera abajo, borracho como una cuba. Y sí, claro, es más que probable que el desgraciado aquel perdiera el sentido y, tirado en el camino e incapaz de recuperar la consciencia, acabara comido por alguna bestia. Quién sabe si no estaría muerto ya incluso cuando los lobos se lo encontraron, ¿verdad? Pero si quiere que le sea franco…

—Por favor.

—De vuelta en el pueblo, poco a poco y con más o menos convicción, todos empezaron a decir que aquello había sido otra cosa, que alguien le había ayudado a irse al infierno. Y, si tengo que ser sincero, ¿saben qué les digo? Que, aunque no sería yo quien lo echara de menos, si me obligasen a jurar diría que, en aquel momento, al cabrón aquel hasta le hicieron un favor.

No entiendo.

—¿Cómo dice?

—Como oye —asiente Jesús con aire pesado—. Porque es verdad que ese malnacido nunca dio buena sombra. De siempre hubo algo negro en él. Una oscuridad, una amargura. Pero, desde el incendio… Es la verdad, el fulano estaba destrozado.

—¿Por el fuego?

Pero mi pregunta no hace sino reactivar el desánimo de Jesús, que ahora nos contempla a los dos con mirada triste.

—No, por el fuego no —responde—. «Pobre criatura», ¿no lo recuerdan? No se trató de ningún pastor. No. En ese incendio, quien murió fue su hijo.

Y, por un instante, Raúl y yo sentimos la sacudida del desconcierto.

—¿Su hijo? —repito extrañado—. ¿Manel?

Jesús niega en silencio.

—No, Manel no. Teo. Su hijo pequeño.

66

Teo

Maldita sea. Teo, ¡Teo! Claro, estaba en el expediente cuando buscamos información sobre las posibles localizaciones de Manel y los Blanco de Rebordechao. En aquel documento aparecía un nombre más. Uno pequeño, como un garbanzo. Uno tan pequeño que, de hecho, se nos perdió.

Lupe tuvo otro hijo. Manel tuvo un hermano. Y al parecer...

Al parecer, y según nos cuenta Jesús, en aquellos veranos Rebordechao todavía recobraba un pequeño reflejo de su antigua vida. Tampoco mucho, la verdad, apenas un espejismo, el eco de lo que una vez fue. Por unos días, la aldea todavía podía engañarse a sí misma y convencerse de que seguía siendo algo parecido al pueblo que había sido hasta los años sesenta del siglo pasado, aunque solo fuese de la mano de los parientes y familiares de los pocos vecinos que aún vivían de manera regular en Rebordechao. Hijos y nietos que venían a pasar una o, como mucho, dos semanas de agosto desde Bilbao, Madrid, Barcelona, Alemania, Francia, Suiza... Desde cualquier lugar al que hubieran emigrado, ya muchos años atrás, ellos mismos, sus padres o incluso sus abuelos. Y sí, claro, esas familias de la diáspora regresaban con sus hijos.

Por lo visto, uno de los pasatiempos favoritos de toda aquella chavalada no era otro que jugar al escondite, muchas veces hasta bien entrada la noche. En ocasiones en Rebordechao y, si la excursión comenzaba ya de tarde, también en A Ermida. Algo que fascinaba especialmente al pequeño Teo.

Porque en aquel momento, en el verano de 2015, Teo todavía es un niño muy pequeño. Apenas roza los tres años y medio de edad. Por su parte, a un tiro de piedra de los dieciocho, Manel es demasiado mayor para jugar, tanto con Teo como con nadie en realidad, que además el chaval bastante tiene con todo lo que tiene. De modo que Teo pasa casi todo el tiempo con su madre, que, en ocasiones, también debe bajar desde Rebordechao para realizar algún trabajo en A Ermida. En la antigua casa familiar, en los viejos establos, recogiendo alguna de las vacas a última hora... Y sí, puede que Teo no sea más que un niño. Pero tiene ojos. Y a un niño siempre le gusta ver a otros niños, sean de la edad que sean.

Teo es demasiado pequeño para jugar con ellos. Pero ellos, los niños veraneantes, lo conocen. Y les hace gracia. Tan pequeñito, tan rubito. Tan mono. Cuando los ve llegar se pone contento, y ellos siempre le hacen alguna carantoña. Teo no participa en los juegos. Es demasiado pequeño, claro. Pero le gusta trastear por donde ellos anden. Y, a veces, se comporta como si de verdad fuese uno más.

Esa tarde los veraneantes estaban jugando al escondite.

A Ermida es un lugar seguro. No hay carreteras, no hay coches, no hay peligro. Lupe carga cosas de un lado para otro. Los niños juegan al escondite. Y Teo también.

Como después explicarían, al ver las primeras llamas,

justo al final del día, los niños se avisaron unos a otros, y la mayoría corrieron rápido a refugiarse en el pueblo, tal como tenían aprendido. Pero faltaba uno. Uno que, por más que su madre mirase aquí, allá, en todas partes, no aparecía. «¿Y Teo? —preguntó Lupe a los últimos niños que vio salir de la aldea de establos—, ¿lo habéis visto?». Pero ya desde el camino le gritaron que no, que hacía rato que no lo veían, ni tampoco sabían dónde estaba. La mujer pensó entonces que tal vez hubiera ido a meterse en la casa vieja, que Lupe siempre abría cuando bajaba, aunque nada más fuese para que se aireara un poco. Pero no, allí tampoco estaba. Y entonces, de repente, el viento cambió. Cuando Lupe regresó al camino, las llamas ya habían llegado a los establos. Y Lupe gritó y gritó su nombre. «¡Teo! ¡Teo!». Una y otra vez. Una y otra vez. Hasta quedarse sin voz. Pero Teo no respondió. En ningún momento. Al parecer, esta vez Teo había encontrado un escondite verdaderamente bueno. Uno, de hecho, demasiado bueno como para renunciar a él. Alguien había dejado abierto el vallado en lo alto de la aldea de establos, y Teo vio en esa boca negra la oportunidad de ganar la partida. Era allí donde había ido a esconderse. En lo más profundo de la casa más alta. Allí, al final del camino, nunca lo encontrarían. Y no, no lo hicieron.

Hasta que fue demasiado tarde.

Asfixiado por el humo del fuego que había sitiado el establo, el pequeño Teo no tuvo ninguna opción.

Cuando, una vez sofocado el incendio, los vecinos pudieron por fin llegar hasta él, se lo encontraron acurrucado en el suelo, hecho un ovillo al fondo del establo. Como si se hubiera quedado dormido. Tan solo cuando Lupe, rota de dolor, fue a cogerlo entre sus brazos, descubrió algo más: apretado contra su pecho, el pequeño había guardado algo entre sus manos. Una de aquellas figuras talladas por Manel. Un pequeño lobo de madera marcado por el fuego.

Manel tenía un hermano. Lupe tenía otro hijo. Y los dos, Lupe y Manel, lo perdieron en un incendio.

En uno provocado por Ramón.

Por la misma persona que aparecería muerta poco después.

Pero también por Rómula.

Tan pronto como lo comprendemos, como terminamos de atar los cabos, Raúl y yo nos levantamos y echamos a correr dejando a Jesús en El Lugar de Encuentro.

El Campo das Airas se ha ido llenando de gente, ya dispuesta para la verbena. Tropiezo y me llevo por delante a uno de los músicos de la charanga. Desde el suelo, dice algo sobre mi madre. Al parecer he aplastado su saxofón o algo así.

—Lo siento, ¡lo siento!

No hay tiempo para más. Ahora, lo único que me importa es llegar a la casa.

Por fin en lo alto de las escaleras, llamamos a la puerta con fuerza.

—¡Lupe!

Nada.

—¡Lupe! ¡Abra la puerta, ya!

Pero no conseguimos nada.

Es entonces cuando en la casa de al lado, la misma con la que Lupe y Rómula comparten escaleras, se abre la puerta y un hombre menudo, delgado y no sin ciertas dificultades para caminar se asoma desde el interior.

—No le están, eh.

—¿Cómo dice?

—Que no están —repite, apenas en un hilo de voz—. Se marcharon las dos, Lupe y Rómula.

—Es cierto, señor —me indica Arroyo asomándose al otro lado de las escaleras, al hueco bajo la galería—. El coche —señala—, no está.

—¿Y no se lo estoy diciendo? —insiste el vecino con gesto divertido—. Se fueron no hará ni media hora, igual un poco más.

—Mierda.

—¿Perdón?

—No, nada. Oiga, y no sabrá usted por un casual a dónde se han ido, ¿verdad, señor…?

—Manuel Crus —contesta—. Pero aquí todos me llaman Manolo —dice a la vez que me tiende la mano—. Manolo O Sutil.

—Estupendo, Manolo. Disculpe, pero es que tenemos prisa. Le preguntaba si no sabrá usted a dónde se han ido sus vecinas.

—¡Ah, sí! Es que justo cuando ellas salían yo volvía de un huerto que tengo aquí abajo, junto al río, ¿no sabe?

—Sí, sí —le apremio—. Que a dónde iban.

—Pues yo diría que al médico.

Arrugo el entrecejo.

—¿Al médico?

—Bueno, pues eso fue lo que supuse, sí. Se ve que a Rómula debió de sentarle algo mal, que cuando salían la pobre parecía que iba muy mareada.

—¿Muy mareada? —repite Arroyo.

—Bueno, ¡y tanto! De hecho, porque la llevaba sujeta la cuñada, eh, que si no… ¡Yo les digo que se caía y todo! Para mí que eso es alguna cosa del estómago, hombre, ya se lo digo yo, que de eso entiendo muchísimo, porque ya desde joven yo le padezco de lo mismo, y…

—¿Iba inconsciente? ¿Había alguien más que la ayudase a llevarla?

—¿Inconsciente? —El hombre se rasca la cabeza—. No, inconsciente yo diría que no. A ver, aturdida sí, pero inconsciente... —Se lo vuelve a pensar—. No, inconsciente no. A ver, por lo menos, caminar, caminaba. Y no, no había nadie más.

Raúl y yo cruzamos una mirada desconcertada.

—Lo que dijeron era que iban a ver al médico, eso sí.

—¿Le dijo a cuál?

—Ay, eso no. Es que cuando ya estaban ahí abajo —explica mientras señala el comienzo de las escaleras—, yo le pregunté si iban a urgencias, pero la chica me dijo que no era necesario. Que ya conocía ella a alguien, y que las disculpase, porque ahora mismo se la llevaba para allá, a ver si le acababa con ese mal.

Arroyo y yo comprendemos al momento y echamos a correr escaleras abajo.

—¡A qué especialista iban —oímos la voz de Manolo a nuestras espaldas—, eso sí que no me lo dijeron!

67

La lluvia junto a ti

A nadie sorprende una agenda llena de contactos en el teléfono móvil. Al fin y al cabo, todos los tenemos, muchos más de los que imaginamos. Los habituales: «Mamá», «Papá», «Cari». Los de servicios: «Gasoil», «Seguros», «Carlos Electricista». Incluso, si buscamos con un poco de atención, veremos que todavía continúan por ahí algunos que ya no sabemos ni de quién son, en realidad. Muchos de ellos todavía registrados con nombres cortos, casi incomprensibles, abreviaturas heredadas de teléfonos anteriores, cuando la agenda del móvil apenas permitía un número de caracteres limitado. «AndreaMvil», «FerGuitGrp», «MarMovBuen». Nombres, números, entradas que, en la mayoría de los casos, nadie que no fuese el propietario del teléfono podría deducir a quién pertenecen. O, incluso, quién se puede ocultar bajo ese registro.

Es precisamente uno de esos contactos el que ahora aparece en la pantalla del móvil: «AgeViajes».

Y, justo debajo, tres iconos.

Llamada. Mensaje. Videollamada.

Lupe pulsa la primera opción.

Señal de línea. Un tono de llamada. Dos. Cuelga.

Espera.

Icono de llamada.

Señal. Tono. Uno, dos, cuelga.

Espera.

Y, ahora sí, icono de llamada.

Sabe que, si todo va bien, esta vez la respuesta será instantánea.

—Sí.

—Hola. ¿Estás bien?

—Sí.

—¿Lo has hecho todo como te he dicho?

—Sí.

—Bien, bien. ¿Has tenido algún problema para pasar?

—No. Tenías razón, nadie me ha preguntado nada.

—Te dije que no tenías de qué preocuparte. ¿Qué opción has cogido al final? Y recuerda lo que te expliqué. Alguien podría estar escuchando.

Por un instante, la línea queda en silencio.

—Aquí llueve —se oye al fin—. Es como si no fuera a dejar de hacerlo nunca.

—Entiendo. Es una buena opción. En fin, es el momento. Hagámoslo.

—¿Estamos seguros de esto? Tal vez...

—Nada de tal vez.

—Pero yo...

—No —ataja Lupe—. ¿Acaso me he equivocado en algo hasta ahora?

Nuevo silencio.

—No, bueno. Yo tan solo...

—De acuerdo, pues entonces dejémonos de dudas. Ahora

lo que tienes que hacer es concentrarte y recordar todo lo que te he explicado. Sabes qué tienes que decir, ¿verdad?

—Sí, sí, lo sé.

—Bien, pues hagámoslo. Es hora de ir bajando el telón, hijo.

68

Alguien llama por tu nombre

Sin saber aún hacia dónde dirigirnos, Raúl y yo hemos optado por coger el coche y conducir tan rápido como nos es posible en dirección sur, intentando recuperar cuanto antes la cobertura para poder informar de lo que está sucediendo y, sobre todo, pedir ayuda. Que Lueiro nos envíe gente ya.

De modo que es Arroyo quien conduce, y yo no dejo de observar la pantalla del móvil, a la espera de que en la esquina superior reaparezca el icono de cobertura.

Y es justo entonces, tan pronto como se ilumina, cuando el teléfono comienza a sonar. Una llamada entrante.

De un número oculto.

A punto estoy de rechazarla, apurado por mi propia urgencia, cuando, en la última fracción de segundo, un aviso se me pasa por la cabeza.

«Espera, espera. ¿Quién tiene este número? ¿Quién me ha estado llamando hasta recuperar la cobertura?».

Lo cual, por supuesto se resume en «¿Y si…?».

Respondo.

—Sí.

—Hola, inspector Romano. ¿Sabe quién soy?

Al momento comienzo a hacerle gestos con la mano a Raúl para que se detenga. Es una voz grave, serena. Por un segundo recuerdo la de Miguel Losada. Pero no. Esta es de alguien mucho más joven. Y comprendo. No puede ser otra persona.

—Por supuesto —respondo—. Hola, Manel.

Casi me parece adivinar una sonrisa al otro lado. Al instante, Arroyo saca su móvil y comienza a grabar la conversación que suena a través de los altavoces de nuestro coche.

—Bravo, inspector. Creo que lleva usted tiempo buscándome, ¿verdad?

—Sí, sí. De hecho, no te imaginas lo mucho que me gustaría verte.

—Sí, lo sé. Algo me ha contado mi madre.

Es justo en ese instante cuando Arroyo clava sus ojos en los míos. Sí, lo sé, lo sé. Los dos sabíamos que Lupe nos estaba mintiendo.

—De hecho, parece que ahora ya conoce un poco mejor mis circunstancias, ¿no es así, inspector?

—Bueno, digamos que sí, que ahora conozco un poco mejor tu historia. Y es verdad, veo que el tuyo no ha sido un camino fácil.

—¡Oh, no! ¡Por favor, no! —me ataja—. No haga eso, Mateo.

No comprendo.

—Perdona, ¿que no haga qué?

—Pretender ganarme la mano jugando la carta de la condescendencia, inspector.

—Yo no pretendo nada.

—Claro que sí, Mateo, claro que lo pretende. ¿Y qué es lo que espera que ocurra entonces? Que piense: «Oh, vaya, por fin alguien que me comprende, por fin un amigo. ¡De acuerdo, correré a sus brazos!». Por favor, Mateo, no insulte mi inteligencia.

—No era esa mi intención.

—Pues entonces no lo haga —advierte—. Nos veremos, sí. Pero no porque usted me haya convencido de nada, sino porque estoy a punto de acabar mi trabajo...

—¿De acabar tu trabajo? ¿A qué trabajo te refieres?

En lugar de responder, diría que lo que hace es volver a golpear el auricular con el aire de un suspiro.

—No creo que interrumpirme sea una buena idea, inspector. Le decía que, ahora sí, creo que ha llegado el momento de que nos conozcamos.

Aprieto los dientes intentando disimular la tensión.

—Pues oye, por mí encantado. ¿Cómo quieres hacerlo? ¿Te va bien si quedamos para tomar algo en Verín? En la casa cuartel tienen unas cervezas fresquísimas.

Otro golpe de respiración. Juraría que Manel ha vuelto a sonreír.

—Verín me pilla un poco a desmano, la verdad.

—Pues nada, dime dónde te va mejor a ti y ya me acerco yo con algo para picar.

—Vaya, veo que mi madre estaba en lo cierto, es usted muy amable, señor Romano.

—Sí, me lo dicen mucho. Entonces qué, ¿nos vemos?

—De acuerdo, hagámoslo. Y sí, tendrá que ser usted quien se acerque hasta donde yo estoy.

—No hay problema —le respondo en un intento por mantener el juego—. Puede incluso que vaya con unos amigos.

—Los que usted quiera, inspector. Ya sabe lo que dicen: cuantos más, mejor, y donde comen dos... Bueno, tampoco creo que a mi tía le importe demasiado.

De sobra entendemos lo que Manel nos está diciendo. Comer. Blanco se dispone a matar, al parecer por última vez. Y la elegida, esta vez, es su tía, Rómula Blanco. Urge, todo urge.

—¿Dónde nos vemos entonces, Manel?

Silencio.

—Verá —responde al cabo—, siguiendo los consejos de mi abuelo, el viejo lobo a quien tanto le debo —me parece detectar cierto sarcasmo en el matiz—, he venido a refugiarme en uno de sus rincones favoritos. Como sin duda sabrá, ahora que ya conoce la historia, un lugar fantástico para estar tranquilo y, ya puestos, comer. De modo que ya sabe, inspector, si le apetece unirse a la fiesta, estaré encantado de compartir mi plato con usted.

Vuelvo a buscar la mirada de Raúl por si él ha entendido algo mejor que yo. Pero no, niega con la cabeza.

—Pero espera, Manel. Necesito que me des un poco más de información. ¿Uno de sus rincones favoritos? Comprenderás que así es un poco difícil. ¿Qué tal si mejor me envías tu ubicación?

Un último suspiro.

—Es usted muy gracioso, inspector. Muy gracioso. Me pregunto si a mi tía le hará tanta gracia. ¿Qué opina usted? ¿Quiere que lo averigüemos? Apúrese, Mateo. A nadie le gusta comer frío.

69

Cucutrás

Tan pronto como Blanco finaliza la conversación, Arroyo detiene y guarda la grabación, y los dos nos ponemos en marcha. Aunque sea en sentido figurado. Al fin y al cabo, ¿a dónde vamos a ir? O, dicho de otra manera, ¿dónde está Manel?

«Un lugar fantástico para estar tranquilo».

De acuerdo, centrémonos. Lo primero de todo es no irnos demasiado lejos. Si la víctima es realmente Rómula Blanco, Manolo, el vecino de Lupe, nos dijo que las había visto marcharse no hace tanto tiempo. Media hora, a estas alturas tal vez una como mucho, por lo que no pueden haberse ido demasiado lejos. Y, además, sea donde sea el lugar, tiene que estar de algún modo a nuestro alcance. De lo contrario Manel no nos estaría desafiando a encontrarlo. Así que no, espera, quedémonos quietos.

Con todo, el siguiente movimiento es evidente. Dar aviso.

La primera a la que llamo es a Santos.

—Ana, ¿dónde estáis?

—En Nocedo, señor. Tal como usted me indicó ayer, Antonio y yo hemos estado vigilando a Miguel Losada.

—¿Alguna novedad?

—Ninguna, jefe. El tipo no se ha movido de su casa en todo el día.

—De acuerdo. Pues dejadlo. Veníos para Rebordechao echando leches.

—¿Ha ocurrido algo?

—Sí, luego os contamos. Pero ahora veníos. ¡Ya!

—A la orden.

Tan pronto como Santos cuelga, marco el número de Lueiro.

—Dime.

—Está aquí, Carlos.

—¿Qué?

—¡Blanco! —explico sin ninguna paciencia, como si ya lo hubiera dicho antes—. ¡Está aquí!

Percibo el desconcierto del sargento.

—¿Aquí? Pero, a ver, Mateo. ¿Aquí dónde?

—Pues no lo sé. Aquí —repito—, en Rebordechao. O en el valle, o en la sierra, o... ¡Bueno, que no lo sé, joder! ¡Aquí, coño, aquí! Acaba de llamarme, ahora mismo. Y lo único que sé es que por lo que ha dicho tiene que estar cerca. Así que ya sabes, empieza a mover a tu gente, y veníos para aquí, ¡ya!

—Sí, sí, claro. Pero, joder, Mateo, ¡entenderás que deberíamos concretar un poco más!

—Ya, lo sé. Raúl ya está trabajando en ello —respondo, en realidad dirigiéndome casi más a Arroyo que a Lueiro.

—Lo estoy haciendo, señor.

—Vale. Pero ¿cómo? —pregunta Carlos—. ¿Os ha dicho algo más?

—Sí, bueno, espera, ¿cómo era?

Chasqueo los dedos en dirección a Arroyo, que al momento me refresca la memoria.

—«Un lugar fantástico para estar tranquilo», señor.
—¿Eso es todo? Hostia, Mateo, ¿y a dónde coño quieres que mande las patrullas, a otro puñetero balneario?
—También dijo algo acerca de que se trataba de un lugar relacionado con su abuelo.
—¿Su abuelo? —La extrañeza es evidente en el tono del guardia civil—. ¿Y quién coño es ese señor?
—Joder, Carlos, está claro que se refería a Romasanta, ¿no?
—Bueno, eso parece —concuerda Raúl—, sí. Lo tengo aquí anotado, «Siguiendo los consejos de mi abuelo, el viejo lobo a quien tanto le debo, he venido a refugiarme en uno de sus rincones favoritos».
—«Uno de sus rincones favoritos» —repite Lueiro—. Un poco parco, eh.
Aprieto los labios.
—Bueno, también sabemos que se trata de un lugar en el que estar tranquilo.
—Sí, eso ya me lo has dicho.
—También para comer —añade Arroyo.
—Oye, pues parece un lugar cojonudo, tan solo tenemos que buscar un spa familiar con restaurante especializado en carnes. Mayormente poco hechas. De puta madre. ¿Y tenemos alguna idea de cuál puede ser?
—Sí, claro —le respondo—. Lo que pasa es que te estamos llamando a ti porque nos sobra el tiempo y no sabemos cómo matarlo. ¡Coño, Carlos! ¡Pues claro que no, joder!
—¡Pues de puta madre, coño! De puta madre. Oye —reacciona de pronto—, ¿y qué tal si llamamos a Losada? O a los hermanos Castro. No sé, pero se me ocurre que, si lo que Blanco te ha dicho de verdad tiene algo que ver con Romasanta en particular o incluso con el lobo en general, quizá

ellos sí sepan darnos algún dato, alguna pista o algún hilo del que tirar.

Raúl y yo nos miramos, y él asiente con la cabeza. Es verdad, es una buena idea.

—Vale, de acuerdo. Tú llama a Losada. Santos me ha dicho que el tipo no se ha movido de su casa en Nocedo. Nosotros le preguntamos a los Castro. Arroyo, tú tenías el teléfono de alguno de ellos, ¿no?

—Sí, señor, de ambos.

—Bien, pues hagámoslo así. Pero, Carlos…

—Dime.

—Sea como sea, asegúrate de que tu gente viene para aquí. En la aldea están en fiestas, por aquí no paran de pasar coches y esto puede ser un cacao de tres pares. Tiene que estar aquí cerca. En breve empezará a oscurecer, y lo último que queremos es que se nos escurra entre la multitud.

—Cuenta con ello. Ya estamos saliendo.

70

La cueva del lobo

Estoy demasiado tenso como para quedarme dentro. Salgo del coche y doy unos cuantos pasos arriba y abajo mientras espero a que al otro lado alguien conteste. Entretanto, los coches de la gente que sube a la fiesta no dejan de pasar mientras, recortada por las cumbres de la sierra, una enorme luna llena comienza a asomarse al cielo nocturno.
—¿Sí?
—¡Señor Castro! Hola, buenas noches. Escuche, soy el inspector Mateo Romano, no sé si se acordará de mí.
—Claro, inspector. ¿Cómo se encuentra? ¿Alguna novedad sobre el caso?
—Sí, bueno, precisamente por eso lo llamo. Verá, es que necesito consultarle algo. Ya se imaginará, está relacionado con Romasanta.
—Por supuesto. Diga, ¿en qué puedo ayudarle?
Al parecer, una vez expuesta la cuestión sobre los posibles escondites de Romasanta, para Cástor Castro solo cabe una respuesta.
—Verá, cuando los vecinos comenzaron a sospechar de

él y las cosas se le pusieron verdaderamente complicadas en el pueblo, Romasanta optó por huir. Hoy sabemos más allá de cualquier duda que, antes de que lograse salir de Galicia, Manuel se pasó una buena temporada escondido en la sierra de San Mamede, pero esta vez en una de sus zonas más inaccesibles.

—¿Sabe dónde?

—Sí, claro. Se trataba de una cueva.

—¿Una cueva? Espere, ¡espere un segundo!

Corro para volver a entrar en el coche y conecto el altavoz del móvil para que Raúl también escuche la conversación.

—Dice usted que Romasanta permaneció oculto en una cueva en la sierra —repito, aunque solo sea para poner a Arroyo en situación y que pueda añadir esas palabras a la búsqueda que ya estaba haciendo.

—Sí, ya lo tengo —murmura, aún sin apartar la vista de la pantalla de su portátil—. Pero esto... —Arroyo niega con gesto preocupado—. Esto no está en Rebordechao, sino en una zona de bosque llamada A Edreira. Y no queda precisamente cerca.

—Correcto —nos confirma Castro desde el otro lado de la línea—. De hecho, y como les decía, se trata de una zona de acceso bastante complicado. Para que se hagan una idea, a esa parte del monte tan solo es posible llegar en todoterreno.

Recuerdo el coche aparcado bajo la galería de Lupe, el pequeño todoterreno blanco.

—Vale, una zona difícil, sí. ¿Y qué más?

—Bueno, pues una vez allí hay que dejar el coche y cruzar el río.

—¿Por qué? ¿Acaso no hay ningún puente?

—No, inspector. El único que había no servía más que para personas y, con suerte, carros de bueyes. Pero ya hace muchos años que se vino abajo. En la actualidad solo quedan en pie los pilares, de modo que la única manera de pasar al otro lado es vadeando el río. Y por si se lo están planteando —se me adelanta—, sí, supongo que en este momento será posible cruzarlo, ya que esta es la única época del año en la que baja con poca agua. Pero, vamos, en cualquier otro momento el lugar es totalmente inaccesible.

Algo no me gusta en todo esto. En la descripción del lugar, en la distancia que veo en el mapa que me muestra Arroyo, en la dificultad de la que me habla Cástor.

Niego con la cabeza. No, algo me dice que este no puede ser el lugar. Demasiado apartado, demasiado complicado.

—No, nos estamos equivocando de lugar. Este no puede ser.

—¿Por?

—Porque, tal como él mismo lo ha descrito, Blanco nos está dando la opción de llegar. Y, sin embargo, este lugar es poco menos que imposible. No, señor Castro, este no puede ser el lugar que estamos buscando. Tiene que haber otro.

Pero lo que hay es silencio.

—Pues no sé qué decirle, inspector. El único escondite del que hay constancia más allá de cualquier duda o leyenda es esa cueva —concluye—. A Pala dos Cuncos.

Es en ese momento, como si de pronto se hubiera disparado algún resorte en su interior, que Arroyo extraña su expresión.

—Perdone, ¿cómo ha dicho?

—¿Quién, yo?

—Sí, sí. El nombre de la cueva —le indica Arroyo—. ¿Cuál ha dicho que es?

—A Pala dos Cuncos —repite el abogado.

Y entonces Raúl vuelve a buscarme con la mirada. Niega

en silencio, la boca entreabierta y los ojos entornados. Como si no estuviera muy seguro de algo.

—¿Qué ocurre?

Pero Arroyo todavía no responde. En lugar de hacerlo, se muerde el labio y chasquea los dedos un par de veces.

—Es el nombre, señor.

—¿El nombre? ¿Qué ocurre con él?

Pero Raúl sigue sin responder. Mira a uno y otro lado, como si buscara a su alrededor la respuesta que se le escapa, sin dejar de sacudir la pierna en un tic nervioso.

—¿A usted no le suena de nada?

—¿A Pala dos Cuncos? —trato de recordar—. No. Bueno, no lo sé, juraría que no.

—Espere —me indica—, deme un segundo.

Mientras Arroyo vuelve a teclear el nombre en su ordenador, yo lo intento una vez más con Cástor.

—Perdone que insista, señor Castro, ¿pero está seguro de que no puede haber ninguna otra opción?

—No —responde al instante—. En rigor, no. A ver, es cierto que durante algún tiempo circularon otras hipótesis, como la de que, al principio, cuando Romasanta llegó huyendo de León, se ocultó en...

—¡Aquí está! —exclama de repente Raúl—. ¡En A Ermida!

—En A Ermida, sí —comenta Cástor, casi al mismo tiempo—. Pero hoy se sabe que esa opción es del todo imposible. De hecho, A Ermida no existía en aquel entonces.

—¿Cómo dice?

—Que no existía —repite Castro—. Cuando Romasanta llegó a la zona, a finales de 1843, aún habría de pasar más de medio siglo hasta que los vecinos de Rebordechao construyesen los establos de A Ermida.

—Ya, ya —lo ataja Arroyo—. Pero es que no es eso, señor. Yo no me refiero al lugar en sí, sino a lo que hay en A Ermida.

—¿A lo que hay en…?

—¡La casa rural, señor! ¿Recuerda el nombre?

¿La casa rural? Joder, sí.

—¡A Pala dos Cuncos!

—Eso es, señor. A Pala dos Cuncos. La casa de los turistas ingleses.

Y sigo comprendiendo mientras recuerdo, por ejemplo, lo que nos contó hace apenas una hora Jesús.

—Joder, Raúl, ¡esa es la antigua casa de Rómula!

—Toda ella, señor.

—No me jodas, Raúl, no me jodas. ¿En serio me estás diciendo que lo hemos tenido delante de las narices todo este tiempo y no nos hemos dado cuenta? ¡No me jodas!

—Y no solo eso. Ahora sabemos que también fue allí, en A Ermida, donde murió el pequeño de la familia. En un incendio provocado…

No necesito que Arroyo termine la frase.

—Por su padre y por su tía. Me cago en la puta, Raúl, es ahí donde va a matar a Rómula. Arranca, ¡arranca!

71

La casa apagada

A Ermida. Hemos llegado tan rápido que por un momento me he preguntado si Arroyo no habrá aprendido a conducir en la misma autoescuela que Santos, si no directamente con ella. De hecho, Raúl frena con tanta fuerza que el coche derrapa antes de detenerse ante la fachada de la casa rural. Nos bajamos y los dos corremos hacia la puerta principal.

—¡Abran! —grito por todo saludo, al tiempo que golpeo la madera con la palma de la mano—. ¡Abran, policía!

Pero no, ninguna respuesta.

Raúl da un par de pasos atrás y observa a lo largo de la fachada.

—No se ve ninguna luz, señor.

—Ya.

Yo también contemplo la fachada de lado a lado. Y recuerdo algo: el camino por el que llegaron los turistas.

—Ven —le indico en voz baja—, acompáñame.

Corremos hacia la esquina inferior, la que da al río. Ya casi es noche, y con las prisas acabo metiendo los pies en el agua que corre por el centro del camino.

—Joder —maldigo entre dientes.

Rodeamos la casa e intentamos ver algo por la parte posterior. Pero el resultado es el mismo. La vivienda parece estar vacía.

De pronto siento algo sobre mí. Un ruido. Miro hacia arriba y veo que se trata de Raúl, que se ha encaramado al árbol que se levanta desde el río, pegado a una de las esquinas de la construcción.

—¿Ves algo?

—El balcón —me indica—. La ventana al fondo.

Miro en la dirección señalada por Arroyo y comprendo: al final del pequeño balcón sobre el río, la última ventana ha quedado entreabierta. Y no, no puedo dejar a nadie de mi equipo solo.

—La madre que me parió.

Me agarro al árbol y, como puedo, yo también trepo hasta el primer piso.

Por fin arriba, y luego de maldecir la diferencia de edad entre ambos, alcanzo a Raúl justo cuando este ya se ha metido en el interior de la casa.

—Ten cuidado —susurro a su espalda.

La casa es mucho más grande de lo que parece desde el exterior. En el piso superior, un amplio salón reparte el espacio. A los laterales, los accesos a los dormitorios, dos a la izquierda y uno más a la derecha. Al fondo, una puerta de cristal da acceso al otro balcón, el que cuelga sobre la entrada principal. Lo revisamos todo. Pero aquí arriba no hay nadie.

Como tampoco lo hay en el piso inferior. Nadie en la cocina, ni en el salón de la planta baja, ni en los baños, ni tampoco en la bodega. Definitivamente, A Pala dos Cuncos parece estar desierta.

Tal vez estén arriba, en lo que el día anterior confundimos

con una aldea abandonada. Al fin y al cabo, fue allí donde murió el pequeño Teo.

El último establo, en lo alto de la aldea.

Intentamos abrir la puerta, pero no somos capaces. Claro, está cerrada con llave. Pero no así la ventana. Raúl abre la del salón de la planta baja y salimos al exterior a través de ella.

Ya estamos corriendo hacia la parte alta, hacia el grupo de establos, cuando oímos algo. Es el motor de otro coche subiendo por la carretera en dirección al pueblo. Tal vez otro de los asistentes a la fiesta. Solo que este viene a mucha velocidad. Tal vez incluso a demasiada. Y comprendo.

—Espera —le indico—. ¡Espera!

Ha oscurecido, de modo que ya solo puedo identificar las luces del vehículo acercándose en nuestra dirección. De hecho, viene tan rápido que, al coger el desnivel que hay en el puente junto a la cascada de A Ermida, el coche bota y salta con tanta violencia que por un instante me preocupa la posibilidad de que el conductor no nos vea justo delante, parados en medio de la carretera y haciéndole señas para que se detenga.

O, mejor dicho, la conductora.

Porque, por supuesto, de sobra reconozco lo temerario de semejante conducción, tanto más por una carretera como esta.

Por suerte, Ana sí nos ve y, aunque lo hace cuando el coche ya apenas nos queda a la distancia de un brazo, clava los frenos con tanta fuerza que al instante Raúl y yo nos vemos envueltos en una nube de humo blanco y un intenso olor a goma quemada. Santos y Laguardia se bajan del coche, uno de los todoterrenos del cuartel de Verín.

—¡Señor! Hemos venido tan rápido como hemos podido.

—¿Cómo están, jefe? ¿Han averiguado algo más?

—No. Pensábamos que este sería el lugar —contesto señalando hacia la casa junto a la carretera—, pero al parecer nos hemos equivocado. Aquí no hay nadie.

—¿Y ahí? —pregunta Santos mientras apunta en dirección al conjunto de establos que se levanta ya entre la penumbra de la noche.

—Sí, íbamos a subir justo ahora. Venga, acompañadnos.

Santos y Raúl echan a correr camino arriba. El subinspector Laguardia y yo caminamos detrás. Ligeros, sí. Pero también un poco más despacio. Al fin y al cabo, ya tenemos una edad.

Justo en ese momento, mi teléfono vuelve a sonar. Me apresuro a sacarlo del bolsillo, por si de nuevo fuese Blanco. Pero no. Esta vez es sencillamente un número de móvil desconocido.

—¿Sí?

—Buenas noches, inspector. Soy Miguel Losada. ¿Molesto?

72

Carne de mi carne

—Bueno, digamos que en este momento estamos un poco apurados. Pero, la verdad, no se imagina lo mucho que me alegra escuchar su voz. Sobre todo si me dice que tiene usted algo para mí.

—Deduzco, pues, que ustedes no lo tienen.

—No —admito—, no. Ahora mismo estamos en A Ermida. Me imagino que ya le habrá comentado algo Lueiro, ¿no?

—Sí. Y por eso llamo.

—Le escucho.

—Verá, después de haber hablado con el sargento Lueiro, a mí se me ha ocurrido una posibilidad distinta.

Detengo el paso.

—¿Una posibilidad distinta? ¿A la de A Ermida?

—Sí. Es que, más allá de lo evidente, lo que entiendo que ustedes ya han descartado, hay otro detalle que no deja de llamarme la atención.

Justo en ese momento, Santos y Arroyo regresan junto a nosotros.

—Aquí no hay nadie, jefe.

—Es verdad, señor. El poblado está vacío —confirma Raúl—. Definitivamente, parece que este no es el lugar.

—De acuerdo. Díganos, señor Losada, ¿cuál es esa otra opción?

—Sí, ahora mismo. Pero antes necesito que me aclaren ustedes una cuestión.

Activo el altavoz del móvil para que todos podamos escuchar al antropólogo.

—¿A qué se refiere?

—A la conversación con Blanco. Lueiro me ha dicho algo, pero él no estaba seguro de recordarlo bien, y yo no quiero condicionarlos a ustedes, de modo que prefiero preguntárselo directamente. Dígame, inspector, ¿qué fue lo que les dijo en concreto?

—¿Blanco? Pues, no sé, nos habló de refugiarse en uno de sus lugares favoritos, y...

—¡No, no! ¡Eso no! Yo me refiero a lo otro. ¿Acaso no les dijo algo sobre comer?

—Ah, eso. Sí, es verdad. Pero... —intento recordar—. ¿Cómo era?

—Espere —le indica Raúl, a la vez que echa mano de su móvil—. Tengo aquí la grabación. Un momento. Sí, aquí está. Escuche.

«Un lugar fantástico para estar tranquilo y, ya puestos, comer».

—¡Eso es! —exclama Losada—. ¿Lo ven? Eso es lo que no se me va de la cabeza: Manel les habló de comer. ¡Comer!

—Bueno, pero ¿y qué tiene eso de especial? Al fin y al cabo, es lo que ha estado haciendo en todas las situaciones anteriores, ¿no? —añade Santos.

—¡Por supuesto que no, subinspectora! No se deje engañar, eso puede ser lo que parece, pero en ningún momento se ha dado ninguna evidencia que pudiera probar tal circunstancia. Una cosa es matar devorando, y otra muy distinta comer. No, aquí estamos hablando de una cuestión diferente. De comer, señores. Aquí lo importante está ahí, en ese detalle.

—Pero ¿por qué?

—A ver, inspector. Según me ha descrito Lueiro, Blanco les ha dicho algo referente a su abuelo, ¿es así?

—Sí, así es. Empleó la palabra «abuelo» para referirse a Romasanta, sí.

—Espere, espere. ¿Eso lo dijo él o lo han deducido ustedes?

—Pues...

Cruzo una mirada con Arroyo, y al momento vuelve a reproducir la grabación.

«Siguiendo los consejos de mi abuelo, el viejo lobo...».

Pausa.

—¿Lo ven? —advierte de nuevo el antropólogo.

—Es verdad, señor, Losada tiene razón. Nadie ha mencionado a Romasanta en ningún momento.

—Exacto —murmura Laguardia—, no es «Romasanta» lo que dice, sino «lobo». «El viejo lobo».

—¡Eso es! —recalca Losada desde el otro lado de la línea.

—¡Vale, pues muy bien! ¡Pero y qué más da! —protesto—. ¿Acaso no es lo mismo? Quiero decir, es una forma de referirse a él.

—¡No, no! ¡No es lo mismo, inspector! Y eso es lo que estoy intentando decirles: ustedes han dado por sentado que Romasanta y el lobo son lo mismo.

—Sí, claro —murmura Raúl.

—Pero es que no lo son —concluye Losada—. ¡No lo son!

Sacudo la cabeza.

—¿De qué está hablando, Miguel?

—¡De lo evidente, inspector! Blanco no les ha hablado en sentido figurado, sino que se refiere a un lobo, sí, ¡pero a uno de verdad! ¡No se trata de ningún escondite, ni de Romasanta ni de nadie, sino de un lugar en el que comer! ¡Comer!

El aturdimiento está empezando a poder conmigo. Y no, no entiendo.

—Oiga, discúlpeme, pero no comprend...

—¡Un comedero de lobos! —me interrumpe de golpe Losada—, ¡eso es lo que tienen que buscar, maldita sea! ¡Un comedero de lobos! ¡Ahí es donde está Blanco, en un antiguo comedero de lobos!

—Perdone, ¿un comedero de lobos?

—¡Sí, joder, sí! Un maldito comedero de lobos. ¡Y en Rebordechao tan solo hay uno! ¡Joder!

73

Vísperas de nada

Cuando Miguel Losada por fin consigue explicarnos de qué se trata, los cuatro comprendemos, esta vez sí, hacia dónde debemos dirigirnos. Y, maldita sea, no va a ser fácil.

Porque es de noche ya. Las fiestas han comenzado y, para llegar al lugar que el antropólogo nos ha indicado, Raúl ha visto que no hay más opción que atravesar una aldea que, sin duda, a estas horas ya estará más que abarrotada de gente, de vecinos, de invitados. Y, después, de monte.

Porque Losada acaba de enviarnos tanto la localización del lugar al que se refiere como un par de fotos, para que sepamos a dónde nos dirigimos. Y sí, las he abierto. Y sí, maldita sea, se trata de un lugar precioso, desde luego. Pero también es cierto que no a estas horas. No, ya asomado a la medianoche, el nuestro no parece el más acogedor de los destinos.

De hecho, más bien todo lo contrario.

Hemos optado por desplazarnos juntos. Al fin y al cabo, el todoterreno con el que estos días se han estado moviendo Santos y Laguardia parece mucho más indicado para alcanzar nuestra meta que el pequeño utilitario de Raúl. De modo que, por fin los cuatro en el vehículo, Santos conduce a mucha más velocidad de la que sería sensato circular por esta carretera, estrecha y retorcida como un dolor. Pero nadie dice nada porque, por supuesto, no tenemos ni un segundo que perder. Antonio y yo vamos sentados en el asiento de atrás, y en todo el coche tan solo se escucha la voz de Arroyo, que desde el puesto del acompañante le va dando a Santos las indicaciones exactas con la precisión de un copiloto de ralis.

Según el GPS, de A Ermida a Rebordechao deberíamos tardar cuatro minutos. Ni siquiera se ha consumido el segundo cuando entramos de nuevo en el pueblo, por un camino que a Raúl y a mí nos es conocido. Ascendemos a toda velocidad por A Trapa en dirección a A Cruz, botando por la estrechísima calle como si la subida la estuviéramos haciendo en una especie de camello furioso, y Santos tiene que clavar el freno poco antes de llegar a la pequeña plazoleta.

—¡Cuidado!

Un grupo de unos cuatro o cinco niños nos ha salido al paso.

—Pero ¡qué coño hacen aquí estos críos! —protesta la subinspectora.

—¡Ya te lo hemos dicho, Ana! —le grito desde el asiento posterior—. ¡Son las fiestas del pueblo, joder! ¡Ten cuidado, que esto va a estar lleno de gente!

En efecto, al chirrido del frenazo, algunos adultos, probablemente los padres de los chavales, han venido corriendo a ver qué ocurre. Y ahora, enojados, nos gritan y golpean las puertas del coche. Por suerte para ellos, Santos está demasiado ocupada gritándole a Raúl.

—¡Por dónde! —exclama—. ¡Por dónde coño tiro!

—¡A la derecha! —Le señala—. ¡Coge la primera a la derecha!

Tras un par de maniobras rápidas, Ana consigue meterse en la estrecha calle que baja hacia lo que en el mapa que Arroyo se ha descargado aparece señalizado como «Fondo da Aldea», y vuelve a lanzar el todoterreno calle abajo.

Un poco más adelante, apenas unos metros después de haber dejado a un lado la iglesia del pueblo, Raúl le indica que gire a la izquierda. Y después de un volantazo tan brusco que casi me hace caer sobre Laguardia, Santos vuelve a disparar el coche, esta vez cuesta abajo. Hacia una boca oscura.

De pronto, el todoterreno ha comenzado a dar saltos con una violencia exagerada, y comprendemos que las pequeñas calles de la aldea, estrechas pero por lo menos con un suelo firme y regular, se han convertido en pistas de monte. Caminos de tierra y, por lo que parece, rocas grandes como puñetazos.

—Ten cuidado, Ana —le advierte Arroyo, sin dejar de observar con atención la pantalla de su móvil—. Según esto, vamos pegados a un río.

—¡Tranquilo! —le contesta Santos—. Lo veo, ¡lo veo!

Yo lo intento. Ver algo, lo que sea. Busco por la ventanilla de mi lado, por la de Laguardia. Pero no, el resultado es el mismo. Como si de un capricho se tratase, las nubes juegan a mostrar y a ocultar a su antojo la luz de la luna llena, de modo que ahora mismo, y por más que Santos quiera engañar a Raúl, no alcanzamos a reconocer más que oscuridad, el reflejo de nuestras propias luces contra el follaje y las ramas. Ramas, de hecho, que pasan demasiado cerca de nuestro coche, de nuestros cristales.

Así continuamos durante unos pocos minutos, avanzando a toda velocidad a través de la noche, hasta que, por fin, algo parece cambiar.

—¡Allí! —Señala Antonio—. ¡Allí, es un coche!

En efecto, a unos veinte metros delante de nosotros, alguien ha dejado un vehículo atravesado en medio del camino. Y sí, tan pronto como Ana se detiene justo detrás, tanto Raúl como yo lo reconocemos al instante. Un todoterreno blanco, pequeño. El coche que estaba aparcado bajo la galería bicolor.

—Es el todoterreno de Lupe, señor.

—Joder, pues ya podemos ir llamando a los de la grúa, jefe, porque por ahí no pasamos.

—Raúl, ¿cuánto falta para el Pozo?

—Nada. Según el satélite, estamos a menos de cien metros.

—De acuerdo. Pues coged las linternas y vamos. ¡Venga!

Por fin fuera, los haces de luz de nuestras linternas permiten que ahora sí veamos el río. O por lo menos el arroyo más cercano. Es justamente por él por donde corremos. Por suerte, y tal como había comentado Cástor Castro, en esta época del año todos estos ríos bajan con tan poca agua como para que podamos avanzar por su cauce. Pero sin descuidar el paso en ningún momento, ya que no demasiado lejos se oye la contundencia de un salto de agua. Y no parece pequeño. Un mal paso aquí podría ser fatal.

—¡Tened cuidado!

Pero ni yo mismo me hago caso. Santos corre al frente del grupo, abriendo el camino apenas una o dos zancadas por delante de Raúl, quien, todavía con el móvil en la mano, le sigue indicando. Detrás voy yo y, apenas dos o tres metros a mi espalda, Laguardia.

De pronto, el camino se hace más estrecho, justo a la vez que nos adentramos en una especie de desfiladero tan oscuro como denso y frondoso, cercado por un cierre de estacas y alambre. Ana se detiene para abrir el único paso que vemos en el vallado, una especie de cancilla rústica hecha de pequeños troncos y alambre de espino.

—Coño —maldice—, qué puta manía de ponerle puertas al campo, joder.

—Es para que no se escapen las vacas —le explica Raúl, todavía detrás de ella.

—Ah, ¿sí? ¡Pues a tomar por culo ya! —resuelve a la vez que revienta el cierre de una patada—. Libertad para las vacas.

La pequeña portezuela salta hecha astillas, y Arroyo vuelve a indicar algo.

—¡Es ahí! —Señala bajando ya un poco la voz—. ¡Ahí!

Yo me acerco hasta él para ver en la pantalla del móvil a qué se refiere, y compruebo que, en efecto, ya casi hemos llegado. El Pozo dos Mouros está casi ante nosotros, a poco más de veinte metros. Por lo que veo en el mapa, ya nada más nos separa una pequeña curva, un giro hacia la derecha.

Les hago un gesto a todos para que se detengan y, en silencio, volvemos a ordenarnos.

—Santos, tú a mi izquierda —le indico en voz baja—. Antonio, a mi derecha. Raúl, cúbrenos por detrás. Y, recordad, este tipo es muy peligroso, de modo que los ojos bien abiertos, ¿estamos? De acuerdo, vamos allá.

En efecto, ya tan solo son unos cuantos pasos. Veinte, quince, diez. Y, de pronto, ahí está. El pozo. La luz. Todo.

Santo Dios, por un instante, ni siquiera sé a dónde mirar. Santo Dios.

74

Son dos

Fernando Serrulla ha recibido el aviso a través de una llamada. «Lo tienes en el correo». Y se ha lanzado a buscarlo. Ha tardado, ha tardado como si no fuese a llegar nunca. Pero ahora, por fin, está aquí. Es tarde, ha caído la noche. Pero, por fin, ha recibido el informe sobre las muestras de ADN.

En realidad, si ha llegado tan rápido es porque Serrulla ha empujado el proceso todo lo que ha podido. En el laboratorio le debían un par de favores. Puede que incluso algunos más. Da igual, no importa cuántos fueran, Fernando se los ha cobrado todos y, por fin, el resultado de las pruebas encargadas con las muestras de ADN que el forense ha ido recogiendo en los distintos escenarios ya ha llegado. Y ahora, con él delante, no acaba de salir de su asombro. Porque el informe no puede ser más inequívoco.

En efecto, las evidencias no dejan lugar a ambigüedades. Se trate de quien se trate, las diferentes pruebas resultan concluyentes más allá de cualquier duda razonable: todas las muestras recogidas corresponden a un mismo perfil.

O casi.

En realidad, tan solo es un pequeño detalle. O, mejor dicho, una pequeña astilla. Porque las muestras recogidas en los escenarios han revelado pertenecer a un único perfil. En todos, excepto en el primero.

—No me jodas...

Serrulla niega con la cabeza, aún sin apartar la vista de la pantalla en la que mantiene el informe abierto.

—Son dos —murmura el forense—. ¡Son dos!

Al comprender la gravedad de la situación, intenta coger el teléfono tan rápido que se le cae al suelo. Por un momento teme que se le haya roto con el golpe. Pero tampoco importaría demasiado. En el Pozo dos Mouros no hay cobertura.

75

Hágase la luz de la luna llena

Como si el cielo hubiera decidido concedernos algún tipo de bula, la luz de la luna llena se abre paso entre las nubes y el Pozo dos Mouros se descubre ante nosotros. En todo su esplendor, en toda su fuerza. Y, de pronto, la naturaleza entera parece resumirse en un único escenario. Toda ella. En toda su hermosura.

Y también en toda su fiereza.

Porque de pronto, sí, el Pozo dos Mouros resulta ser un escenario increíble, de una belleza sobrecogedora. Como un gigantesco escaparate de cristal soplado por el viento de la sierra, un torrente de luz blanca, gris, azul. Y negra. El pozo es una cascada impresionante, un salto de agua descomunal, dividido en dos momentos: el primero que se ve es una caída de unos cinco o seis metros de altura, un torrente de agua derramado sobre la roca viva. Tan solo al observar con atención se da uno cuenta de que en realidad esa caída no es más que la continuación de otra anterior, una cascada que se encuentra detrás de esta, mucho más ancha y, sobre todo, mucho más alta. Una presa de no menos de diez o doce metros de altura. Y, al final, a los pies de ambos, una enorme poza abierta en el lecho del río, una piscina de algo más de ocho metros de ancho por unos tres o cuatro de fondo y sabe Dios cuántos de profundidad. El agua rompe con un ruido ensordecedor, al tiempo que la temperatura desciende fortuitamente. Porque, en efecto, el lugar es un enorme pozo abierto por la naturaleza. Frente a nosotros, la cascada se convierte en una muralla natural de roca y agua por la que resulta imposible avanzar. Pero a los lados el escenario se revela igual de impracticable. Son los focos de nuestras linternas y, sobre todo, el caudal de luz de la luna llena lo que nos permite reconocer hasta el más sutil de los detalles en este espacio. Paredes colosales de piedra y bosque. Raíces, tierra y vegetación vertical que en conjunto convierten el lugar en una trampa colosal de la que, en caso de necesidad, no hay más escapatoria que el lugar por donde nosotros hemos entrado, un sendero estrecho y curvo que corre pegado al cauce del río.

De modo que sí, iluminada por la luz de la luna llena, que ahora atraviesa las nubes abiertas, la naturaleza ha venido a asombrarnos con toda su belleza.

Pero también con toda su violencia más atroz y descarnada.

Porque al parecer hemos llegado tarde. Justo al pie de la cascada, en el pedregal junto a la orilla del pozo, alguien permanece de espaldas a nosotros. Alguien desnudo, agachado a cuatro patas. Alguien que, en silencio, hunde la cara en el pecho de otra persona. Una segunda que, inmóvil y bocarriba, no parece oponer ningún tipo de resistencia a lo que sea que la primera le está haciendo.

—¡Alto!

Pero no hay respuesta.

—¡Alto! —repito, a la vez que saco la pistola—. ¡Detente, Manel!

Aprieto el gatillo y disparo al aire. La detonación retumba en el interior del pozo como si hubiera sido el mismísimo interior de la tierra el que acabase de explotar.

—¡Detente! ¡Déjala ya o el próximo disparo no será al cielo!

Y, entonces sí, de pronto el movimiento cesa. Fuese lo que fuera que estuviese haciendo, Blanco se detiene.

Primero la mano izquierda, después la derecha, poco a poco las dos se levantan en el aire. Y entonces, con pausa y todavía de espaldas a nosotros, Manel Blanco empieza a incorporarse. Aún demasiado despacio a los ojos de Santos.

—¡Muévete, cabrón! ¡Muévete!

Aún de rodillas, curva el tronco y, muy lento, se mueve.

Primero una rodilla, luego la otra.

Y, así, el lobo empieza a levantarse.

Es justo entonces, al separarse del cuerpo tumbado en el suelo, cuando podemos alumbrarlo con las linternas.

Y sí, en efecto, es el de Rómula.

Pero sí, en efecto, ya es tarde.

Porque lo primero que identificamos al otro lado de las piernas de Blanco es el torso de la mujer, su pecho por completo destrozado. Abierto, empapado en sangre y con una enorme oquedad ahí, en el lugar exacto en el que debería estar el corazón.

«Por supuesto —pienso—. No podía ser otra cosa».

—Esta ahí —advierte Arroyo señalando algo con el haz de su linterna. Como si, una vez más, me hubiera leído el pensamiento.

Sigo con la mirada en la dirección indicada, y comprendo. Está ahí.

En la orilla, junto al torso del cadáver, un puño sanguinolento se hunde en el agua, todavía poco profunda. O eso es lo que parece, algo del tamaño de un puño del que salen restos de tejido, tal vez músculos. O quizá venas, no lo sé. Lo importante es que eso que ahora se hunde en el agua del arroyo es el corazón de Rómula, arrancado de su cuerpo. Resbalando, deslizándose poco a poco hacia la profundidad del pozo. Derramando su sangre al río.

Y entonces el haz de mi linterna comienza a recorrer el cuerpo de Blanco, que, todavía de espaldas a nosotros, permanece inmóvil y con los brazos en alto. Y, por un instante, hay algo que no deja de llamarme la atención. Su talla.

En realidad, se trata de alguien menudo, bajo, delgado. Y, en ese mismo instante, una pregunta absurda se hace un hueco entre mis pensamientos: ¿cómo es posible que alguien tan pequeño, tan menudo, haya causado un dolor tan grande? Tanto daño, tanto mal. Es absurdo, lo sé. Pero es como si mi cabeza le hubiera querido exigir algún tipo de correspondencia a la responsabilidad. Un tamaño por otro.

Y entonces recuerdo lo que nos contaron los hermanos Castro, Serrulla y Losada: Romasanta también era muy pequeño.

De acuerdo, acabemos con esto de una vez. Apunto mi linterna a su cabeza. Acabemos.

—Date la vuelta, Manel. Las manos en alto y muy despacio. Sin tonterías. Pero date la vuelta. ¡Ya!

Pero no se mueve. Aguzo más la vista y veo que, en efecto, algo le cubre la cabeza. Claro, eso es. La máscara del lobo, la misma que tantos quebraderos de cabeza nos ha supuesto a lo largo de estos días.

—Manel —repito—, déjate de estupideces y date la vuelta.

Pero es entonces cuando sucede.

—Yo —responde claramente, todavía de espaldas a nosotros— no soy Manel.

Y entonces, por fin, comprendemos.

Despacio, muy despacio, el lobo se gira. Y entonces, aún sin dejar de alumbrar su cuerpo, todos lo vemos. No es un lobo.

La máscara tan solo le cubre la parte superior de la cara. La mano derecha va a la boca, por completo ensangrentada, con la sangre aún derramándose por la barbilla, el cuello, la clavícula. Con la mano derecha en la boca, se quita la dentadura postiza, un montón de piezas deformes y afiladas, para dejarla caer a sus pies, casi en el río. Allá donde hace un instante estaba el corazón. Y, con la izquierda, comienza a retirarse la máscara, al tiempo que vuelve a murmurar.

—Yo no soy Manel —repite—. Pero eso no es lo importante ahora. Lo importante es que ya todo está hecho.

Y entonces, por fin, el lobo culmina su transformación justo al tiempo que la máscara descubre el rostro que se oculta debajo.

Y sí, el lobo se transforma ante nuestros ojos. Pero no en la persona que todos esperábamos. De hecho, nos revela su verdadera identidad.

Porque, en realidad nunca se trató de un lobo, claro.

Sino de una loba.

—Todo está cumplido, inspector. Y, ahora, aquí me tiene. Yo soy la bestia que todos han estado buscando —admite la mujer con sus ojos clavados en los míos—. Siempre he sido yo.

Es entonces cuando Lupe deja caer a sus pies la máscara que todavía sostenía en la mano izquierda. La máscara de un lobo que, lentamente, se hunde en el agua ensangrentada.

76

Hemos llegado, al fin

Fue Santos quien la detuvo. Con Lupe desnuda y desarmada, Ana se acercó a ella y, como pudo, la cubrió con su chaqueta y la acompañó al todoterreno.

—¿Sabe por qué escogí este lugar, inspector?

—Sí —le respondí a la vez que me acomodaba a su lado—. Nos lo explicó uno de nuestros colaboradores: antiguamente esto era un comedero de lobos, ¿no es así?

—En efecto, Mateo. Pero también por otra razón. ¿Quiere que se la cuente?

—Por favor.

En realidad, en aquel momento no tenía demasiadas ganas de que Lupe me contase nada. Había causado demasiado dolor como para que me interesase nada que quisiera decirme, y el único motivo por el que ahora estaba allí, sentado junto a ella, era vigilarla, asegurarme de que ni pensara en escapar mientras, con la mirada clavada en lo profundo del bosque, yo tan solo esperaba ver aparecer de una vez las luces de Lueiro y su gente. Por supuesto, a pesar de todo, ella continuó hablando.

—Sucedió que con el tiempo los vecinos de la aldea descubrieron que, en efecto, a los lobos les gustaba venir a comer aquí. Sabían dónde encontrarlos, de modo que ¿no se lo imagina, inspector? Por supuesto, acabaron convirtiendo esto en una trampa. Paradójico, ¿verdad?

Cuando por fin Lueiro llegó con todo su dispositivo, fuimos nosotros quienes nos encargamos de trasladar a la mujer, escoltados hasta el cuartel de Verín. Sentada en el asiento posterior del todoterreno, entre Ana Santos y Antonio Laguardia, Lupe Caranta hizo casi todo el camino en silencio. Tan solo al principio, justo al dejar atrás Rebordechao, dijo algo.

—Después de tantos años escuchando hablar sobre el Sacamantecas —murmuró con la mirada perdida al otro lado de la ventanilla—, hundida, atrapada en su historia, lo que más me fascinó de ese cuento fue cómo en realidad se trató siempre de otra historia.

La observé a través del retrovisor.

—¿Qué quieres decir?

—Quiero decir, inspector, que se trata de un relato en el que, desde la sombra, un titiritero manejaba los hilos de la historia. Un relato que alguien construyó para que todo el mundo mirase en la dirección que él quería. Para que todos creyesen primero y contasen después la historia que el maestro de las marionetas siempre quiso que se contase. A veces, lo más fascinante de una historia no es la historia en sí, Mateo, sino su propio relato. La forma en la que alguien nos ha hecho creer aquello que ha querido. ¿No le parece, inspector?

Me volví desde el asiento del copiloto y busqué los ojos de Lupe. Pero nuestras miradas no se encontraron. En silencio, la mujer seguía contemplando el paisaje al otro lado del cristal. Un mar de oscuridad y océanos de noche y tinieblas.

—¿Es eso lo que ha hecho usted? —le pregunté igualmente—. ¿Construir un relato de monstruos y fantasmas para todos nosotros?

Pero Lupe ya no respondió, y yo tampoco insistí más. De sobra comprendí que no lo haría. Que no era necesario. Y aun así, los dos en silencio, continué observándola para, al final, ver que incluso sin abrir la boca, despacio, muy poco a poco, la mujer había comenzado a esbozar una finísima sonrisa. Y, por un instante, juraría haberla visto asintiendo en silencio. Fue entonces cuando volví a acomodarme en mi asiento, de nuevo mirando hacia delante. ¿Para qué hacer más preguntas? Fuera lo que fuese lo que Lupe se hubiera propuesto, estaba claro que lo había logrado y, en aquel instante, sonreía satisfecha.

Ninguno de nosotros ha vuelto a decir nada más en todo el camino, lento y pesado, hasta este momento, ya en el corazón de la madrugada. Ahora, la última curva nos descubre las luces de Verín, allá al fondo.

—Hemos llegado —comento cansado—, al fin.

—En efecto —murmura ella como para sí—. Hemos llegado. Al fin.

77

Desde el oeste

Ha pasado una semana ya desde que mi unidad y yo abandonamos Verín y regresamos a Vigo, para alivio de nuestros superiores. Pero el sargento Lueiro no ha dejado de mantenerme informado en todo momento. Al parecer, Lupe no volvió a hablar hasta que no estuvo delante del juez. Y, entonces sí, lo contó todo. Y ese todo tuvo que ver con su hijo, con Manel. Pero no de la manera en que en todo momento habíamos supuesto.

Tal como la mujer explicó entonces, toda la vida de su hijo se había desarrollado bajo el peso de las supersticiones y las creencias de los Blanco. Una tradición sobre la que, atrapada en ella, Lupe también había acabado convirtiéndose en toda una autoridad, claro.

Al parecer, la historia de la familia se hundía en el tiempo, atravesada generación tras generación por una suerte de miedo relacionado con una especie de maldición. Un terror tan absurdo como, en algunos familiares, atroz. Tal era el caso de su cuñada, Rómula Blanco.

Rómula y Ramón eran la mayor y el menor de siete hermanos respectivamente, por lo que el padre de ambos siempre había pensado que su hijo pequeño heredaría la maldición. Al fin y al cabo, eso era lo que advertía la tradición: el menor de siete hermanos era un lobo, como la menor sería una bruja.

Pero sucedió que, para sorpresa de todos, Ramón creció no solo sin dar señales de maldición alguna, sino incluso llegando a reírse de las supersticiones familiares. En definitiva, allí parecía no haber nada de lo que temer. Hasta que, al final, lo hubo. Por desgracia, todo cambió de golpe con el nacimiento de Manel.

Porque si algo dejaba claro la tradición familiar era que el maldito llegaba al mundo marcado. Tal había sido el caso de Blanco Romasanta. Y, asimismo, tal había sido el caso de Manel.

Por supuesto, la marca no era otra cosa que una patología común, inequívoca pero, por desgracia, interpretada de diferentes maneras según el momento en que fuera identificada. Una patología que, de ser tratada correctamente, no habría tenido ninguna repercusión de gravedad. Pero que, en manos de la ignorancia e impulsada por la superstición, acabó convirtiéndose en una cadena para el pequeño Manel desde el día mismo de su nacimiento.

Lupe lo había intentado una y mil veces. Pero siendo un Romasanta, Manel nunca tuvo ninguna oportunidad.

—Lo hundieron, señoría, le hicieron la vida imposible desde el primer momento. Para aquella gente mi hijo no era más que un animal, una bestia sin futuro ni esperanza, condenada al abandono en el pueblo, en el monte, en la oscuridad, supuestamente para proteger al mundo de su amenaza absurda. Y así habría sido si yo no lo hubiera hecho.

Porque, en efecto, y viendo que Ramón jamás habría permitido la salida de Manel, fue Lupe quien acabó con la vida de su marido primero, aprovechando aquella noche en que lo vio llegar por la carretera, tan borracho que apenas se tenía en pie. Como también fue ella quien se enfrentó a su cuñada después. Demostrándole de qué era capaz al arrancarle la lengua con sus propios dientes, dejándole claro que eso solo era una advertencia, nada en comparación con lo que le haría no solo si no dejaba en paz al muchacho, sino si además algún día contaba lo que había sucedido. Al fin y al cabo, aquel mismo verano también habían sido ellos dos, Rómula y Ramón, los responsables de la muerte de su otro hijo, el pequeño Teo, atrapado en el incendio provocado por su padre. Demasiado como para quedarse de brazos cruzados mientras veía cómo acababan también con Manel.

Y así, por fin, llegó la calma. O por lo menos durante un tiempo. Porque cuando ya todo parecía olvidado, de pronto y sin aviso, el dolor comenzó de nuevo.

La ignorancia tiene muchas caras y se expresa de formas muy diferentes. Igual que el miedo. Eso fue lo que provocó el rechazo feroz, el trato injusto por parte del sastre, el estúpido aquel que, no contento con acosar a su hijo, tuvo que humillarlo contándole su problema al médico, quien tampoco dudó en compartir su desgracia. Era necesario detenerlo una vez más antes de que el rumor se propagase y la vida de Manel volviera a convertirse en un infierno. No, ahora que por fin se había liberado, aquello no era una opción. De todas las muertes, tan solo lamentó la de Fina, la camarera. Pobre, ella nunca había hecho nada malo. Incluso siempre que la había observado le había parecido que sentía algo bueno por su hijo. Pero lo había visto, Manel se lo contó: Fina sabía que era él quien había quedado con el sastre antes de morir, de modo que no, aquel era un riesgo que no cabía correr. Y todo lo demás…

Todo lo demás fue, como en su momento hizo el propio

Romasanta, la construcción de un mito. Un cuento de terror, un fantasma que, llamado por el miedo y la necesidad, Lupe trajo de vuelta desde el país de la bruma y las tinieblas para convertirlo en realidad. ¿Todos tenían miedo de un monstruo que, en verdad, nadie había visto? De acuerdo, si eso era lo que siempre habían querido, eso sería lo que Lupe les daría, saludad al monstruo.

Y así, mientras la bestia siguiera matando en la zona y todos pensáramos que ese monstruo era su hijo, nadie buscaría a Manel en otro lugar. Y mientras nadie vigilase la puerta...

De modo que ya tan solo faltaban las siguientes víctimas. Aunque para eso, Lupe tampoco tuvo que buscar demasiado. Al fin y al cabo, Teo había muerto por la codicia de unos cuantos. El vecino avaricioso que hacía tratos con los poderosos, el cura sectario que transmitía los encargos, el hombre que encendía el fuego. Y, en el centro, Rómula. El cerebro frío y calculador. La voz que siempre había regido y gobernado los hilos que movían a su hermano pequeño. La mujer a la que el corazón no le servía para nada, de modo que ¿por qué no arrancárselo? Al fin y al cabo, eso era lo que había hecho con todas sus víctimas anteriores. Porque sí, a todos les había quitado algo relacionado con su crimen.

La garganta del que se había atrevido a hablar de lo que no debía; la grasa del avaricioso que solo pensaba en llenar su estómago, aunque fuera a costa de los demás; el pulmón de quien los había asfixiado bajo el fuego, y el ojo, claro, de quien había visto de más. Es verdad que esta última le dolió y que sintió mucho tener que hacerlo, y por eso procedió de la manera más rápida y respetuosa posible. Pero todo, todo estaba relacionado con su papel en el relato que Lupe estaba construyendo. Aunque solo fuese, en realidad, para aumentar la teatralidad de la puesta en escena.

—¿Querían una bestia? —declaró ante el juez—. Bien, pues yo me encargaría de que el monstruo actuase como tal. ¿Era una fiera que les hiciera encogerse de terror lo que buscaban? O quizá una que los mantuviese en el borde del asiento. Bien, yo me aseguraría de dársela. Era yo, señoría, era yo quien estaba detrás de todo. Siempre he sido yo.

Según me explicó Lueiro, al escuchar aquella respuesta, ya al final de la declaración, el juez se limitó a observar a Lupe sin dejar de asentir en silencio. Y así permaneció un buen rato, hasta que, en determinado momento, arrugó el entrecejo y, después de pensárselo por un instante, le hizo un último comentario:

—Verá, señora Caranta. La escucho y sigue habiendo cosas que no entiendo. Es evidente por su relato que se inculpa usted de todos los crímenes cometidos, tanto ahora como en el verano de 2015, cuando acabó con la vida de su marido, ¿no es así?

—Así es, sí —respondió Lupe con gesto grave y sereno.

—Claro. Pero entonces sigue habiendo algo que no entiendo, señora.

Lupe mantuvo la mirada del juez.

—Si usted es la única ejecutora en todos los escenarios, entonces...

Nuevo silencio.

—¿Cómo pudo ver a su marido llegando aquella noche desde Rebordechao? Usted sabe, señora Caranta, que desde su casa de A Ermida no se ve la curva en la que apareció el cuerpo sin vida su marido. Y sí, ya lo sé, sé que me va a decir que lo estaba esperando. Pero es que eso tampoco se sostiene, porque usted no podía saber que bajaría andando, el accidente que acabó con el coche de su marido fue casual. Podría no haberse producido, y entonces usted no habría tenido la ocasión de detenerlo. Y si usted modifica su relato y me dice que lo mató en la casa para después llevárselo carretera arriba, a mí no me dejará más remedio que preguntarle cómo hizo entonces para cargar con él. Porque su marido no debía de pesar menos de ochenta kilos, tal vez más. Como de hecho, y ya en la actualidad, también los pesaba el doctor Diego Navarro, a quien de algún modo trasladó, según ha declarado, sin ayuda de nadie hasta el solar del balneario de Caldeliñas, a más de dos kilómetros desde su residencia en A Pousa, mientras que usted, Lupe... Dígame, ¿acaso ha pesado alguna vez en su vida más de cincuenta kilos? Los dos sabemos que no, como también yo sé que, llegado ese momento, usted se quedaría en silencio, ¿me equivoco?

No hubo ruido alguno.

—Claro. Permítame entonces, y ya que hemos avanzado hasta el presente, que le haga otra pregunta, señora. Verá, es que hay algo que no logro entender. Si de verdad es usted la responsable de todas las muertes, entonces, dígame, Lupe, ¿cómo justifica su presencia en la casa de la primera víctima, el señor Vicente Fernández? Se trataba de una cita amorosa, por no decir un encuentro sexual, entre su hijo y un posible amante. ¿Qué es lo que pretende hacernos creer, señora Caranta? ¿Que acaso acompañaba usted a su hijo en todas sus citas? De verdad, Lupe, por más que lo intento, en ese caso en particular me resulta imposible aceptar ya no que esa muerte fuese cosa suya, sino, tan siquiera, que usted estuviese en ese apartamento. Más teniendo en cuenta que es precisamente ahí donde se recogieron las únicas muestras de ADN que diferían de todas las demás. Es cierto que esas en particular siguen siendo semejantes a las suyas, pero tan solo en un cincuenta por ciento. O sea, tal como sucede entre padres e hijos. Y sabiendo que, según consta en su expediente, su padre falleció cuando usted no era más que una niña, dígame, señora Caranta, ¿cómo va a convencerme usted de su implicación en este punto?

Lueiro insiste en que esa fue la única vez en toda la declaración en que le pareció ver que Lupe flaqueaba. Fue tan solo un gesto sutil, un parpadeo. Quizá la manera de apretar los labios, los dientes, la mandíbula.

—Tal vez usted no lo entiende, señoría —respondió al fin, aún sin perder la calma ni alterar más la expresión—. Pero una buena madre siempre está ahí. Como una loba velando por su cachorro.

Carlos me dijo entonces que nunca antes había visto unos ojos como los de Lupe. Tan grandes, tan claros.

—Como de miel —quise adelantarme yo desde el otro lado del teléfono.

Lueiro pareció dudar.

—Bueno —murmuró al fin—. Yo diría más bien como de fuego, Mateo. Como si de pronto esa mujer hubiera dejado de ocultar un incendio que, en realidad, siempre había llevado dentro.

78

Desde el norte

Hace frío ya. Del verano poco más queda que el recuerdo. Uno lejano y borroso que apenas hace por revolverse bajo los puños apretados, hundidos con fuerza en los bolsillos del abrigo. Porque lejos del fuego y su calor en el valle de Monterrei, en los bosques de Rebordechao y en las cumbres de San Mamede, aquí tan solo hace frío.

Al compás del tempo marcado por los transeúntes que se dirigen a sus puestos de trabajo en el centro de Londres, un hombre baja caminando por la acera derecha de Regent Street. Paso tranquilo, pero también firme, el andar seguro de quien sabe a dónde se dirige. A la altura del 115, dobla la esquina y se mete hacia la derecha, por una calle curiosamente llamada Vigo para, apenas cien metros después, volver a girar a la derecha en la primera.

Hoy la lluvia ha dado una tregua, pero ni así desaparece esta humedad gris en la que siempre parece envolverse esta ciudad a la que hace tres meses ya que llegó, justo cuando en el valle parecía no dejar de morir la gente. Tres meses ya de todo aquello. Pero tan solo han pasado un par de semanas desde que ha empezado a salir. Las indicaciones por parte de su madre habían sido muy claras: una buena distracción para abandonar el país de manera discreta. A continuación, prudencia para escoger el lugar en el que ocultarse. Y, después, seguridad para ponerse a salvo. Por fin, ha pasado el tiempo indicado, y desde luego nadie parece buscarlo aquí. De modo que el momento de salir ha llegado.

Por supuesto, desde el primer instante tuvo claro que este sería su destino. Al fin y al cabo, cuál mejor que esta calle, cualquier sastre con un mínimo de buen gusto sabe que Savile Row, en pleno corazón de Londres, es la meca del oficio.

Enfundado en su abrigo de punto, el cuello levantado y la gorra calada apenas dejan verle la cara. Y es una pena, porque se trata de un rostro atractivo, hermoso. Una de esas bellezas extrañas que por un instante quizá incluso hacen dudar a quien la observa de manera fugaz. ¿Masculina? ¿Femenina? No, sencillamente animal.

Por fin enfilado el corredor de Savile, Manel alivia un poco el paso y, con tranquilidad, se regala en la contemplación de los escaparates en los que algunos de los mejores sastres del mundo lucen sus diseños. De pronto se encuentra con su propia imagen reflejada en el cristal de Sartoria & Clittleborough. Y, aunque nada más es por un segundo o dos, un pensamiento regresa de entre los muertos para acompañarlo en la contemplación de su imagen: el recuerdo de su padre.

Ramón, pobre desgraciado.

Manel esboza una mueca, de lejos parecida a una sonrisa, al recordar cómo aquel demonio malgastó su vida entera sintiendo un miedo atroz hacia su propio hijo. Es en ese momento cuando el gesto de Blanco confirma su forma: una sonrisa cargada de maldad. Porque, en efecto, su padre, pobre diablo, tenía razón.

De hecho, Ramón Blanco siempre tuvo toda la razón del mundo.

Tardó en comprenderlo primero y en aceptarlo después. Pero entonces llegó el momento en que Manel lo vio con claridad meridiana: el día en que el imbécil aquel intentó bajarle los pantalones, cuando apenas eran unos chavales. El muy cretino, nunca llegará a saber la suerte que tuvo aquella tarde. Porque, aunque en aquel momento no se lo confesara a nadie, ni siquiera a sí mismo, en el fondo siempre supo la respuesta a su propia pregunta: si la directora del centro donde Manel asistía a las clases de corte y confección no hubiera llegado a tiempo, él habría seguido mordiendo la garganta de aquel pobre idiota, la habría apretado hasta haberla hecho explotar como una uva entre sus dientes. Lo supo, lo supo en todo momento. Esa oscuridad, la de la bestia que su padre siempre había temido en él, era lo que Manel Blanco veía cada vez que cerraba los ojos. Oscuridad, violencia, furia reprimida. La misma oscuridad, la misma violencia, la misma furia reprimida que aquella misma tarde vio reflejada, como ahora en este espejo, en otro miembro de su familia.

Porque allí, en su casa, mientras la directora Celestina hablaba con sus familiares y tanto su tía como su padre creían comprender lo que sucedía, nadie más se dio cuenta de que dos personas hablaban sin palabras. Manel y, sentada junto a él, Lupe.

Porque sí, ahí estaba: esa fuerza, esa fiereza latente, controlada, en los ojos de su madre. Fue como si, sin palabras, se lo estuviera diciendo. «Lo sé, sé lo que sientes. Porque es mío. Es de mí de donde viene. Yo soy quien te lo ha dado».

En efecto, estaba ahí, y ese era el camino por el que había llegado. Al fin y al cabo, ¿quién iba a reparar en la casa de los Romasanta en la dulce y sumisa Lupe? ¿Quién iba a pensar que en la casa del Sacamantecas había otro monstruo escondido en el silencio?

Por supuesto, nadie.

Así, fue su madre quien le enseñó a controlar a la bestia que ambos llevaban dentro. ¿Lobos? ¿Sacamantecas? ¿Monstruos? Bueno, si los demás se empeñaban en llamarlo así... En realidad, ni a Lupe ni a Manel les importó nunca cómo hacerlo. Lo único importante era que ellos habían sentido siempre ese impulso dentro. Y, una vez reconocido, tan solo era cuestión de tiempo que acabara saliendo. Por lo menos en el caso de Manel. Aunque intentó reprimirlo, mantenerlo bajo control como había hecho su madre, en el fondo, Manel sabía que tarde o temprano acabaría liberándose. Bueno, a fin de cuentas, y a diferencia de ella, él era, además, un Romasanta. Puede que la bestia la heredara de su madre. Pero fueron su padre y su tía quienes lo ayudaron a darle forma. A ponerle incluso un nombre.

Y así, intentó contenerlo, sí, hasta que por fin decidió que era el momento de liberarlo. De desencadenarlo. De dejar salir a la bestia negra que siempre había aullado en su interior.

Ocurrió la noche en que Vincenzo Lazza lo acosó. Viejo asqueroso, fantoche engreído. Lo acosó, maldita sea. Vincenzo, el estúpido Vicente, lo acosó sin compasión para, justo a continuación, echarlo a patadas como si no fuera más que un perro sucio, asqueroso. Error, viejo. Porque el animal que se revolvía dentro no era un perro, sino algo mucho más fiero.

Y temible.

Blanco tan solo tuvo que regresar a su casa y coger la máscara que mantenía oculta en el armario. La misma que había confeccionado en las potentes máquinas de coser del taller, cuando en la nave ya no quedaba nadie más que él. La misma con la que a veces, a solas, ocultaba su rostro para intentar exorcizar a la bestia en la forma de la que tanto había oído hablar. La misma que, al día siguiente, le enseñaría a su madre. La misma, pues, que desde entonces empezaría a usar ella también. Cuando Lupe comprendió, después de ver lo que Manel había hecho, que ahora lo importante era proteger a su hijo. Al fin y al cabo, ya lo habían hecho juntos en otra ocasión anterior. La última vez que él se enfrentó a su padre.

En aquella, Lupe también estaba allí. Oculta tras las ventanas del piso superior, vio cómo Ramón despreciaba las intenciones de Manel, que le hablaba de marcharse. De estudiar y formarse. De, por fin, vivir. Y allí, escuchando la respuesta de Ramón, comprendió que aquella otra pequeña bestia que era su marido, hiena tan ridícula como incómoda, jamás dejaría en paz a Manel. Era necesario hacer algo. Por supuesto, ¿quién mejor que él mismo?

Porque esta es la verdad: a Ramón Blanco lo mató su hijo.

Fue él quien lo escuchó llegar, de nuevo borracho, dando voces y con las peores intenciones. Y, por supuesto, también fue él quien se le arrojó encima.

Porque Manel sabía que, en momentos como aquellos, era con Lupe con quien Ramón solía pagar todas las facturas pendientes. ¿O de qué otra manera, si no, cabía explicarse la llegada de Teo? Pero no esa noche. No, esa no. Esa noche, antes de que ni él mismo se diera cuenta, sus dientes ya habían decidido que esa vez sería la última vez.

Silencioso como un lobo, Manel entró en el cuarto de sus

padres para encontrarse con Ramón forcejeando por montar a Lupe como el cerdo asqueroso que era. Antes de que su padre llegara tan siquiera a advertir su presencia, el muchacho ya le había rebanado el cuello.

De modo que sí: al igual que años más tarde haría con Vicente Fernández, a Ramón Blanco también lo mató Manel.

En aquella ocasión, lo de dejarlo en la carretera y desgarrar allí mismo la herida, como si hubiera sido cosa de los animales, ya fue idea de Lupe. Entre los dos arrastraron el cuerpo de Ramón escaleras abajo, con cuidado de no hacer ruido. A continuación lo cargaron en una de las carretillas que usaban para el campo y se lo llevaron carretera arriba. En silencio, sin que Rómula se enterase ni nadie los viese. Al fin y al cabo, el puerco aquel no solo había estado a punto de incendiar el pueblo entero —motivo por el que habían tenido que abandonarlo—, sino que también había provocado la muerte de Teo, el hermano de Manel. El hijo de Lupe. No, nadie echaría de menos al miserable aquel. Y si al final resultaba que había tenido la mala suerte de cruzarse con un lobo... Bueno, pues peor para él.

O, mejor dicho, con una loba. Una loba blanca, como aquellas que en los cuentos de viejas que Manel había escuchado desde niño se ponía al frente de la manada. Lupe, la loba blanca al frente de los lobos. «Tranquilo, no estás solo», le había dicho aquella noche de hace ahora casi diez años atrás, cuando entre los dos acabaron con su padre. «Tranquilo, no estás solo», había vuelto a decir el pasado agosto, la madrugada en que, entre sollozos, Manel le confesó que acababa de matar a Vincenzo Lazza. «Tranquilo, no estás solo».

«Pero, madre, esta vez no va a ser tan sencillo», le había respondido su hijo. Al parecer, el sastre ya había hablado con alguien más, un amigo médico o algo así. Y estos no eran ningunos desgraciados a los que nadie fuera a echar de menos. «No te preocupes —le respondió—. Al fin y al cabo, aún nos quedan unas cuantas cuentas que ajustar, ¿no crees?». Sí, claro que sí. Al fin y al cabo, la sombra de su padre seguía siendo alargada. Había creado escuela, el muy cabrón, y el monte seguía ardiendo. Y el fuego seguía cobrándose vidas. De modo que sí, Lupe supo qué hacer: crear un monstruo para la ocasión. Pero no uno cualquiera, sino, por supuesto, aquel del que tanto habían oído hablar siempre unos y otros.

Y así fue como, mientras todos buscaban a la bestia temible, al lobo que regaba de sangre el monte, o tal vez al Sacamantecas que regresaba a través del tiempo, nadie se preocupó de vigilar las puertas de aquel pequeño mundo. Al mismo tiempo en que Lupe se aseguraba de que todos continuaban mirando en la dirección contraria, Manel desapareció sin que nadie se diese cuenta. Desde luego, cuánta razón tenía el muchacho aquel cuando aseguraba que el mejor amigo de un hombre es su madre.

Y por eso ahora, gracias al sacrificio de Lupe, Manel podrá por fin disfrutar de la oportunidad definitiva. Una vida nueva, plena. La que siempre se mereció. De una vez por todas lejos de toda aquella brutalidad. De toda bestia... que no sea él mismo, claro. Una vida nueva en una gran ciudad. Y, para un sastre clásico, bueno, ¿qué mejor que esta? Sí, esta vez todo saldrá bien.

Hoy es su primer día de trabajo. Y Manel se siente bien. Porque en realidad tampoco le ha costado demasiado conseguir este puesto. Evidentemente, ha tenido que renunciar a ciertas cuestiones. Como sin ir más lejos su verdadero nombre, claro. Pero eso es algo que tampoco le ha importado demasiado. Total, Manel nunca sintió un gran apego ni por su nombre ni tampoco por sus apellidos, ecos de un pasado con el que nunca estuvo en paz. A fin de cuentas, ¿qué más da un nombre que otro, cuando lo que importa en este oficio es el talento? Y él sabe que de eso va sobrado.

Tanto es así que ojalá hubiera podido grabar de algún modo la cara del maestro cortador que le hizo la prueba aquí, en Sartoria & Clittleborough. Por supuesto, Manel se dio cuenta de que, antes de que se pusiera manos a la obra, el tipo no las tenía todas consigo. Al fin y al cabo, la prueba consistía en cortar las piezas de tela necesarias para confeccionar una chaqueta americana, una de las prendas más complejas y difíciles de elaborar. Pero todo cambió tan pronto como el asistente dejó la tela ante él.

En silencio, Manel se quitó la chaqueta, se remangó la camisa y, con la más segura y confiada de las sonrisas en el rostro, dio un paso adelante, hacia la mesa de corte. Y entonces el maestro comprendió que, definitivamente, ese muchacho era diferente a todos los demás. Por la manera de desplegar el tejido, de observarlo, de acariciarlo y, sobre todo, de trabajarlo, haciendo, para empezar, algo que al sastre preocupó sobremanera. Después de observarlo por apenas unos segundos, Manel dejó el patrón a un lado.

—Perdone, joven —le interpeló cuando vio que Manel ya se disponía a cortar—, ¿acaso no piensa seguir el patrón? No sé si se ha dado cuenta de que se trata de una tela carísima.

Pero Manel se limitó a sonreír.

—Ya está aquí —respondió señalándose la cabeza—. Siempre está aquí.

Y, entonces, comenzó a cortar la tela. Atento, el maestro no pudo evitar fruncir el ceño preocupado. Pero no tardó en mudar su expresión; cada movimiento por parte de Manel no hacía otra cosa que aumentar primero la sorpresa, después el asombro y finalmente la admiración. En sus manos, la tela parecía papel, las tijeras plumas y el corte pura poesía.

Tan pronto como Manel volvió a dejar las tijeras sobre la mesa, supo que ya estaba contratado.

—Fascinante —comentó el sastre, aún con la mirada asombrada a la vez que iba colocando las piezas de tela que Manel había cortado sobre el patrón de la finísima americana, que encajaban unas con otras a la perfección—, fascinante.

Mientras el maestro continuaba observando los cortes, aún sin salir de su asombro, Manel volvió a bajarse las mangas de la camisa. Despacio, sin prisa, disfrutando de su propia obra. Con calma, con suavidad, se puso de nuevo su chaqueta y, como si de una herramienta delicada se tratase, guardó sus manos en los bolsillos del pantalón.

—Fascinante —volvió a repetir el sastre, todavía incapaz de levantar la vista de la mesa—. Perdone, pero ¿cómo ha dicho usted que se llama, joven?

Y entonces Manel no pudo reprimir una nueva sonrisa. Esta vez una satisfecha.

—No se lo he dicho —respondió, aún sin descubrir sus manos.

—¿Y bien?

Como la fiera que está a punto de saltar sobre su presa, Manel clavó en el maestro sus ojos, dos pequeños fuegos del color de la miel nueva que al sastre no le pasaron inadvertidos.

—Teo —respondió al fin sin dejar de sonreír—. Mi nombre es Teo.

Y mientras ahora era el maestro el que también sonreía, los dedos del joven cortador comenzaron a acariciar algo en el fondo de su bolsillo derecho.

Una pieza tallada a mano, desgastada y suavizada por el roce del tiempo. Marcada por el fuego, pero también pulida por años de caricias. La figura, modelada por el paso de las estaciones, de un pequeño lobo de madera.

Epílogo

Antes de que nada se olvide

Una celda junto al mar

1863

La historia acaba, lo sé. Noto cómo el tiempo se me escure entre los dedos. Como arena del desierto que, sin remedio, se derrama entre ellos, incluso ahora todavía finos. Y sé que apenas me queda tiempo. Pobre Romasanta, que ha venido a consumirse aquí al fin del mundo, podrido en otro continente. Pobre Sacamantecas.

Dejad, pues, que os sonría con tristeza.

Mi tiempo se acaba, sí. Pero por lo menos he podido disfrutarlo. Porque cuando ya nadie daba un real por mis huesos y aún menos por mi alma, vino la reina de las Españas y, como el dios que surge de la máquina en el último instante, conmutó mi pena de garrote vil por otra de cadena perpetua. Gracias, pues, gracias por vuestra graciosa compasión para con el pobre Manuel, víctima indefensa de su mundo y también de sus circunstancias.

Dejad, pues, que os sonría con gratitud.

Ahora, y antes de que esta vez sí todo concluya, dejad que os diga tan solo una última cosa. Tan solo una más.

Porque todos, absolutamente todos los que habéis contado mi historia la habéis contado mal. La historia del Sacamantecas, la de la bestia oscura, oculta en el bosque profundo y casi mágico. La habéis contado mal, pero solo porque yo así lo he querido.

Ahora, dejad pues que os sonría una vez más. Pero, en esta ocasión, de otra manera.

Porque vosotros queríais un monstruo, y yo os lo di. ¿Lo habéis visto? Vosotros queríais un cuento de terror, y yo, que siempre he sabido leer y escribir, os lo he contado. Pero nada, escuchadme bien, nada de lo que de ahora en adelante recordéis sobre mí será verdad. ¿Y sabéis por qué?

Dejadme, pues, que sonría con la más sádica de las satisfacciones: porque os he engañado a todos.

Al final, todas las historias de terror, todos los cuentos con los que las viejas asustan a los más pequeños acaban de la misma forma: con la muerte del monstruo. No os preocupéis, que ese final también lo tendréis. Y a no tardar demasiado, me temo. Algunas noches incluso me parece adivinar ya la sombra de la muerte, acurrucada como un perro junto a mí. Y lo sé, sé que jamás saldré de aquí, y que mi cuerpo se pudrirá entre estas cuatro paredes. De hecho, puedo sentirlo, ya ha empezado a hacerlo. Aquí, por la parte del estómago. Algo se revuelve en mi interior, y siento cómo las tripas se me caen a pedazos por momentos. Sé que no ha de tardar demasiado el día en que mi cuerpo se pierda para siempre, descompuesto en la fosa común.

Pero no así mi nombre.

Escuchadlo bien, escuchad cómo suena en mis labios: Romasanta... Y, ahora sí, haced por recordarlo. Para que podáis reconocerlo cuando volváis a encontraros con él. Porque ahora lo soltaré a la mar. Cortaré las amarras que lo mantienen unido a este cuerpo y dejaré que zarpe, que navegue por los mares del tiempo. Tal vez ahora, tal vez durante años, lo haga a la deriva, bordeando los límites del olvido. Tal vez lo haga al pairo, abandonado en los confines de la confusión. Pero no se perderá. No, no lo hará.

Porque de pronto, cuando ya nadie se lo espere, mi nombre y yo regresaremos desde las fronteras de la memoria, desde las regiones más oscuras del miedo.

Y entonces, cuando ya nadie recuerde las leyendas y no quede más dios que la razón, descubriréis que fue mi nombre el que marcó el comienzo de la historia negra de este país.

Recordadlo, pues, yo soy el cielo negro contra el que arde este mar de espuma roja. Mi nombre es Manuel Blanco Romasanta. El hombre lobo. El Sacamantecas. Ahora, por fin, baje el telón. Arda el mundo. Y que sea el fuego el que arrase la oscuridad.

Y dejad, pues, que os sonría, por última vez.

Pero, en esta ocasión, desde la más pérfida de las sonrisas.

Y que ya nada estropee este momento entre nosotros.

Y que ya todo quede en el silencio más oscuro.

El bosque, la noche.

El miedo.

Todo.

Agradecimientos

Esta es una de esas novelas que no se podrían haber escrito jamás sin la ayuda de una legión de amigos, compañías y corazones. En realidad, eso suele ser lo habitual. Pero, creedme, en este caso en concreto no se me ocurre mayor verdad.

Recuerdo perfectamente el momento en el que nació esta historia: fue en una cafetería de Barcelona, charlando con mi editora, Ana María Caballero. A ella, junto con Carmen Romero de Ediciones B (Penguin Random House España), y a Fran Alonso y a Noli Moo de Edicións Xerais de Galicia, todo mi agradecimiento. Aquella tarde pusimos encima de la mesa dos cosas: una merienda riquísima y la posibilidad de trabajar sobre una idea aún más rica, aunque nada más fuera por las enormes ramificaciones que ofrecía. No tardé en comprender que una de las primeras decisiones que debía tomar era ir directamente a las fuentes y contactar sin ningún tipo de intermediarios con la gente que dominaba la historia real, como también entendí que nunca podría hacerlo sin la ayuda de mis cómplices y sospechosos habituales. Así, la historia de la elaboración de esta novela comienza con la ayuda indispensable de tres personas a las que no solo yo les debo mucho mi trabajo, sino, en realidad, toda la población de Verín. Me refiero a los responsables de su Biblioteca Pública Municipal, Vicente Rodríguez Justo y Aurora Prieto, quienes, junto con la inestimable ayuda de Miguel Losada, que es el nombre de la etnografía y la antropología en Galicia, han sido los verdaderos motores de esta máquina. De ellos, me gustaría abrazar con especial cariño el trabajo realizado por Vicente, que ha servido como catalizador en todo momento para ayudarme a contactar con personas a las que de otra manera me habría resultado muy difícil acceder.

Hombres y mujeres como, por ejemplo, el agente judicial de la Guardia Civil Carlos Sueiro (un tipo, curiosamente, muy parecido al Carlos Lueiro de la novela), que me ha brindado todas las facilidades posibles e imposibles a la hora de enseñarme todo cuanto necesitaba para describir correctamente el procedimiento policial en una situación como esta.

Para entender de primera mano el dolor que provoca el fuego en nuestros montes, ha sido valiosísimo el testimonio de Juan González, alcalde de Nigrán, que en el año 2017 se vio haciendo frente al incendio que acabaría con las vidas de Angelina Otero y Maximina Iglesia.

Para todo lo que tiene que ver con el acercamiento a la figura clínica de un psicópata, agradezco las opiniones del psiquiatra Manuel Arias Bal y, muy especialmente, la luz de Manuel Lopo Lago, de quien, de tanto como me enredo en nuestra amistad, a veces olvido que también es un grandísimo psicólogo.

Del mismo modo, todo lo que tiene que ver con la moda descrito en esta novela no sería posible sin la ayuda inestimable de Iván Cross, de Vigo; Mónica García, de Monterrei, y, muy especialmente, sin la inmensa generosidad de Roberto

Verino, que tuvo a bien compartir conmigo hasta el último detalle no solo de su proceso creativo, sino también de todo lo que tenía que ver con la historia de la moda en Galicia.

En lo tocante ya a la materia central de esta novela, la persona de Romasanta, todos los que tenemos el más mínimo interés por la historia de Galicia tenemos también una deuda inmensa con los grandes eruditos de esta materia, como son los hermanos Castro Vicente. Cástor, Félix, os debo una ronda infinita, a la que también habrá que apuntar al doctor Fernando Serrulla, erudito en especial en lo tocante a la cuestión de la posible intersexualidad de Manuel Blanco. Además, su amistad ha sido la que me ha facilitado el acceso al corazón de esta historia: la aldea de Rebordechao. Y aquí hay que hacer una mención muy especial.

Porque, por supuesto, si el día a día de esta novela tiene algún tipo de verdad es gracias a la inmensa generosidad y amabilidad de este pueblo, aldea en tamaño, pero metrópolis en cariño. Buena parte de esta novela debería estar firmada por todos y cada uno de sus vecinos, comenzando por Jesús y su esposa María Jesús, que me pusieron al día tanto de las andanzas de Romasanta por la aldea como de la historia de la propia parroquia, hasta Carmen y Felisindo, que se convirtieron durante más de medio año en mis vecinos más cercanos. Y, por ese camino, todos, absolutamente todos los vecinos de la aldea que me han empujado a sacar adelante cada una de las páginas que habéis leído hasta llegar aquí. Tomás, Concha, Adelino, Rocío, Pura, Catalina, Silvestre, Varela, Iván, Raúl, Jesús, Manolo, Samuel y Valentina, y también Minerva, que nos dejó apenas un par de compases antes de que la orquesta empezara a sonar. Y así, uno detrás de otro, hasta llegar a Flora Peña. Flora, la tía Flora, que en algún momento sería incluso «la malvada tía Flora», comenzó siendo mi vecina y acabó por convertirse en mi gran amiga en Rebordechao. Una vecina y amiga atenta, sin cuya compañía y sin cuyos consejos, historias, recuerdos, vivencias, refranes, coplas, chistes y, sobre todo, caldos (¡santo Dios, qué caldos!), esta novela directamente no habría sido posible. Jamás, sé que jamás terminaré de agradecer el inmenso regalo que, con su ayuda, todos y cada uno de los vecinos de Rebordechao me hicieron para sacar adelante esta novela. Ojalá mi trabajo haya conseguido estar a la altura del esfuerzo, del cariño, del entusiasmo, de la luz y la ilusión que todos y cada uno de ellos pusieron para que el resultado final valiera la pena.

Ha sido un año difícil, muy complicado. No solo por la dureza que exigía este trabajo, sino, sobre todo, por todas esas otras cosas que tú y yo sabemos. Ha sido un viaje difícil. Y, sin embargo, he vuelto a descubrirme atrapado en el entusiasmo, ilusionado y, muy especialmente, sorprendiéndome con el sonido de mis propias carcajadas. Gracias por hacerlo posible, mi *monkey girl*.

Y, por fin, ya solo quedamos tú y yo. Gracias, pues, a ti, que me sigues leyendo. Sin tu compañía, sin tu aliento, sin tu complicidad y confianza, nada de esto tendría sentido. Gracias por confiar, por compartir, por recomendar. Gracias, por todo. Gracias, de todo corazón.

Rebordechao, sierra de San Mamede
12 de enero de 2025